Ullstein

ÜBER DAS BUCH

Für den Polizisten Artie Cohen ist New York die Luft, die er atmet, und Amerika das Land seiner Träume – das, was er immer gewollt hat. Mit 15 Jahren verließ er Moskau mit seinen Eltern in Richtung Israel, mit 19 Jahren fuhr er erstmals allein im Taxi von JFK über die Brooklyn Bridge nach Manhattan. Seine Wurzeln interessieren ihn nicht, russisch spricht er nur, wenn es für die Arbeit notwendig ist. Plötzlich wird Artie unerwartet von seiner vergessen geglaubten Vergangenheit eingeholt. Sein Onkel Gennadij, ein Ex-KGB-General, wird in einer amerikanischen Talk-Show vor laufender Kamera ermordet. Zwar findet Artie den Mörder in Brighton Beach – einem Stück russischer Provinz im Brooklyn der Jahrtausendwende –, doch damit fangen seine Probleme erst richtig an: Er schleust sich als V-Mann in die russische Unterwelt ein.
Vor dem Hintergrund der Identitätskrise des russisch-jüdischen Emigranten Artie Cohen erzählt die Autorin mit männlichem Blick die spannende Geschichte eines internationalen Atomschmugglerrings. Die Spur der russischen Mafia führt von New York über Brighton Beach nach Moskau zu *Red Mercury*, dem Billigabfall des Atombombenbaus, der zum Alptraum der Menschheit zu werden droht.

ÜBER DIE AUTORIN

Reggie Nadelson, geboren in New York, lebt in London und New York, wo sie als Kolumnistin und Korrespondentin u. a. für den *Guardian* schreibt und an Dokumentarsendungen für das Fernsehen arbeitet. *Channel Four* sendete ihre kritische Dokumentation über die Atomindustrie, die zu heftigen Diskussionen in der britischen Öffentlichkeit über dieses Thema führte. RED MERCURY BLUES ist ihr erster Roman.

Reggie Nadelson

Red Mercury Blues

Krimi

Aus dem Amerikanischen
von Elisabeth Thielicke

Ullstein Gelbe Reihe

Ullstein Buchverlage GmbH & Co. KG,
Berlin
Taschenbuchnummer: 24595

Titel der Originalausgabe:
Red Mercury Blues

September 1999

Umschlaggestaltung:
Vera Bauer
Bild: Image Bank

Printed in Germany 1999
Gesamtherstellung:
Ebner Ulm
ISBN 3 548 24595 1

Gedruckt auf alterungsbeständigem
Papier mit chlorfrei gebleichtem
Zellstoff

Die Deutsche Bibliothek –
CIP-Einheitsaufnahme

Nadelson, Reggie:
Red Mercury Blues : Krimi / Reggie Nadelson.
Aus dem Amerikan. von Elisabeth Thielicke. –
Berlin : Ullstein, 1999
(Ullstein-Buch ; Nr. 24595)
Einheitssacht.: Red Mercury blues ‹dt.›
ISBN 3-548-24595-1

TEIL EINS

New York

1

»Leichenteile hingen in den Bäumen.«

Ich kam mit dem Wagen zurück aus Brooklyn, als das Radio einen Bericht über einen Flugzeugabsturz im Mittleren Westen brachte, und eine Krankenschwester, die als erste an den Schauplatz gekommen war, sagte gerade: »Leichenteile hingen in den Bäumen.« Ich vergaß es gleich wieder, da ein bizarrer weißer Nebel schnell vom Fluß hochzukochen und Manhattan abzuschneiden schien.

Es hatte den ganzen Morgen stark geregnet – ein Regen wie aus Stahlnägeln, die in den East River getrieben wurden; der Fluß trat an manchen Stellen über die Ufer, und jetzt hetzte der Nebel mich aus Brooklyn zurück. Ich fuhr ihm davon bis mitten auf die Brooklyn Bridge. Dann kam der Verkehr zum Erliegen.

Nur die Spitzen der Gebäude waren noch zu sehen. Manhattan war ein Inselstaat. Abgelegen. Abgeschnitten. Die Grenzen vom Nebel geschlossen. Die Gebäude, schaurige Ungeheuer, ragten aus dem wabernden weißen Nebel heraus, der in Schwaden um das Empire State Building hing, wie Geister in den Bäumen der Bayous.

Ich steckte mir eine Zigarette an, während der Nebel die Windschutzscheibe hinaufkroch. Scheinwerfer flackerten im Nebel, ein paar Jugendliche stiegen aus dem Auto vor mir, versuchten, auf die Brückenstreben zu klettern. Körperlose Köpfe, die aus den Schwaden auftauchten, Hände, die sich am Geländer festhielten. Ich saß im Auto auf der Brücke, rauchte, wartete.

Ich war frühmorgens nach Brooklyn gefahren, um Kaviar für Dawns Hochzeit zu besorgen, denn im Fish Town in Brighton Beach bekommt man was für sein Geld. Ich hatte keine große Lust dazu gehabt, ich bin nicht scharf auf Geschäfte mit Russen, aber Dorothy Tae, Dawns Mutter, hatte mich darum gebeten, und wenn sie gewollt hätte, hätte ich den ganzen verdammten Stör aufgekauft oder wäre selber fischen gegangen. Es klappte alles, und auf dem Rücksitz des Mustang lagen in einer blauen gut gekühlten Dose ein paar Pfund feinster Osetra.

Dann war es vorbei.

Der Nebel zog sich zurück. Der Regen hörte auf, ganz plötzlich, wie tropischer Regen. Die Stadt lag erneut unter aufdringlicher Feuchtigkeit, schwer wie Hühnerfett oder Depression. Aufgeblasen, wie die Rolex eines Angebers, kam die Sonne wieder heraus und kleckerte schmutzige Farbe auf den Himmel. Es war sehr heiß, unverschämt heiß für September, als ich bei der City Hall von der Brücke in die Lafayette fuhr. Dabei mußte ich daran denken, wie ich die Brücke mit neunzehn zum erstenmal überquert hatte, aus Richtung Flughafen. Ich hatte dem Fahrer – sein Taxi war eine klapprige Karre ohne Lizenz – gesagt, er solle über die Brooklyn Bridge fahren. Neunmalklug. Ich mußte ihm um jeden Preis beweisen, daß ich den Weg kannte. Ich kannte ihn nicht. Ich kannte einen Dreck. Ich wollte cool sein, aber ich hatte Angst. Und dann sah ich die Skyline: unvorstellbar, arrogant, großartig. Ihr Anblick brachte mich fast zum Heulen. Sie gab mir das Gefühl, daß ich meine Vergangenheit hinter mir lassen konnte. Zwanzig Jahre später war das mein Zuhause.

»Penner Arschloch Wichser Kotzbrocken, verpiß dich!« Der Kerl im Auto hinter mir lag auf der Hupe. Er war weiß, und er trug eine umgedrehte Mütze der *Knicks*. Die Ampel war auf grün umgesprungen, während ich geistesabwesend aus dem Fenster gestarrte hatte. Er hatte irgendwie recht.

»Reg dich ab«, rief ich liebenswürdig zurück und bog in den Broadway, um den Kaviar abzuliefern, mich zu duschen und den Smoking anzuziehen.

»Hast du ein Geheimnis?« fragte mich ein hübsches Mädchen am Abend bei Dawns Hochzeit. Ich lachte, einfach weil ich betrunken war. Und glücklich. Später, als alles den Bach runter ging, sollte ich mich daran erinnern, daß ich bei der Hochzeit absolut glücklich gewesen war. Dawn hätte in irgendein schikkes Lokal gehen können, aber sie wollte die Hochzeit hier feiern; hier war ihr Zuhause. Meins auch. Die Taes, denen das beste Restaurant in ganz Chinatown gehört, sind gleichzeitig meine Vermieter; sie haben das Haus oben renoviert und in Lofts umgewandelt. Sie haben einen separaten Eingang eingebaut, so daß man nicht durch das Restaurant gehen muß. Hat sich alles sehr bewährt.

»Ich bin ein glücklicher Mensch«, sagte ich zu dem Mädchen in blauem Satin. Als wir uns auf der Tanzfläche drehten, konnte ich unter ihrer dünnen Jacke ihren biegsamen Körper fühlen. Über ihrem Kopf drehten sich melonengroße Spiegelkugeln und versprühten die Reflexe von Hunderten von Leuten in silbrigen Lichtschnipseln. Der Geruch von Lilien, Chilis und dem Parfüm der Mädchen erblühte in der Hitze, und überall glühten rote Rosen in Vasen. Rot für Glück.

Mir war klar, daß ich betrunken war. Aber es war der Champagnerrausch, der alles deutlicher machte. Später sollte ich die Szene wieder vor mir sehen wie ein Weihnachtsschaufenster in der Fifth Avenue: der hell erleuchtete Raum, die wirbelnden Tänzer, die Braut in vollem Pomp, schnarchende alte Männer auf Lehnstühlen, Kinder, die über ihre Beine kletterten, schwerbeladene Kellner, die Gäste alle in ihren vorgegebenen Bahnen, als würden sie von unsichtbaren Motoren angetrieben. Mr. Tae, geschmeidig wie ein Otter, strahlte; Peter Chu kam aus einem guten Hongkonger Clan; Dawn hatte sich gut verheiratet.

Die Band spielte »Cheek to Cheek«. Ich würde sofort jede beliebige klassische Musik, sogar Horowitz, der Chopin spielt, für Astaire hergeben, und erst recht für Dreck Doggy Dog oder wie dieser komische Rapper heißt, und ich tanzte mit

Teenies, die mir auf die Füße traten, und mit alten Damen, die mich in komplizierten Twosteps herumschoben. Ich tanzte mit Mädchen in glänzender Seide, die auf ihren 12 cm hohen Absätzen standen wie exotische Vögel.

»I'm in heaven.«

Das Mädchen in blauem Satin schaute zu mir herauf, als wäre ich leicht übergeschnappt, und ich merkte, daß ich laut sang. Glückskind, sagte meine Mutter einmal: von Natur aus verrückt.

»Wie geht's, Detective?« Ricky Tae, Dawns Bruder und mein bester Freund, trieb vorbei.

»Wunderbar«, sagte ich. »Wunderbar.«

Als wir tanzten, stellte ich fest, daß das Mädchen in Blau, das eine hohe Stirn, ein wunderschönes Lächeln und tolle Titten hatte, unter ihrer Satinjacke nichts anhatte.

»Wie heißen Sie?« fragte sie.

»Artie«, sagte ich und zog sie näher an mich heran. Sie roch gut.

»Sie sind Rickys Polizist, nicht? Ich dachte, Cops sind schlecht drauf. Verstehen Sie, einfach schlecht drauf. Unzufrieden. Angeödet. Deprimiert durch ihre Erfahrungen.«

»Sie haben zu viele Filme mit Al Pacino gesehen. Ich bin der lustige Cop«, sagte ich. »Wollen Sie mit raufkommen und es ausprobieren? Ich wohne gleich hier oben«, sagte ich. Ich belastete sie nicht mit Einzelheiten, erwähnte nicht, daß ich beurlaubt war und daran dachte, den Dienst zu quittieren, und ich erwähnte auch nicht, daß der Anblick von immer mehr Elend mir eins immer klarer zeigt: Man muß das Leben von vorne bis hinten genießen.

Sie wollte den frustrierten Bullen, also versuchte ich es; ich gab den jungen Brando. Sie kicherte und driftete von mir weg. Dawn kam vorbei, und ich streckte den Arm aus und fing sie ein.

»Warst du nicht ihre Wellenlänge?« Dawn sah in ihrem roten Kleid traumhaft aus.

»Al Pacino wäre ihr lieber gewesen«, sagte ich. »Du siehst phantastisch aus. Vielleicht hast du den Falschen geheiratet.«

»Ich wollte, du wärest es«, flüsterte Dawn, und das war nicht nur als Scherz gemeint. Seit Jahren alberten wir so herum, seit ich in das Haus gezogen war, und manchmal knutschten wir uns auf der Treppe ab.

Aber es hätte ihrem Vater das Herz gebrochen, wenn Dawn einen fischäugigen Cop geheiratet hätte, und das wußten wir beide.

»Tanzen wir doch«, sagte ich, und wir bewegten uns auf die Tanzfläche, und alle machten uns Platz, weil wir gut waren. Auf dem Podium für die Band sang Ricky »I Love You Just the Way You Are.« Alles lachte und tanzte, die Lichter drehten sich, und ich hielt Dawn im Arm und roch die Rosen.

»Du bist betrunken. Ich habe dich bis jetzt noch nie betrunken gesehen«, sagte sie.

»Du hast bis jetzt noch nie geheiratet«, sagte ich.

Eine Stunde später lief ich die Treppe hoch, weil mein Hemd klatschnaß war. Dawn und ihre Freundinnen hatten meine Wohnung als Umkleideraum requiriert, und es roch köstlich: Puder, Haarspray, der Geruch von Mädchen und Parfüm. Dawn benutzte Joy. Ein roter Seidenslip lag zerknüllt auf meinem Bett. Ich vergrub mein Gesicht darin und legte dann eine CD auf. Ella Fitzgerald sang »Give It Back to the Indians«.

Mit einem Blick in den Spiegel schnappte ich mir ein frisches Hemd. Ich war 39, 1,85, in ziemlich guter Form. Ich zog den Bauch ein. Gott, war ich fertig. Ich steckte mir eine Zigarette an, knöpfte mir das Hemd zu mit Fingern, so dick wie Frühlingsrollen, inhalierte den Rauch; er mischte sich mit dem Parfüm und brachte mich hoch wie reiner Sauerstoff oder reine Lust. Ich würde ein nettes Mädchen finden, heiraten. Ein echter Amerikaner werden. Mich vergnügen. Ella Fitzgerald hören. Es war okay. Mir ging es gut.

Ich war schon halb die Treppe runter, als mein Telefon läutete. Der Anrufbeantworter übernahm es. Irgend etwas ließ mich zurückgehen. Irgend etwas war nicht in Ordnung. Die Ader in meinem Nacken pochte, während ich die Nachricht abspielte.

Auf Gennadij Ustinov war geschossen worden.

Mein Kopf dröhnte. Geschossen. Wo geschossen? Ich stand steif, erstarrte, und sah mir zu, wie ich der Stimme vom Band lauschte. Gennadij Ustinov während der *Teddy Flowers Show* in den Kopf geschossen.

Als ich auf die Straße rannte, begriff ich nichts: Die Stadt war so heiß wie die Hölle, und ich rannte, versuchte, dem Alptraum davonzurennen, der mich umklammerte, Schweiß tropfte mir wie Regenwasser in die Augen. Der weiche heiße Teer zog an meinen Füßen. Die ganze Zeit dachte ich: Stirb nicht. Stirb nicht.

2

Stirb nicht!

Schon bevor ich in sein Zimmer auf der Intensivstation trat, hörte ich die Maschinen atmen. Ein. Aus. Ein aus. Ein aus. Es war nach Mitternacht, und im Krankenhaus herrschte Ruhe. Über den halben Korridor hörte ich die Geräusche eines Menschen im Weltraum.

In dem Zimmer lag Gennadij Ustinov bewegungslos in grünlichem Licht; wie ein Raumfahrer war er durch verzwirbelte Schläuche mit der Maschine verbunden, die für ihn atmete.

Ganze Reihen von Monitoren blinkten. Gezackte grüne Linien auf dem schwarzen Monitor zeigten, daß sein Herz noch schlug. Er war an ein Gewirr von Infusionsflaschen angeschlossen und nur durch diese dünnen Schläuche mit dem Leben verbunden. Sein Gesicht, das von der Atemmaske halb verdeckt wurde, war eingefallen: Er war alt, älter, als ich ihn in Erinnerung hatte.

Es gab Bilder von ihm. Als sein Buch herauskam, waren in den Zeitungen Photos erschienen, aber sein Alter konnte man nie erkennen, denn er war ein eitler Kerl, und Bilder konnte man manipulieren. Ich strich mir das Haar aus den Augen und beugte mich über ihn. Eine Schwester wollte mich hinauswinken, aber ein FBI-Agent, dessen Name mir nicht mehr einfiel, sagte: »Lassen Sie ihn nur.«

Der Agent war dagewesen, als ich ins St. Vincent's gekommen war und hatte mir die Hand mit einer kurzen trockenen Geste der Sympathie geschüttelt. Meine Knöchel bluteten.

Ich hatte die Hochzeit verlassen und war drei, vier Blocks den Broadway hochgerannt. Ich hatte ein Taxi gesehen; ich war darauf zugerannt, hatte ihm den Weg versperrt, hatte mit der Faust auf die Kühlerhaube geschlagen, um den Fahrer auf mich aufmerksam zu machen, war hineingesprungen. Der Name des Fahrers stand auf seiner Lizenz: Petrow, Fjodor. Ich bellte Befehle, und der wütende Fahrer wurde unterwürfig und fing an, eine Haarsträhne zu zwirbeln. »Okay Mister«, hatte er gesagt. »Yessir«, hatte er gehorsam und verängstigt gemurmelt, und mir war bewußt geworden, daß ich auf russisch gebrüllt hatte.

»Bitte stirb nicht«, flüsterte ich Gennadij Michailowitsch jetzt zu, diesmal auf russisch. »Stirb mir nicht weg, verdammt noch mal.«

»Was hast du getan?« fragte ich ihn. »Wer will deinen Tod?«

Bis auf die Schwester, einen Assistenzarzt und den Agenten hatte der Raum sich geleert, und ich war allein mit ihm. Ich stand am Bett und schaute auf ihn herunter. Wie oft hatte ich in den letzten Jahren seine Nachrichten auf dem Anrufbeantworter gehört? Er sprach immer englisch, als wollte er damit zeigen, daß ich für ihn jetzt Amerikaner war. Ich rief nie zurück.

»Treffen wir uns, Artijom?« schrieb er mir. Ich beantwortete die Briefe nie. Immerhin nahm ich die Kassette aus dem Anrufbeantworter und legte sie in eine Schublade.

»Können wir uns treffen?«

»Bitte«, schrieb Tante Birdie aus Moskau. »Bitte triff dich mit ihm. Bitte, Artie, deinem Vater zuliebe.«

Bewußtlos lag er in dem schmalen weißen Bett und atmete durch Schläuche, der Mann, der der beste Freund meines Vaters gewesen war: Onkel Gennadij. Ich hatte ihn seit 25 Jahren nicht mehr gesehen. Dann schrieb Birdie mir. Ich war einverstanden. Wir sollten uns am nächsten Tag in meiner Wohnung treffen. In seinem letzten Brief hatte er mich darum gebeten, ihm zu zeigen, wo ich wohnte. »Ich freue mich so, daß wir uns endlich sehen«, hatte er geschrieben; jetzt würden wir uns nie mehr treffen.

Der FBI-Agent tauchte hinter mir auf und legte mir die Hand auf die Schulter, während ich zusah, wie die grünen Linien auf dem schwarzen Bildschirm flach wurden. Ärzte kamen hereingelaufen; ihre Gummisohlen lärmten geschäftig über das Linoleum. Wie eine wütige Phalanx, die mich ausschloß, umringten sie das Bett und machten sich an dem Körper darauf zu schaffen.

»Es tut mir leid«, sagte ein Arzt. »Sie müssen gehen.«

»Ist er tot?« fragte ich. »Ist er tot?« Niemand antwortete.

»Wer würde heutzutage denn noch einen Ex-KGB General umbringen wollen?« gickelte eine Nachrichtentante mit Wuschelkopf, als ich auf der Straße vor dem Hospital herumwanderte. Ich brauchte eine Zigarette.

»Jeder«, sagte ich zu ihr. Verschwinde, dachte ich. »Jeder.«

Auf der Straße lehnte ein Kamerateam am Lastwagen eines Senders und wartete hoffnungsfroh; die Scheinwerfer waren schon eingeschaltet. Ein halbes Dutzend Polizeiwagen parkte an der 12th Street, und oben an der Seventh Avenue leiteten Absperrungen den Durchgangsverkehr um. Männer in Anzügen stiegen aus Limousinen und Taxis und wurden eilig in das Krankenhaus eskortiert. Nachrichtenreporter mit wedelnden Armen und hochgereckten Ausrüstungen rannten neben ihnen her.

Junge Polizisten, die mit Mühe das Gähnen unterdrückten, patrouillierten am Rand der Absperrung, die Jungen kratzten sich die Köpfe mit den radikalen Bürstenschnitten, die Mädchen kämpften damit, das Haar unter den Mützen zu bändigen, das Gewicht der Handschellen, Pistolen, Gummiknüppel und Müdigkeit zog sie herunter. Ich fühlte mit ihnen, und doch war es mir nicht mehr möglich, den jungen Artie Cohen aus diesem fußwunden Straßenbild herauszuschälen.

Dann sprang Sonny Lippert energiegeladen aus einem der großen Wagen. Er sah mich; Sonny entgeht nie etwas.

»Artie, Mann, es tut mir leid.« Er war feierlich. Er schüttelte mir die Hand wie bei einer Beerdigung.

»Ja, danke, nett, daß du das sagst, Sonny.« Es war Sonny Lipperts Stimme gewesen, die mir auf dem Anrufbeantworter mitgeteilt hatte, daß auf Ustinov geschossen worden war. Ein paar Wochen vorher hatte ich Sonny auf der Basis von zuviel Bier anvertraut, daß ich Ustinov treffen würde. Es war ein Fehler gewesen.

»Ich bin ein guter Mensch«, sagte er.

Auch Sonny trug noch einen Smoking; seiner war nicht zerknittert. Er schüttelte einem halben Dutzend Polizisten auf der Straße die Hand. Sonny Lippert ist äußerst ehrgeizig; er unterhielt ein riesiges Netzwerk von Kumpeln und sorgt dafür, daß es immer gut geschmiert ist.

»Ich muß rein, Mann. Ich arbeite an dem Fall. Wir sind schwer aktiv«, sagte er. »Sonny arbeitet jetzt bei der Bundesanwaltschaft, und er interessiert sich für alles Russische, aber er läßt einen nie vergessen, daß er mal Detective war. Seine Haltung zeigt: »Ich bin ein echter Polizist.«

»Für welches Amt kandidieren Sie, Sonny?« hörte ich jemanden fragen, und Sonny wurde weiß vor Zorn.

»Hey, Sonny, wo ist der Täter?« rief ich.

Sonny schob mich von dem Haufen Bullen weg, gegen die Krankenhauswand.

»Wo ist er?«

»Er ist uns entwischt.«

»Er ist euch entwischt? Ein Russe, der in einer Live Show mitten in New York City einen KGB-General erschießt?«

»Woher weißt du, daß der Täter Russe ist?«

»Mein überlegener Verstand.« Ich sah auf Sonny herunter. »Wie ist es passiert?«

Sonny zupfte an einer imaginären Falte an seinem Jackett; Speichel trat ihm in die Mundwinkel. Das konnte eine große Sache werden.

»Wir wissen es nicht. Die Sicherheitsmaßnahmen waren

beschissen. Es herrschte großes Chaos, verstehst du? Schreiendes Publikum. Leute auf dem Boden. Er geht einfach raus. Er geht raus aus dem Studio. Verschwindet einfach. Aber das weißt du noch, Artie? Was?«

»Gar nichts, Sonny.«

Sonny ging hinein, ich überquerte die Straße und lehnte mich gegen die Mauer eines Apartmenthauses. Unbeholfen fummelte ich nach einer Zigarette.

Ein paar Meter weiter lehnte eine Frau an einem Brownstone-Haus. Eine Ledertasche hing ihr über der Schulter, und sie hatte eine Zigarette im Mund. Sie hatte rote Haare. Eine Polizistin in Uniform stand am Bordstein und beobachtete sie. Die Frau strich sich das schwere rote Haar aus dem Nacken und sah zu mir herüber.

»Hätten Sie mal Feuer?« sagte sie.

»Klar.«

Ich zog Streichhölzer aus der Hosentasche und steckte die Zigaretten an. Sie war fast so groß wie ich.

Wir standen eine Weile rauchend da, schweigsame Verschwörer. Es war eine stinkende Sommernacht. Das dauernde leise Donnergrollen wurde nie mehr als ein ohnmächtiges Gebrummel; man fühlte, wie sich überall in der Stadt etwas zusammenbraute und an die Oberfläche drängte. Auf der anderen Seite dealten Junkies mit reinem Heroin, ein Collegestudent verkaufte Prozac für einen Dollar das Stück. Um uns herum knisterten und summten Walkie Talkies, Polizeifunk, Handys und Einbildung in der Sommernacht wie Grillen auf dem Lande. Irgendwo zerschlug eine Flasche auf dem Pflaster.

»Sie sind ein Cop«, sagte sie, wobei sie sich wieder das Haar aus dem Nacken schob und es nervös zu einem Knoten schlang.

»Sieht man das?«

»Können Sie Ihre Wachhunde zurückpfeifen?« Sie nickte zu der Polizistin am Bordstein hinüber.

Ich zuckte mit den Schultern. Das Warten, die Spannung,

der wachsende Kater von dem ganzen Alkohol, den ich bei der Hochzeit getrunken hatte – ich war froh um jede Ablenkung. »Zur Zeit habe ich nicht viel zu melden.«

»Ich bin Lily Hanes«, sagte sie. »Es war meine Show. Verstehen Sie? Er starb in meiner Show.«

»Er ist noch nicht tot«, sagte ich, doch sie antwortete nicht.

Lily Hanes war an diesem Abend für Teddy Flowers eingesprungen, und ich glaube, daß sie den Mund aufmachte, weil sie Angst hatte und weil ich da war und ein guter Zuhörer bin. Auf ihrer Stirn zeichnete sich eine pulsierende blaue Vene ab, und sie leckte sich die trockenen Lippen und redete, und ich wartete auf die Bestätigung, daß Gennadij tot war.

»Ich mochte ihn wirklich sehr. Ich mochte Ustinov. Es war so heiß, und ich war grauenhaft nervös, und er war nett.«

Ich sagte nichts. Sie wollte keine Antwort.

»Sehen Sie, ich bin Reporterin, keine Talkshow-Gastgeberin. Ich bin nur für Teddy eingesprungen. Es war das Ende des Sommerlochs. Die Einschaltquoten hängen runter wie Tante Marthas Bauch in Boca Raton, verstehen Sie? Aber es war eine gute Gelegenheit für mich. Ich war nervös. Wir probierten das neue Studio drüben beim Fleischmarkt aus, und ich kannte mich nicht aus. ›Stell dir die Show wie eine Einladung zum Abendessen vor‹, sagte Teddy dauernd. ›Sieh zu, daß du eine gute Gastgeberin bist‹, sagt Teddy am Telefon zu mir. Er ist in Bridgehampton und vögelt rum und erzählt mir, ich soll es machen wie Ivana Trump. Es wundert mich immer wieder, wieso ihn noch nie jemand zusammengeschlagen hat.«

»Wie war das Publikum?«

»Sie waren unruhig. Sie kommen, um zu sehen, wie Teddy die Gäste fertigmacht. Das macht die Sache pikant. Wie eine japanische Game Show. Sie lieben seinen Sadismus. Sie waren enttäuscht, daß er nicht da war.«

»Scheint ein echtes Ekelpaket zu sein.«

»Teddy *ist* ein Ekelpaket.«

Sie zog an ihrer Zigarette. Ich hätte ihr gern den Arm um

die Schulter gelegt. Sie roch nach Mandeln; vielleicht kam das von ihrem Shampoo.

»Glauben Sie, daß jemand Flowers reingelegt hat?«

»Ich habe es eingefädelt«, sagte sie erschöpft. »Ich war es.«

»Was?«

»Ustinov schreibt an einem Buch. Eine Enthüllungsstory über den KGB. Er ist vielleicht nicht gerade OJ oder Chuck oder Di, aber für die Jahreszeit war er ein guter Fang. Ich erinnere mich, daß er dieses wunderschöne Englisch sprach. Wir waren in der Maske, und Babe – das ist die Maskenbildnerin – schminkt ihn gerade, und ich frage ihn, wo er es gelernt hat. ›An der Harvard University selbstverständlich‹, sagt er. Selbstverständlich. Ein Austauschprogramm. ›Ich war natürlich nicht der einzige KGB-Agent dort.‹ Das sind seine Worte. ›Ich war nicht der einzige KGB-Agent dort.‹«

»Ich weiß«, sagte ich zu Lily Hanes.

»Was?«

»Nichts. Sprechen Sie weiter«, sagte ich, aber sie schwieg.

Vor dem St. Vincent's hörte ich nachts um ein Uhr dieser hübschen rothaarigen Frau zu, während ich auf die Bestätigung wartete, daß Gennadij Ustinov tot war, und ich war betäubt und erregt zugleich. Wieder strich sie ihr Haar zurück, um es schließlich mit einem Gummiband zu seinem Pferdeschwanz zu binden.

»Er hatte so viel Charme.« Sie bedeckte ihr Gesicht für einen Moment mit den Händen. »Wir blödelten herum. Ich fragte ihn, ob er eine KGB-Uniform unter dem Bett hätte. Er sagte, er würde Brooks Brothers bevorzugen, aber er hätte einen Aston Martin mit Schleudersitz und einen Füller, der explodieren kann. Einen Mont Blanc. Natürlich. Wir lachten alle. Und dann fällt er auf mich drauf und ist tot, verdammte Scheiße.«

Sie zitterte, und ich dachte, daß sie gleich zusammenbrechen würde. Ich brachte sie ins Krankenhaus, wo es kühl war, und wir fanden ein Wartezimmer und setzten uns auf orangefarbene Plastikstühle. Eine Putzfrau schob ihren Eimer zu uns hin, und wie brave Kinder hoben wir die Füße hoch, damit sie um uns herum putzen konnte. Das Desinfektionsmittel stank nach faulen Äpfeln, und mir wurde fast schlecht; so roch der Morgen in Moskau, so roch das Zeug, mit dem die Kotze der Besoffenen weggewischt wurde.

»Bitte. Bitte versuchen Sie sich zu erinnern. Wer war sonst noch da?«

»In der ersten Reihe saß diese richtig wütende Russin, die es dem General ordentlich geben wollte. Sie trug eine Art Bauernbluse. An ihrem Hals sah man die Sehnen, so außer sich war sie. Wie bei einem Huhn. Daran kann ich mich erinnern.«

»Und bei der Talkrunde?«

Lily rieb sich das Gesicht. »Was?«

»Die anderen Gäste?«

»Ein russischer DJ oder ein Plattenproduzent, irgend so was. Swerdloff. Riesenkerl. Er schien in Ordnung. Clever. Außerdem eine Stripperin aus einem dieser Nachtclubs in Brighton Beach. Olga hieß sie. Sie nannte sich Anna K.« Lily lachte freudlos. »Ich glaube, Teddy hatte sie an Land gezogen. Oder vielleicht war ich es. Ich weiß es nicht mehr: Ich hab's vergessen. Sie quengelte ziemlich viel. Verlangte eine eigene Garderobe. Tomas Saroyan. Ist zu Geld gekommen, indem er private Krankenversicherungen verkauft. Und anderes Zeug, vielleicht Diamanten. Und Leonid Zalenko.«

»Der Faschist?«

»Ich dachte immer, die New Yorker Polizei wäre faschistisch. Oder Richard Nixon. Ich hatte ja keine Ahnung.«

Hektisch stand sie auf, lehnte sich mit der Hüfte gegen einen Tisch, auf dem nur eine leere Packung Kaffee stand. Ihr Rock rutschte bis über die Oberschenkel, und die waren seidig und gebräunt. Sie schluckte trocken. »Ob es hier irgendwo was zu trinken gibt?«

Im Hintergrund fühlte ich Leute, die sich ruhelos bewegten, warteten, schwiegen. Ustinov brachte es. In der alten Zeit war er ein wichtiger Protagonist gewesen, unter Jelzin Abgeordneter, er hatte Privilegien genossen. Im Wartezimmer murmelten Offizielle auf russisch und englisch, und die niederen Chargen wischten den Boden. Ich fand einen Automaten und holte Cola.

»Zalenko stank«, sagte Lily. »Wirklich. Er kaute Knoblauch.«

»Wieso denn das?«

»Vielleicht wollte er die Werwölfe im Gorki Park abschrekken«, sagte sie und rollte die kalte Coladose über den Nacken, dann schluckte sie die Cola in zwei großen Schlucken herunter. Sie wühlte in ihrer Handtasche und fand ein versteinertes Fruchtkaugummi. Wie ein Schulmädchen brach sie eine Hälfte von dem Streifen ab und bot ihn mir an.

»Zalenko hatte ein Programm. Angeben mit Mütterchen Rußland. Der Westen. Ustinov ging ihn nicht an. Crowe mochte er auch nicht besonders.«

»Crowe?«

»Gavin Crowe. Britischer Schriftsteller, lebt in Moskau. Die Sorte, die immer jeden kennt. Klein. Schlechte Zähne.«

Sie atmete schwer, schwitzte heftig. »Er fiel einfach auf mich drauf.«

»Alles in Ordnung?« fragte ich, und sie wandte sich ab wie ein junges Mädchen.

»Gott, ich bin so müde.« Sie lehnte sich zurück und schloß die Augen.

»Wer fiel auf Sie drauf?«

»Die Talkshow fing an, jemand stand auf und zielte mit einer Pistole.«

»Ein einzelner?«

»Ich glaube. Ich bin nicht sicher. Ich war wie gelähmt. Wie in diesen Träumen, wo man nicht verhindern kann, daß jemand fällt. Etwas Schweres fiel auf mich drauf. Es war voll Blut. Es war Ustinov.«

»Und dann?«

»Genau das, was die Leute immer vom Krieg erzählen. Schreiende Menschen.« Sie befühlte ihre rosa Jacke. Sie war blutverschmiert. Sie war ins Krankenhaus gekommen, ohne sich vorher umzuziehen. »Ich konnte immer nur an Jackie Kennedys Kostüm in Dallas denken.« Endlich legte Lily die Hände vors Gesicht und weinte. »Wissen Sie, was er sagte?«

»Was denn?«

»Ustinov wußte, daß ich nervös war. Beim ersten Werbeblock, als die Kamera noch nicht läuft, sieht er mich mit seinen wunderschönen blauen Augen an, legt mir die Hand auf den Arm und sagt: ›Die Leute werden langsam warm, glaube ich. Ich glaube, es wird sehr lustig.‹ Es wurde sehr lustig.«

Etwa um fünf Uhr früh, vielleicht war es auch schon später, kam der FBI-Agent ins Wartezimmer und sagte, daß Ustinov offiziell für tot erklärt worden war.

Ich ging mit Lily hinaus auf die Straße. Ein abgestandenes trübes Licht machte sich breit. Selbst in der Dämmerung war es widerlich heiß. Die Reporterin wartete immer noch, aufgedreht, mit harten Augen. »Wer würde einen KGB-General umbringen wollen?« fragte sie wieder.

Ich fürchtete mich davor, Lily gehen zu lassen, und so hielt ich ihren Arm, und sie lehnte sich müde an mich. Ich wollte, daß sie mich festhielt. Ich legte ihr den Arm um die Schulter.

Plötzlich machte sie sich los, als wäre ich ein Kerl, mit dem sie geschlafen hatte und den sie am nächsten Morgen nicht mehr erkannte.

»Eben habe ich es kapiert. Sie haben ihn gekannt, nicht wahr? Ich meine, Sie haben ihn wirklich gekannt. Früher. Nicht wahr?«

»Ja, ich habe ihn gekannt.«

Schweiß lief ihren Hals herunter, wie sie so mit beiden Armen ihre Tasche umklammerte, als wolle sie sich vor mir schützen. Sie bewegte sich auf den Straßenrand zu, und ich fühlte mich wie ein Verbrecher. Ich folgte ihr.

»Ich bringe Sie nach Hause. Sie sollten jetzt nicht allein sein«, sagte ich blöde.

»Sie haben ihn gekannt«, sagte sie wieder.

»Kommen Sie.«

»Ich komme schon klar.« Sie war wütend. »Ich bin hier aufgewachsen.«

Ich griff nach ihrem Arm, aber sie drehte sich um und lief die 12th Street hinunter. Bevor sie ging, sah ich in ihren Augen etwas, das ich lange verdrängt hatte: meine eigene Vergangenheit.

Ihre Stimme war kalt wie Eis, als sie noch rief: »Wer zum Teufel sind Sie?«

Als ich mich etwa um fünf Uhr morgens nach Hause schleppte, kannte ich mich selber kaum noch. Ich war wütend. Verängstigt. Ich stellte den Anrufbeantworter an und hörte eine Stimme, die ich nicht kannte. Sie sprach ein gepflegtes schnurrendes Russisch, das mir das Gefühl gab, etwas greife nach meiner Seele. Ich stellte den Apparat ab; ich wollte nichts von irgendwelchen Iwans hören.

In den Frühnachrichten ließen die Kommentatoren massenhaft selbstgefälliges Zeug ab; bei ABC trat Vladimir Posner auf und sagte ganz vernünftige Dinge. Ich begriff nur, daß Ustinov tot war. Ich hatte nicht geträumt. Er war wirklich tot.

In meiner Wohnung roch es immer noch nach Mädchen, aber nicht mehr nach Spaß. Ohne nachzudenken, gab ich Lily Hanes' Namen und die Adresse des Fernsehstudios in den Computer ein. Es war Morgen. Durch das Gebäude hallte der Lärm von schreienden Kindern, bellenden Hunden, Fernsehapparaten, Wasserspülungen, Sex; es war Anfang September, noch Sommer, und alle Fenster standen offen. Normalerweise liebe ich die Geräusche, wenn das ganze Haus erwacht. Nun ignorierte ich alles.

Schwerfällig und verkatert saß ich vor dem Fernseher und hörte kaum, wie Ricky hereinkam. Er hatte eine Zigarette im Mund und trug ein Tablett mit einer Kaffeekanne. Den Anzug von der Hochzeit hatte er gegen einen grauen Jogginganzug eingetauscht. Er stellte das Tablett auf den Tisch, goß Kaffee ein, gab mir einen Becher und setzte sich auf den Liegestuhl, ein Bein über die Armlehne gelegt.

»Alles in Ordnung?« fragte Rick ruhig.

»Ich bin müde.«

»Hast du gefrühstückt? Möchtest du was essen?«

»Nein danke. Hast du es schon gehört?«

Ricky zeigte auf den Fernseher. »Ich habe die Frühnachrichten gesehen. Tut mir leid, Mann, tut mir wirklich leid.« Er warf mir eine Schachtel Zigaretten zu. »Willst du drüber reden?«

»Meinst du, es könnte ein Unfall gewesen sein?«

Ricky sah mich an. »Wenn mir Vögel aus dem Arsch fliegen.«

»Der Mistkerl hat den ganzen Kalten Krieg überlebt, und dann wird er ausgerechnet bei einer Talkshow umgelegt.« Ich brauchte Schlaf. »Gib mir ein paar Stunden Zeit«, sagte ich, und Ricky nickte. Er ist noch ein Junge, aber er hat wirklich Feingefühl.

»Ich gehe«, sagte er. »Schlaf erst mal. Ich bin da. Wir sind alle da. Okay?«

Ich holte mir ein Bier aus dem Eisschrank und versuchte, das Durcheinander in meinem Kopf zu sortieren. Ich kletterte aus dem Fenster auf den Absatz der Feuerleiter und zupfte ein paar verwelkte Blätter von den Geranien, die ich rausgestellt hatte; sie gingen in der Hitze ein und stanken bitter.

Das Telefon klingelte, ich stieg zurück und nahm ab. Eine Männerstimme sprach russisch. Dieselbe Stimme, die Betroffenheit verströmte, um Aufmerksamkeit bettelte, Tribut forderte. Sie durchnäßte mich wie Napalm.

»Falsch verbunden.« Ich knallte den Hörer auf.

Wieder klingelte es. Ich ließ es läuten. Sonny Lipperts Stimme kam vom Anrufbeantworter: »Ich will dich sehen.«

»Jetzt nicht, Sonny.«

»Heute, Detective. Heute. Vor fünf. In meinem Büro. Hörst du mich? Hörst du zu?«

Ich hätte mich zu dem Fernsehstudio geschleppt, in dem er erschossen worden war, aber es war sicher gerammelt voll; die Bullen würden den ganzen Tag brauchen, um auch nur das Publikum der *Flowers Show* zu befragen.

Obwohl ich diesen Monat offiziell beurlaubt war, rief ich in meiner Wache an und bekam den Chef ans Telefon und sagte ihm, daß ich dem Sechsten Bezirk, der die Ermittlungen führte, vielleicht meine Mitarbeit anbieten wollte. Er sagte, er hätte nichts dagegen, aber Sonny Lippert hätte bereits persönlich um meine Hilfe gebeten, und Sonny war ein alter Kumpel vom Chef.

Ich zog mich aus, streifte Shorts über und krabbelte wieder raus, über die Feuerleiter aufs Dach, wo mein Fahrrad in einem Verschlag steht. Mit dem Rücken an die rauhe Bretterwand gelehnt, konnte ich den Fluß sehen. Die Stadt befreite sich allmählich aus der schmierigen Morgenstarre; für das Geschäft nahm die Skyline an Schärfe zu, trotz der mörderischen Hitze. Ich trank mein Bier aus und döste ein.

Im Halbschlaf fiel mir ein, daß Gennadijs Großmutter ihm während der Belagerung von Leningrad, wenn sonst nichts zu essen da war, Tapetenkleister gab. »Es war gar nicht mal so schlecht, weißt du«, erzählte er mir einmal, als ich noch ein Kind war. »Es schmeckte gar nicht schlecht.«

Alles hatte er überlebt, den Krieg, den Kalten Krieg, Stalins Wüten, Jelzins Saufgelage, und am Ende wurde er bei einer Talkshow erschossen, in einer heißen Nacht am Ende des Sommers, in seinem Anzug von Brooks Brothers. Es gab eine Million Gründe, oder, weil hier New York ist, keinen einzigen. Aber das konnte ich mir nicht vorstellen.

Ustinov hatte ein Buch über die Aktivitäten des KGB geschrieben, aber jeder zweite Depp in der früheren Sowjetunion hatte dasselbe getan. Es mußte noch etwas anderes geben. Ich spürte, daß die Antwort in Moskau lag. Ich bekam eine Gänsehaut bei dieser Erkenntnis. Aber ich wollte später darüber nachdenken.

Ich ging wieder rein und setzte mich vor dem offenen Fenster an den Schreibtisch. Am Abend zuvor hatte Dawn mir aprikotfarbene Rosen hingestellt; sie fingen das Licht ein. Auf meinem Schreibtisch stand das Transistorradio in Baseballform, das Gennadij mir geschenkt hatte, als ich noch ein Kind war, und ich nahm es hoch und drehte es hin und her. »Was heißt Mets, Onkel Gennadij? Was heißt Mets?«

Wenn man in Moskau aufwächst, kommt man mit seinen Erinnerungen ins Schleudern. Als der KGB meinen Vater rausschmiß, sprach niemand mit mir darüber. Niemand sagte irgend etwas: Das Thema ging nur die Erwachsenen etwas an. Aber abends sah ich durch die Küchentür, wie mein Vater sich mit seinem faltigen Gesicht über den Tisch beugte und auf kleinen Zetteln rechnete: Was noch da war, was wir uns würden leisten können, falls sie ihn holten. Gennadij Ustinov verschwand aus unserem Leben, aber niemand verlor darüber ein Wort.

Als mein Vater starb, fand ich diese Zettelchen stapelweise in seiner Wäscheschublade bei den Socken; schwindende Erträge eines zerstörten Lebens in diesen kleinen Summen, die er mit seiner gestochenen Handschrift säuberlich notiert hatte.

Die Jahre vergingen, der Klumpen in meiner Magengrube löste sich auf. Es war vorbei, sagte ich mir. Ich hatte die Vergangenheit begraben. Ich würde niemals wieder nach Moskau fahren. Nicht mal in die Nähe. Die Rückkehr, das war wie der Tod.

3

»Ich mach es nicht«, sagte ich Sonny Lippert später an diesem Tag, gleich als ich ihn sah. »Ich mach es nicht.«

»Artie, schön dich zu sehen, Mann«, rief Sonny, als ob er nichts gehört hätte; er schüttelte mir die Hand im Warteraum des Federal Building in Brooklyn und begrüßte mich wie einen VIP.

Sonny Lippert ist klein, aber knallhart. Das dunkel gelockte Haar steht um seinen Kopf herum wie ein Helm. Er ist etwa 55, aber er wirkt 10, 15 Jahre jünger. Sonny Lippert hat steinharte Augen, einen schlauen Mund, eine Haut wie ein junges Mädchen.

»Du hast mich nicht gehört, Sonny. Ich mach es nicht.«

»Ich glaube nicht, daß dir viel andres übrigbleibt, Art.« Wenn Sonny mich Art nennt, klingt das immer wie eine Drohung.

»In Brighton Beach bringen sie Cops um. Und die Familien von Cops.«

Mit einem dünnen Lächeln sagte er: »Du hast keine Familie.«

Sonnys Eifer schrumpfte schneller als ein kalter Schwanz, als ich sagte, daß ich nicht für ihn in Brighton Beach die Ohren offenhalten würde. Er war fest davon überzeugt, daß ein Iwan Ustinov umgebracht hatte. Das war ich auch, aber ich wollte nicht die Drecksarbeit für ihn machen. Er sagte, daß er ein paar Anrufe erwartete und ließ mich im Warteraum sitzen. Ich konnte warten. Sonny ließ mich fast eine Stunde warten.

Ich schaute mich in dem trostlosen Warteraum in dem Gebäude an der Cadman Plaza um. Ein halbes Dutzend Türen ohne Aufschrift führte hinaus. Der Raum war mit scheußlichem Teppichboden ausgelegt. Die Stühle waren aus grauem

Plastik. Es roch nach Plastiktanne. Hinter einer kugelsicheren Glaswand saßen zwei pensionierte Polizisten, die im Wachdienst arbeiteten und Kaffee aus *Yankee*-Bechern tranken.

»Wie geht's, Detective?« rief einer von ihnen, als Sonny abgehauen war.

»Hi, Eddie. Joe. Enkel okay?« Sie nickten strahlend, dann vertieften sie sich wieder in ihre Familienfotos und amüsierten sich über den Klatsch in der *Post*.

Ich kenne Eddies und Joes in der ganzen Stadt. Ich kenne ihre Geburtstage. Ich schicke ihnen Karten. Alle mögen mich.

»Es kommt nicht darauf an, was du in der Stadt kennst, sondern wen«, erklärte mir Dan Guilfoyle ganz am Anfang, als ich in seine Abteilung kam. Danny hat mir gezeigt, wie das System funktioniert, wie die New Yorker Polizei ihre Reviere einteilt, wer die Filetstücke bekommt, welche Spezialisten einem helfen, wer sich mit Wanzen auskennt; sogar wen man bei der Marine drüben in Quantico und bei der CIA in Langley anrufen kann, wo Experten Waffen analysieren, Blut, DNA, Fasern, Lebensmittel, radioaktives Material, sogar Federn. Manche Leute analysieren nichts anderes als blöde Federn. Als Danny pensioniert wurde und von Manhattans West Side nach Sag Harbor zog, fehlte er mir sehr.

Ich wartete und sah Polizisten kommen und gehen, sah Agenten wortlos durch die unbeschrifteten Türen gehen. Der FBI teilt hier einige Büros mit der Abteilung für Organisiertes Verbrechen, dem Ostbezirk und anderen Bundesbüros; Teil des verschachtelten undurchdringlichen, miteinander konkurrierenden New Yorker Justizsystems, das wegen Ustinovs Tod jetzt vermutlich total lahmgelegt war.

Im allgemeinen spricht die New Yorker Polizei nur mit dem FBI, wenn ihr das jemand befiehlt. Die Bundesanwälte konkurrieren um Festnahmen mit Staatsanwälten von New York. In diesem Fall Außenministerium, CIA – wer zum Teufel wußte das schon?

Allein in der City tummeln sich ganze Scharen von Spezialisten – Geheimdienst, Sprengstoffabteilung, gefährliche Güter, Sonderkommandos, PR-Leute. In Police Plaza laufen so viele davon herum, daß man kaum weiß, wer wo sitzt, weshalb ein Schlaumeier es in Puzzle Plaza umgetauft hat. Dann gibt es auch noch die Leute von den kleinen privaten Sicherheitsdiensten, knallhart wie gekaufte Killer, weil sie sich nicht an Vorschriften halten müssen, und Sicherheitsfirmen wie Kroll, die so groß wie eine ganze Regierung sind. Einer, den ich kenne, hat mich mal beschnuppert. Man verdient gutes Geld, aber ich hab's halt mit dem Staatsdienst, und außerdem hatte ich schon eine Lizenz als Privatdetektiv beantragt.

»Agent oder Anwalt«, rief Joe oder Eddie jedesmal, wenn die Fahrstuhltür aufging.

»Berater«, nannten sich die Anwälte gegenseitig, als wären sie bei Hofe, und sie waren elegant wie hochgezüchtete Hunde und trugen nur extrem teure Kleidung. Die Anzüge der Agenten saßen schlecht; ihre muskulösen Hüften zeichneten sich unter dem billigen Stoff ab.

Ich wartete auf Sonny.

»Es kommt nicht darauf an, was du weißt, sondern wen du kennst«, sagte Danny immer. »Den Rest kannst du vergessen. Es ist so, als wenn man eine Toilette repariert. Du brauchst nicht zu wissen, wie sie funktioniert. Du brauchst nur zu wissen, welchen Klempner du anrufen mußt, was für eine Telefonnummer er hat und ob er dir noch etwas schuldet.«

Ich schuldete Sonny noch was.

»Sie können jetzt rein, Detective«, rief Joe endlich, und ich ging in sein Büro, vorbei an Rhonda, seiner geduldigen Sekretärin.

Sonny Lippert lächelte breit. »Entschuldige die Verzögerung, Artie. Wie wär's mit einem Kaffee?«

Sonny ist geizig wie Onkel Dagobert, und ich vermutete, daß er mir einen Dollar für das Gebräu abknöpfen würde, aber verflixt noch mal, ich kannte sein Spiel besser, als er glaubte.

Ich lächelte zurück. »Aber gern.«

Rhonda erschien mit einer Kaffeekanne, groß und glänzend wie der Samowar eines Zaren. Sonny schickte sie hinaus. »Ich mache ihn. Jergascheff«, sagte er und steckte die Nase in die Kaffeetüte. »Aus Äthiopien. Marke Starbucks. Kostet ne Kleinigkeit, Junge. So. Glaubst du, daß es eine Verbindung zwischen Ustinovs Tod und dem russischen Gesindel gibt?«

»Woher soll ich das wissen, Sonny?«

Ich wußte, daß für Lippert die Russenmafia in Brooklyn hinter allem und jedem steckte. Er war besessen davon. Der Mord an Ustinov fiel wahrscheinlich nicht in seine Zuständigkeit, aber er wollte auch ein Stück vom Kuchen. Der russische Mob war der Preis, der ihm die Wahl zum Obersten Staatsanwalt von New York einbringen würde, und den Job wollte er unbedingt.

Sonny verfügt in seinem Büro über die komplette Ausrüstung, den Schreibtischstuhl aus Leder, die Aussicht, die Fotos von der Frau und den Kindern, in einem Schaukasten auf seinem Schreibtisch einen Baseball mit dem Autogramm von Jackie Robinson, jedenfalls behauptet er das. Vielleicht kommt er in Brooklyn gut damit an, vielleicht bedeutet er ihm auch wirklich etwas. Ich frage ihn nicht danach.

»Warum soll es mit der Bundespolizei nicht gehen? Überhaupt mit den Cops? Außerdem haben sie eine SoKo gebildet, hab ich gehört.«

Sonny kochte Kaffee. Dann hielt er seine Rede.

»Hör auf damit, du weißt genau, warum das nicht geht. Jahrelang hat die Abteilung den Bezirk Brighton Beach als ›gutbürgerlich‹ eingestuft. Kaum ein Bulle spricht russisch. Wir haben nicht den geringsten Zugang zur russischen Gemeinde. Wir sind nicht weiter als 1986, und das weißt du ganz genau. Das FBI schnappt Iwankow, und dann geben sie damit an, daß sie nicht mal russisch können, als wenn das, verdammt noch mal, eine Ehre wäre. Wir kennen die Drahtzieher nicht. Wir wissen nicht, wie das Schutzgeld bezahlt wird. Du gehst in ein Deli in Brighton Beach, die Kasse ist leer, in der

Wand sind acht Einschußlöcher, Leute bluten, und du fragst den verdammten Russen hinter der Theke, was passiert ist. ›Nichts‹, sagt er. ›Nichts.‹«

»Die Dinge ändern sich.« Ich wußte, daß das Quatsch war.

»Bitte! Keiner sagt aus. Die gehen lieber in den Knast, als daß sie einen von ihren Leuten verpfeifen. Außerdem töten sie zum Spaß.«

»Was willst du?«

»Ich will den Aufbau durchschauen, Kapos, Unterführer. Wie kann ich das mit ein paar Bullen schaffen, die beschissen russisch sprechen und von denen manche auch noch blöder als sonstwas sind. Ich versuch, die Bundesbehörden mit der Nase drauf zu stoßen, und schon fangen ein paar Juden im Justizministerium an zu schreien. Nichts soll an die Öffentlichkeit. Sie haben Angst, daß eine schlechte Presse die Eiwanderung behindert. Brighton Beach ist jüdisch. Das Gesindel da ist jüdisch. Ich bin Jude. Ich kann's nicht ändern.«

»Ich kann dir nicht helfen.«

»Du mußt. Ich brauche dich«, sagte Sonny.

Über dem Fluß grummelte Donner. Die Hitze mußte bald aufhören.

»Ich mag meine Arbeit. Ich bin gern ein gewöhnlicher Cop.«

»Jetzt laß uns mal Tacheles reden, Artie. Seit einem Monat bist du beurlaubt, du denkst ans Aufhören. Meinst du, ich weiß das nicht? Außerdem warst du nie ein gewöhnlicher Cop. Du warst mein Cop. Mein Cop. Klar?«

Vor langer, langer Zeit, als ich nach New York kam und noch nicht mal die Polizeischule besuchte, lernte ich Sonny Lippert kennen, und er räumte mir ein paar Steine aus dem Weg. Er half mir bei der Einbürgerung. Er half mir, den Job zu kriegen, den ich wollte. Spinner wie mich konnte New York immer brauchen, sagte er. Mehr als einmal half er mir, ich schuldete ihm was, und das ließ er mich nicht vergessen. Ich übernahm Jobs für ihn und mache das gelegentlich auch jetzt noch. Ich spreche gut russisch und hebräisch. Ich habe schöne Anzüge. Wenn Diplomaten ihre Immunität mißbrauchen, kann ich das unauffällig überprüfen. Ich kann aufgebrachte Diplomaten beruhigen, und ich kann mit Messer und Gabel umgehen.

»Ich bin dein Laufbursche, Sonny. Ich halte dir den Rücken frei. Ich halte jüdische Gemeinschaften bei Laune. Der FBI mag mich. Die CIA mag mich. Sogar der verdammte Mossad mag mich. Aber auf gar keinen Fall lasse ich mich mit den verdammten Russkis in Brooklyn ein. Warum ausgerechnet ich?«

»Ich hab's dir doch erklärt. Ich brauche Ohren. Augen. Auf der Straße. Ustinov wird im Fernsehen ermordet. Von wem? Von einem gewöhnlichen Iwan, einem Killer, der schnelles Geld machen will? Von einem angeheuerten Killer mit politischem Hintergrund? Heutzutage lassen die Schlemihle in der Einwanderungsbehörde jeden rein. Ein toter Russe mehr oder weniger ist mir so was von egal, aber endlich, endlich hab ich mal einen legalen Grund, das Gesocks in Brighton Beach so lange durch die Mangel zu drehen, bis es Blut spuckt. Ich werde den Leuten solche Angst vor dem russischen Pack machen, daß ich eine Atombombe drauf werfen könnte, und die Leute würden mir noch Geld schicken.«

Ich stand am Fenster; Blitze zerschnitten den Himmel.

»Du bist wohl meschugge, Cohen. Das hier ist keine nette Stadt. Das ist nicht George Gershwins *Wonderful Town*. Es ist eine Kloake, und das Gelump von Brighton Beach will sich auch noch drauf hocken und reinscheißen, und alles, was ich will, ist ein bißchen Hilfe.«

»Leonard Bernstein.«

»Was?«

»*Wonderful Town*. Von Leonard Bernstein.«

Sonny stellte sich neben mich; er hätte mir wohl den Arm um die Schulter gelegt, wenn er so hoch gereicht hätte.

»Schau mal Junge, ich weiß, daß du fertig bist. Dieser Ustinov war dein Freund. Ich bin auch dein Freund, du weißt, was ich meine, es ist wichtig, Mann, ich brauche dich. Ich brauche dich wirklich.« Lippert zog seine Nummer ab, wie ein Produzent in Hollywood, dem ein Starlet einen blasen soll. »Vielleicht hast du vor irgendwas Angst«, sagte er noch mit echter Besorgnis.

Ich hielt den Mund. Das ging ihn nichts an.

Sonny Lippert drehte sich um, lehnte sich auf seinem Stuhl zurück und legte die Füße auf den Schreibtisch. Sonny trug diese versnobten Schuhe aus glänzendem schwarzem Kalbsleder und Socken aus Kaschmir. Als ich nach New York kam, wollte ich um jeden Preis genau solche Schuhe. Ich kaufte welche, aber dann ließ ich sie jahrelang zu Hause im Schrank.

Draußen begann es zu regnen. Ich wollte wissen, warum Ustinov sterben mußte, aber ich wollte nicht mehr für Sonny den Laufburschen spielen, und ich würde nicht für ihn nach Brighton Beach gehen.

»Vielleicht kann Moskau dir weiterhelfen«, sagte ich.

Sonny stöhnte. »Vielleicht sollte ich Jane Fonda bitten, Jesse James einen runterzuholen. Gott im Himmel.«

»Du bist sicher, daß es das Gesocks war.«

»Ich habe ein Vorausexemplar von Ustinovs Buch gesehen. Auf einmal hängt dieser Ex-KGBler gegenüber der Mafia den Moralapostel heraus. Vielleicht hat ihnen das nicht gefallen. Vielleicht wollten sie ein paar Leute warnen. Vielleicht paßten ihnen seine Krawatten nicht. Ich weiß es nicht. Hilf mir.«

»Tut mir leid.«

Sonny trank seinen Kaffee in kleinen Schlucken, und ich durfte mich ausgiebig an seinem Schweigen erfreuen. Geraume Zeit später lächelte er mir zu, mit einem verkniffenen selbstzufriedenen kleinen Lächeln.

»Okay«, sagte er.

»Einfach okay?«

»Ja. Ich wollte dir einfach was Gutes tun. Du willst nicht, also bist du draußen. Kein Problem.« Er stand auf. Das Gespräch war beendet. Ich konnte mir keinen Reim darauf machen; Sonnys Gehirnwindungen sind so verschachtelt, daß ein Labyrinth dagegen ein Wunder an Übersichtlichkeit ist.

»Ich habe nicht gesagt, daß ich überhaupt nichts mit dem Fall zu tun haben will. Ich habe dem Sechsten Revier meine Mitarbeit angeboten.«

»Wenn du nicht in der Lage bist, mir zu helfen, dann solltest du es lassen. Vielleicht bist du emotional überfordert. Schleppst noch von früher dein Päckchen mit dir rum.«

Ich fragte mich, ob er noch mehr Reisemetaphern ausspukken würde.

»Und jetzt? Schickst du einen Italiener hin?«

»Ich hab außer dir noch andere Asse im Ärmel.«

»Was ist mit der Knarre?«

»Die finden wir noch. Normalerweise finden wir sie.«

»Was ist mit dem Killer?«

»Ein Gangster. Ein Cowboy. Aus Moskau eingeflogen für ein paar Riesen. Hängt in Moskau rum und schnüffelt Nagellackentferner. Das ist mir wirklich egal. Ich hab dir gesagt, daß Ustinov mir egal ist. Ich will die Leute, die die Killer anheuern, die Erpresser, die Dealer, die Zuhälter, die Russen, die meine Stadt kaputtmachen.«

»Kann ich das Video sehen?«

»Welches Video?«

»Er wurde bei einer Fernsehshow umgebracht. Es gibt ein Video davon.«

Lippert zuckte mit den Schultern. Plötzlich hatte er zu tun. »Mach mal richtig Urlaub. Besuch Danny Guilfoyle.«

»Mein Urlaub ist fast zu Ende. Ich fang wieder an zu arbeiten.«

»Ich will damit sagen, daß du deinen Urlaub verlängern solltest. Nimm noch länger Urlaub. Ich glaube, du bist gestreßt. Ich habe auch schon mit deinem Lieutenant gesprochen. Mach's gut, Art.« Er drehte sich um und griff zum Telefon.

Als ich an Rhondas Schreibtisch vorbeiging, sah ich eine Ablageschachtel mit Ustinovs Namen drauf, aber Rhonda beobachtete mich, und so ging ich hinaus und wartete neben dem Fahrstuhl.

»Detective Cohen?«

Die leicht lakonische Stimme erschreckte mich in ihrer Förmlichkeit. Es war der Agent, den ich in der Nacht vorher im Krankenhaus gesehen und dessen Namen ich vergessen hatte.

»Agent Roy Pettus«, sagte er und streckte mir die Hand hin.

Mir schien das keine zufällige Begegnung zu sein. Pettus war ein großer beherrschter Mann mit einer beginnenden Glatze, etwa 45 Jahre alt, und dem Gesicht eines Kindes in mittleren Jahren. Die Haut war zart, rosa, die Augen rund und hellblau und ohne Wimpern. Das Haar, das er noch hatte, war strohgelb, und sogar an einem so unverschämt heißen Tag wie heute trug er einen schweren bräunlichen Anzug; die Jacke war verknittert.

»Wenn ich irgend etwas tun kann«, sagte er ruhig und gab mir seine Karte.

»Danke.«

»Melden Sie sich, Detective. Vielleicht kann ich Ihnen etwas beschaffen, das Sie brauchen«, fügte er hinzu und ging rasch durch eine der unbeschrifteten Türen.

4

Ich wollte nur noch nach Hause. Ich wollte wieder zur Arbeit. Ich wollte, daß die Hitze aufhörte, und ich wollte, daß Lily auf meine Anrufe reagierte. Unterhalb von Sonnys Büro lagen Gerichtssäle, und an den Wänden hingen Bilder von lebenden und toten Präsidenten. Die Luft war abgestanden. Das erinnerte mich an Moskau.

Vom Autotelefon aus rief ich Lily Hanes' Büro an. Ich bekam nur ihre rauchige Stimme an den Apparat. Sprechen Sie mir eine Nachricht auf Band. Nicht meine Nachricht wollte sie; ich war der Feind. Es hatte keinen Sinn, zur Arbeit zu gehen. Ich war vorher schon da gewesen. Jeder sagte: »Hi, schön, dich zu sehen, Mann.« In dieser grauenhaften Hitze saßen sie bis zum Hintern in Morden, und ich gehörte nicht mehr zu ihnen.

Mit einem Trick brachte ich ein Mädchen von *The Flowers Show* dazu, daß sie mir den Namen des Sicherheitsdienstes der Show versprach und mir auch Lily Hanes' private Telefonnummer gab. Es war zu leicht. Dann wendete ich das Auto, obwohl ich es eigentlich nicht vorgehabt hatte.

An diesem Teil des Flusses lagen die alten Brooklyn Navy Yards, wo einst eine Invasionsflotte vom Stapel gelaufen war und wo jetzt stelzbeinige Reiher wie mit Greifzangen im Müll stocherten. Aber die Reiher sind auf dem Rückzug. Den ganzen Fluß entlang kaufen die Zeugen Jehovas alte Sandsteinhäuser, Schulen, und setzen ihre Verlagshäuser, Sporthallen, Hotels hinein. WACHTTURM schrie ihr großes rotes Schild, unter dem sich die Bekehrten mit ihren glasigen Augen die Gegend für Gott einverleibten. Ich kannte ein Mädchen, eine Malerin, die hier ganz in der Nähe der Manhattan Bridge wohnte. Ihre Aussicht war einzigartig.

Ich liebe den Fluß.

Wenn man in einer Stadt ohne Zugang zum Meer aufgewachsen ist, wie Moskau, fünfhundert Meilen vom Wasser entfernt, in einer hoffnungslos provinziellen Stadt, die im Landesinnern auf dem Trockenen liegt, dann ist der Archipel New York, diese Küstenstadt mit ihren Brücken und Flüssen, ihren Inseln und Feuchtgebieten, von überwältigender Schönheit. Ich stelle mir die Stadt gern als großen Hafen vor, auf dessen Wasserstraßen sich die Schiffe drängen, und wenn ich mich richtig beschissen fühle, gehe ich an den Fluß Radfahren, oder ich setze mich vielleicht hin und angle ein bißchen. Ich habe mir mal ein Segelboot gekauft, um die Stadt vom Wasser aus zu sehen, aber jetzt ist es völlig hinüber und verrottet in dem Verschlag auf meinem Dach.

Unten am Shore Parkway sah ich einen Jungen und seinen Vater beim Angeln. Sie teilten sich einen Schirm, und ich war neidisch. Ich wollte mich fallen lassen und nur noch schlafen. Statt dessen fuhr ich weiter. Vielleicht war ich es Ustinov schuldig. Vielleicht würde das, was ich erfahren würde, nur halb so schlimm sein. Ich bog in die Coney Island Avenue ein und fuhr nach Brighton Beach.

Klein Odessa wird diese Gegend genannt. Die Brighton Beach Avenue führt parallel zur Küste östlich von Coney Island unter der E 1 entlang, und die Züge donnern über einen hinweg, und die Gleise filtern das Licht, so daß die Straße geheimnisvoll wirkt. Das Viertel ist zu hundert Prozent in russischer Hand, und alles ist russisch: das Deli Black Sea, die Bäckerei Kiew, die Musikschule Shostakovitch, ein schäbiger Laden für Autoersatzteile. Die Anchor Bank heißt ihre Kunden in russischer Sprache willkommen, alle Hinweise sind auf russisch, und an Silvester erschießen sich die Leute gegenseitig im Café Arbat.

Zehn Meilen von der Wall Street entfernt macht die Zeitachse eine Krümmung; am Ende der Achse trifft die russische Provinz auf das Brooklyn der Jahrtausendwende, erstere steigt die Stufen hinauf, letzteres kommt herunter. Wenn der Wind vom Meer kommt, kann man das Meer, das Salz, manchmal auch den Müll riechen.

Es war mindestens ein Jahr her, wenn nicht länger, seit ich in Brighton Beach gewesen war. Ich hatte eine Cousine meiner Mutter besucht. Genia hatte mich angerufen, als sie nach Amerika kam, und ich besuchte sie in einem schäbigen zweistöckigen Haus; es war aus ungebrannten Ziegeln hochgemauert und hatte einen billigen grauen Verputz. Vor der Tür stand ein rostiges Dreirad. Wahrscheinlich lebte Genia dort immer noch mit ihrer Tochter und ihrem Vater, aber ich rief sie nie mehr an. Sie schlugen sich durch, indem sie ein Zimmer an Durchreisende vermieteten.

Im Wohnzimmer, wo die braunen Vorhänge fest zugezogen waren, wurde ich auf den guten Stuhl gesetzt, dessen Silberbrokat mit einem Plastikbezug geschont wurde. Ich trank Tee, während die Tochter Flöte spielte. Sie war ein dünnes blasses Mädchen, das sich weigerte, englisch zu lernen. Auch der alte Mann sprach kein englisch, und er unterbrach die Musik mit zornigen Geschichten über seine Heldenzeit in der Roten Armee; er sprach halb russisch, halb jiddisch, ich verstand ihn nicht.

Der Trübsinn dieses braunen Zimmers hielt sie in einer Wolke von Apathie gefangen, die alles, außer dem Flötenspiel des Mädchens, vergiftete. In Brooklyn gestrandet, dachte ich. Einen Augenblick lang wurde ich von Panik ergriffen. Mir kam es vor, als wäre ich nach Moskau zurückgekehrt. Ich trank ihren Tee und aß ihren Apfelkuchen. Ich schaute mir Familienfotos von Leuten an, die ich nicht erkannte. Ich gab dem Kind etwas Geld und floh. Es war Ende des Winters gewesen, und alte Männer gingen die Uferpromenade entlang; sie umklammerten Piroggen, um sich zu wärmen, und starrten hinaus auf den Ozean.

Ich fand in der Brighton 6th Street, ganz in der Nähe von Genias Haus, einen Parkplatz. Es wurde dunkel. Ich wußte nicht, was ich suchte, und ich hatte keine Waffe dabei. Ich hätte eine Kanone mitnehmen sollen, aber ich war beurlaubt, und als ich von Sonny wegging, hatte ich wirklich nicht vorgehabt hierherzukommen.

Ich hasse Kanonen. Ich kann zwar ganz gut damit umgehen. Das habe ich der israelischen Armee zu verdanken; ich habe irgendwelche bescheuerten Preise gewonnen. Und ich war an die Waffe gewöhnt; sie war ein Teil meines Körpers geworden, auf den ich nicht mehr verzichten konnte. Vielleicht war das der Grund, weshalb ich die Abteilung verlassen wollte, aber in dieser Gegend fühlte ich mich ohne Kanone nackt und hilflos.

Im Kofferraum fand ich einen Schraubenzieher, den ich in die Tasche steckte. Auch eine Art Waffe und auf jeden Fall besser als nichts.

Der Regen hörte auf. Aus den Häusern kamen Leute mit Hockern und Kisten, setzten sich darauf, fächelten sich mit russischen Zeitungen frische Luft zu und schwatzten auf russisch. Im Vorbeigehen schnappte ich Gesprächsfetzen auf, es ging immer um Geld. Welche Richtung ich auch einschlug, ich hörte Schritte hinter mir, aber sie gehörten meinen eigenen Dämonen. Dämonen, die ich bis zu Gennadijs Tod für verschwunden gehalten hatte. Ich hatte mich getäuscht.

»Artemij Maximowitsch?«

Die weiche Männerstimme holte mich im Arena Café ein, in das ich mich zum Abendessen gesetzt hatte. Auf meinem Tisch lagen auf einem Blechteller Pelmeni, Teigbeutel, schlapp wie die Eier alter Männer. Womit waren sie gefüllt? Pferdefleisch? Hund? Wer sollte das schon wissen, verdammt noch mal. Ich erstach einen mit der Gabel und schaute auf.

Er war ein glattrasierter, asketisch wirkender Mann, und er trug eine Brille mit Stahlrand wie Trotzki. Er sah aus wie ein

Buchhalter, und als er sich neben mich setzte, legte er einen kleinen Schreibblock auf meinen Tisch.

Als ich eine halbe Stunde zuvor hereingekommen war, hatte er an einem Tisch mit lauter Russen gesessen, die alle rauchten. Der Größte von ihnen hatte Schultern wie ein Gewichtheber und schaufelte Kascha und Spiegeleier in sich hinein, ohne dabei die Zigarette aus dem Mund zu nehmen. Keiner hatte mich angesehen. Fremde waren hier nicht willkommen. Darin täuschte sich Sonny Lippert. Ich sprach russisch, aber ich war ein Fremder; das hier war eine geschlossene Gesellschaft.

»Meine Name ist Cohen«, antwortete ich.

»Wie auch immer. Artemij Ostalskij, Artie Cohen. Wir wissen, wer Sie sind. Guten Tag«, sagte der Mann.

»Und?«

»Wir finden, Sie sollten aufhören, hinter Hirngespinsten herzujagen.« Der Mann wechselte ins Englische wie in einen Geheimcode. »Wir wissen, wer Gennadij Michailowitsch getötet hat. Auch der Killer wird bald tot sein. Es gibt kein Geheimnis dabei.«

»Wenn Schweine fliegen.«

»Wie bitte?«

»Sie haben es doch gehört.« Ich legte Geld auf den Tisch und drückte meine Zigarette in den Teigtaschen aus.

»Ich sage Ihnen das nur deshalb, weil auch Sie Gennadij Michailowitsch mochten.«

Der Mann benutzte Onkel Gennadijs Vaternamen mit wirklicher Achtung. Alle Gespräche waren verstummt. Es war jetzt so still in dem Restaurant, daß man hören konnte, wie der Mann seine Kascha herunterschluckte.

»Wir verstehen Ihre Gefühle, weil Onkel Gennadij, wie Sie ihn nannten, auch unser Freund war.«

Ich blieb sitzen. Der Mann nahm seine Brille ab und rieb sich den Nasenrücken, und ich sah, daß er auf einem Auge blind war.

Er setzte die Brille wieder auf und starrte mich an. »Sie sollten besser nach Hause gehen.«

Aber ich ging nicht. Ich antwortete nicht. Der Mann kehrte an seinen Tisch zurück und wartete auf meinen nächsten Zug.

Ich wartete. Aber worauf? Darauf, daß Gennadijs Mörder hereinkam und Borschtsch bestellte? Wenn man bei der Mafia in Brighton Beach nach Beweismaterial suchte, dann war das so, wie wenn man in Memphis nach Elvis sucht: Er ist überall und nirgends. In Brighton Beach behaupten die Leute, daß es keine Mafia gibt. Die Mafia, das sind vor allem Tschetschenen in Moskau, sagen sie. Sie spucken aus, wenn sie es sagen: Kaukasier sind Hundescheiße, auch wenn man nach Grosnyj mehr Respekt hat.

Die Kellnerin übersah mich. Sie hatte dicke Titten, einen dicken Hintern, stonewashed Jeans, massenhaft Gold um ihren ledrigen Hals. Anfangs hatte sie versucht, mit mir zu flirten, aber ich war nicht darauf eingegangen, und nun hielt sie mich für einen Snob. Ich hörte ein paar Frauen am Nachbartisch zu. Tratschend aßen sie Pralinen aus einer großen Schachtel auf ihrem Tisch.

»Er hat mir Diamantohrringe geschenkt.«

»Meiner hat mir eine große Rolex mit Diamanten geschenkt. Genauso falsch wie er selber.«

»Bescheuertes Arschloch.«

Neben der Bar, an der eine Babuschka mit einem schmutzigen Lappen auf der Theke herumschmierte, zitterte ein Perlenvorhang im Luftzug der Klimaanlage. Durch ihn hindurch sah ich eine Kleiderstange mit Ledersachen, Pelzen, Sachen, die irgend jemand am Flughafen gestohlen hatte.

Ich hatte mich mit Sonny Lippert gestritten, weil ich nicht hierherfahren wollte, und nun war ich doch hier. Hatte er es so gewollt? Geplant? Hatte er instinktiv gewußt – noch bevor mir das selbst klar geworden war –, daß ich Ustinovs Mörder jagen würde?

Die Frauen stocherten in den Pralinen, prüften jede einzeln, bissen hinein, legten die zurück, die ihnen nicht schmeckten, träumten von Gold und Diamanten. Sie quengelten, sie kreischten. Gib mir Pralinen. Gib mir Rolex. Gib mir, gib mir. Ich fühlte mich beschissen. Am meisten haßte ich es, daß es immer genauso kam, wie ich es mir vorgestellt hatte: das Heft mit den Primitivcomics vom russischen Leben, an das ich mich noch dunkel erinnerte. Was hatte das alles mit Onkel Gennadij zu tun?

»Ich hätte gerne eine Tasse Kaffee«, rief ich der mürrischen Kellnerin zu.

»Kaffee ist alle«, sagte die Kellnerin auf Russisch.

»Okay. Tee.«

Sie brachte Tee in einem dicken Becher.

»Ich hätte gern ein Glas.« Tee im Glas erinnert mich an meine Mutter. Außerdem wollte ich die Kellnerin ärgern.

»Kein Glas.«

Die Männer schauten zu. Ich trank den Tee aus. Ich zählte noch mal mein Geld. Ich wischte mir den Mund ab. Ich nahm einen Zahnstocher und steckte ihn in den Mund und lächelte die Frauen an. Die Kneipe vibrierte vor Spannung. Niemand sagte etwas.

Ich würde nicht gehen, nur weil irgendein aufgeblasener kleiner Ganove, wer auch immer er sein mochte, wie auch immer er meinen Namen herausgefunden hatte, mich dazu aufforderte; aber ich hatte Angst. Ich prägte mir die Gesichter rundherum so gut wie möglich ein, zählte bis hundert, steckte mir danach eine Zigarette an, rauchte sie zu Ende, drückte die Kippe aus, stand auf, zog meine Jacke an, steckte die Zigaretten in die Tasche und schlenderte zur Tür. Ich wandte mich an den Buchhalter. »Ich komme wieder«, sagte ich.

Er lächelte, dieses schmallippige, trübe russische Lächeln.

»Das Leben ist kein Film, wie schon deine liebe Mutter dir immer gesagt hat, Artijom«, sagte er, und als ich aus der Tür trat, wurde mir klar, daß jemand die ganze Zeit draußen gewartet hatte, daß er mich beobachtet, auf mich gewartet hatte.

Ich stellte den Kragen hoch, um mich vor dem warmen Nieselregen zu schützen, der wieder eingesetzt hatte und der den Gestank von schwerem Rasierwasser mit sich brachte, wie es Männer benutzen, die bestechen und die Schmuck und Ledermäntel tragen.

Er hing mir nach, dieser Geruch. Manchmal ist es wie im Kino, das ist das Problem, dachte ich, während ich mich langsam vom Arena entfernte und dabei versuchte, meine Panik nicht zu zeigen. Ich fühlte, wie mich die Männer in meinem Rücken beobachteten. Ich konnte sie fühlen, wie sie mich durch das Fenster des Cafés beobachteten.

Licht aus dem Fish Town, wo ich den Kaviar für Dawns Hochzeit gekauft hatte – in einem anderen Leben, so empfand ich es schon jetzt – schien auf das nasse Pflaster. Die Schaufenster waren mit Scheiben von totem Räucherfisch vollgestopft: rosa Lachs, weißer Döbel mit gesprenkelter goldener Haut, durchsichtige Störscheiben, teuer wie ein Pelzmantel. Fässer mit hellgrünen Gewürzgurken standen neben schwarzen Brotlaiben, die soviel wogen wie ein ganzer Sprengkopf.

Ein silberner Jaguar hielt an, ein Mann in Leder stieg aus, ging hinein, griff nach einer blauen Kaviardose, warf sie von einer Hand in die andere. Er bezahlte mit einem Bündel Scheinen und ging zurück zum Auto.

»Hier läuft alles mit Bargeld«, hatte mir ein Polizist einmal erzählt. »Bankschließfächer sind sozusagen die Basis des Finanzlebens.«

Vor mir blieb eine Frau in einem Ninja Turtle-Sweatshirt mit dem Absatz im Teer stecken. Ihr brauner Koffer sprang auf, und Lebensmittel fielen heraus, Äpfel hüpften auf das Pflaster. Ein alter Mann, der an einem Karren Piroggen verkaufte, lachte sich halbtot. Niemand half ihr. Ich ging zu ihr hin, aber sie raffte ihr Zeug zusammen und lief schnell weiter. Hier mischte man sich nicht in die Angelegenheiten anderer Leute.

Ich konnte ihn immer noch riechen, roch das Rasierwasser,

und ich stieg zur Uferpromenade hoch, die parallel zur Brighton Beach Avenue verläuft. Ich wollte ihn provozieren, wollte es hinter mich bringen. Ich ging. Jemand folgte mir. Rechts von mir war ein baufälliger Block mit Sozialwohnungen, den die Russen die Große Mauer von China nennen. Sie hält ihnen die Schwarzen vom Leibe, krähen sie.

Die Uferpromenade war menschenleer, Licht kam nur von Schiffen eine Million Meilen entfernt, am Horizont. Hinter mir dröhnten Schritte immer schneller auf den nassen Planken, jemand folgte mir ungeniert, unverschämt. Ich ging schneller.

Schweiß lief mir über das Gesicht. Der Mann war hinter mir her. Ich roch das Rasierwasser. Ich atmete tief ein und umklammerte den Schraubenzieher in meiner Tasche. Ich fühlte seinen Atem im Nacken. Mit einem Ruck drehte ich mich um, wollte ihn überraschen, wollte dem Monster, das auf mich wartete, ins Gesicht sehen.

5

»Hi.«

Ein Hüne in einem schwarzen Ledermantel grüßte mich fröhlich. Auf seinem vierschrötigen Kopf, so groß wie bei einer Statue von den Osterinseln, trug er eine umgedrehte Dodgers Baseballmütze. Sein schwarzes Haar war zu einem Pferdeschwanz gebunden, er hatte eine pockennarbige Haut und hellgraue Augen. Beim Lächeln, womit er eifrig beschäftigt war, erschien ein irgendwie unpassendes Grübchen in seinem Kinn. Ich schätzte, daß er etwa so alt wie ich war. Ich bin ziemlich groß, aber er mußte etwa 1,95 Meter sein, und er mochte knapp 300 Pfund wiegen, aber er war muskulös.

»Ich sagte Guten Tag«, sagte er auf russisch zu mir.

»Verpiß dich«, sagte ich. Allmählich hörte ich mich an wie die da.

»Swerdloff übrigens. Swerdloff Anatolij. Tolja für meine Freunde«, sagte der Mann, wobei er ins Englische wechselte. Er machte eine ironische Verbeugung. »Ich verpisse mich nicht, außer wenn Sie mit mir gehen. Ich habe alle Stunde versucht, Sie anzurufen.« Die Stimme klang gebildet, ungezwungen.

»Wer zum Teufel sind Sie?« fragte ich, aber ich wußte es schon. Sein Name fiel mir wieder ein. Swerdloff war der DJ bei der *Flowers Show* gewesen. Er war auch der Russe auf meinem Anrufbeantworter, wurde mir klar, und ich beeilte mich weiterzukommen, nach Coney Islands, wo das Riesenrad drohend in den feuchten Schatten ragte. Swerdloff hielt mit mir Schritt.

»Sie sind mir gefolgt.«

»Ja. Sie nehmen meine Anrufe nicht ab«, sagte er. »Ich muß ein paar Dinge besprechen.« Er sah aus wie ein Gangster. Er hätte Gewichtheber sein können. Doch bis auf gelegentliche

Fehler sprach er das elegante Englisch, das man an den Moskauer Sprachschulen lernt. Er zog an einem Joint und blies süßlich riechendes Marihuana in die feuchte Nachtluft.

»Sollen wir damit fahren?« Er deutete auf das Riesenrad. »Nach da oben?«

»Was glauben Sie, was das hier ist, *Der Dritte Mann*? Ich habe zu tun. Sagen Sie, was Sie zu sagen haben, und verschwinden Sie. Und werfen Sie das Dope weg. Das ist verboten«, sagte ich; ich war gereizt und arrogant.

Swerdloff schnippte den Joint über den Sand, wie einen Kieselstein über einen Teich; er schaute über seine Schulter und ging weiter.

»Also?«

»Ich war gestern abend bei der *Teddy Flowers Show.*«

»Das ist mir nicht neu.«

»Ich bin ein ziemlich berühmter Russe.«

»Das sind Sie ganz bestimmt.«

Mit einem nichtssagenden Ausdruck zuckte er die Schultern. Der hier drohte nicht oder zwirbelte seine Stirnlocke wie der Taxifahrer; er hatte keine Angst. »Sie wollen reden, okay. Sie wollen nicht reden, auch okay. Aber es gibt Dinge, die Sie wissen sollten«, sagte er und zog ein Stück Papier mit einer Nummer aus der Tasche. »Wenn Ihnen nach Reden ist, rufen Sie mich bitte an«, fügte er hinzu, winkte und ging davon, wobei er sich einen neuen Joint ansteckte.

Ich roch die Krankheit und den Tod schon, bevor ich fühlte, wie der eiskalte Stahl die Moleküle nahe meiner Wange aufwirbelte. Totenstille herrschte auf der Brighton 6th Street, wo ich das Auto abgestellt hatte. Niemand würde kommen.

Als ich die Wagentür öffnete, stieß jemand so heftig gegen mich, daß ich eingeklemmt wurde. Ich war der gewaltigen Kraft nicht gewachsen und fiel auf den Sitz. Er schlug mich, dann griff er nach dem Telefon und riß es heraus, schnappte den Sicherheitsgurt unter meinem Nacken und zerrte ihn mir über den Hals. Ich schmeckte das Blut im Mund, wo er mir einen Zahn ausgeschlagen hatte. Blut füllte meinen Mund. Ich würgte daran. Mit der anderen Hand hielt er das Messer und drehte die flache kalte Klinge in meine Haut, bis ich fühlte, wie etwas meine Wange herunter floß. Dann schien er mir den Hals zu streicheln, die Wange, die Stirn, mit knochendürren spröden Fingern. Er packte mein Haar an den Wurzeln und stöhnte vor Anstrengung. Am Rande meines Sichtfeldes konnte ich gerade noch dunkle Brillengläser und eine blaue Wollmütze sehen. Für einen kurzen Moment sah ich ein blasses slawisches Gesicht, aber dann kam er mit dem Messer an mein Auge, und ich sah überhaupt nichts mehr. Ich fühlte, wie die Messerspitze über mein Auge fuhr.

Ich begann zu keuchen. Ich hörte Schritte. Sie zogen sich zurück. Hier draußen kam einem niemand zu Hilfe. In Brighton Beach konnte man am hellichten Tage jemanden vor den Augen eines Dutzends teetrinkender Zuschauer umbringen, und hinterher behauptete jeder, er habe außer seinem Teeglas nichts gesehen.

Der Scheißkerl hielt meinen Kopf fest und verdrehte ihn so, daß die Ader in meinem Hals zu hämmern begann. Er stank aus dem Mund, und ich würgte, während er das Messer über mein Gesicht, dann über meine Lider zog. Er murmelte etwas auf russisch, aber ich bekam keine Luft mehr und konnte nichts hören. Ein Bild erschien vor mir, ein verwundeter Soldat am Omaha Beach, dem der Augapfel die Wange hinunterrutschte. Ich war halb bewußtlos; der Verbrecher hatte mich an der Gurgel gepackt. Dann hörte ich ihn.

»Ich kann es so machen, daß du deine Kinder nie mehr siehst«, sagte er. Die Stimme war schrill. Er sprach russisch.

Sein Ausdruck war primitiv, aber ich wußte, was er meinte: Es war eine Standarddrohung der Mafia. Beim erstenmal brachten sie einen nicht um; sie schütteten einem Säure in die Augen, so daß man seine Kinder oder sonstwen nicht mehr sehen konnte, weil man blind war. Oder sie schnitten einem die Lider ab, so daß man nie mehr blinzeln, nie mehr schlafen, nie mehr weinen konnte.

Irgendwie bekam ich Luft in die Lungen.

»Ich habe keine Kinder«, sagte ich.

Warmes Blut tropfte auf mein Gesicht. Es war feucht, klebrig, zäh, mit Spucke vermischt. Ich hörte, wie etwas Metallisches klappernd auf die Wagenseite, dann auf den Fußweg fiel.

»Sei nicht so ein Klugscheißer«, sagte jemand auf Russisch, diesmal in gepfleger Sprechweise.

Der Sicherheitsgurt schnappte an seinen Platz zurück. Der Arm des Gangsters fiel herunter wie ein Puppenarm, und dann ließ ihn los, was ihn aufrecht gehalten hatte, und er kippte in den Rinnstein und blieb schwer atmend liegen.

»Swerdloff, Anatolij.« Die sonor-joviale Stimme wechselte ins Englische: »Sie erinnern sich an mich?«

Es war der verdammte Russe. Ich brauchte einen weiteren Russen so nötig wie ein Loch im Kopf.

»Soll ich ihn töten, bitte sehr?«

»Machen Sie sich keine Mühe«, sagte ich. »Ich rufe Hilfe.« Aber das Telefon war rausgerissen.

»Alles okay?«

In dem Sekundenbruchteil, den Swerdloff für die Feststellung brauchte, daß ich noch lebte, raffte der Scheißkerl seinen animalischen Lebenswillen zusammen, stand aus dem Rinnstein auf und rannte durch die dunkle Straße davon.

Swerdloff verfolgte ihn. Es war ein ungleiches Rennen. Er kam japsend zurück.

»Okay. Danke. Jetzt stehe ich in Ihrer Schuld. Was wollen Sie?« Mein Gesicht brannte höllisch.

»Ich glaube, das gehört Ihnen«, sagte er, verbeugte sich und reichte mir meinen Zahn auf seiner fleischigen Pratze wie ein Kellner eine Bratenplatte. Der Kerl war ein Witzbold. Er strich sich den Mantel glatt. »Scheißkerl. Sie wollen, daß ich Sie nach Hause fahre? Sie sehen entsetzlich aus.«

Ein untergehaktes Paar kam lachend auf uns zu. Als sie uns

sahen, witterten sie Ärger; sie drehten sich abrupt um und gingen in die andere Richtung.

»Nein.« Ich wollte niemanden in meiner Nähe haben. Ich wollte keinen Russen in meiner Nähe haben. Überhaupt keinen Russen. Okay, er hatte mir geholfen. Aber ich wußte, daß ich ihm jetzt etwas schuldig war.

»Was wollen Sie?« fragte er.

»Ich will das Schwein finden, das Ustinov umgebracht hat. Und das Dreckstück, das mich überfallen hat.«

»Derselbe Kerl?«

»Woher soll ich das wissen?« fragte ich. Aber ich wußte es.

»Ich glaube das auch. Wir können sprechen?« sagte er.

»Klar. Sprechen Sie.«

»Nicht jetzt. Gehen Sie nach Hause. Machen Sie sich sauber. Ich rufe Sie bald an. Sie kennen das Batumi?«

»Den Nachtclub? Warum da?«

»Vielleicht kann ich Ihnen etwas Interessantes vorstellen. Außerdem mag ich laute Lokale. Wenn man sich unterhält, ist es am sichersten, da zu sitzen, wo man den Feind sehen kann.«

»So einen paranoiden Schwachsinn habe ich seit Jahren nicht gehört.«

Swerdloff zog ein sauberes Taschentuch aus der Tasche, nahm das Messer auf und überreichte es mir.

»Sie waren zu lange von zu Hause weg«, sagte er und machte sich zurück auf den Weg nach Brighton Beach, und sein Ledermantel flatterte fröhlich hinter ihm her wie ein Halloween-Kostüm.

6

Den Rest der Nacht schlief ich im Auto unter meinem Regenmantel wie irgendein obdachloser Penner. Ich hatte mir Kleenex auf das blutige Gesicht gelegt, lag auf dem Rücksitz und lauschte dem Regen, der auf das Dach trommelte. Ein Held war ich nicht; ich zitterte zu sehr, um nach Hause fahren zu können. Aber ich wollte diesen russischen Riesen nicht um mich haben, mit all seinem Gerede von der Heimkehr nach Moskau.

Instinktiv wußte ich, daß der Dreckskerl, der mir das Gesicht zerschnitten hatte, wahrscheinlich Ustinov umgebracht hatte oder jedenfalls von denselben Leuten beauftragt worden war. Das bedeutete, daß er vermutlich von meiner Verbindung mit Gennadij wußte; entweder das, oder er war mir gefolgt. Seit wann folgte er mir? Seit dem Café? Oder womöglich schon seit dem Krankenhaus?

Das Schwein hatte keine Handschuhe angehabt, als er mein Gesicht mit seinen knochigen Fingern gestreichelt hatte; auf dem Messer mußten Fingerabdrücke sein.

Ich lag auf dem Rücksitz und dachte daran, wie Brighton Beach einen verschlingen und wie tot liegenlassen konnte.

In der Nacht hörte der Regen auf.

Sobald es hell wurde, ging ich zum Meer hinunter, zog mein Hemd aus, wusch mein Gesicht im Salzwasser. Mein Gesicht brannte, und ich hatte Fieber. Im Handschuhfach waren ein paar Pflaster, und ich klebte sie mir ins Gesicht; bei Nathan's auf Coney Island fand ich eine Telefonzelle. Ich trank Kaffee, aber mir war immer noch, als ob ich in einer Toilette übernachtet hätte, und ich brauchte Hilfe. Maxine Crabbe war zu Hause und sagte, in Ordnung, sie würde sich das Messer anschauen. Aber Maxie, die in der Gerichtsmedizin arbeitet, klang nicht gerade begeistert. Vielleicht dachte sie, ich wollte sie anmachen.

Statt über den Highway fuhr ich durch Brooklyn zurück. Ein paar chassidische Jogger waren unterwegs und rannten für Gott. Als ich zum verlassen wirkenden Regierungsgebäude kam, sah ich nur ein paar alte Obdachlose, die sich an die Statuen kuschelten.

»Alles in Ordnung, Junge?« Der Wächter erkannte mich, und er war besorgt. Ich erzählte ihm, daß ich mit dem Fahrrad gestürzt war und tat verlegen. Er ließ mich hinaufgehen.

Eddie hatte Dienst, und ich sagte ihm, ich hätte meine Aktentasche vergessen, und er ließ mich in Sonnys Büro. Er glaubte mir nicht, aber er konnte Sonny nicht leiden, und ich hatte für die nächste Saison ein paar Eintrittskarten für die *Knicks*; seine Enkel waren Fans von ihnen.

Am Ende des Flurs hörte ich neben Sonnys Büro das Klakkern und Summen eines Druckers; jemand war schon früh bei der Arbeit. Rhonda hielt ihr Büro in perfekter Ordnung, und ich fand schnell die Ablageschachtel mit Ustinovs Namen, die neben ihrem Schreibtisch stand. Das Video war drin. Ich nahm es an mich. Draußen näherten sich Schritte, und ich schloß die Schachtel und stellte sie weg, als die Tür sich leise öffnete.

»Hallo, Detective.« Es war Roy Pettus.

Ich ging in den Flur, wo er stand, und schloß die Tür hinter mir. Das Video hatte ich in der Hand. Pettus verlor kein Wort darüber.

»Brauchen Sie einen Arzt?« Er sah mich genau an.

»Nur ein paar Kratzer«, sagte ich.

»Ich höre, Sie sollen vom Fahrrad gefallen sein.« Er lächelte schwach. »Wie wär's mit einem Kaffee?«

Agent Pettus wirkte nicht gerade besonders gesprächig oder gesellig, daher überraschte mich sein Vorschlag.

»Nicht hier«, sagte er.

Wortlos verließen wir das Gebäude.

Wir gingen zu einem Coffee Shop in der Nähe der Promenade. Über dem Fluß übten ein paar Möwen Tai Chi für Fortgeschrittene.

»Sie stehen früh auf«, sagte ich dämlich.

Pettus schwieg.

»Setzt euch einfach irgendwo hin, ich komme gleich rüber«, sagte die Kellnerin. Ihr Gesicht war genauso abgewirtschaftet wie ihr Haar.

Der Laden war fast leer, bis auf einen Taxifahrer mit Turban, der Pfannkuchen aß, und ein ältliches Paar, das sich über dem 99-Cent-Frühstück verliebte Augen zuwarf; vielleicht konnten sie auch nicht viel schlafen.

Roy Pettus faltete seine Jacke zusammen, legte sie sorgfältig auf die Bank und zwängte sich daneben. Ich setzte mich ihm gegenüber.

Als der Kaffee kam, beugte er sich leicht vor. Ganz nüchtern sagte er: »Ich glaube, ich sollte Ihnen sagen, daß unserer Meinung nach jemand hinter Ihnen her ist.«

»Wer?« fragte ich und zog eine Zigarette aus der Packung in meiner Tasche.

»Wären Sie so nett, nicht zu rauchen?«

»Entschuldigung«, sagte ich.

»Ich versuche gerade, es mir abzugewöhnen. Es ist zum Kotzen.«

Während wir Artigkeiten austauschten, schlug mein Herz rasend schnell. Komm zur Sache, dachte ich, aber mir war klar, daß Pettus sich Zeit nehmen würde. Er bestellte einen getoasteten englischen Muffin. Ich trank Kaffee. Meine Zähne taten irrsinnig weh.

»Könnte ich statt Grapefruitgelee Marmelade haben?« fragte er die Kellnerin.

Jetzt mach doch endlich!

»Wissen Sie den Namen?«

»Nein.«

Ich versuchte, meine Panik zu unterdrücken. Ich brauchte eine Zigarette. »Sie haben also schon davon gehört, bevor Ustinov ermordet wurde?«

»Schon möglich. Jemand hat herumgeschnüffelt. Jemand

hat sich Ihre Akte beschafft. Beruft sich auf das Gesetz über Informationsfreiheit. Glauben Sie an einen Zufall?«

»Aber sicher.«

Pettus grinste. »Natürlich schicken wir nicht einfach die Akte weg. Normalerweise reißen wir uns erstmal nicht den Arsch auf. Dann schicken wir sie weg, und die scharfen Sachen sind geschwärzt. Diesmal hatten wir den Auftrag schnell zu erledigen, und wir konnten nicht ablehnen.«

»Wann?«

»Vor zwei, drei Wochen. Sagt Ihnen das was?«

»Ungefähr zu der Zeit bekam ich den Brief, daß Ustinov kommt.«

»Er hat Ihnen geschrieben?«

»Über seinen Verleger. Ein Kerl namens Frye.«

»Phillip Frye?«

»Ja.« Ich ließ meine Tante Birdie außen vor. »Meinen Sie, es hat mit Ustinov zu tun?«

»Jemand mochte Ustinov nicht. Jemand fand, daß er zuviel wußte. Jemand, der findet, wenn er irgend jemand hier erzählt, was er weiß, dann Ihnen.«

»Und woher wußte er, daß ich Ustinov kenne?«

»Das ist halt New York. Ein Gerücht schwirrt herum wie ein geölter Blitz. Lippert weiß es. Ich weiß es.«

»Irgendwelche Hinweise auf den Killer?«

»Die New Yorker Polizei drängt uns ihr Zeug nicht gerade auf, wenn sie nicht dazu gezwungen wird.« Er war leicht sarkastisch.

»Bringt das Video etwas?«

»Kaum. Wir haben kilometerlange Bänder von der Show. Aber das Video ist eine Enttäuschung.«

»Geht's um einen Iwan? Einen Killer? Einen bezahlten Killer?«

»Scheint so.«

»Aber warum gerade jetzt? Warum im Fernsehen?«

Pettus zuckte die Achseln. »Hat nur Sinn als Warnung. Als

Rache. Was ist mit den Schnitten in Ihrem Gesicht, Detective?«

Ich schwieg.

»Wußten Sie, daß ich schon mit Ihrem Fall zu tun hatte?« sagte Pettus.

»Ja?«

»Ich hab damals auch für die Einwanderungsbehörde gearbeitet. Ich habe mich für Sie interessiert. Sie konnten mehrere Sprachen. Sie waren clever. Wir hielten Sie für einen KGB-Spitzel.«

»Das soll wohl ein Witz sein.«

»Ich mach keine Witze«, sagte Pettus. »Als mit Ihnen alles in Ordnung war, wollten eine Menge Leute Sie, aber Sonny Lippert machte das Rennen. Er gab Ihnen, was Sie wollten, nehme ich an.«

»Was glauben Sie, was ich wollte?«

»Ein normales Leben, ohne Vergangenheit. Ab und zu ein bißchen Abenteuer, aber nicht zuviel. Nehme ich an.« Pettus rührte Sahnemilch in den Kaffee und sah träumerisch dem Wirbel zu, wie es die Leute in seiner Heimat Wyoming tun, wo man Zeit hat.

»Ich weiß, daß Sie offiziell beurlaubt sind und vielleicht ganz in der Abteilung aufhören. Es geht mich nichts an. Ich weiß auch, daß Sie persönlich an der Sache interessiert sind. Ich wäre Ihnen dankbar, wenn Sie mich auf dem laufenden halten würden. Ich gebe Ihnen meine Privatnummer.«

»Klar«, sagte ich.

Pettus war vermutlich in Ordnung, und ich brauchte Hilfe. Aber zum Ausgleich würde er etwas von mir wollen. Ich erzählte ihm von dem Miststück in Brighton Beach.

»Wo ist das Messer?«

»In meinem Wagen. Ich bringe es zu Maxie Crabbe. Sie kennen sie?«

»Ich kenne Maxine. Soll ich es ihr schicken?« Damit fragte er mich, ob ich ihm traute. Ich nickte.

»Ich will Ihnen nichts vormachen, Detective. Der Mord an Ustinov fällt nicht in meine Zuständigkeit. So ein Fall landet direkt bei den hohen Tieren in Washington. Aber seit Jahren bin ich hinter dem Mob in Brighton Beach her. Damals haben wir das alles eher locker gesehen. Erinnern Sie sich an die Zeitungsanzeigen der CIA in russischer Sprache? Eine Einladung an jeden Lump, sich ein paar Dollar dazu zu verdienen. Aber damals hatten wir noch halbwegs den Daumen drauf. Heute verteilen wir Visa wie im Flugzeug Erdnüsse. Wußten Sie, daß wir in Moskau ein Büro aufgemacht haben?«

»Ich habe davon gehört.« Ich war unruhig. Er wußte noch mehr.

»Ich meine, es hat keinen Sinn. Fahren Sie nach Hause. Seien Sie vorsichtig. Vor diesen Russen kann man Angst bekommen. Ich habe einen vernommen; er mußte sich ein Ohr abschneiden und es aufessen, während sie ihm dabei zuschauten.«

»Danke.«

»Ich hab was für Sie.«

Pettus beförderte eine abgeschabte braune Ledermappe auf den Tisch. Er ließ die altmodischen Messingschlösser aufschnappen, nahm ein Päckchen in einer Plastiktüte heraus und gab es mir. Es war aus dem Duty Free im Flughafen Scheremetjetwo.

»Das war bei den Sachen von General Ustinov. Es war an Sie adressiert.«

»Was ist drin?«

Pettus lächelte ein wenig, nahm die Rechnung, zog eine Fünfdollarnote aus seiner Hosentasche. Ich sah, daß er ab und zu eine Filmrolle übernahm: Er war Gary Cooper in *Zwölf Uhr mittags*.

»Karamelbonbons«, sagte er.

»Karamelbonbons?«

»Ja. Karamelbonbons. Ein paar Fotos. Haben Sie eine Tante namens Mrs. Birdie Golden?«

»Ja.«

»Ist sie eine Frau, die einen KGB-General bitten würde, Karamelbonbons nach New York City mitzunehmen?«

»Ja.«

»Sie melden sich bei mir?«

»Sicher. Weiß Sonny, daß Sie mir dieses Zeug gegeben haben?«

»Nein.«

»Warum machen Sie es dann?«

»Mit Ihrer ganzen Schulbildung und Ihrem Auftreten hätten Sie eigentlich ein New Yorker Klugscheißer werden müssen. Sie sind aber keiner geworden.«

Es war schwer, Pettus zu widerstehen; ich war schon immer viel zu anfällig für das Lob starker Männer, vielleicht wegen meines Vaters oder wegen Gennadij oder wegen des Systems, in dem ich aufgewachsen war.

»Noch was?« fragte ich Pettus.

»Wer der Killer ist. Warum er Ustinov wollte. Ob jemand anders mit drinsteckt. Die Bedeutung von Sex und Tod und Rock'n Roll.«

Ich sah überrascht auf.

»Verdammt noch mal«, sagte er. »Ich war in Woodstock.«

»Warum will Lippert mich aus der Sache heraushalten?«

»Vielleicht will er alles für sich haben.«

»Sie hassen den Kerl.«

»Nein«, sagte Pettus milde. »Ich mag nur den Ehrgeiz nicht. Ehrgeiz ist wie grauer Star. Läßt alles verschwimmen. Er hat mal ein paar von meinen Leuten ziemlich fertiggemacht. Ich muß jetzt gehen. Und noch was, Detective –«

»Ja?«

»Lassen Sie mich wissen, was Sie von dem Video halten.«

Roy Pettus machte mir angst. Das war kein Anhänger einer Verschwörungstheorie, der sich aufgeilen mußte. Das war keiner, der so ohne weiteres durchknallte. Gennadij Ustinov war bei einer Fernsehshow gestorben. Jemand hatte es auf mich abgesehen.

Es war noch früh, das Zentrum von Brooklyn noch ziemlich leer. Es war heiß, aber ich fröstelte; ich trabte zu meinem Wagen und warf die Tüte, die Pettus mir gegeben hatte, auf den Beifahrersitz, mit Schmackes, wie eine Bombe. Ich drehte den Zündschlüssel herum; nichts tat sich. Gottverdammter antiker Scheißmustang. Nächstes Mal würde ich mir ein neues Auto kaufen statt dieser Karre, die mir das Leben vergällte. Ich wußte nicht, was nicht funktionierte, und ich verschwendete keine Zeit damit, es herauszufinden. Ein leeres Taxi kam von den Heights herunter, und ich schnappte mir die Tüte und rannte darauf zu.

Der Fahrer war Russe. Mitten auf der Brücke wurde er langsamer, er kroch nur noch dahin. Kein Auto war zu sehen. Es war grauenhaft ruhig.

»Was ist los?« sagte ich.

»Auto überhitzt«, sagte er beruhigend, und mir fiel ein, daß das genau die Stelle war, an der jemand aus einem vorbeifahrenden Auto auf Zilber, den Gangster von Brighton Beach, geschossen hatte; die Kugel traf ihn direkt ins Auge.

7

Gennadij Ustinov lächelt mich mit blauen Augen an, das Kinn auf die Hände gestützt, die Ellbogen auf dem Tisch. Sogar in diesem beschissenen Video, das ich aus Sonnys Büro gestohlen habe, sieht er noch gut aus. Ich erinnere mich an das Gesicht, und das tut mir weh. Lebhaft, faszinierend ist sein Gesicht; man möchte mit ihm sprechen, sich ihm anvertrauen. Er beugt sich vor, er wirkt völlig aufrichtig und schaut nur dich allein an und lädt dich ein, ihm deine Geheimnisse zu offenbaren. Es war sein Beruf.

Gennadij trug immer nur amerikanische Kleidung, seiner Eitelkeit war die Wirkung wichtig, der Sommeranzug von Brooks Brothers, ein blaues Buttondown-Hemd, eine rote Seidenkrawatte. Er liebte Amerika.

Er war für das Fernsehen wie geschaffen: Die Kamera liebte seine Wangenknochen; die blaßblauen Augen waren kühl für ein kühles Medium; der slawische Mund, das sinnliche Lächeln gaben dem Gesicht Wärme. Mit Nachdruck beugt er sich vor, als wolle er mir etwas mitteilen.

Neben ihm in der *Teddy Flowers Show* sitzt Lily Hanes. Er sagt etwas zu ihr, aber ich kann es nicht hören. Die Kamera schwenkt den Tisch entlang zu den anderen Gästen, dann zum Publikum. Ein Mann steht aufrecht, mit ausgestreckten Armen. Er hat eine Kanone in der Hand, aber er dreht sich weg und hebt die freie Hand vors Gesicht, als wisse er, daß die Kamera es ihm stehlen wird.

Leute im Publikum schreien, rennen herum, werfen sich auf den Boden. Gennadij versucht aufzustehen, dann fällt er vornüber und rutscht vom Stuhl. Mit der Fernbedienung spule ich das Band immer wieder zurück, dann lasse ich es weiterlaufen und sehe zu, wie er fällt. Er fällt auf Lily Hanes, auf ihre rosa Jacke. Sie rutschen von ihren Stühlen auf den Boden.

Ich stellte den Recorder ab. Mein Gesicht schmerzte. Ich hatte Fieber, von den Schnitten oder von einer Zahnfleischentzündung oder von der Angst. Auf dem Rückweg von Brooklyn war ich beim Zahnarzt gewessen, und er hatte mich provisorisch hergerichtet und mir Antibiotika gespritzt, aber ich konnte nicht schlafen.

Ich saß rauchend am Schreibtisch, und Zigarettenasche staubte auf den Stapel mit Papieren, Fotokopien, Faxen, Vorstrafenregistern und Einwanderungsanträgen und Dossiers für die Green Card und all die Hintergrundberichte, die Freunde von mir in der ganzen Stadt bisher zusammengesucht hatten. Das Faxgerät brummte ununterbrochen. Ein Freund, der bei der *Times* arbeitet, hatte ein Archiv angezapft, und es spuckte Daten über die Russenmafia in mein Fax. Nicht viel Neues. Es geht sowieso nicht um Informationen; es geht darum, welche Bedeutung Fakten haben und wie man zu Beweisen kommt.

Maxie hatte das Messer, aber sie brauchte Zeit, um es heimlich zu untersuchen; es war nicht ihr Fall, und meiner war es auch nicht.

Ich stellte Gennadij als Standbild ein.

Zusammen waren sie zwei richtige Goldjungen gewesen, er und mein Vater, als Kinder, als junge Männer, die Besten und Begabtesten von Chruschtschow; sie würden den Sozialismus auf den richtigen Weg bringen. Bester Freund, Ersatzonkel, der hinreißende Onkel Gennadij, der mit Jazzplatten und schönen Schuhen und Radios, die aussahen wie Basebälle, aus Amerika zurückkam.

Ganz allmählich wurde mein Vater kaltgestellt, da der KGB es nicht schätzte, wenn seine Spitzenleute laute streitsüchtige Jidden heirateten, die das System in Frage stellten, und in ihren Augen war meine Mutter das. Stille Juden waren okay, laute Juden waren nicht gut. Hielt Gennadij zu ihm, oder verriet er ihn? Wir erfuhren es nie. Niemand sagte je etwas. Als ich 15 war, wanderten wir nach Israel aus. Das war's dann.

Ich stellte das Gerät wieder an und sah zu, wie die Figuren zum Leben erwachten. Lily Hanes hatte sie aufgereiht wie die Personen in diesen englischen Kriminalromanen, die bei den Russen immer so beliebt waren – meine Mutter war verrückt nach ihnen –, die Verdächtigen bei einer Einladung zum Dinner: Swerdloff; die Stripperin; der Yuppie Saroyan; der Faschist; Crowe, der Brite. Ein heiteres Verfolgungsspiel auf Russisch: Der KGB-Agent sitzt mit im Wohnzimmer.

Ich konzentrierte mich auf Zalenko. Er hatte eine Glatze und einen Bart, so daß es aussah, als ob sein Kopf herumgedreht war. Zalenko sprach gut englisch, und seine Augen glänzten fanatisch. Man munkelte, er werde Schirinowskij ablösen; der neue Liebling der Nationalisten, mit guten Verbindungen zur amerikanischen Rechten und zur christlichen Allianz.

Meine Gedanken schweiften ab. Wieder sah ich, wie Gennadij Ustinov starb. Je mehr ich sah, desto mehr war ich davon überzeugt, daß der Scheißkerl in Brighton Beach vom Abend vorher der Mann mit der Kanone war. Ich nahm mir vor, das Video aufblasen zu lassen, aber schon nach dem, was ich hier sehen konnte, war das ein echter Iwan: eckiges Gesicht, hohe Wangenknochen, schmaler Mund. Ukrainer vielleicht. Er hatte mal gut ausgesehen, aber jetzt wirkte er krank, dünnes Haar hing ihm in fettigen Strähnen in die Stirn.

»Sprich mit mir, du Scheißhaufen«, flüsterte ich dem Bildschirm auf russisch zu. »Sprich mit mir. Sag mir, warum du es getan hast.«

Ich stellte die Nachrichten an. Schießereien waren zu sehen. Rechte Terroristen hatten einen mit Düngemittel aus der Umgebung vollgestopften Lastwagen in die City gebracht. Der Mord an Gennadij. Schon ließen sich die Schlaumeier über die Bedeutung einer Schießerei in einer Live-Sendung aus.

Genau das hätte Gennadij selbst für einen Propagandavortrag erfinden können: Ein Mann, der vor laufender Kamera erschossen wird, das ist ein Beweis dafür, daß die schrankenlosen Freiheiten in den Vereinigten Staaten immer mehr mißbraucht werden, hätte er gesagt. Am Küchentisch in Moskau hätte meine Mutter über ihn geschrien vor Lachen.

Das war alles lange her. Das Schlechte war verblaßt; es schien zu einem anderen Mann zu gehören, auf einem anderen Foto, in einem anderen Land, einem dieser Fotos, auf denen man sich selbst sieht und fragt: Wer ist denn das?

Was war für mich denn letzten Endes so schlimm gewesen? Es gab Leute, die hatten in diesem elenden Scheißland wirklich gelitten. Ich war schließlich nicht im Gulag gewesen. Ich hatte keinen Hunger gelitten. Das Grauen bestand darin, daß man nichts wußte, und später waren es die totgeschwiegenen Dinge.

Mit 15 Jahren war ich draußen. Mit 19 war ich in New York. Ganz systematisch hatte ich meine Vergangenheit hinter mich gebracht, genau wie eine Million anderer Einwanderer, die sich davon befreien wollten. Ich traf mich nicht mit Russen, ich las oder sprach kein Russisch, außer wenn es für die Arbeit sein mußte. Wie jedem Mitglied meiner Familie fielen mir schon als Kind Sprachen leicht, aber es war nur ein Nachplappern, wie Karaoke.

Kein Mensch in New York interessierte sich dafür, woher ich kam. New York war die Luft, die ich atmete; es war genau das, was ich immer gewollt hatte.

Ich ließ das Band zurücklaufen. Auf der anderen Seite von Lily saß der Engländer, Gavin Crowe. Lily Hanes sah wunderbar aus. Sie hatte ein aufregendes und liebenswürdiges Gesicht. Sie hatte tolle Beine. Sie war gescheit.

Du bist pervers, sagte ich mir. Der beste Freund deines Vaters wird vor deinen Augen umgelegt, und du geilst dich an einer Frau mit roten Haaren und langen Beinen auf.

Halb verdurstet holte ich mir ein kaltes Corona aus dem Eisschrank. Ich rief einen Kerl an, der mir noch einen Gefallen schuldete, und ließ mein Auto aus Brooklyn abschleppen und reparieren. Ohne es zu wollen, döste ich eine Weile. Ich fühlte mich so beschissen, daß ich erst um 2 Uhr nachts aufwachte, also ging ich ins Bett. Am Morgen hängte ich mich ans Telefon und ging ein paar Leuten von *The Flowers Show* um den Bart und fand heraus, daß Gavin Crowe im Chelsea Hotel wohnte.

Meiner Ansicht nach ist das Chelsea Hotel, das in der 23rd Street neben einer Spelunke liegt, in der Hummer und spanischer Fraß verkauft werden, einfach eine miese Absteige. Irgendwelche Künstler und Schriftsteller, die sich nichts Besseres leisten konnten, haben es zum Heiligtum erklärt, und Sid Vicious ist hier abgekratzt, und auch Dylan Thomas, glaube ich.

Als ich hinkam, war Crowe in seinem Zimmer und rauchte russische Zigaretten.

»Hi.«

»Hi. Bißchen über die Stränge geschlagen?« Er deutete auf mein Gesicht.

Crowe war kleiner, als er auf dem Video wirkte. 1,65, mit Strümpfen vielleicht noch etwas weniger. Er trug hochhackige Cowboystiefel mit dicken Sohlen und eine Hose mit Schlag. In den 60er Jahren, so ging aus dem Dossier hervor, das ich bekommen hatte, hatte er kurze Zeit in einer englischen Band mitgespielt, von der niemand je etwas gehört hatte. Er war eine Art Schriftsteller. Crowe, der die schlechten Zähne und die unreine Haut hatte, die man von schlechtem Essen und zuviel Saufen kriegt, war Engländer, und das ließ er heraushängen.

»Können wir ein paar Takte reden?« Ich ging es ganz locker an. Er widerte mich an, aber ich war cool. Bleib cool, sagte ich mir. Ich habe irgendwelche schlechten Gene geerbt, was die

Tommys betrifft. Zu Hause nannte mein Vater sie ›Teebeutel‹. Perfides Albion, sagte er. Deshalb brachten sie gute Spione hervor, die am Anfang gut waren und am Ende beschissen. Aber sie schreiben erstklassige Bücher.

Und sie machen erstklassigen Whisky. Sie sprechen in zusammenhängenden Absätzen – ich bin eine Zeitlang mit der einen oder anderen Engländerin ausgegangen, so konnte ich mir anhören, wie sie sprechen –, aber ich traue ihnen nicht über den Weg.

»Worüber sollen wir reden?« sagte Crowe.

»Über dies und das. Gennadij Ustinov. Die Talkshow. Den Mord. Rußland. Sie. Ich.«

»Ich nehme nachher den Flieger«, sagte Crowe. »Aber Sie könnten mich zum Essen einladen.«

»Sie fliegen schon zurück?«

»Nun ja, einige Polizisten haben mir eine Menge sehr langweiliger Fragen gestellt. Sie kamen zum Schluß, daß ich es nicht war. Ziemlich langweilig, das Ganze.«

»Wer war es?«

»Der Butler?«

Ich verliere wirklich nicht so schnell die Geduld, aber wenn ich was hasse, sind es Klugscheißer. Crowe war fast 30 cm kleiner als ich. Ich zerrte ihn zum Fenster und öffnete es.

»Sehen Sie die Straße? Wollen Sie sie näher kennenlernen? Wollen Sie als Straßenpizza enden?« sagte ich. Das war nicht cool, aber der Kerl ging mir auf die Nerven.

»Straßenpizza.« Er strahlte. »Das muß ich mir aufschreiben. Straßenpizza, das gefällt mir. Sie sind also aus Moskau.«

Ich hielt den Mund.

»Ach nehmen Sie's leicht, Schätzchen. Vor langer Zeit habe ich Linguistik betrieben. Ich bin der Henry Higgins meiner Generation. Ich kann feststellen, woher jemand kommt, besonders bei russischen Emigrés wie Ihnen. Für jeden anderen hören Sie sich an wie ein waschechter New Yorker.« Bescheiden war er nicht gerade.

»Aber ich bin hungrig, und ich würde gern etwas essen, bevor ich zu Mütterchen Rußland und der bevorstehenden Revolution zurückkehre. Wenn Sie also etwas von mir wollen, müssen Sie mich füttern.«

»Was für eine Revolution?«

»Was für eine auch immer.« Crowe war schon aus dem Zimmer.

Auf der Straße hielt er ein Taxi an und gab Little Italy an. Wir landeten in irgendeiner Spelunke. Es war noch früh und das Lokal leer. Crowe bestellte Chianti und Linguine mit roter Muschelsauce.

»Dieses Zeug klebte an der Wand, als sie Joey Gallo in Umberto's Clam House niederschossen«, sagte er, wobei er Pasta um die Gabel wickelte. »Wußten Sie das? Ich kannte einen Cousin von Gallo, eine interessante Familie. Befolgte den Kodex«, sagte er.

Ich konnte kaum glauben, daß jemand wirklich so sprach, außer im *Masterpiece Theater,* das ich mit Dorothy Tae, einem treuen Fan von *Brideshead Revisited,* öfters besuchte.

»Wer steckt hinter dem Mord?«

»Ganz einfach.«

Crowe nahm sich eine Scheibe Brot, strich Butter darauf, tunkte sie in Olivenöl, bestellte Parmigiano mit Kalbfleisch und aß. Er sprach mit vollem Mund.

Ich nahm Antipasti und stocherte in der Salami herum.

»Erzählen Sie.«

»Zalenko. Er muß es gewesen sein. Er hat Ihren Iwan angeheuert. Wissen Sie, warum? Ustinov war von der alten Garde. Von der alten Garde des KGB. Er mochte keine schmutzigen Tricks. Glaubte ans System. War auf seine Art absolut anständig. Zu anständig natürlich, um sich um meinen alten Herrn zu kümmern, aber das ist ja das Problem. Er wollte alles erzählen. Er wollte mehr erzählen, als gut für ihn war.«

»Ihr alter Herr?«

»Spion.« Crowe sabberte ein wenig. »Mein alter Herr war Spion. Kleinerer Spion. Endete in Moskau. Natürlich nicht in Philbys Truppe. Niemand machte meinen alten Herrn zum KGB-General. Meinten, er solle dankbar sein, daß sie ihn überhaupt aufnahmen.«

Crowe gefiel die Vorstellung, Hauptdarsteller in seinem eigenen Film zu sein.

»Kommen wir auf Zalenko zurück.«

»Ja gut, in Ustinovs Augen sind es Nationalisten wie Zalenko, die das Land zerstören.«

»Woher wissen Sie das alles?«

»Fragen Sie meinen Freund Phillip Frye. Er hat mich in die Show geholt. Er weiß, wo der Hase im Pfeffer liegt. Es gibt eine Spur zu Drogen.«

»Und?«

»Informationen kosten Geld.« Er stopfte sich noch mehr Essen in den Mund. »Haben Sie Geld?«

»Ich werde darüber nachdenken. Warum wurde er gerade da umgebracht?«

»Zalenko geht mit der Mafia ins Bett. Sie benutzen sich gegenseitig. Wenn die Faschisten an die Macht kommen, wird die Mafia offizielle Funktionen übernehmen. Die neuen Kosaken.«

Ich aß ein Stück scharfe Wurst und trank Wasser.

»Sie meinen, Schirinowskij ist ein Übel? Warten Sie, bis Sie die nächste Generation erleben. Sehr seriös. Jung. Kleidung von GAP. Gutes Englisch. Auf du und du mit der neuen amerikanischen Rechten. Praktizierende Christen gewissermaßen. Sie hassen Clinton. Er will ihnen die Atomwaffen wegnehmen.«

»Was?«

»Die Russen lieben ihre Atomwaffen. Die Russen denken, Amerika weiß, daß sie ihr Plutonium auf den Müll werfen, was aus ihnen ein armes Dritte Welt-Land machen würde:

keine Atomwaffen, keine Macht. Ich muß da weg. Sie werden hinter mir her sein.«

»Hinter Ihnen?«

»Ich bin Demokrat, damit meine ich natürlich nicht Ihre Partei hier«, sagte er. »Auf meine Art hänge ich in der Sache mit drin.«

»Ja? Auf welcher Seite?« fragte ich, aber er stellte sich taub. »Wie hat Zalenko den Mord an Ustinov arrangiert?«

»Ganz einfach. Einen bezahlten Killer mitgebracht. Einen Killer in Brighton Beach aufgegabelt. Der Mord in der Talk Show machte es zu einer öffentlichen Angelegenheit. So gehen sie vor. Ich kann Sie mit denen bekannt machen. Ich wohne in Moskau, und das ist mein Thema. Ich kenne mich in Brighton Beach aus, ich kenne die Banden in der ganzen Stadt, Gum Sing in Crown Heights, Koreaner in Queens. Die Russen sind mit allen verbandelt.«

Er war ein Mafia-Groupie; Verbrechen machte ihn scharf.

»Erzählen Sie mir etwas, das ich noch nicht weiß.«

Er nahm sich eine von meinen Zigaretten und steckte sie an.

»Jeder einzelne in der Show hatte was gegen Ustinov. Zalenko meinte, daß er Mütterchen Rußland verkaufte. Saroyan vermutete, daß er den Kapitalismus, mit anderen Worten, die Erpressung, wieder abschaffen wollte. Die Offiziellen haben was gegen solche Mädchen wie die kleine Olga, das arme Schwein«, sagte er.

»Ustinov war beim KGB. Die Russen haben alle was zu schimpfen. Was soll daran neu sein?«

»Ich würde Anatolij Swerdloff jedenfalls nicht über den Weg trauen.«

»Warum nicht?«

»Ustinov hat ihn einmal eingesperrt. Brachte ihn zum Reden. Ustinov hatte Charme. Er konnte jeden zum Reden bringen.«

»Was noch?«

»Lily Hanes war scharf auf Ustinov, wie ich feststellen konnte.« Crowe sah lüstern aus; er goß sich noch mehr Wein ein.

»Lily Hanes ist auch mit Ihnen befreundet?«

»Jeder ist mein Freund, Kleiner«, sagte er.

»Vielleicht waren Sie es«, sagte ich. »Schließlich hatten Sie auch was gegen ihn, oder nicht? Ustinov hat Ihren Alten wie das Stück Scheiße behandelt, das er war, oder nicht?« warf ich ihm hin.

Crowes Augen wurden stumpf vor Haß.

Ich sagte: »Bleiben Sie noch ein paar Tage in der Gegend« und warf Geld auf den Tisch.

»Ist das offiziell?«

»Offiziell genug für Sie.«

»Noch etwas«, rief er, als ich gerade gehen wollte.

»Ich hab's eilig.«

»Fragen Sie Phil Frye nach Ustinovs Buch. Fragen Sie ihn, wo die fehlenden Seiten sind.«

8

Es kam mir vor, als hätte ich eine Spur, und meine Versuche, Phillip Frye zu erreichen, bestärkten mich darin. Nachdem ich Crowe verlassen hatte, bemühte ich mich für den Rest des Tages, Frye aufzuspüren; er war ein scheues Wild. Die Sekretärin in seinem Büro sagte, er sei nicht da, bei einem Meeting, nach Hause gegangen, irgendwo.

Von den Schnitten in meinem Gesicht und der sich langsam durchsetzenden Realität von Gennadijs Tod betäubt, ging ich nach Hause, aber diese Sache mit Frye nervte mich. Es nervte mich auch, als ich später im Chelsea anrief und erfuhr, daß Crowe die Stadt verlassen hatte, und es nervte mich, daß Ustinov Swerdloff einmal eingesperrt hatte. Der Mann mit der Brille in dem Café in Brighton Beach beunruhigte mich wie sonst was. Er kannte meinen Namen. Ich nahm an, daß er mit dem Scheißkerl zu tun hatte, der mich überfallen und vielleicht Ustinov erschossen hatte. Sonny konnte ich nicht erreichen, und das war mein Fehler. Ich wußte nicht, woher ich Hilfe bekommen konnte. Ich war völlig draußen.

Der Staubsauger lehnte an der Wand. Ich stand vom Sofa auf, wickelte das Kabel ab und steckte es in die Steckdose; die Maschine röhrte wie ein Kampfflugzeug. Die Wohnung war ein einziges Chaos.

Die Taes hatten die Wohnung saniert, aber ich hatte selbst gestrichen und die alten Holzdielen abgeschliffen und gewachst, bis sie spiegelblank waren. Als ich vor zehn Jahren eingezogen war, als Benny Ong noch über Chinatown herrschte, schien es eine verrückte Sache, ein Cop, der in einem Loft unterhalb der Canal Street wohnte.

Auf einer CD spielte Chet Baker »It Never Entered My Mind«. Es ist mir unbegreiflich, wie ein weißer Mann so herrlich spielen konnte. »An der Küste gibt es eine kleine weiße

Katze, die wird euch Jungs mit Haut und Haaren verputzen«, sagte Charlie Parker, als er Chet zum erstenmal hörte. Ich pilgerte sogar zum Lighthouse, dem Club in Hermosa Beach, wo Chet immer auftrat. Shortie Rogers auch.

Ich fühlte mich besser, als ich in meiner Wohnung gestaubsaugt hatte, und ich stieg auf eine Leiter und staubte die Fenstersimse ab, dann stopfte ich die ganze schmutzige Wäsche in eine Tasche, schrubbte die Badewanne und spülte das Geschirr. Ich putze gern. Ich habe gern Ordnung.

Bis Ustinov erschossen wurde, war ich eigentlich ganz glücklich. Mein Leben war in Ordnung. Ich reiste. Ich mochte meinen Job, manchmal sogar sehr.

New York ist mein Zuhause. Die Taes sind für mich wie eine Familie. Ich habe Freunde. Musik. Softball mit den Jungs. Mädchen. Einmal in der Woche esse ich im Tennessee Mountain Rippchen mit Lois und Louise, die auf der anderen Seite des Flurs wohnen, und ich würde jede von ihnen heiraten oder alle beide, wenn sie sich nicht schon lieben würden. Ich habe sogar etwas Geld auf der Bank, denn als man in den Achtzigern mit Risikoaktien spekulieren konnte, zeigte mir Dawn Tae, wie man das macht; sie hat einen MBA und kann mit Geld jonglieren, wie man es sich nicht mal im Traum vorstellen kann. Das meiste habe ich in die Wohnung gesteckt. Ich habe ein paar Bilder gekauft, die mir gefielen, und den Mustang, ich bin nach New Orleans gefahren und habe mir die Musik da angehört und die Bäume im Bayou angeschaut. Das bißchen Kohle, was dann noch übrig war, habe ich auf die hohe Kante gelegt.

Der Tag, an dem mir bewußt wurde, daß ich keinem Menschen auch nur einen Cent schulde, war wie eine Befreiung für mich. Ich habe sogar eine Anlageberaterin, die mich nicht an mein Geld läßt. Das Leben in New York kann sehr angenehm sein, wenn man nicht krank oder arm ist. Ich bin nicht so anfällig für Korruption, eine Bedrohung für viele von den Jungs, und wer könnte ihnen das verdenken?

Manchmal kommt ein Brief von Tante Birdie, und ich mache mir Sorgen wegen meiner Mutter. Nachdem eine Bombe in einem Touristenbus in Galiläa meinen Vater getötet hat, zieht sie sich in eine selbstgestrickte Jiddischkeit zurück und konzentriert sich darauf, in die Welt ihrer Großeltern zurückzukehren. Wenn es geht, besuche ich sie einmal im Jahr in Haifa, und zeitweise ist sie trotz Alzheimer noch klar, aber diese Momente werden kürzer.

Ich machte mir gerade ein Sandwich mit Mozzarella, als die Eingangstür mit einem Ruck aufging; ich schnappte mir die Kanone.

»Wo sind wir hier, im *OK Corral? Gott im Himmel«, brüllte Rick. »Wir sind hier in New York, Artie. In der Zivilisation, verstehst du?«*

Er trug einen Armvoll Bierdosen. »Schau mal, was ich hier habe. Eine phantastische Minibrauerei in New Haven.«

»Du entwickelst dich allmählich zu einer Nervensäge mit deinem Bierfimmel, Ricky. Ich hasse Nervensägen. Ich mag Bud Lite. Was gibt's?«

»Schmeckt wie Katzenpisse.« Er saß mit gekreuzten Beinen auf der Küchentheke und trank mit Hingabe. »Ich habe in der Zeitung etwas gelesen, das vielleicht was zu bedeuten hat. Wem gehört die *Teddy Flowers Show*?«

»Was meinst du damit, wem gehört sie?«

»Einem Sender? Kabel? Einem Konzern?«

Das Kind nebenan spielte eine Platte von den Nine Inch Nails. »Ruhe jetzt!« Ich donnerte gegen die Wand.

»Jesus, du bist vielleicht durchgedreht«, sagte Ricky nachsichtig. »Wem gehört sie also?«

»Mach's nicht so spannend.«

»CBM gehört sie. Die sind es.«

Ricky liebt das. Er präsentiert sein Wissen gern als Kunststück oder was er dafür hält, und eine Zeitlang wollte er sogar Zauberer werden. Irgendwann hatte seine Mutter genug von den toten Kaninchen in der Wohnung und kochte eins.

»CBM ist ein Medienverbund, der mit einem Mal alles mögliche aufkauft. Talkshows. Kleinstadt-Boulevardblätter für die Kleinstadt. Bauen einen kleinen Konzern auf, wie Fox.«

»Und?«

»Heute habe ich gelesen, daß auch Madison House zu CBM gehört. Also überlege ich mir, wieso sich diese Mediengeier, die sich an Revolverblättern aufgeilen, an ein nüchternes Verlagsoutfit heranmachen?«

Ich holte Zwiebeln aus dem Eisschrank und fing an, sie kleinzuhacken, weil ich mir ein paar Eier machen wollte.

»Soll ich das machen?«

»Nein danke. Sag mir, worauf du hinauswillst.«

»Madison House hat die Memoiren eines gewissen Ex-KGB-Generals veröffentlicht. Interessant? Interessiert es uns, daß General Ustinov und Teddy Flowers denselben Leuten gehören?«

»Ich glaube schon. Hast du das Video von der Show gesehen, das ich dir gegeben habe?«

Ricky nickte. »Der fette Kerl? Der, der mit seinen Titten ein ganzes Waisenhaus stillen könnte?«

»Swerdloff. Er ist DJ. Kommt vom Rock'n Roll.«

»Er kam mir bekannt vor. Ich glaube, ich ruf mal ein paar Leute an«, sagte er. »Ich habe Cousins mit guten Connections zum alten kommunistischen Rockmilieu.«

Wie die meisten Chinesen hat Ricky Tae in der ganzen Stadt Cousins und Cousinen. Ich bin zehn Jahre älter und zwanzig Zentimeter größer als er, aber er ist härter und smarter als ich; er wäre echt genial, wenn er wollte. Er hat den Abschluß an der Bronx Science High gemacht, dann am MIT, aber am Ende ist er in den Familienbetrieb eingestiegen. »Für einen Teller perfekte Teigtaschen lasse ich jede religiöse Erfahrung stehen«, sagt er immer.

Ricky hat auch ein Loft in dem Gebäude, und wir wurden schnell Freunde, nachdem ich eingezogen war. Manchmal, wenn die Taes nach Hause, nach Riverdale, fahren, sitzen wir noch spät im Restaurant, sprechen über Politik, rauchen, spielen Schach. Rick war es, der seine Leute dazu gebracht hat, das Lokal von China Host in Tiananmen Café umzubenennen; er ist der einzige Sohn, und sie haben ihm den Gefallen getan und das Schild geändert.

»Artie? Bist du da, Süßer?« schrie eine Stimme durch die Tür. Sie ist Casting Director und wohnt zwei Etagen tiefer. Ihr Name ist Irma, aber sie nennt sich Oxygen.

»Später«, schrie ich zurück.

»Gott im Himmel«, sagte Ricky gereizt. Oxygen zahlt ihre Miete nie pünktlich. Das macht die Taes wahnsinnig. »Was findest du bloß an ihr? Sie ist bolshoi-häßlich.«

Ricky bringt mich zum Lachen, und dafür liebe ich ihn. Vor Jahren wurde mir klar, daß er sexuell ambivalent ist, und er weiß, daß ich weiß, aber außer Mr. Tae macht es niemandem etwas aus. Ich kann Ricky so ziemlich alles sagen. Einmal habe ich eine Grenze überschritten. Wir sprachen über Frauen und darüber, warum ich mich nie für eine entscheiden und mich häuslich einrichten kann, und ich sagte zu ihm: »Hältst du mich etwa für schwul?«, und er warf mir einen bösen Blick zu. Ich merkte, daß ich etwas Falsches gesagt hatte.

»Sie ist nicht so übel.«

»Jetzt mach mal halblang, Artie.« Ricky schaute aus dem Fenster. »Ich glaube, du bekommst noch mehr Gesellschaft. Diese Wohnung wird allmählich zur Grand Central Station. Ich muß jetzt los.«

Ich beugte mich aus dem Fenster und warf Maxine Crabbe, die aus einem Taxi stieg, die Schlüssel hinunter. Sie winkte mir zu und kam die Treppe hoch.

»Hi, Artie.« Max küßte mich, aber sie war nervös.

Eine Bohnenstange, das Mädchen, zu groß für ihren Rumpf, mit einer Punkfrisur, einem Engelsgesicht mit einem dazu passenden Charakter und langen schlaksigen Gliedern. Sie wollte ursprünglich Jazzsängerin werden, endete aber in der Gerichtsmedizin. Wir gingen eine Zeitlang miteinander aus, aber dann gab sie mir den Laufpaß und heiratete einen gutaussehenden Feuerwehrhauptmann namens Mark und zog in ein Haus auf Staten Island, wo man praktisch hinter dem Haus im Arthur Kill angeln kann. Sie haben Zwillingstöchter.

Sie hatte vorher angerufen. Sie wollte vorbeikommen, sagte sie; am Telefon wollte sie nichts sagen. Maxie hatte nichts gegen ein kaltes Bier; nervös schloß sie den Reißverschluß ihres Portemonnaies. Wegen der beiden Kinder ist sie immer knapp bei Kasse.

»Ich geb dir das Geld fürs Taxi, okay? Ist schließlich meine Kiste.«

»Darum geht es nicht. Wir sind Freunde; Artie, oder?«

»Das weißt du doch. Hey, ich will nichts von dir. Ich mag Mark.«

Sie nuckelte an ihrer Flasche. »Das ist es nicht. Ich dürfte gar nicht hier sein. Woher hast du das Messer, das du mir geschickt hast? Was ist mit dir und Agent Pettus?«

Ich erzählte ihr einiges davon.

»Schau mal, Süßer, diese Ustinov-Geschichte ist eine Etage höher gerutscht. Jetzt sind es fast alles Leute vom FBI. Roy Pettus sagte mir, daß ich dir das mit dem Messer sagen kann, weil er meint, daß du in Schwierigkeiten steckst und weil er dich mag, aber von jetzt an wird es verdammt eng für dich. Alle sind total außer sich. Und ich habe noch nicht mal dienstlich mit Pettus zu tun.« Sie zögerte.

»Was? Was? Sag schon, Max. Du kennst mich doch.«

»Mein Chef bekommt einen Anruf von Sonny Lippert. Er läßt durchblicken, daß du beurlaubt bist, ja? Erzählt ihm, er soll sich von Artie Cohen fernhalten. Als wenn du ansteckend wärst. Warum, Artie?« Sie warf einen Blick auf die Holztheke, die die Küche vom Rest der Wohnung trennt. »Hast du was zu essen? Ich bin am Verhungern.«

Ich machte ihr ein Sandwich mit frischer italienischer Wurst und einer Scheibe Mozzarella auf Focaccia.

»Danke.« Sie saß kauend auf einem Hocker an der Küchentheke und stützte sich auf die Ellbogen. »Okay. Das ist nur ein erster Hinweis, aber ich habe ein paar Abdrücke. Und Blut. Ich liebe Blut«, sagte sie genießerisch, mit vollem Mund. Maxine ist verrückt nach Blut. Seit OJ und der DNA ist Blut der Fingerabdruck der Neunziger.

»Erklär's mir mal ganz langsam, Max.«

»Das Messer ist ein sogenanntes Ausbeinmesser. Nur in drei oder vier Läden kann man solche Dinger kaufen. Spielerei für Küchenchefs. Sehr teuer, über hundert Dollar.« Sie nahm eine Liste aus der Tasche. »Das sind die Läden.«

»Das ist noch nicht alles, oder?«

Sie schüttelte den Kopf.

»Gib mir eine Zigarette.«

Ich steckte eine für sie an.

»Die Leute erzählen alles mögliche, das weißt du ja.«

»Ja.«

»Mach die Anlage an, ja? Besser ist besser.«

»Sicher. Aber es hört uns niemand.« Ich legte Peggy Lee auf.

»Das Komische ist, und das ist nicht mein Fachgebiet, aber aus Washington waren jedenfalls Gerichtsmediziner da, die ich noch nie gesehen habe. Irgendwas ist im Busch, und ich kenn mich damit nicht aus. Ich weiß nicht, aber du solltest vorsichtig sein, Artie. Sei vorsichtig.«

»Was? Was ist es?«

»Nichts.« Sie verbarg etwas. Sie hatte Angst.

»Erzähl's mir.«

»Ich muß jetzt los, Artie. Ich muß los.«

Es muß wohl nicht extra gesagt werden, daß über diese ganze Geschichte eine Menge Scheiße verbreitet wurde, und Maxie war wahrscheinlich direkt in den Haufen getreten. Sie hielt etwas zurück, und ich war sauer, aber sie mußte wegen der Kinder vorsichtig sein. Ich rief sie ein paarmal an, aber niemand nahm ab. Ich hinterließ ihrem Chef eine Nachricht. Nichts. Die Geschäfte, in denen man Messer für hundert Dollar kaufen kann, waren auch keine große Hilfe; ich rief die meisten an und bekam nichts heraus.

Zum drittenmal, seit Roy Pettus mir die Plastiktüte gegeben hatte, machte ich sie auf. Ich kannte den Inhalt auswendig: Birdies Karamelbonbons; ein Buch, das ein Klassenkamerad von mir geschrieben hatte; ein paar Fotos, darunter eins von mir, meinen Eltern und Gennadij an einem Fluß; ein witziger Brief in Birdies schöner Schrift. Gott, seit langem fühlte ich mich Birdie gegenüber schuldig, aber die Schuldgefühle waren nie so groß wie die Angst vor der Rückkehr, deshalb besuchte ich sie nie. In der Tüte war auch etwas, das Roy Pettus hineingelegt hatte, die blasse Kopie einer Doppelseite aus Ustinovs Kalender, der letzte Tag, den er ganz erlebt hatte, und der Tag, an dem er starb. Ein echtes Geschenk von Roy Pettus für mich.

Alles stimmte. Das Hotel, in dem Gennadij gewohnt hatte, die Restaurants, in denen er aß, die Leute, mit denen er sich traf. Alles war in seiner eleganten Schrift vermerkt, auch ich. Frühstück, hatte er geschrieben, Artijom. Wir hatten uns am Morgen nach der *Teddy Flowers Show* treffen wollen.

In eine Ecke hatte Gennadij winzig klein CB geschrieben. Wer oder was war CB?

Das Telefon klingelte. Es war Swerdloff. Er erinnerte mich daran, daß ich versprochen hatte, mich mit ihm zu treffen. Er wollte mich am nächsten Abend treffen. Ich war ihm etwas schuldig, deshalb sagte ich zu. Ich zog meine Shorts aus und stellte mich unter die Dusche. Ich ließ das Wasser heiß und mit kräftigem Strahl fließen, dann stellte ich es ab und griff blind nach einem Handtuch. Aus dem Gesicht floß mir Blut auf die Brust.

»Artie, Baby? Schätzchen? Bist du da?« Es war Oxygen, die

durch die Tür schrie. »Hey, mir ist langweilig. Mach auf.« Gelegentlich bietet sie mir eine Rolle an. Ich liebe das. Ich wäre Schauspieler geworden, wenn ich auch nur ein bißchen Talent hätte.

»Willst du einen Job für heute abend?« schreit sie und stökkelt auf ihren 15 Zentimeter hohen Absätzen herein. »Ich habe Überläufer, ich habe Dissidenten, ich habe den *KGB*, attraktive Uniformen.« »Warum kann ich keinen Amerikaner spielen?« frage ich jedesmal. »Amerikaner kriege ich immer. Willst du oder willst du nicht? Ich habe den Regisseur an der Strippe. Ich habe Mike Newell an der Strippe.«

Es war früh am Abend. Es war heiß. »Trauen Sie Swerdloff nicht«, hatte Crowe gesagt, aber ich war Swerdloff etwas schuldig, und ich traute Crowe nicht. Der Kerl, der meinen Wagen von Brooklyn abgeschleppt hatte, sagte, daß ich ihm etwas schuldete. Jedem schuldete ich etwas. Ach zum Teufel, dachte ich, das Leben ist kurz.

Ich wickelte mir ein Handtuch um den Bauch und rief durch die Tür: »Ich komme.«

Stunden später, mitten in der Nacht, richtete Oxygen sich auf, steif wie ein Brett, und der Hut, den sie im Bett anhatte, fiel auf den Boden.

»Was ist?«

»Draußen. Da ist jemand.«

»Schlaf weiter«, sagte ich.

»Nein, hör doch. Hör doch.«

Im Haus war es still. Kein Hund bellte. Die kleinen Kinder in 4B schliefen. Von der Straße kein Laut. Es mußte etwa vier Uhr sein, die einzige Zeit, in der es in New York ruhig ist.

In der schwarzen Dunkelheit hielt ich die Hand der Frau in meinem Bett und lauschte wieder, und jetzt hörte ich das leise Knacken des alten Hauses: In diesen Gebäuden mit gußeisernen Trägern sind die Wände 30 cm dick, aber die Holzböden arbeiten, und in windigen Nächten ächzen sie wie ein Leuchtturm im Sturm. Aber es war feucht und still draußen, und außer dem Summen des Kühlschranks war nichts zu hören.

Dann vernahm ich es.

»Sei ganz leise.« Ich schwang die Füße über die Bettkante, angelte nach meinen Turnschuhen und einer Jogginghose und fummelte im Schrank nach meiner 38er. Ich entsicherte sie so leise wie möglich. In der engen Lobby, die zum Lift und zu den beiden anderen Lofts führt, war das Licht ausgegangen. Ein leises Rascheln wie von Ratten, dachte ich. Aber es gab hier keine Ratten; Mrs. Tae paßt sehr auf.

Mit der Knarre in der Hand schlich ich auf der Suche nach dem Geräusch die Treppe hinunter. In der Dunkelheit stank es; es war derselbe Geruch nach verfaultem Fleisch, den ich auch in Brighton Beach gerochen hatte.

Ein Schatten bewegte sich den Flur hinunter. Mein Mund wurde trocken. Ich hörte eine Tür zuschlagen. Wahrscheinlich Oxygen, die in ihre Wohnung rannte. Dann legte sich etwas Glitschiges um meinen Knöchel, etwas Feuchtes, Öliges. Vielleicht war es eine Ratte. Ich langte nach unten und fühlte Blut. Es war der Verband aus meinem Gesicht. Er war abgefallen.

Ich versuchte, den Schatten einzufangen. Er tanzte im Dunkeln. Dann griff er nach oben.

Ein Licht ging an. Ich war bereit.

»Ricky? Was zum Teufel ...«

Ricky hatte sein T-Shirt ausgezogen und wickelte es sich ruhig um den Kopf, und es war schon blutgetränkt. Er war ziemlich dünn, aber er hatte wirklich Mumm.

»Gib mir eine Zigarette.«

Ich gab ihm eine.

»Ich habe etwas gehört. Ich dachte, du brauchst vielleicht Hilfe.«

»Danke, Mann.« Mir fiel nichts ein, was ich sagen konnte. Ricky hatte den Schlag für mich abbekommen. »Soll ich einen Arzt rufen?«

»Ne«, sagte er. »Ich bin mit dem Kopf gegen eine Tür gestoßen, weiter nichts.«

»Also danke.«

»Wofür? Ich dachte, wenn du die Tussi bumst, hörst du nicht mal eine Atombombe.« Er strich sich das Haar aus dem mageren Gesicht. »Ich muß mich waschen.«

»Ich komme mit«, sagte ich.

»Es ist schon in Ordnung, ich komm allein klar.« Ricky war sehr zurückhaltend mit seiner Wohnung – ich war natürlich schon drin, aber nur auf Einladung. Sie war sehr gepflegt mit ein paar guten Ledersesseln und herrlichen chinesischen Teppichen. Vielleicht hatte er Besuch. Vielleicht wollte er das für sich behalten.

»Was würde ich bloß ohne dich machen?«

»Das ist zu hoch für mich, Kumpel. Schlaf noch ein bißchen«, sagte Ricky und ging zurück in seine Wohnung.

Irgendwo hörte ich noch eine Tür schlagen, dann kehrte die gespenstische Stille in das Gebäude zurück, und bis ich wieder in meiner Wohnung war, war der Scheißkerl drin gewesen. Ich konnte ihn riechen. Mein Laptop fehlte, sonst nichts. Das Schwein hinterließ weiter keine Spuren, außer Furcht.

9

Grauen war es, was ich am nächsten Abend empfand, als ich in der Nähe des Batumi Nightclub in Brighton Beach parkte. Den Tag über hatte ich in der Stadt soviel wie möglich überprüft, aber die FBI-Leute waren absolut ätzend, und ich wurde nicht viel schlauer – und bis ich am Abend nach Brooklyn kam, war ich hundemüde. Der Himmel, so schmierig wie eine frisch geölte Waffe, klebriger Sprühregen, der nach Seegras roch. Im Eingang stand Tolja Swerdloff; sein riesiges Gesicht wurde vom Odessa Deli nebenan beleuchtet, und ihn umgab eine geschlossene Front von russischen Männern, die ihm aufwarteten wie einem Priester.

Nachts klappt Brighton Beach die Bürgersteige hoch. Wie die meisten anderen Clubs hat auch das Batumi keine Fenster. Draußen verstopften Funktaxis und Limousinen die Straße. Es war Samstag abend. Vier Tage vorher war Gennadij ermordet worden; es kam mir vor wie ein Jahr.

Ein paar Meter von Tolja entfernt erkannte ich ein paar Cops. Ihr Outfit war auf dem neuesten Stand; als sie mich sahen, schauten sie verlegen weg; sie arbeiteten nachts als Bodyguards.

»Trauen Sie Swerdloff nicht«, hatte Crowe gesagt. »Ustinov hat ihn mal eingesperrt.«

Schlägertypen in Leder – bei einigen von ihnen bestand auch das Gehirn aus Leder – stolzierten die Hauptstraße unter der E 1 entlang. Alle trugen Waffen, manche Maschinenpistolen. Die in Brighton Beach bevorzugen Messer, auch wenn Hacken und Fritieren ihr Markenzeichen ist; Genießer arbeiten mit einer Lötlampe. Die Russen hinterlassen ihre Signatur, und einige ihrer Arbeiten hatte ich gesehen.

So etwas wie Familie oder Ehre ist ihnen egal. Sie betreiben ihr Geschäft in Clans und Gangs, die je nach Geographie oder

Spezialität aufgesplittet und umorganisiert werden: Tschetschenen, Ukrainer, Georgier, Brandstiftung, Drogen, Prostitution. Das Geld ist die Hauptsache, aber das Töten macht ihnen Spaß.

Noch mehr Männer stiegen aus Limousinen und grüßten Swerdloff, der wie ein Touristenführer in einem üppigen, nie versiegenden, flüssigen Kauderwelsch aus Englisch und Russisch parlierte und so seinen Einzug in den Club hielt, ein paar Männer im Kielwasser. Aus der Nähe und im Lichtschein war er ein Riese. Wie ich schon sagte, bin ich nicht gerade klein, aber Swerdloff überragte mich.

»Tolja!« grüßten ihn die Leute. »Tol!« riefen sie und schlugen ihm auf den Rücken, klopften ihm auf die Schulter, küßten ihn dreimal auf die Wangen.

Das Batumi war ein relativ neuer Nachtclub. Der Boden der Eingangshalle bestand aus grünem Marmor. Ein Paar vergoldete Nackedeis aus Gips stand neben der Boutique, in der Hummer, Krabben und Kaviar verkauft wurden. Swerdloff schob sich vorwärts und suhlte sich in der Aufmerksamkeit. Ein kleiner Mann im Smoking stellte sich auf die Zehenspitzen, um ihn zu umarmen; Swerdloffs Anblick haute ihn richtiggehend von den Socken.

»Sehen Sie sich die Wand da an«, flüsterte Tolja mir ins Ohr. Mit mir sprach er englisch. Er gab gern mit seinem Englisch an, allerdings wurde es schlechter, je betrunkener er wurde. Er hatte schon reichlich getrunken.

Ein Mann mit einer Seidenjacke stand in einer Ecke und schrie in ein Handy, wobei er mit der freien Hand ein Foto an der Wand streichelte. Wie hypnotisiert ließ er seine Hand über die nackte Frau wandern. »KÜNSTLERISCHER TANZ« stand auf dem Plakat. »DIE UNVERGLEICHLICHE ANNA K.«

»Die Stripperin von der *Teddy Flowers Show*?«

Tolja nickte. »Wir sehen uns ihren Auftritt an, dann besuchen wir sie. Okay?«

»Sie kennen diese Tussi?«

Tolja grinste. »Ich komme aus Odessa. Das hier ist New York City. Jeder kennt jeden. Sie werden sie kennenlernen. Es wird interessant für Sie.«

Ich folgte ihm die Treppen hinauf. Er drehte sich um.

»Wußten Sie, daß Ustinov mich einmal eingesperrt hat?« fragte er fröhlich, als wir den Club betraten.

»Wie kam das? Haben Sie zuviel erzählt?«

»Bei einem Rockkonzert in Tallinn habe ich versucht, meine Gitarre zu vögeln. Ich war ein großer Star. So groß wie Gribenschikow. Eine Viertelstunde lang.« Swerdloff lachte. »Nach Ihrer Zeit.«

Swerdloffs Gelächter wurde vom Lärm in dem eigentlichen Lokal verschluckt. Er bewegte sich behende, graziös, und bahnte sich seinen Weg durch die wogende Menge.

Die Wände im Batumi bestanden aus Spiegeln. Auf einer Seite war eine Bar, auf der anderen ein Podium; eine Band in silbernen Smokings spielte Coverversionen von Beatlessongs.

Über die Tanzfläche wirbelten Männer in Seidenanzügen, die Knarre unter der Jacke, mit Mädels in engen Lederröcken. Auch die Hemden der Männer waren aus Seide; die Kragen lagen über den Jackenaufschlägen. Sie achteten sorgfältig auf ihren Sitz und schoben die Kragen immer wieder zurecht; ihre Finger starrten vor Ringen, die Nägel waren manikürt. Und sie konnten tanzen.

Die Menge machte Platz für die besten Tänzer, und sie bewegten sich leichtfüßig und aus den Hüften heraus. Sie kannten alle Schritte. Das waren keine Intellektuellen aus Moskau oder Juden aus Manhattan. Das waren Genießer von der falschen Seite des Urals, und tanzen konnten sie wirklich.

»Möchten Sie etwas trinken?« fragte Tolja förmlich, und wir nahmen Kurs auf die Bar.

Rund um die Tanzfläche saßen Leute an langen Tischen und aßen. Die Tische bogen sich vor Essen: geräucherter Fisch, gehackte Leber, eingelegte Walnüsse, marinierte Pilze, Schinken, Salami, Preßkopf, Hering, roter Kaviar, schwarzer Kaviar, Schwarzbrot, Russischer Salat mit Erbsen und Möhren in hellgelber Mayonnaise. Ganze Batterien von Wodkaflaschen und Coladosen standen da. Leute stützten sich auf die Tische, riefen auf Russisch, Ukrainisch, Georgisch, Jiddisch. Eine ältere Frau machte Sandwiches aus Brot und Fisch, wikkelte sie in Servietten und legte sie sorgfältig in ihre große Plastikhandtasche.

»Ganz schön groß, Mamas Tasche«, rief Tolja und gab mir lachend einen Schubs.

In den dunkleren Ecken bewegten Männer sich ruhelos; ihre Schatten wurden von den Spiegeln reflektiert. Das erinnerte mich daran, wie ich wegen eines Falls in Crown Heights die chassidische Synagoge aufgesucht hatte. Auch da wanderten die Männer umher, sie schwatzten, beteten, verkauften sogar Sachen, die sie in diesen geheimnisvollen dunklen Hosentaschen verborgen hatten. Ich fühlte mich dort fremd wie in einer Moschee, und hier erging es mir genauso. Die Russen, die ich in meinem Moskau gekannt hatte, Leute wie meine Eltern, Intellektuelle, aßen zu Hause am Küchentisch. Hier verstand ich zwar die Sprache, aber die Bedeutung konnte ich nicht entziffern.

Swerdloff stellte sich an die Bar und winkte den Barkeeper her. Er starrte mich eine Zeitlang an.

»Was ist?« sagte ich.

»Was macht Ihr Gesicht?«

»Beschissen.«

»Seien Sie vorsichtig. Der Kerl wird Sie noch mal angreifen.«

»Ich werde meinen Bodyguard sogar mitnehmen, wenn ich pissen gehe.«

Swerdloff bestellte Brandy. Ich nahm Bier.

»Was wissen Sie über Gavin Crowe?«

Swerdloff schüttelte sich. »Kotzbrocken. Genau wie der Vater. Ich kannte den Vater. Er hatte ein paar kleine Aufträge für den KGB übernommen. Schmutzige Sachen. Wenn man sich mit ihm traf, wollte man danach immer ein Bad nehmen.«

»Wo ist er jetzt?«

»Er ist tot. Wissen Sie, was ein Mord heutzutage kostet?« fragte Swerdloff. Er stürzte den Brandy herunter.

»Soll ich raten?«

»Jemand Zuverlässiges zweihundert. Erstklassiger Meuchelmörder zwei Riesen. Plus Rückflugticket nach Moskau. Plus vielleicht eine Nacht für Versteck in Miami. Zweitausend amerikanische Möpse«, fügte er hinzu. Mir fiel auf, daß sein Slang veraltet war und überheblich wirkte. Ich sagte etwas auf Russisch.

»Auf Englisch, Artijom. Hier ist das sicherer. Ich will Ihnen aber sagen, Artijom, daß das hier nicht wie ein gewöhnlicher Mafiamord aussieht, das mit Ustinov. Nein, ich glaube das nicht. Es fühlt sich falsch an.« Er sprach leise.

»Was fühlt sich falsch an?«

»Sie haben Informationen, die Sie mir geben möchten? Vielleicht kann ich helfen?«

Ich antwortete nicht.

»Trinken wir«, sagte er.

Unter meinen Füßen fühlte ich, wie der Fußboden mit der tanzenden Menge mitschwang. An einem Tisch vor uns saß eine Gruppe ernster, gut angezogener Männer und Frauen. Swerdloff folgte meinem Blick.

»Slumvoyeure«, sagte er. »Von der anderen Seite von Brücke, wollen die Auslagen anschauen. Armani-Juden. Wollen sehen, wie sie ihre vielen Dollars ausgeben können.«

»Wie bitte?«

»Wo haben Sie in letzten Jahren gesteckt? Sehen Sie, ich bin kein Antisemit. Meine Frau ist Jüdin. Deshalb sind auch meine Kinder Juden. Aber ein Russki kommt in dieses Land, er ist Jude, schon er hat Freunde. Zum erstenmal in russische Geschichte wollen Leute Juden sein. Klar, warum nicht? Neue Juden kommen nach Amerika, sie bekommen Geld, ärztliche

Behandlung, Hilfe bei Wohnungssuche. Sie sind ganz schön clever.«

»Deshalb werden sie nicht gleich zu Gangstern.« Ich merkte, daß Swerdloff sturzbesoffen war, weil er die Artikel ausließ wie die Russen in den Comics.

»Sicher. Sicher. Aber russischer Verbrecher mit ›Jude‹ im Paß kriegt dieselben Vorteile wie jeder andere Jude. Sagt: Ich bin jüdischer Ingenieur. Ich kann keine Arbeit finden. Ich sage, ich habe Angst von Stimmung in meinem Land – Kommunisten kommen zurück, Jelzin geht, Faschisten kommen, Nationalisten, Militärjunta, Antisemiten. Ich will nach Amerika kommen. Ich lasse die Tatsache weg, daß ich auch Chef von Erpresserring in Kiew bin. Ich komme an. Arbeite hart. Lerne Englisch. Paar Jahre später hab ich's wieder geschafft. Jemand macht Theater, jüdische Organisationen machen Geschrei. In Brighton Beach spricht niemand. Wer soll sprechen? Jeder hat Angst vor Repressalien daheim. Genau wie vorher. Nichts hat sich geändert.«

»Erzählen Sie mir etwas, das ich noch nicht weiß.« Ich war deprimiert. Die Band setzte zu einem Stevie Wonder-Medley an.

Die verspiegelte Bar zog sich den ganzen Raum entlang. Dutzende Männer lehnten daran. Tolja Swerdloff fühlte sich offensichtlich ganz zu Hause; er trank französischen Brandy, rief laut nach bestimmten VSOP-Sorten. Mit einer Hand griff er sich Fisch- und Kaviarhäppchen von einer Platte auf der Bar, die andere hatte er mit gutmütiger Jovialität schwer auf meine Schulter gepflanzt. Ich hätte sie gern abgeschüttelt, aber für ihn gehörte das zum Ritual.

»Die Italiener haben drei, vier Generationen gebraucht, um sich in legale Gesellschaft festzusetzen. Diese Jungs, die sind jetzt schon dabei. Clevere Burschen. Doktoren. Wir Russen sind gut im Schreiben. Papiergeld.« Er schüttelte sich vor Lachen.

»Wer macht die Schmutzarbeit?«

»Schauen Sie sich um. Sie haben olympische Gewichtheber, die sowjetische Mannschaft verlassen haben. Sie haben israelische Kommandos, die noch im Geschäft sind. Der KGB hilft auch. Ein Cocktail zum Fürchten«, sagte Swerdloff, wobei er sich im Spiegel bewunderte.

»Das habe ich in *Vanity Fair* gelesen«, sagte ich.

Die Lichter gingen aus. Ein Trommelwirbel. Ich trank mein Bier. Akrobaten in Trikots schnellten aus der Dunkelheit in das bunte Licht. Die Show hatte begonnen.

Ein Tom Jones-Verschnitt folgte, dann schwebten vergoldete Vogelkäfige von der Decke herab, und drei mit Federn bekleidete Mädchen erschienen. Sie jonglierten, aber was sie da herumschleuderten, konnte ich nicht erkennen.

Swerdloff sah hoch. »Ausgestopfte Vögel«, sagte er.

Ich bestellte Scotch.

»Sie waren also Patensohn vom General«, sagte Tolja. »Hören Sie mir zu, und sehen Sie sich Tisch in Ecke an.« Geräuschvoll trank er seinen Brandy.

Um einen runden, erhöht stehenden Tisch saßen acht Männer, alle in dunklen Anzügen und weißen Hemden. Sie unterhielten sich leise.

»Benzin«, sagte Tolja. »Brandstiftung, sagt man hier. Krankenversicherungsbetrug. Wissen Sie, wieviel die so absahnen? Millionen, Milliarden. Sie ziehen lieber kleine Leute über den Tisch. Sie kennen das Sprichwort: ›Lieber von einer Million Leute einen Dollar stehlen als von einzige Person eine Million Dollar.‹«

Die Männer in den dunklen Anzügen nippten nur an ihren Wodkas. Eine einzige Frau saß an dem Tisch. Eine große Blondine in einem schlichten Kleid aus Seide, das Haar im Nacken zu einem altmodischen Knoten geschlungen; sie trug die exquisit affektierte Haltung einer Flamencotänzerin zur Schau. Männer, die vorbeikamen, um den Anzügen die Reverenz zu erweisen, küßten zuerst ihr die Hand. Ich konnte meine Blicke nicht von ihr wenden.

»Können Sie vergessen«, sagte er. »Das ist Marina, Cousine von Elem Zeitsews Frau. Sie kennen Zeitsew?«

Der Geruch von Leibern und verschüttetem Schnaps, von Parfüm und Korruption war ebenso beklemmend wie die rauhen russischen Stimmen. Natürlich wußte ich, wer Zeitsew war, aber ich ließ Swerdloff weiterreden, der immer wieder betonte, daß das hier der sicherste Platz zum Sprechen sei. Dieses Theaterspielen machte ihn an.

Ich schwitzte so, daß ich mir die Jacke auszog und ein Cola bestellte. Swerdloff redete und redete. Während die Show weiterging und die Jongleurinnen von Feuerschluckern und dann von steptanzenden Liliputanern abgelöst wurden, quatschte er über Brighton Beach: Wie aus dem Ausflugsziel in Brooklyn, das seinen Namen um 1870 von einem englischen Seebad erhalten hatte, eine arme jüdische Gegend geworden war, wie Swerdloff es ausdrückte; wie in den Siebzigern, als Nixon und Breschnjew die Entspannungspolitik erfanden, vierzigtausend Neuankömmlinge herüberkamen, darunter alle Verbrecher, die gerade im Gefängnis saßen. Der große Witz des KGB: Ihr wollt sie? Da sind sie, sagte der KGB, öffnete die Gefängnisse und spritzte den Abschaum in den amerikanischen Blutkreislauf wie eine Seuche.

Natürlich gab es auch echte Einwanderer, echte Dissidenten, daneben aber Diebe, Vergewaltiger, Mörder, genau wie bei der Aktion Mariel, als Kubas Fidel die Leute übers Meer geschickt hatte.

Die Band spielte »Born in the USA«. Swerdloff sprach über Schiebungen, Devisenhandel, Rohstoffe, Windeln, Zeitungspapier. Er behauptete, er habe Agron gekannt, den ersten Paten, den alten Gangster, der seine Kanone in der Badeanstalt an der Lower East Side abgab und das von Journalisten aufschreiben ließ. Agron wurde gegenüber vom Batumi umgelegt. Swerdloff behauptete, auch Balagula zu kennen. Ich gähnte.

»Gefällt es Ihnen hier nicht?« sagte Tolja. »Möchten Sie

lieber woanders hin?« fragte er, und ich erzählte ihm, daß mir eine Bar in der Broome Street wesentlich besser gefiel, aber das war nur Smalltalk.

Während ich Swerdloff in dem Radau verlor, dachte ich über den Killer nach, den Iwan, den Mann, der Gennadij Ustinov umgebracht hatte. Versteckte er sich in der Menge?

»Kommen Sie«, sagte Tolja, wobei er in eine Schüssel mit hartgekochten Eiern langte, die auf dem Tresen stand. »Ich will was zu Abend essen, wenn wir große Finale anschauen.« Er steuerte auf einen kleinen freien Tisch zu und winkte dem Kellner, der Schaschlikspieße brachte, und die Band brach in »I Just Called to Say I Love You« aus.

Auf der Bühne wirbelten Tänzer in zaristischen Uniformen herum, jeder mit einem Telefon in der Hand, die Hosen mit Socken ausgestopft, damit ihre Schwänze größer wirkten. Ein Männerballett mit lauter Vronskis, fand ich, als aus dem Lautsprecher das Rattern einer Eisenbahn zu hören war und ein Mädchen mit einem Cape hereingefegt kam und vom Sprecher als die unvergleichliche Anna K. angekündigt wurde.

»Meinen Sie, Tolstoi hätte das gefallen?« flüsterte ich, aber Swerdloff hörte mich nicht. Ich schrie vor Lachen.

Anna K., die in Wirklichkeit Olga Gross hieß, begann mit ihrer Arbeit. Sie war gut. Wirklich gut. In den meisten Stripteasebars, sogar in schicken wie dem Stringfellow's, ziehen die Mädchen ihre Klamotten so beiläufig aus, daß sie genausogut zur Toilette gehen könnten – Kleid aus, Titten dem Gast ins Gesicht, Arsch hoch, 20 Dollar. Lächeln. Zeit ist Geld. Aber Olga nahm sich Zeit. Ich war beeindruckt.

Zuerst nahm sie ihr Cape ab, dann die langen weißen Handschuhe, nacheinander, den Hut, den Schleier. Sie zog sich wirklich langsam aus – ein Schal, eine taillierte Jacke mit einer Million Knöpfen. Sie knöpfte jeden einzeln auf. Der Rock. Darunter ein Unterrock, ein Korsett. Sie entblößte eine Brust, dann die andere. Langsam strich sie über ihren Körper. Die

Männer im Publikum keuchten. Ich keuchte. Olgas Gesicht war nichtssagend, und sie wirkte schlecht gelaunt, aber ihr Körper war einfach sensationell. Als sie nur noch einen String, Seidenstrümpfe und hochhackige Schuhe trug, zog sie den Mantel um sich und kam auf uns zu. Tolja schwitzte. Er hatte aufgehört zu essen.

Das Mädchen beugte sich über ihn, peitschte sein Gesicht mit ihren langen Haaren, klatschte ihm die großen Brüste mit den steifen Nippeln erst auf die Brust, dann leicht aufs Gesicht. Die Musik wurde lauter. Sie schleuderte den String fort. Stroboskoplichter flammten auf. Ekstatisch warf sich das Mädchen mit gespreizten Beinen vor Tolja auf den Boden und schien ihn auf sich herunterzuziehen.

Die Lichter gingen an. Olga war verschwunden. Tolja wischte sich übers Gesicht und aß auf. Dann sagte er: »Gehen wir.«

Die Garderoben lagen auf der Rückseite des Clubs, und als Swerdloff eine betrat, hockte eine nackte Frau im Schneidersitz auf dem Boden, sie aß einen Hamburger; ihren Busen hatte sie mit Papiertüchern vor Fettflecken geschützt. Zehn oder zwölf Frauen saßen in dem Umkleideraum, manche nackt, manche halb bekleidet. Das Mädchen mit dem Fleischklops sah gleichgültig auf, dann wandte sie sich wieder ihrem Essen zu.

Die Beleuchtung im Korridor bestand aus ein paar nackten Glühbirnen, und es stand nach Schnaps. Männer lungerten herum.

Aus der vierten Tür waren durchdringende Stimmen zu hören. Ein Mann in einem Anzug aus grauer Seide tauchte auf und verschwand. Die Tür blieb offen. Wir gingen hinein.

Drinnen war Olga Gross; ihr Kostüm lag auf dem Boden. Sie trug einen schmuddeligen rosa BH und eine verwaschene Jordache Jeans.

Sie sah von der Pritsche hoch, auf der sie saß, erblickte

Swerdloff und rannte zu ihm. Wie mit einem Würgegriff schlang sie ihm die Arme um den Hals und klebte an ihm wie Eisen an einem Magnet.

»Ach Tolja, hilfst du mir?« Sie sprach russisch.

»Natürlich. Klar. Aber erst muß du uns helfen.«

Sie zog einen Pullover an, dann suchte sie auf einem mit Make up und Kippen vollgemüllten Tisch nach ihrer Brille. Ohne ihr Kostüm sah Olga Gross unscheinbar aus.

»Erzähl meinem Freund, was bei der Talkshow passiert ist.«

»Kann ich russisch sprechen?«

Ich nickte.

Sie zögerte.

Tolja sagte: »Olga, denk an mein Versprechen.«

Sie nickte und kratzte sich das Gesicht; sie hatte starken Herpes, und die Bläschen um ihren Mund waren voll eingetrocknetem Blut. »Ich habe den Mörder gesehen, der den General erschossen hat. Ich habe ihn vorher schon mal gesehen.«

»Wo?« Ich fragte mich, warum sie redete.

»Ich erzähle Ihnen das, weil mein Vater General war, genau wie Ustinov«, sagte sie und schüttelte ihr dünnes strähniges Haar aus dem Gesicht.

So so, dachte ich. Er und George Patton und Charles de Gaulle, aber ich hielt den Mund.

»Hier im Batumi Club vor ein paar Wochen. Er hat mich den ganzen Abend belästigt, aber er sah arm aus, verstehen Sie? Er hatte stonewashed Jeans«, höhnte sie. »Zwei Tage vor der Fernsehshow war er wieder hier, in einem Seidenanzug wie von Versace.«

»Sie beobachten sehr genau«, sagte ich.

»Danke«, sagte sie.

»Welche Farbe hatte der Anzug?«

»Blau. Grün. Ich weiß nicht mehr genau.«

»Wo konnte er hier in der Nähe so einen Anzug kaufen?«

Sie sah nervös zur Tür. »Es gibt zwei oder drei Schneider. Ich könnte die Namen besorgen, aber erst morgen.«

»Warum sollte ich Ihnen glauben?«

Sie schaute Tolja flehend an. »Du hast es versprochen.«

»Wie kamen Sie zu der Talkshow, Olga? Wer hat Sie eingeladen?«

Sie zuckte die Achseln. »Die Frau mit den roten Haaren. Miss Hanes. Und ihr Freund. Sie war nicht nett zu mir. Sie wollte mir für die Show keine Garderobe geben.«

»Was für ein Freund?«

»Der Engländer.« Crowe, dachte ich. Lily und Crowe.

Swerdloff faßte mich am Arm. »Lassen Sie mich fünf Minuten mit ihr allein.«

Ich wandte mich direkt an Tolja, aber so laut, daß sie es hören mußte. Ich ignorierte Olga, als wäre sie ein Nichts. Ich benahm mich wie ein russischer Mann. Ich hatte den Geschmack von Galle im Mund.

»Ich will den Namen des Schneiders. Heute abend. Sie sagen ihr das. Sagen Sie es ihr. Ich will genau wissen, wen sie alles gesehen hat. Was auch immer Sie ihr versprochen haben, damit sie redet, es kann warten, bis sie mir was gibt.« Ich war wütend auf Lily, und ich ließ es an diesem armen Mädchen aus. »Außerdem will ich die Zusage, daß sie aussagt, wenn wir sie brauchen. Vor Gericht.« Ich beobachtete Olga, wie sie vor dem Spiegel kauerte.

Ein halb verstörter, halb schlauer Ausdruck legte sich auf ihr flaches blasses Gesicht. Ihre Lippen waren mit Spuren von eingetrocknetem Blut verkrustet. Eine violette Schramme auf der Stirn war mit Make up in der falschen Farbe abgedeckt. Olga nahm eine Flasche Wodka, legte den Kopf in den Nacken und schluckte ihn wie Medizin herunter. Tränen traten ihr in die Augen.

»Sie fragen eine Menge.«

»Ihr Visum läuft nächste Woche aus«, log ich. »Ich habe es überprüft. Wenn sie bleiben will, muß sie reden. Sie sagt aus. Ist das klar?«

»Haben Sie das Bild?« fragte Tolja mich.

Ich gab ihm ein Foto, das ich von dem Video der *Flowers Show* gemacht hatte. Der Mann mit der Kanone war zu sehen, aber das Bild war unscharf. Swerdloff legte Olga den Arm um die Schulter und setzte sich mit ihr auf die Pritsche.

»Komm schon, Olga«, gurrte Tolja und zeigte ihr das Foto. »Komm schon, Süße, komm schon. Ich helf dir. Wir helfen dir.« In dem schnurrenden Russisch, das er auch auf meinem Anrufbeantworter hinterlassen hatte, flüsterte er ihr ins Ohr. »Sag's uns. Du kennst den Kerl, nicht wahr? Wer ist das?«

Tolja war sanft und effizient, er behandelte sie mit Zartgefühl. Er war der denkbar beste Verhörführer, vertrauenerwekkend wie ein Priester, wie er da neben ihr kauerte und sie in seinen massigen Armen hielt, als wolle er sie beschützen. »Ich verspreche es«, sagte er wieder und wieder. »Ich helfe dir. Sag es Tolja. Sag mir alles.«

Sie löste sich von ihm und verschwand auf einer Toilette neben dem Zimmer. Ich hörte, wie sie sich erbrach.

Als sie zurückkam, nahm sie das Bild von Tolja. »Ich kannte ihn«, sagte sie.

Sie kannte ihn. Plötzlich verstand ich.

»Sie kennen ihn aus Moskau«, sagte ich.

Sie nickte.

»Wie heißt er?«

»Er benutzte verschiedene Namen.«

»Wie heißt er, verdammt noch mal? Sie sagen mir seinen Namen, verstanden?«

»Geben Sie mir etwas Zeit.« Toljas Hand lag auf ihrer Brust.

Ich drehte mich weg. »Ich will den Namen. Und sie sagt aus«, sagte ich.

Ohne die Antwort abzuwarten, drehte ich mich um und ging hinaus. Das Mädchen hing an Toljas Hals, als ginge es um ihr Leben.

10

Sonntag morgen war ich wieder in Brighton Beach, als Olgas Fingerspitzen in einer versiegelten Plastikdose unter der Uferpromenade gefunden wurden. Ich war unterwegs zu meiner Cousine Genia, aber vorher machte ich einen Abstecher in die Church Avenue.

In einem Waschsalon fand ich ihn; er schlief auf einem an die Wand gekippten Stuhl gegenüber einer Reihe Wäschetrockner. Mit geschlossenen Augen, den Hut auf das Gesicht geschoben, rührte er sich kaum. Er hieß Brunel Dieudonné. Ein verschlafener Spaniel lag auf seinen Füßen.

»Jemand da? Hallo?«

»Schrein Sie doch nicht so, Mann«, sagte er, ein Mensch, der gerade aus einem erfrischenden Schlaf erwachte. Er war ein großer Haitianer mit einem sanften Gesicht und dem raffinierten Auftreten eines charmanten Gauners. »Was'n los?«

»Wir müssen reden.« Ich lehnte gegen eine Waschmaschine.

»Reden«, sagte er, als er aufstand, Wäsche aus der Maschine neben mir zog und sie in einen Trockner stopfte. »Ham Sie 'n paar Quarter für mich?«

Ich fischte ein paar Münzen aus der Tasche und gab sie ihm.

»Reden«, sagte er noch einmal und warf das Geld in den Trockner. Er zog eine wackelige Bank heran, und wir setzten uns nebeneinander und schauten zu, wie die Wäsche sich drehte. Der Salon war voll Frauen, die ihre Wäsche machten, und der sauersüße Geruch von feuchter Wäsche vermischte sich mit dem Geruch der kandierten Veilchenpastillen, die Dieudonné sich pausenlos in den Mund steckte. Irgendwo spielte ein Radio; ein Sprecher verlas die Nachrichten auf Französisch.

»Sie arbeiten für die Sicherheitsfirma, die bei der *Flowers Show* ist?«

»Ja. Sie ein Cop?«

»Ja«, sagte ich. Ich hielt es nicht für notwendig, irgend jemandem zu erzählen, daß ich den Job nicht mehr machte, noch nicht.

»Bonbon?«

»Nein danke.«

»Was wollen Sie, ich hab schon zehn andere Bullen gesehen.«

»Sie haben an dem Abend bei *Teddy Flowers* gearbeitet. Arbeiten Sie immer für die Show?«

»Welcher Abend war's denn?« Er lächelte hinterfotzig und aß noch eine Veilchenpastille.

»Bitte, wollen Sie es auf die nette Tour, oder soll jemand anderes das hier übernehmen? Ich bin ein netter Kerl.«

Er zuckte die Achseln. Cops gehörten für Haitianer zum Leben dazu. »Niemand sagt uns, daß wir sollen die Leute kontrollieren, die aus'm Studio kommen, verstehn Sie? Was soll das, wenn sie einmal drin sind? Sie gehen rein. Wir sagen Hi, nehmen die Tickets. Dann guck ich Fernsehen mit mein Hund. Wir haben eine tragbare Fernseher in der Lobby. Zeit geht rum.«

»Sie sehen die *Flowers Show*?«

»Meistens gucken wir lieber Letterman. Bessere Show.« Er brüllte vor Lachen. Ein echter Komiker. Seine Kinnbacken wackelten wie Schokoladenpudding.

»Was ist mit Metalldetektoren?«

»Nehmen wir nicht. Zu teuer, sie sagen uns.«

»Wenn ich Ihnen ein paar Bilder zeige, geben Sie sich etwas mehr Mühe?«

Wieder zuckte er mit den Achseln. Es war heiß im Waschsalon, und der Geruch der Wäsche nahm mir den Atem.

Ich holte Bilder von Ustinov und eins von dem Iwan heraus. Ich wußte es schon, wollte aber noch mehr Beweise.

Er hielt sie ins Licht, dann drehte er sie herum.

Er deutete auf Ustinov. »Den haben sie erschossen. Das ist nicht so super. Sie machen das von Video?«

»Jeder ist Regisseur.«

»Was wollen Sie, was soll ich sagen? Ich sehe viele Leute. Vielleicht ich sehe den Kerl. Ich weiß nicht.«

»Okay. Wenn Sie irgendwas hören. Irgendwas. Rufen Sie mich an, okay?« Ich gab ihm eine Karte mit meiner Privatnummer. »Okay?«

»Okay, okay. Vielleicht ich höre was. Ich habe einen Freund, arbeitet drüben in Brighton Beach. Er mag das Essen.«

Auf der anderen Seite der Beverly Road fuhr ich hinaus aus dem Häusergewirr und vorbei an großen Häusern mit grünem Rasen, wo Leute im Schatten Eistee tranken, dann kehrte ich zurück zum Ocean Parkway. Die Hitze des Indian Summer hüllte ihn ein, und unter den Bäumen standen Frauen, die meisten schwanger, mit langen Röcken und Perücken, und schwatzten, und schwarz gekleidete Männer eilten in ihre ärmlichen Synagogen. Es war eine Szene aus einem vergangenen Jahrhundert. Einen Augenblick wäre ich am liebsten da eingetaucht, wollte das Auto abstellen, auf der Treppe sitzen und den Frauen und Kindern zuschauen, wollte mit den Männern eine Zigarette rauchen, einen Witz reißen, in den Zahlen und Buchstaben der Kabbala den Sinn des Lebens erkennen, wollte in einer überschaubaren Welt aufgehen.

Statt dessen besuchte ich Genia. Meine Cousine wunderte sich nicht, obwohl ich sie seit einem Jahr oder länger nicht angerufen hatte. Als sie die Tür öffnete, sah ich, daß diese Frau es seit langem aufgegeben hatte, sich über irgend etwas zu wundern.

»Hallo, Artijom. Ich komme heraus.«

Hinter ihr, im Haus, konnte ich den alten Mann, ihren Vater, erkennen.

»Stimmt etwas nicht?«

»Wir gehen ein bißchen spazieren«, sagte sie.

»Mag er mich nicht, weil ich ein Cop bin?«

Sie nickte. Hier in der Gegend mochte niemand Cops.

Wir gingen spazieren, und ich sagte Genia, daß ich einen neuen Job suchte. Ich ging mit ihr in ein Spielzeuggeschäft und ließ sie etwas für das Kind aussuchen, eine Barbie, ich glaube, es war eine Barbie als Braut. Der alte Mann mochte mich nicht. Aber Genia würde ihm erzählen, was ich gesagt hatte, und er saß immer mit den anderen alten Männern am Straßenrand. Hier in dem Viertel war alles sehr eng; die Nachricht, daß ich ein Ex-Cop war, der einen gutbezahlten neuen Job suchte, würde die Runde machen.

»Meld dich mal.« Ich steckte ihr etwas Geld in die Tasche. »Meld dich mal.«

Vor dem Spielzeugladen trennte ich mich von ihr und ging zum Strand. Auf der Höhe von Coney Island waren nicht weit von der Achterbahn Menschen zusammengelaufen. In der Ferne sah ich Polizeiautos und ein paar blaue Polizeiabsperrungen. Langsam bahnte ich mir einen Weg durch die Menge; eine Horde Möwen, die unvermittelt in den Himmel stob, erschreckte mich; ihre Schnäbel ratterten wie Gewehrfeuer. Angezogen vom Gestank brennenden Fleischs schoß eine wieder herunter und schnappte sich vom Grill einer Frau einen Hamburger.

Roy Pettus stand hinter der Menge. »Detective.«

»Was ist los?«

»Scheißkerle.« Er war zornig. »Sie haben ihr die Fingerspitzen abgeschnitten und in einen Behälter gelegt. Die Fingerabdrücke beseitigt.«

»Wer war sie?« fragte ich, aber ich wußte es schon. Ich wußte es.

»Die Leiche haben wir unter der Uferpromenade gefunden, in einem Müllsack. Sie wollten, daß wir sie finden. Es ist ihre Botschaft an uns.«

»Ich will sie sehen.«

Pettus sah sich um. »Kommen Sie«, sagte er.

Ein paar hundert Meter weiter wurde ein Leichensack auf einen Lastwagen geladen. Meine Schuhe waren voll Sand.

»Lassen Sie ihn mal sehen«, sagte Pettus zu dem Detective, der sich darum kümmerte.

»Klar, Roy, ganz wie Sie wollen.«

Pettus zog den Reißverschluß an dem Leichensack auf. »Kennen Sie sie?«

»Ich habe sie gestern abend kennengelernt«, sagte ich.

Pettus schüttelte den Kopf.

Jemand hatte gemerkt, daß sie mit Tolja Swerdloff sprechen wollte und sie umgebracht. Olga mit den sensationellen Titten und dem schmuddeligen BH hatte Angst bekommen, weil ich sie unter Druck gesetzt hatte. Ich berichtete Roy Pettus von Swerdloff, weil ich im Austausch etwas von ihm wollte.

»Könnten Sie mir einen Gefallen tun?« sagte ich zu Pettus. »Bevor Sonny Lippert Wind davon bekommt.«

Er wartete.

»Maxine Crabbe. Lassen Sie sie einen Blick in den Behälter werfen. Den mit den Fingern des Mädchens.«

»Das ist ganz ausgeschlossen«, sagte er, dann betrachtete er den Sand. »Okay«, sagte er. »Ich will es genau so dringend wissen wie Sie. Ich hoffe, daß die Schweine, die das gemacht haben, dafür in der Hölle braten. Ich hoffe bei Gott, daß sie dem Mädchen die Fingerspitzen erst abgeschnitten haben, nachdem sie sie umgebracht haben.«

Nachdem ich Olgas Körperteile genau hatte begutachten können, war ich 48 Stunden außer Gefecht gesetzt. Ich legte mich mit einer Erkältung ins Bett, von der mir die Knochen so schmerzten, daß ich mich kaum bewegen konnte. Ich schleppte mich zu ein paar Terminen, die ich im russischen Konsulat ausgemacht hatte, um etwas über Gennadij zu erfahren, aber ich war in mieser Verfassung.

Bis Dienstag ging es mir aber besser. Als erstes ging ich

zum Zahnarzt, damit er mir endlich im Mund herumfummeln und den Zahn richtig sanieren konnte. Ich lag auf dem Stuhl, und Dr. Pelton Crane beglückte mich mit Geschichten von seinem letzten Skitrip nach Taos, und ich dachte darüber nach, daß das Leben nicht knirschend zum Stillstand kommt, nur weil Leute in Brighton Beach oder sonstwo tot umfallen. Man erkältet sich. Der Zahnarzt berechnet zu viel. Frauen drehen durch, wenn man es nicht bringt. Freunde sind sauer, wenn man die Geburtstage ihrer Kinder vergißt. Man wird hungrig, geil, müde.

In New York stirbt dauernd jemand, und ich glaube, mein Lieutenant schrieb mich an jenem Dienstag endgültig ab, weil es innerhalb von 24 Stunden sechs Morde gegeben hatte und ich immer noch meine Zeit mit dem Urlaubsscheiß verplemperte, wie er es ausdrückte.

Die ekelhafte Hitze hörte und hörte nicht auf, und die Leute wurden aggressiv bis zum Mord. Drüben am Fluß war eine Bande Kids in den dritten Stock eines Wohnblocks gestiegen und hatte die alte Frau umgebracht, die immer wieder zu ihnen heruntergeschrien hatte, sie sollten aufhören; sie spielten die ganze Nacht auf der Treppe Tupak, und sie wollte Mary Tyler Moore-Wiederholungen sehen. Einer von ihnen war zehn Jahre alt. Zwei Blocks weiter hatte ein Mann im Crackrausch sein drei Wochen altes Baby aus dem Fenster in die Mülltonne geworfen.

Der Lieutenant rief mich an und sagte, er brauche Hilfe, aber ich sagte, ich hätte was anderes zu tun. Ich konnte förmlich hören, wie er die Achseln zuckte. Zu viele Entschuldigungen. Er wußte, daß ich daran dachte, endgültig in der Abteilung aufzuhören. Ich war fast vierzig. Ich wollte anders leben. Aber schon der Gedanke daran war wie der Gedanke an Amputation.

Olga war tot, Crowe war weg, genau wie Zalenko; Saroyan war mir durch die Lappen gegangen; blieb Swerdloff; auch wenn man davon ausging, daß die anderen Gäste der *Flowers Show* ebenfalls wichtig waren, so hatte ich doch nur ihn. Als einzige Spuren hatte ich ein Messer und ein Foto, das von einem Video gemacht worden war. Eine Woche nach seinem Tod wußte ich nur eins sicher: Der Mörder von Ustinov würde sich wohler fühlen, wenn auch ich tot wäre. Ich kam wirklich langsam voran. Ich hatte Angst, daß die Spuren mit der Zeit erkalteten. Ich konnte die Türen auch nicht mehr so aufbrechen wie als Polizist. Wenn ich nicht aufpaßte, würde Sonny mir einen ganzen Haufen Knüppel zwischen die Beine werfen. Zu allem Glück lief ich an dem Abend im Garden auch noch Sonny über den Weg.

Ich hatte Rickys Onkel versprochen, zu einem Spiel der Knicks mitzukommen. Rick haben sie für den Sport schon vor Jahren aufgegeben, und jetzt schnappen sie sich immer mal mich. Der Garden stinkt immer nach Hot dogs und der Erregung dieser alten Jungs, es ist richtig ansteckend. »Mein Onkel Liu ist im Garden an einem Herzschlag gestorben, weil er sich bei einem NBA-Entscheidungsspiel so aufgeregt hat«, hat Ricky mir mal erzählt. »Wenigstens war er so rücksichtsvoll und hat gewartet, bis er am Hot Dog-Stand war, statt auf seinem Platz zu sterben.«

Vom Ende seiner Reihe sah Sonny Lippert mich, bevor ich ihn sah, und er tauschte den Platz mit einem der Onkels. Die ganze Halbzeit nervte er mich, indem er auf die Promi-Tribüne starrte und Woody und Spike und all den anderen Schleimern zuwinkte, die danach gierten, daß irgendein schwarzer Zweimetermann mit goldenen Kettchen ihnen ein Lächeln schenkte. Ich hasse das. Die publicitygeilen Trainer bewegen sich fürs Fernsehen, schwenken die Arme zum Gruß, hüpfen in ihren Armani-Anzügen an den Seitenlinien auf und ab. Gladiatorenspiele: Jeder wollte Blut sehen.

»Was zum Teufel machst du hier, Art?« Sonny legte den Arm über meine Stuhllehne.

»Ich führ mir ein Spiel zu Gemüte, Sonny. Genau wie du.«

Nach dem Novokain am Morgen war mein Mund immer noch steif wie bei einem Toten in voller Leichenstarre. Ich trank Bier und gab mir Mühe, vor Sonny nicht zu sabbern.

»Ich will, daß du dich aus dem Ustinov-Fall raushältst. Verstehst du? Wir kommen weiter. Wir haben Abdrücke. Wir haben die Kanone. Ich hab dir den Job angeboten, und du hast ihn abgelehnt, und jetzt mach gefälligst die Fliege. Wenn du noch mal die Nase da reinsteckst, sorge ich dafür, daß du eine Verwarnung kriegst, klar? Ich dulde es nicht, daß du dich in meinen Fall reinhängst, du und Roy Pettus. Ja, Kleiner, ich weiß alles, also halt dich da raus.« Er schenkte mir ein säuerliches Lächeln und ging weg, um Spike oder Woody oder irgendeinen anderen Promi zu begrüßen, bei dem sich der Scheißkerl anschleimen wollte.

»Ich hab gehört, daß das gar nicht mehr dein Fall ist, Sonny. Ich hab gehört, daß er jetzt eine Etage höher ist«, sagte ich, aber er hörte mich nicht. Ich war stinkig, und vielleicht aus purem Trotz jagte ich am nächsten Morgen ein weiteres Mal Ustinovs Geist durch die ganze Stadt nach; es gab nur eine Überraschung.

11

Seit 20 Jahren hatte General Gennadij Michailowitsch Ustinov ein Kundenkonto bei Brooks Brothers. Überall, wo er seinem Terminkalender zufolge sein sollte, war er auch wirklich gewesen: mit seinem Verleger im Union Square Café, wo ein Kellner sich daran erinnerte, daß er ein Sandwich mit Räuchersteak gegessen hatte; in der UN-Mission, um sich mit einem alten Freund zu treffen; bei einem staatlichen Radiosender, weitere Interviews, Brooks Brothers. Er hatte den Termin bei Brooks Brothers notiert, und er war dagewesen.

»Seit Jahren kümmerte ich mich um Mr. Ustinov. Über das Konsulat schickten wir ihm häufig Hemden nach Moskau. Er bevorzugte unsere Buttondown-Hemden. Das Blau paßte sehr gut zu seinen Augen«, sagte ein Verkäufer traurig. »Er hat mir freundlicherweise ein signiertes Exemplar seiner Autobiographie geschickt.« Er war erst kürzlich dagewesen, ja, der Mann erinnerte sich daran. Er hatte ein Geschenk gekauft.

»Was für ein Geschenk?«

»Für einen jungen Mann. Ich glaube, er sprach von seinem Neffen.«

Ich fragte, was es war, aber das Telefon klingelte, und der Verkäufer achtete nicht mehr auf mich. Nach ein paar Minuten gab ich es auf.

Es haute mich um, daß Gennadij mir ein Geschenk gekauft hatte. Ich ging, ohne zu wissen, was es war; auch das war mir genommen worden. Jetzt war es mir egal, was Sonny wollte oder mit welchen Scheißkerlen ich mich einlassen mußte – ich mußte wissen, warum Gennadij starb.

Ich ging in Phillip Fryes Büro. Man sagte mir, er sei verreist, also ging ich rüber zum Fernsehstudio am Fleischmarkt – man konnte das rohe Fleisch riechen – und log mich zu Teddy Flowers' Büro durch.

Teddy hing gerade am Telefon und versuchte, sich eine Einladung ins Weiße Haus zu ergaunern. Er war kalt wie eine Hundeschnauze. Ich mag die meisten Leute; Flowers war mir von Anfang an zuwider.

Kennen Sie die Art Leute, die man in einem Flugzeug als Kotztüte benützen möchte? Teddy ging mir schwer auf den Keks. Er war so was von glatt, daß ich mich an ihm hätte reiben können und glatt abgerutscht wäre. Teddy Flowers war die Ölstimme des Fernsehens. Er galt als einer, der nicht lokkerließ; ich nahm an, daß er sich das Image selbst verpaßt hatte.

Unaufgefordert setzte ich mich auf einen Bürostuhl mit aufgerissenem grünen Ledersitz; *The Flowers Show* stand für Nachrichten pur; man erwartete praktisch, daß die Leute mit Bandagen auftraten. Ich zog ein Päckchen Zigaretten heraus.

»Wären Sie so nett?« sagte Flowers. »Passivraucher.« Er hielt mir eine Predigt darüber. Idioten sind in diesem Geschäft das Übliche, aber Teddy war ein Spezialfall.

»Ich habe leider nicht viel Zeit für Sie, aber ich würde Ihnen natürlich gern helfen.« Teddy Flowers ließ seine Muskeln spielen. Er trug ein enges weißes T-Shirt, teure Mokassins, keine Socken, und um den Hals hatte er ein Handtuch wie ein Boxer nach dem Kampf. Bevor ich auch nur den Mund aufmachen konnte, schüttete er sich Evian in den Mund, spuckte es in den Papierkorb und fuhr mit seiner Predigt fort, ich weiß nicht mehr worüber, Gesundheitsvorsorge oder Newt Gingrich oder China. Er sah sich als Kämpfer für die Wahrheit. Ich lehnte mich zurück, steckte mir eine Zigarette an und blies Rauch in seine Richtung, wobei ich die Tür im Auge behielt, für den Fall, daß Lily Hanes zufällig vorbeikam.

»Ich habe den General nicht kennengelernt. Ich war in den Hamptons. Wir haben ihn eingeladen, als mir klar wurde, daß die Lage in Rußland wieder heiß wird. Außerdem ein Gefallen für einen Freund.«

»Was für ein Freund?«

»Ein Freund in einem Verlag.«

»Phillip Frye, vielleicht? Ein guter Freund? Eine Hand wäscht die andere?«

»Es ist kein Geheimnis, daß Phil eine Menge für Ustinovs Buch ausgegeben hat. Es war ein Flop. Er brauchte Publicity, und ich wollte ihm helfen.«

»Wieso ein Flop?«

»Phil zahlte eine Menge für das Buch, und dann mußte er die scharfen Stellen streichen, habe ich gehört. Was ich höre, stimmt meistens.«

»Warum mußte er es streichen?«

Flowers zuckte die Schultern.

»Teddy.« Eine nervöse Stimme kam vom Flur.

»Mein Trainer«, sagte Teddy. »Ich muß los.«

»Zu schade, daß Sie den großen Abend verpaßt haben. Tolle Einschaltquoten, habe ich gehört«, sagte ich.

»Ich habe nichts verpaßt. Ich verpasse nie etwas. Wie ich Ihnen schon sagte, ich habe zu tun. Ich weiß alles über Sie. Sonny Lippert hat es mir gesagt. Ich versuche, Ihnen zu helfen, aber Sie hören nicht zu.«

»Ich höre seit einer halben Stunde zu«, sagte ich. »Ich will wissen, warum Sie so beschissen unprofessionelle Sicherheitsleute einsetzen.«

»Nicht meine Entscheidung. Der Sender kümmert sich um die zusätzlichen Mitarbeiter.«

»Was ist mit Ihren eigenen Mitarbeitern?«

»Um die kümmere ich mich. Ich gebe jedem eine Chance. Ich habe Lily Hanes die Chance für eine große Show gegeben. Sie hat sie in den Sand gesetzt.«

»In den Sand gesetzt, weil einer erschossen wurde?«

»Genau. Es ware ihre Show. So ist die Welt nun mal. Ich habe zu tun. Wenn Sie mich brauchen, machen Sie einen Termin aus. Rufen Sie meinen Agenten an.« Er stand auf und öffnete die Tür.

»Beeil dich, Teddy«, rief die Stimme wieder.

Lily Hanes sah auf. »Hi«, sagte sie ohne große Begeisterung. Sie saß in einer Kabine, Brille auf der Nase, Zigarette im Mund, Beine unter den Bürostuhl geklemmt, und sah auf einen Fernseher mit abgeschaltetem Ton, der auf einem Regal über ihr lief. CNN lautlos wie eine Tapete. Lily Hanes erschien auf dem Bildschirm.

»Ich brauche ein bißchen Hilfe.«

»Tut mir leid, daß ich ausgerastet bin. Okay? Aber ich hab zu tun.« Sie schaute zu dem Gerät hoch und stellte es ab. »Mit einemmal bin ich der Hit des Monats. Jeder will mich. *New York Magazine* will eine Titelgeschichte machen. Wissen Sie, was mich ein Stylist gefragt hat? Ob ich mein Kleid zur Reinigung gebracht habe oder ob das echte Blut noch drauf ist. Er sagte, Blut käme auf dem Bild besser rüber. Ein Kerl fällt mir tot in den Schoß, und plötzlich bin ich voll im Trend«, sagte sie, eher verwirrt als wütend.

»Sie haben meine Anrufe nicht beantwortet«, sagte ich.

»Ich weiß nichts. Ich habe Ihnen gesagt, was ich wußte. Außerdem habe ich ein paar Horroranrufe gekriegt. Ich gehe kaum noch ans Telefon.«

»Was für Anrufe?«

»Schweres Atmen. Mitten in der Nacht. Das übliche Zeug. Hat nichts zu bedeuten«, sagte sie.

Ich erzählte ihr nicht, daß mein Computer mit ihrem Namen drin weg war. Vielleicht hätte ich es tun sollen. Aber ich sagte ihr, daß das Studio mir ihre Privatnummer gegeben hatte.

»Scheiße«, sagte sie. »Die Sicherheit hier ist für den Arsch.« Sie zuckte die Schultern, wirkte aber beunruhigt. Dann sagte sie: »Ich mochte Ustinov. Ich habe ihn neben mich plaziert. Jemand hat ihn umgebracht. Ich fühle mich schuldig, verstehen Sie? Ich fühle mich wirklich absolut beschissen. Dann war es auch noch mein Geburtstag.«

»Es tut mir leid.«

»Naja, was könnte eine Frau sich besseres zum 45. Geburtstag wünschen als einen toten russischen General auf dem Schoß?«

Nach all den Jahren habe ich mich immer noch nicht daran gewöhnt, daß diese intelligente New Yorker Frauen mit all ihrem Durchblick fluchen wie die Droschkenkutscher oder Bergarbeiter. Nicht, daß ich nicht auch die Fäkalsprache beherrschte.

»Wir haben das schon mal gehabt, oder? Wir haben das in der Nacht alles schon mal durchexerziert.« Sie nahm die Brille ab, rieb sich den Nasenrücken, und eine Minute lang sah man ihrem Gesicht das Alter an.

»Was ist mit Teddy?«

»Teddy? Teddy macht seine Sache gut. Er ist in das Spiel lange vor den meisten anderen eingestiegen. Er hat Beziehungen. Im staatlichen Fernsehen müssen wir uns nicht mit nackten Astrologen herumschlagen. Teddy ist eine Kultfigur für Leute, die die Bücher von Salman Rushdie kaufen, aber nicht unbedingt lesen. Leute sehen sich die Show an, weil sie sich dann smart fühlen. Talkshows sind billig. Teddy kann gut reden, und er ist ziemlich gerissen. Er kennt die dunklen Punkte der Leute.«

»An dem Abend war er nicht in der Stadt.«

»Sehen Sie, ich war froh, daß ich die Sache machen konnte. Ich konnte damit bekannt werden. Jetzt ist Teddy sauer, weil er es verpaßt hat.«

»Glauben Sie, daß Teddy Flowers irgendwas mit dem Mord zu tun haben könnte?«

»Ehrlich?«

»Ehrlich.«

»Ich wollte, ich wüßte es. Ich weiß es nicht. Er hätte was damit zu tun, wenn er könnte, aber so blöde ist er nicht.«

»Erzählen Sie mir was über Gavin Crowne.«

»Ich habe ihn einmal gesehen, Detective, oder wie Sie sich nennen.«

»Artie nenne ich mich«, sagte ich und fügte hinzu: »Sie waren nicht zufällig mit Gavin Crowe in einem Nachtclub in Brighton Beach?«

Sie sah mich seltsam an. »Nein, natürlich nicht.«

Das Telefon klingelte.

Sie nahm ab und lauschte. »Ich hab dir gesagt, daß ich zu tun hab, Phil.« Sie hielt die Sprechmuschel zu und sah zu mir her. »Wir sehen uns, okay? Vielleicht nach der Show morgen?«

»Wie wäre es mit heute abend?«

»Gut. Kommen Sie heute abend auf einen Drink, okay, Artie?«

Teddy Flowers war in der Lobby, als ich aus Lilys Büro kam, und er ergriff mich am Arm. »Immer noch hier?« sagte er.

»Schon weg. Aber sagen Sie mir noch eins.«

»Was?«

»Wer ist Phil?«

»Phil?« Er sah Lilys Tür an. »Phil Frye ist Ustinovs Verleger, wie ich Ihnen sagte. Er ist auch derjenige,« – dabei kicherte er bösartig – »der Lily Hanes hauptsächlich bumst.«

Ich schlug die Zeit tot, bis ich Lily Hanes wiedersehen konnte, hing bei den Taes herum und aß einen Teller Muscheln in schwarzer Bohnensauce, den Dorothy Tae mir hinstellte. Mein Blick aus dem Fenster des Restaurants fiel auf eine schwarze Frau im Rasta-Look und mit einem afrikanischen Kleid, die von einem Karren Zubehör für Aromatherapie, Flüssigkeiten und Öle verkaufte. Um sie herum fuhr ein Mädchen mit Inline-Skates, das jeden Tag da tanzte. Auf der anderen Seite konnte ich George, den Besitzer des Coffee Shops, sehen, der gerade eine Zitronenrolle aß.

Die Dämmerung war farblos. Feuchtigkeit sammelte sich, der Herbst war überfällig, der Himmel schwer. Lily Hanes hatte mir nicht erzählt, daß sie mit Frye zusammen war, der Ustinovs Buch verlegt hatte. Sie war Gastgeberin der *Teddy*

Flowers Show, in der Ustinov ermordet wurde. Die Show und die Verlagsgesellschaft gehörten denselben Leuten. Ich spielte Backgammon mit Mr. Tae, und er ließ mich gewinnen. Ricky kiebitzte. Es half nicht sehr.

Als das Telefon klingelte, nahm Mr. Tae ab. Er gab es mir herüber. »Er dachte, du könntest gerade bei uns sein.« Es war Sonny Lippert.

»Wem verdanke ich das Vergnügen, Sonny?«

»Werd bloß nicht sarkastisch. Fahr lieber nach Brooklyn, aber subito.«

»Ich hab keine Zeit.«

»Jemand hat deine Cousine zusammengeschlagen. Ihr Gesicht sieht aus wie ein russischer Sonnenaufgang. Das Handgelenk ist gebrochen. Der alte Mann ist völlig von der Rolle, er will die Polizei verklagen, weil sie angeblich nicht schnell genug aufgetaucht ist, er will jemand umbringen. Das Mädchen hat einen Schock. Der Kerl, dem sie ein Zimmer vermietet hatten, ist verschwunden.«

Ich fuhr nach Brooklyn, aber bis ich ankam, hatte der alte Mann, Genias Vater, sich mit seinen Kumpels vor ihrem Zimmer im Coney Island Hospital postiert. »Hau ab«, schrie er auf Russisch. »Laß uns in Ruhe. Wir wollen nichts mit der Polizei zu tun haben.«

Ich fühlte mich wie ein Punchingball. Von einer Telefonzelle aus rief ich Lily an. Eine Frau im Studio sagte, sie sei nach Hause gegangen. Sie hatte gesagt, ich solle später vorbeikommen, und jetzt war sie weg, und ich war sauer. Ich wollte ihr das sagen. Ich rief sie zu Hause an und erwartete den Anrufbeantworter.

»Können Sie herkommen?« Lilys Stimme war sehr ruhig. »Bitte, ich brauche Hilfe«, fügte sie hinzu, und in ihrer Stimme hörte ich die Angst, als sie mir ihre Adresse gab. Sie sagte, kommen Sie, und ich fuhr wie ein Wahnsinniger.

Lilys Haus in der 10th Street wurde schwer bewacht – ein Kerl von einer privaten Sicherheitsfirma, ein regulärer Cop. Ich zeigte meine Marke. Ich fuhr nach oben.

Sie kam in einem alten Bademantel und Turnschuhen an die Tür. Ihr rotes Haar war zu Zöpfen geflochten. Sie wirkte jung, verängstigt und froh, mich zu sehen. Ich war überrascht.

»Es tut mir leid, daß ich Sie um diese Zeit herbestellt habe. Im Moment geht es mir sehr schlecht.«

»Was ist los? Ich weiß, daß es Ihnen sehr schlecht geht. Bei mir war es auch so. Ich kann gehen. Ich kann wiederkommen. Sagen Sie mir, was Sie von mir wollen. Bitte.«

Lilys Wohnzimmer war gelb tapeziert, und es gab große Sofas und schöne Zeichnungen und viele Bücher an den Wänden. Auf einem Couchtisch war ein Chaos von Kassetten, Kleenex, Weinflaschen. Auf einem altmodischen Klavier stand ein Foto von Lily mit Gorbatschow und eins von einem großen dünnen Paar mit Pete Seeger; sie wirkten eher hager, aber Lily hatte die gute klassische Neuengland-Statur geerbt.

»Tut mir leid wegen dem Chaos, tut mir leid wegen allem. Möchten Sie etwas trinken? Wein?«

»Gern.«

Lily ging hinaus und kam in Jeans und Pulli zurück, mit einer Flasche Rotwein unter dem Arm. Sie goß zwei Gläser voll und setzte sich. Sie lächelte ein wenig. »Okay. Jetzt geht es mir besser. Ich bin froh, daß Sie hier sind.«

»Erzählen Sie es mir, Lily.«

»Ein Kerl ist mit einem Messer hereingekommen«, sagte sie und trank einen Schluck Wein, als sie mit ihrer Geschichte begann. »Er wußte, wer ich bin. Er wußte, wo ich wohne. Er wußte, wie er mich finden konnte.«

12

Lily war früh von der Arbeit gekommen, ungefähr um sieben, noch bevor die Sendung ausgestrahlt wurde; sie fühlte sich erbärmlich. Sie hatte Herzklopfen. Sie hatte Kopfschmerzen. Sie mußte weg von der Show, weg von Teddy, weg von allem. Ihre Freundin Babe rief an und sagte, sie würde ihr etwas zu essen bringen, aber Lily lehnte ab, sie wollte schlafen.

»Du solltest etwas essen«, sagte Babe am Telefon.

»Ich habe keinen Hunger.«

»Du wirst dich besser fühlen. Versprich's mir, ja?« Also versprach Lily es und rief beim Chinesen an. Dann rief sie José, den Portier, an, wie sie es immer tat, wenn sie jemanden vom Lieferservice erwartete, und sagte ihm, er solle den Jungen hochschicken; das war ihr großer Fehler. José tat so ziemlich alles, was Lily ihm sagte, weil er auf eine Karriere beim Fernsehen hoffte und annahm, daß er es mit Lily besser schaffen konnte als mit Richard Gere, der auf der anderen Straßenseite wohnte. José dachte praktisch.

Lily legte Musik auf und döste ein. Die Türklingel weckte sie. Sie ging zur Tür und schaute durch den Spion. Das Gesicht des Mannes war durch eine große Tüte vom Restaurant verdeckt.

»Wer ist da?«

Keine Antwort.

»Wer ist da?« fragte sie scharf, dann schämte sie sich wegen ihres Tons. Viele von diesen chinesischen Jungs waren gerade erst angekommen und sprachen kein Wort Englisch.

Er rief etwas. Sein Englisch war fast unverständlich. Lily fühlte sich mies, sie hatte genug von der Paranoia; wenn sie nicht aufpaßte, wurde sie noch eine richtige widerliche Rechte, und so griff sie nach der Türkette.

Dann trat er einen Schritt zurück, und sie sah seine Schuhe.

Wieso trug ein Junge vom chinesischen Lieferdienst so schicke Lederschuhe? Wie das? Der Mann draußen klopfte wieder, leise, geduldig. Durch den Spion konnte sie nur die Papiertüte mit dem Essen sehen. Sein Gesicht konnte sie nicht sehen. Ihr war, als würden Spinnen unter ihrem Shirt herumkriechen.

»Lassen Sie das Essen draußen stehen.« Sie wußte, daß er das nicht tun würde. Er würde geduldig auf das Geld warten. Sie hatte nur eine Kreditkarte. Die Kartenmaschine paßte nicht unter der Tür durch. Wenn sie ihn nicht bezahlte, würde er seinen Job verlieren. Schlimmer noch, sie zogen es vielleicht von seinem miserablen Lohn ab. Lilys Gedanken drehten sich im Kreis. Sie rief bei José an, keine Antwort. Um acht Uhr machte José Pause und aß zu Abend; man konnte die Uhr nach seinen Pausen stellen.

»Schluß damit«, sagte sie und merkte, daß sie laut mit sich selbst sprach; sie öffnete die Tür, ließ die Kette aber dran. Der Mann draußen war bereit.

Er ließ die Tüte fallen, steckte die Hand durch die Tür und griff nach dem Drehknopf innen. Wie in ihren schlimmsten Alpträumen sah Lily seine Hand um die Tür herumkommen. Der Mann murmelte etwas in einer Sprache, die sie zuerst nicht erkannte; er trug eine dunkelblaue Mütze und eine Sonnenbrille.

»Raus!« schrie Lily.

Er beschimpfte sie mit gedämpfter Stimme, und sie nahm ihre ganze Kraft zusammen und stemmte sich gegen die Tür, aber er war stärker. Er schob sie zurück. Der Türknopf drehte sich. Sie taumelte, sein Gewicht bedrängte sie wie der tote General. Ihre Ohren dröhnten, ihr wurde schwindelig.

Wie in einem schlimmen Traum erschien wieder die Hand, die Finger suchten nach dem Türknopf. Lily verlor an Boden.

Sie lehnte sich zurück und holte Schwung, dann warf sie sich mit der Schulter so heftig wie möglich gegen die Tür, so heftig, daß sie die Hand des Mannes zerquetschte. Sie hörte kleine Knochen brechen, wie bei einem Hähnchen, das mit einem großen Messer in zwei Teile gehackt wird. Auf der anderen Seite war ein Schmerzensschrei zu hören, etwas fiel klappernd auf den Boden, der Mann zog seine zerschmetterte Hand zurück, und Lily sah eine Klinge blitzen. Sie warf die Tür zu, ließ die Schlösser einschnappen und hatte Sekunden später die 911, die Polizei, gewählt. Aber er war weg, durch den Keller in die nächtlichen Straßen entkommen.

Später sagte der Portier José der Polizei, daß er kaum auf den Mann geachtet hatte. Gut, er war eine Weile herumgestanden, aber er wirkte gediegen, die Art von Leuten, die jemanden in so einem Gebäude besuchte. Er war also da, als der Lieferjunge nach Lily fragte. José ging in die Pause. Der Dreckskerl erkannte seine Chance, er hatte Glück, oder vielleicht ergriff er es. Er folgte dem Jungen in den Fahrstuhl, schlug ihn, stieß ihn im 2. Stock aus dem Lift, schlug ihn noch mal, schnappte sich das Essen und fuhr zu Lily hoch. Später wurde der Junge im Treppenhaus gefunden, wie er sich um sein blaues Auge bemühte. Lily überlegte, ob sie umziehen, die Stadt verlassen sollte. Er weiß, wo ich wohne, dachte sie.

13

Er hat mich auf Russisch beschimpft.« Später am Abend saßen wir bei Bradley's. Lily wollte aus dem Haus, und wir gingen um die Ecke, um etwas zu essen. Ich trank Bier, sie Rotwein.

»Sie sprechen russisch?« Ich sah sie an.

»In der Schule gelernt«, sagte sie. »Ich habe Hunger.«

»Komisch, daß das alles Ihnen nicht den Appetit verdirbt«, sagte ich.

»Das habe ich auch schon gedacht.«

Bei Bradley's war es dunkel, kühl und leer bis auf ein paar späte Gäste an der Bar.

»Ich habe Angst, verstehen Sie. Jemand weiß, wo ich wohne. Wo ich Essen bestelle. Irgendwo ist jemand, der sich rächen will, und er ist hinter mir her. Hat er das gewußt? Hat er sich da rumgedrückt und auf eine Gelegenheit gewartet? Hat er es geplant? Die meiste Zeit meines Lebens wohne ich in der Gegend. Ich bin hier aufgewachsen. Ich bin fortgegangen, und als meine Eltern starben, bin ich zurückgekommen. Seitdem wohne ich hier. Ich kenne jede Ritze im Pflaster. Ich habe immer das Schicksal herausgefordert, indem ich drauf getreten bin.«

»Wann?«

»Als ich sechs war.«

»Wo ist das Messer?«

»Ich nehme an, er hat es mitgenommen.« Lily leerte ihr Glas. »Übrigens danke fürs Kommen.«

»Danke fürs Fragen.«

»Wollen Sie mich anbaggern?«

»Ich sage es lieber gleich, damit es uns später nicht in die Quere kommt. Ich brauche Ihre Hilfe, um herauszufinden, wer Gennadij Ustinov umgebracht hat und warum, aber es gibt noch etwas, und Sie sollten es jetzt erfahren.« Ich schwitzte wie ein Vierzehnjähriger.

»Spucken Sie es aus.«

»Ich bin eigentlich kein richtiger Cop mehr. Aber ich war einer. Ich war ein Cop, kein Gehirnchirurg. Okay? Aber deswegen bin ich noch lange kein Neandertaler und Faschistenschwein.«

»Und?«

»Ich möchte mit Ihnen essen gehen.«

»Ist das ein Euphemismus?«

»So können Sie es nennen. Aber ich komm dann nicht mehr darauf zurück. Wir könnten uns einfach treffen und über den Mord und alles Mögliche reden. Wir könnten uns irgendwo in einer Kneipe treffen. Und wenn Sie beschließen, daß Sie mit mir essen gehen möchten oder das, wofür es ein Euphemismus ist, können Sie es mir sagen.«

»Das haben Sie wirklich schön gesagt«, sagte Lily.

»Danke. Möchten Sie jetzt etwas essen?«

»Ist das eine Einladung?«

»Nein, Sie dürfen zahlen.«

Lily bestellte einen nicht durchgebratenen Cheeseburger mit Schinken; ich auch.

Das Essen kam. Sie biß ein großes Stück ab; der Saft tropfte ihr übers Kinn auf ihr T-Shirt. Sie lachte. Ich lachte.

»Kennen Sie Ustinovs Verleger?« fragte ich.

»Ich kenne Phillip Frye.«

»Das haben Sie mir aber nicht erzählt.«

»Privatsache.«

Plötzlich fiel mir etwas ein. »Ist er Brite?«

»Ja«, sagte sie, und ich wußte, daß ich recht hatte. Es war Phillip Frye, mit dem sie im Batumi gewesen war, als Olga sie kennenlernte, und nicht Gavin Crowe. Aber wenn ich nicht den Mund hielt, trat ich wieder in ein Fettnäpfchen. »Tut mir leid. Geht mich nichts an.«

»Die Talkshow war meine Idee«, sagte sie. »Mein Thema.«

»Sie waren schon in Rußland.«

»Ja, eine Zeitlang. Ich wollte es selber sehen.«

»Was sehen?«

»Warum meine Eltern mit ihrem ganzen Herz daran hingen«, sagte sie mit leichter Bitterkeit. »Meine Eltern glaubten wirklich daran, verstehen Sie? Sie glaubten zwar nicht gerade an Stalin. Sie glaubten an Trotzki und an Pete Seeger. Schließlich bin ich nach Moskau wie all die anderen, als Gorbi an die Macht kam. Eine heiße Kiste.«

Sie sprach langsam, gelöst. Sie war eine nette Frau. Es gab keine Termine. Es gab keine Launen. Es gab keine unterschwelligen Botschaften. Sie rieb sich die Augen mit der Faust wie ein Kind, und ein Trio, das ich vorher nicht wahrgenommen hatte, spielte »Desafinado«.

»Stan Getz spielt das besser.«

»Ja«, sagte ich. »Mögen Sie Getz?«

»Er ist der Beste«, sagte sie, und da verliebte ich mich endgültig in sie.

»Meine Eltern gehörten zu den Altlinken, die ihre starken Gefühle für das Richtige aufbewahrten. Tugendhafte Neuengländer, verstehen Sie? Sie nahmen jeden auf. Durchreisende. Hippies. Black Panthers. Mein Gott, wie ich mich danach sehnte, mal mit meinen Eltern allein zu essen. Alle ihre Gefühle steckten sie da hinein, alles, was sie hatten. Ich glaube, meiner Mutter ging der Arsch auf Grundeis, weil sie ein Kind hatte.«

»Woher wissen Sie das?«

»Nach ihrem Tod fand ich einen Brief in den Sachen. Von meiner Großmutter. Ihrer Mutter. Ich finde, du solltest die kleine Lily zu dir nehmen, stand da. Ich muß fast ein Jahr alt gewesen sein. Ich glaube, sie schob mich gleich nach meiner Geburt ab.«

»Sie haben sich gut gehalten.«

»Ja, ich habe es sogar geschafft, nicht mehr das liebe kleine Mädchen zu sein, um ihre Aufmerksamkeit zu bekommen.«

Sie war rosig vom Wein. Auf die Arme gestützt, beugte sie sich vor. »Es war okay. Es macht einen härter, verstehen Sie? Es gibt nicht viel, wovor ich Angst habe«, sagte Lily.

»Außer Ihren Gefühlen?«

»Gut geraten.« Sie verlagerte ihr Gewicht. »Ich weiß nicht, warum ich Ihnen das alles erzähle. Vielleicht mag ich Sie.«

»Hoffentlich.«

»Ich sollte Ihnen noch was erzählen.« Sie beugte sich weiter zu mir vor. Ich hoffte, daß ihre Knie so weich waren wie die meine. Ich spürte ihren Atem.

»Ich mag Tony Bennett sehr. Vielleicht noch mehr als Sinatra. Jetzt sind Sie dran«, fügte sie hinzu und winkte dem Kellner nach mehr Wein. »Sie sind dran.«

»Was möchten Sie wissen?«

»Wieviel gibt es denn?«

Ich erzählte ihr das meiste, was ich wußte. Es war nicht viel.

»Glauben Sie, daß die Mafia dahintersteckt?«

»Das liegt nahe, aber warum? Was wußte Ustinow, das nicht auch jeder andere Apparatschik vom KGB wußte?«

Sie sah mich an. »Das geht Ihnen nach.«

»Ja.«

»Große Sache.«

»Privatsache.«

»Sagen sie es mir.« Sie trank Rotwein und wischte sich den Mund mit der Hand ab. Sie langte über den Tisch und legte mir ihre Hand auf den Arm. Er fing heftig an zu kribbeln.

Ich trank, atmete tief ein und blickte in die hellen graublauen Augen. Ich wußte, daß ich zu einem Teil ihres Wesens nie vordringen würde, aber wenn ich sie überraschte, konnte ich sie vielleicht verführen. Ich sprach nie mit irgend jemand über Gennadij, außer vielleicht ein bißchen mit Ricky.

»Erzählen Sie«, sagte sie noch einmal.

Ich erzählte ihr, von Gennadij und meinem Vater.

Den Kopf auf die Hand gestützt, hörte Lily zu, als würde ich ihr die interessanteste Sache der Welt erzählen. Ein echtes Talent.

Ich lehnte mich zurück und sah sie an.

»Ich nannte ihn Onkel Gennadij. Niemand war mir so wichtig wie Onkel Gennadij. Gennadij kam aus Amerika zurück wie ein Filmstar, mit zauberhaften Geschenken und Geschichten und Platten und Nachrichten von einem anderen Planeten, als wenn er auf dem Mond gewesen wäre.« Ich trank. »Gott, wie sehr ich Amerikaner sein wollte! Kein Intellektueller. Ein richtiger Amerikaner.« Ich fühlte, daß ich ihr alles erzählen konnte. »Meine Mutter sagte, ich wäre im Grunde ein Amerikaner. Ich sei immer gutgelaunt, sagte sie. Der Familienwitz.«

Lily goß mir noch Wein ein.

»Nach einiger Zeit verschwand Gennadij. Vielleicht hat er uns verraten, wer weiß. Mein Vater verlor seinen Job. Eine ganze Weile lebten wir beschissen. Lange Zeit konnte ich nur hassen. Verstehen Sie? Sogar, nachdem ich hierher kam. Alles Russische. Das Jammern. Die Ideologie. Der Aberglaube. Ich hasse die Launen, die Trägheit. Und Borschtsch hasse ich auch.«

»Und so übernahmen Sie die Rolle eines Cop in New York.«

»Naja, das ist es eben, in New York sucht sich schließlich jeder eine Rolle, und Tenorsaxophon kann ich nicht spielen.

Gennadij wollte sich mit mir treffen. Ich lehnte immer ab. Dann dachte ich, was soll's. Ich war über meine Wut hinweg. Darüber, daß ich Russe war. Ich war jemand anders geworden. Ich wollte ihn sehen. Ich kam ins Krankenhaus, und alles was ich sah, war ein Toter, der an einer Menge Schläuche hing.«

»Es tut mir wirklich leid.«

»Mir auch.«

»Wie heißen Sie richtig?«

»Artemij Ostalskij. Ich wurde von allen immer Artie genannt. Ich habe den Familiennamen meiner Mutter angenommen.«

»So wurde Artemij Ostalskij zu Artie Cohen.« Sie wischte sich den Mund mit der Serviette ab. Für eine so raumfüllende Frau lächelte sie eher schüchtern. »Tun Sir mir einen Gefallen?«

»Gern.«

»Erzählen Sie mir alles, was Sie über die Sache herausfinden? Es ist eine tolle Story. Ich wäre gern als erste am Drükker.«

Die weiß wirklich, wie sie einen drankriegt, dachte ich mißmutig, doch ich sagte: »Aber klar. Wie wäre es, wenn Sie versuchen, die unveröffentlichten Seiten von Ustinovs Buch zu bekommen?«

»Sie wissen davon?«

»Ich weiß davon.«

»Touché«, sagte sie. »Abgemacht.« Lily streckte die Hand aus. Ich schüttelte sie und behielt sie in meiner. Sie war warm.

»Da gibt's noch was, stimmt's«, sagte sie.

Ich war leicht betrunken. »Ja. Dieser Fall? Das führt alles nach Moskau, ich hab's im Urin. Ich weiß es. Ich fühle es einfach. Und dahin geh ich nie zurück. Niemals.«

Lily beugte sich zu mir und legte die Arme um mich. »Sie müssen nicht zurück«, sagte sie. »Okay?«

»Ich muß mich um Sie kümmern.«

»Wo liegt der Unterschied?«

Der Pianist sah zu uns her, grinste und spielte »Someone to Watch Over Me.«

Lily lachte. »Die mögen uns.«

»Ich auch.«

»Ich dachte, ich wäre aus dem Alter raus«, sagte sie.

»Nee«, sagte ich.

»Bringst du mich nach Hause?« sagte sie mit ihrer warmen Hand auf meinem Hals. Sie beugte sich zu mir und küßte mich.

»Ist das ein Euphemismus?«

»Ja«, sagte sie und küßte mich wieder.

Als ich am nächsten Morgen aus Lilys Wohnung kam, ging es mir besser als jemals seit dem Tag vor mehr als einer Woche, an dem diese Sache angefangen hatte. Es war ein herrlicher Tag, eine kühle Brise vom Meer hatte die Feuchtigkeit weggeblasen, und ich stieg aus und ging ein wenig spazieren, rauchend, pfeifend. Auf dem Broadway hielt ich bei Dean & DeLuca an. Der Laden stand auf Maxines Liste, ich war schon einmal da gewesen, wollte aber noch mal vorbeischauen.

Nach einigem Fragen fand ich den Verkäufer, der sich an den Mann erinnerte, der ein teures Ausbeinmesser gekauft hatte. Das Messer, das mehr als 100 Dollar kostete. Ich hatte noch nicht mit ihm sprechen können; er hatte die ganze Woche Urlaub gehabt.

»Ein Slawe, glaube ich«, sagte er höflich. Er war klein und adrett; er hatte die kräftigen kompetenten Hände eines Kochs und einen guten Blick für Details. Es sind immer die Details, die Routine, die einen Gangster zur Strecke bringen.

»Ich erinnere mich, weil ich an dem Tag meinen Kurzurlaub antrat. Und es war früh. Ich kam wegen der Inventur der Kochbücher, deshalb weiß ich es. Er kam gleich, nachdem wir geöffnet hatten. Der Laden war leer. Ich bemerkte ihn sofort. Er bewegte sich, als ob er Schmerzen hätte. Ich dachte bei mir, das muß mal ein wirklich gutaussehender Junge gewesen sein.«

»Und dann?«

»Ich beobachtete ihn. Manchmal sieht man Ausländer hier. Er war fasziniert. Er inspizierte alles ganz genau, Käse, Brot, dann blieb er hier stehen und deutete auf die Glasvitrine. Er konnte nur ein paar Worte Englisch. Er hatte ein kleines Wörterbuch in der Hand. Ich fragte, ob ich ihm behilflich sein könnte.

›Meine Mutter ist, wie sagt man, Köchin? In Rußland.‹

Er zeigte auf die Messer, und ich sagte, daß alle Köche gute Messer lieben, und er fragte, welches, und ich öffnete den Kasten, um ihm zu zeigen, was wir da haben.

Das meiste ging über Zeichensprache, aber ich verstand, daß er etwas wollte, um Hühner auszubeinen, glaube ich. Ich zeigte ihm ein billigeres, aber ihm gefiel dieses hier.« Der Verkäufer nahm ein scharfes Stahlmesser aus der Vitrine und zeigte es mir. Es war das gleiche Messer wie das, mit dem der Scheißkerl mich in Brighton Beach angegriffen hatte.

»Er tat mir wirklich leid.« Er legte das Messer zurück und schloß die Glasvitrine ab.

»Wieso?«

»Er hatte offensichtlich nicht viel Geld, aber es war ihm sehr wichtig, daß seine Mutter das Richtige bekam. Das sah man daran, wie er sich das Messer anschaute. Ich dachte, daß er wohl selbst Koch war. Er tat mir leid.«

»Weil er arm war?«

»Nein. Er war krank. Ein armer Teufel. Er schwitzte, er nahm seine Mütze ab – deshalb erinnere ich mich so gut an ihn –, und auf der Stirn hatte er ein paar richtig üble Blutergüsse. Die schlimmsten, die ich je gesehen habe. Mir wurde klar, daß das arme Schwein Aids hatte.«

14

Die Straße lag in der leuchtenden Sonne. Ich nahm es kaum wahr. Ich suchte ein Telefon und rief Roy Pettus an.

»Morgen«, sagte Pettus.

»Jetzt«, sagte ich.

»Nicht hier.« Etwas beschäftigte ihn, das nichts mit mir zu tun hatte.

»Wo?« Ich war verzweifelt.

»Ich werd's versuchen. Ich kann nichts versprechen. Ich hab zu tun. Später.«

Gegen fünf Uhr saß ich auf einer Bank am Fluß, hinter dem World Financial Center. Ich beobachtete die Boote im Hafen und wartete auf Pettus.

Einige Zeit später kam Roy Pettus, zog die Jacke aus, legte sie ordentlich auf die Bank, holte zwei Pappbecher Kaffee aus einer braunen Papiertüte und gab mir einen davon. Er trug ein weißes Hemd und eine gestreifte Krawatte.

»Worum geht's?« fragte er. Ich erzählte ihm von dem Mann, der das Messer gekauft hatte. Ich berichtete ihm von den Wunden.

»Er ist also krank.«

»Was gibt es sonst noch, können Sie mir das sagen? Was gibt es noch?«

Zum Schutz vor der Sonne legte er die Hand vor die Augen und sah hinaus auf den Fluß, dann stellte er seinen Kaffee ab und lehnte sich vor, wobei seine Hände ein Dach bildeten. »Wir haben jetzt die Fingerabdrücke von dem Messer. Wir haben das Video. Sie haben eine Beschreibung von dem Mann, der ihm das Messer verkauft hat. Blut. Der Behälter mit Olgas Fingerspitzen. Alles paßt zusammen. Ich glaube, wir können ihn identifizieren.«

»Russe?«

»Russe, vielleicht Pole. Wir haben jemand am Flughafen gefunden, der sich wahrscheinlich an ihn erinnert. Wissen Sie warum?«

»Keine Ahnung.«

»Der Mann hieß Lew. Der Vater des Mannes am Zoll hieß auch Lew. Ein Pole mit demselben Namen, sagte er, und darum ließ er ihn einfach einreisen. Weil er Lew hieß.«

»Olga?«

»Die Finger in dem Glas gehören Olga Gross.« Er sah wieder hoch. Plötzlich sagte er: »Sagen Sie mal, Detective, haben Sie sich jemals Gedanken über Atomwaffen gemacht?«

»Was?«

»Atomwaffen.«

Wovon sprach er? Ein Mann mit Aids hatte mich geschnitten, wahrscheinlich hatte ich was von seinem Blut abbekommen, und Pettus kam mir mit irgendwelchem Mist. »Ich weiß nicht. Wir haben welche gebaut. Rußland hat welche gebaut. Was soll's.«

»Ich spreche über das Zeug, das man reintut, das radioaktive Zeug.«

»Mein Vater sagte immer, daß der Fallout der amerikanischen Bomben ins Gras fallen würde. Die Kühe würden vergiftete Milch geben, sagte er.«

Pettus lachte nicht. »In Wyoming sagten wir dasselbe über die Russkis. Nach jeder Messe beteten wir für die Seelen der armen Kommunistenkinder. Ich machte mir Sorgen um ihre Bekehrung. Ich sage nicht, daß diese Atomgeschichten hier passieren, ich sage nur, daß ich Angst habe. Seit Jahren gibt es Atomschmuggel von Rußland nach Europa. In den Nahen Osten. Große Mengen. Genug Uran, um Bomben zu bauen. Plutonium. Immer mehr davon.«

Ich wartete.

»Ein Ex-KGB-General wird in New York City im Fernsehen erschossen. Es gibt Gerüchte. Ich interessiere mich dafür.«

»Was für Gerüchte?«

Pettus war aufgeregt. »Das ist es ja, Detective. Ich mache mir Sorgen, weil so ein Zeug in unser Land kommt.«

Ich wartete.

»Ich habe an die Bombe im World Trade Center gedacht. An Oklahoma City. Was ist, wenn beim nächstenmal jemand eine Atombombe benutzt? Aber am schlimmsten sind die Gerüchte. Ich denke an die Nachahmer, an die Möchtegern-Terroristen. Stellen Sie sich das doch mal vor: Jemand ruft den Bürgermeister an und sagt, hey Rudi, ich habe eine radioaktive Höllenmaschine und lege sie in den Midtown Tunnel. Zur Hauptverkehrszeit.«

»Das ist nicht nur eine Hypothese, oder? Oder?«

Pettus schwieg.

Pettus warf seinen Pappbecher in den Mülleimer. Der Kaffee schwappte heraus, als er herunterfiel.

»Sagen wir einfach, daß ich mir große Sorgen mache«, sagte er. »Haben Sie je von einer Substanz namens Red Mercury, rotes Quecksilber, gehört? Erinnern Sie mich irgendwann mal daran, daß ich Ihnen davon erzähle.« Sein normalerweise freundliches Kindergesicht glühte von messianischem Eifer; er war wie besessen.

Schließlich faßte ich ihn an der Schulter. »Hören Sie. Bitte. Was hat das mit mir zu tun?«

»Ich weiß es nicht. Ich gebe Ihnen das als Hintergrundinformation, weil Sie mit dieser Ustinov-Geschichte zu tun haben, und jetzt haben Sie Ärger, und das tut mir wirklich leid, weil ich Sie mag.«

Allmählich quatschte dieser jesuitische Cowboy mich um den Verstand. Vielleicht war er verrückt. Ich zitterte dermaßen, daß mir heißer Kaffee auf den Arm schwappte. Noch einmal sprach ich von meinen Messerschnitten, von dem Mann mit den Wunden.

»Tut mir leid, Detective. Ich bin beunruhigt. Ich höre Ihnen zu. Ich habe keine Antwort. Wir wissen, wer es ist, wir versuchen, ihn zu finden. Inzwischen sollten Sie sich wohl testen lassen. Der Verbrecher hat Sie mit seinem Messer geschnitten. Sie sind mit seinem Blut in Berührung gekommen.«

TEIL ZWEI

New York

1

Er heißt Lew. Der Kerl, der Sie geschnitten hat, heißt Lew. Er ist ein Atom-Muli.«

Swerdloff wuchtete seine Massen neben mich auf einen Barhocker, packte mein Handgelenk mit einer Hand so groß wie mein Kopf und sagte: »Hören Sie mir zu. Hören Sie mir zu, okay? Sie müssen ihn sich schnappen und umbringen.«

Es war der Abend, nachdem ich mich mit Roy Pettus am Fluß getroffen hatte. Meine Arme waren blau und schwarz von den verfluchten Nadeln, mit denen irgendein mieser Doktor mich gestochen und mir Blut abgezapft hatte. Beschissen gelaunt saß ich in meiner Stammkneipe in der Broome Street, nuckelte an meinem Bier, aß gebratene Kartoffelschalen. Ich überlegte, ob ich ins Cub Room Café rübergehen und Hackbraten essen sollte, aber ich schaffte es einfach nicht. Ich spielte eine Superscheibe von Tony Bennett mit Bill Evans in der Jukebox; nichts half.

Ich war müde. Ich fühlte meine Lider heruntersinken, als ob an ihnen Gewichte hingen. Ich haßte das Leben als Selbständiger. Ich vermißte die Wache, die Abteilung, das Klappern der Metallschränke, selbst den ranzigen Geruch von süßsaurem Schweinefleisch, das in Schachteln vor sich hin gammelte, die versteinerten Pizzareste. Ich vermißte meine Arbeit und die Leute. Jemand spielte Harry Connick in der Jukebox. »Um Gottes willen, stellt es leiser«, quengelte ich.

Zehn Tage, seit Ustinov ermordet worden war, und schon war der Fall auf die letzten Seiten der Zeitungen verbannt. Es war noch jemand im Fernsehen ermordet worden, bei einer Diätshow, und die Reporter gierten nach etwas Neuem. Die Leute vom FBI waren glücklich; sie mußten nicht zugeben, daß sie keinen blassen Schimmer wegen Ustinov und Brighton Beach hatten. Ich wußte etwas. Brighton Beach verschlang mich und kaute mich weich. Meine alte Bitterkeit über die Russen schlug über mir zusammen. Ich rieb meinen mitgenommenen Arm. Der Doktor, der mich auf Aids getestet hatte, sagte, er würde versuchen, die Ergebnisse bis Montag, eventuell auch früher, zu bekommen, aber er hatte zu viel zu tun. Er gab ermutigende Töne über die Forschung von sich, und ich sagte, klar, danke, und fing sehr früh am Tag mit dem Trinken an.

»Sie sehen schrecklich aus«, sagte Barmann Bob und schob ein Bud über die Theke.

»Danke, ich tu mein Bestes«, sagte ich, trank es und bestellte Scotch.

Ungefähr zu dem Zeitpunkt erschien Swerdloff und erzählte von diesem Lew. Derselbe Name, den Pettus von der Paßkontrolle bekommen hatte, aber das brauchte Swerdloff nicht zu wissen.

»Wie haben Sie mich hier gefunden?« Ich war nicht gerade liebenswürdig.

»Sie haben mir erzählt, daß Sie diese Kneipe mögen.« Er deutete auf die Bar.

Wie idiotisch, ihm zu verraten, wo ich gern trinke. Ich trank Scotch und versuchte, ihn zu ignorieren.

Er faßte mich an der Schulter. »Hören Sie mir zu, bitte. Kennen Sie die Geschichte von Borges über das Gefangenen-Wettrennen?«

Auf die Art beweisen russische Intellektuelle, daß sie in Ordnung sind: Sie quatschen einen tot und lebendig.

»Man erlaubt den Gefangenen, um die Wette zu rennen, aber erst müssen sie sich selbst die Kehle durchschneiden. Wer zuletzt stirbt, gewinnt. Alle machen bei dem Rennen mit. Das ist die Geschichte von den Atomkurieren.«

Ich machte den Scotch nieder. »Noch einen«, sagte ich zu Bob. »Reden Sie weiter«, nickte ich Tolja zu.

»Er ist gefährlich, und er ist krank. Er hat Sie angegriffen. Er war in Ihrer Wohnung. Er braucht Geld. Er will mir seinen Scheiß verkaufen.«

»Was für einen Scheiß? Wovon sprechen Sie?«

»Ich sag Ihnen doch, dieser Lew ist ein Atomkurier.«

»Ein Atomkurier.«

»Er ist ein Muli, ein Probenmann. Er transportiert radioaktive Proben. Er sagt, er hat Plutonium. In Hockey-Pucks. Uran. Lösliche Cäsiumsalze. Er hat Zertifikate von russischen Forschungsinstituten, daß es Topqualität ist. Er sagt, er hat Red Mercury.«

»Wo?«

»In seinem Koffer.«

»Wahrscheinlich unterm Bett.«

Ich sah Tolja Swerdloff an, den Witzbold; er machte keine Witze.

»Haben Sie das Zeug gesehen?«

»Ich habe genug gesehen.« Swerdloff war gereizt, ärgerlich. Er lehnte sich so über den Tresen, daß seine Massen eine undurchdringliche Sperre bildeten. Dann hievte er sich hoch, winkte nach mehr Schnaps und schob mich ins Hinterzimmer, wo wir uns unter ein paar Hängepflanzen ans Fenster setzten.

»Hören Sie mir jetzt endlich zu?«

Eine Pflanze stieß gegen meinen Kopf. Aus dem Fenster sah ich das weiße Mädchen auf Inline-Skates, das ich manchmal vor meinem Haus sah. Unter einer Straßenlaterne lief sie mitten auf der Straße Achter. »Wieso traut er Ihnen?«

»Nach Olga ging's mir schlecht. Ich hab sie im Stich gelassen. Ich wollte den Kerl, der sie umgebracht hat. Ich hab ihn gesucht.«

»War er das mit Olga?«

»Ja. Es ging mir schlecht deswegen. Also rede ich mit Leuten in Brighton Beach. Gangster. Cops. Auf der Promenade quatschte ich mit alten Männern, Kerle, denen immer Essen im Bart hängt. Ich hab ihn da gesehen. Plötzlich aufgetaucht. Wir machen den russischen Kerl sprechen.«

»Wieso hat er Ihnen getraut?«

»Ich habe ihn zu meinem Freund gemacht.« Swerdloff

lachte bitter. »Wie der KGB immer sagte, ich laß ihn ein Plätzchen in meinem Herzen finden. Ich hab gemacht, daß er mir traut.«

2

Die Paßkontrolle hat Lew nicht nervös gemacht«, sagte Tolja. »Er hat mir erzählt, daß es flottlich ging.«

»Flott.«

»Okay, flott«, sagte Tolja. Ich hielt den Mund, und er erzählte mir alles, was er von diesem Mann erfahren hatte, der sich Lew Iwanow nannte.

Lew Iwanow war der Name in seinen Papieren, gut gefälschte Papiere – er hatte das Foto selbst gefälscht, wie er Tolja gegenüber angab. Von einer Cousine in Buffalo besaß er einen echten Brief mit einer Einladung, die die Russen immer noch brauchten und die mit ein paar Dollars da und dort leicht zu beschaffen war. Die Amerikaner werden schwach, wenn ein gutgekleideter weißer Ausländer ankommt, ein Pole wie er mit einem ordentlichen Paar grauer Lederschuhe und einer karierten Sportjacke.

Als Lew seine Koffer vom Gepäckband zog, wußte er, daß er wie ein frischgebackener Kapitalist aus der Business Class aussah. Er stellte sich hinter einer Frau mit einem üppigen Pelzmantel an. Der Zollbeamte beschäftigte sich 20 Minuten mit ihr. Dann war Lew dran.

»Das hat er Ihnen alles erzählt?«

»Er hat mir erzählt. Er hat mir erzählt, er hatte ein Buch von Agatha Christie dabei. Er hat mir erzählt, er hat zwei Samsonitekoffer, gute Imitationen. Polnisch-russisches Joint Venture. Er macht mir vor, wie er sie auf den Tisch beim Zoll legt. Da ist ein dicker Inspektor, großer Bauch, gute Manieren. ›Schöne Koffer‹, sagt der Inspektor zu ihm. ›Ich mag diese Sammies.‹«

Swerdloff kam in Fahrt, ein Schauspieler, der alle Rollen übernahm. Irgendwas veranlaßte mich, den Mund zu halten; ich aß Salzbrezeln und hörte zu.

»Der Zollbeamte guckt in den großen Koffer, wühlt kurz in Lews Unterwäsche. Er zeigt auf den kleinen Koffer und die Umhängetasche, macht sie aber nicht auf. ›Muster?‹ sagt er. Lew nickt. Sein Visum sagt, daß er Koffer aus Moskau verkauft, diese Waren aus Joint Ventures; er hofft auf Kontakte mit amerikanischen Herstellern. Die Koffer sind Muster.

Der Inspektor winkt ihn durch und lächelt. ›Sie heißen wirklich Lew? Mein Daddy heißt auch so‹, sagt er und dann auf Polnisch mit Brooklyn-Akzent: ›Willkommen in Amerika, Lew.‹«

Mein Mund war trocken. »Diese Atomscheiße ist in den Koffern?«

Tolja nickte. »Unser zweites Treffen, Lew erzählt es mir. Wir essen Piroggen, dann spuckt er es aus. Er sagt, er beschließt, mir zu trauen, weil ich ein richtiger Russe bin, nicht so ein Jude, entschuldigen Sie, wie alle sonst in Brighton Beach.«

»Kommen Sie zur Sache.«

»Er verläßt den Flughafen und fährt nach Brighton Beach.«

»Wann? Wann war das?«

»Vor ein paar Wochen, vielleicht länger. Er hält sich bedeckt. Er macht Kontakt mit einem Mann, der aussieht wie Trotzki – Brille wie Trotzki –, der ihm Geld für Spesen gibt. Mehr Geld kommt, sagt der Mann. Alles soll arrangiert werden. Lew bestellt neuen Anzug. Er nimmt ein Zimmer. Er wird einsam. Er sieht ein Bild von Olga außen am Batumi und geht sie suchen. Er will nur Hallo sagen.«

»Schönes Wiedersehen.«

»Er hat rausgefunden, daß sie mit einem Cop spricht.«

»Er wußte, daß ich im Batumi war? Hat er mich gesehen?«

»Ist möglich. Ist möglich, daß er mich benutzt hat, um an Sie zu kommen. Ich weiß nicht genau.«

»Mein Gott.«

»Ja. Er macht sich Sorgen wegen Geld. Er sitzt auf der Promenade am Meer, schaut aufs Meer hinaus und schreibt Ansichtskarten an seinen Vater. Auf einer ist die Freiheitsstatue. Unser Junge hat Sinn für Ironie. Er will das Geld, weil er es seinem Vater geben will. Vater hat ein Bein im Afghanistankrieg verloren. Er verkauft seine Schuhe am Belorussischen Bahnhof. ›Wofür brauche ich gute Schuhe?‹ sagt sein Vater zu ihm. Er sagt: ›Drei Generationen lang hat meine Familie an die Sache geglaubt, jetzt ist nichts mehr da, nur westliche Scheiße, beschissene Westler, die auf jeden runtergucken, und Verräter wie Jelzin, die sich mit ihnen einlassen.‹

Ich muß vorsichtig sein. Er zieht dauernd um. Als ich ihn getroffen habe, nachdem er Olga umgebracht hat, hatte er ein Zimmer in Brighton Beach. Er sagte, es ging ihm auf die Nerven, weil da ein Mädchen traurige Musik machte.«

»Was für Musik?« fragte ich; ich wußte es schon.

»Flöte.«

Mein Magen machte einen Satz.

»Es war seine Idee, daß er die erste Person war, die solche Proben nach Amerika brachte. Er las über das Giftgas in der U-Bahn in Tokio letzten Winter, erinnern Sie sich? Lew sah seine Chance. Wenn Giftgas in Tokio, warum nicht Plutonium in New York? Politik interessiert ihn nicht, nur Haß. Er will nur das Geld.«

»Wer ist der Käufer?«

»Wahrscheinlich das Pack in Brighton Beach. Die haben aus New York die Fühler ausgestreckt, wollten in sein Spiel einsteigen. Lew kommt an, trifft die Gangster. Dann brechen seine Kontakte plötzlich ab. Lew ist gestrandet. Sie hängen ihn ab.«

»Wo ist er jetzt?«

»Hier und da. Gestern habe ich ihn in einem Zimmer nahe von Flughafen getroffen. The Palace heißt das Hotel. Er mußte lachen über den Namen. Es ist ein Hotel für alte Leute. ›Mutanten wie ich‹, sagt Lew zu mir.«

»Er ist umgezogen, nachdem er Genia zusammengeschlagen hat«, sagte ich.

»Was?«

»Er ist zu meiner Cousine in die Wohnung gezogen, dann hat er sie verprügelt; das war an meine Adresse gerichtet. Egal. Machen Sie weiter. Wie hat er das Zeug ins Land reingebracht?«

»Lew hatte Übung. Er hat Proben in ganz Osteuropa rumgeschleppt. Er kennt die inneren Zirkel der Atommafia. Er kennt den Laden in- und auswendig. Er fuhr Lastwagen nach Varna runter. Er brachte Pakete von Ukraine nach Kroatien. Da ist soviel Verkehr, daß es praktisch keine Grenzkontrollen gibt, die Zollbeamten kann man bestechen.

Die meisten Verkäufer von Mustern gehen nie über die Grenzstädte raus, wo sie ihr Zeug übergeben, hat er mir gesagt, aber er ist anders. Lew will mehr. Er haßte die Samstage in dreckigen Marktstädten an kroatischer Grenze, er haßte die stinkenden Bauern, er haßte zu tun, als ob er Ersatzstreifen und verstaubtes Gemüse verkaufte.

Einmal fuhr Lew noch weiter. Einmal machte er einen Trip runter nach Mittelmeer, dann nach Sierra Leone. Er haßte das. Es bedeutete, Geschäfte machen mit Libanesen, die die Häfen da kontrollieren und die angeblich für die Hisbollah arbeiten, und Lew haßt diese Leute genauso wie Juden. In Afrika übergab er seine Muster. Jemand anders brachte sie auf dem Meer nach Mexiko. Es war Lews größtes Abenteuer.« Tolja verstummte und leckte sich die Lippen. »Ich brauche was zu trinken.«

»Glauben Sie das alles?«

»Ja.« Tolja winkte dem Kellner. Niemand kam. Er ging zur Bar und holte sich eine Flasche Rotwein.

»Irgendwann kommt ihm eine Idee. Er beschließt, er will der erste sein, der Proben nach New York bringt.«

»Er ist verrückt.«

»Wahrscheinlich. Er beschließt, direkt zu reisen. Der Moskauer Flughafen ist leicht, sagt er. Ein paar Dollar an die richtigen Leute, und sein Gepäck geht direkt in Maschine, ohne

Kontrolle. Eine nette junge Dame eskortiert ihn zur VIP-Lounge, wo es keine Metalldetektoren gibt, und bietet ihm französiscchen Champagner an. Er will russischen.«

»Russischen?«

»Ja. Sagt, russischer Champagner ist besser.«

»Gütiger Himmel.«

»Er beschließt, über Frankfurt zu fliegen. Wissen Sie, warum?«

Ich sagte nichts.

»Ihm fällt ein, daß das PanAm-Flugzeug, das über Lockerbie abgestürzt ist, in Frankfurt gestoppt hat. Er erinnert sich, daß das Gepäck von Transitreisenden in Frankfurt selten kontrolliert wird. Nicht, daß es ihm wichtig ist. Das meiste, was er transportiert, kann von Röntgenstrahlen nicht entdeckt werden, und den Rest trägt er über der Schulter. An Bord trinkt er Wein. Er denkt nach, daß die Explosion bei einem Absturz viel größer ist als Lockerbie.«

»Er ist krank.«

»Ja«, sagte Tolja, und ich fragte mich, ob er es wußte. »Aber clever. Am Kennedy Airport sind keine Metalldetektoren für Passagiere, die aussteigen.«

Ich schwitzte. Das Haus, wo das Mädchen Flöte spielte. Olga. Das radioaktive Material in einem nachgemachten Samsonite-Koffer.

»Lew richtet sich ein. Er geht einkaufen.«

»Einkaufen.«

»Ja. Er erzählt mir, daß New York voll Messer ist, überall kann man schöne Messer kaufen. Er hat ein Messer verloren. Er kauft ein neues. Dann vertraut er mir. Er will Messer gegen einen Juden benutzen, der hinter ihm her ist. Er deutet an. Er testet mich.«

»Sie haben also den Judenhaß-Test bestanden?«

»Ja. In seinem Zimmer im Palace Hotel bemerkte ich hübschen Laptop Computer. ›Hab ich einem Judencop abgenommen‹, prahlt er. Er erzählt mir, wie er manchmal in die Werkstatt gegenüber vom Juden geht und ihn beobachtet, wie im Kino. Juden sind Schwächlinge, sagt er. Faule amerikanische Juden. Er will einen Juden umbringen.«

»Wie hat er rausgekriegt, daß ich damit zu tun habe?«

Tolja zuckte die Achseln. »Ein Mann mit Brille vielleicht. Ein Gangster, einer von euren eigenen Leuten, die für beide Seiten arbeiten.«

»Sie meinen, hier hält jeder Cop die Hand auf wie in Rußland?« Ich war wütend, weil er wahrscheinlich recht hatte. »Sie haben also diesen Koffer gesehen, den er als Waffenlager benutzt?«

»Ich komme dazu.« Tolja ignorierte meinen Sarkasmus. »Der kleine Koffer hat einen doppelten Boden. Darunter sind Behälter mit Kügelchen aus angereichertem Uran. Plutoniumabfälle in Stahlkapseln, die sehen aus wie Hockeypucks. Lösliche Cäsiumsalze in einem dicken Bleibehälter. In Schultertasche drei Fläschchen mit einer Lösung Red Mercury. Vielleicht mehr.« Während Tolja das alles aufzählte, glänzte sein Gesicht von Schweiß; dieses Zeug beunruhigte sogar Anatolij Swerdloff.

»Er hat mir die Zertifikate gezeigt. Das Zeug ist echt.«

»Wer will es?«

»Jeder, der eine Bombe bauen will. Für Terroristen werden Proben geliefert als Beweis, daß der Verkäufer Zugang zu der Ware hat. Für Kleinkriminelle sind Proben gut für Lösegeld. Als Bestechung. Ich habe Lew gezeigt, daß ich beeindruckt war.«

»Sie haben sich das Zeug angesehen?«

»Ich habe genug gesehen.« Tolja zuckte mit den Achseln und stürzte noch mehr Wein hinunter. »Welche Wahl hatte ich? Ich wollte, daß er mir glaubt.«

Die Kneipe war fast leer, und Tolja trank zwei Gläser hintereinander weg.

»Was ist mit seinen Kontakten?«

»Ich sagte Ihnen, die haben ihn abgehängt.«

»Warum?«

»Dazu komme ich gerade. Zeitsews Leute sind nicht dumm. Sie haben ihn abgehängt, weil er einen sehr großen Fehler gemacht hat.« Tolja machte eine Pause und kippte den Rest Wein hinunter.

»Was für einen Fehler?«

»Er hat General Ustinov umgebracht.«

3

Die Teile waren durcheinander wie ein Puzzle, das ich nicht zusammensetzen konnte: das Messer, Roy Pettus' Gespräch mit dem polnischen Zollinspektor, seine Hinweise auf Atomwaffen, Maxines angedeutete Warnungen, der Scheißkerl, der mich vielleicht von Anfang an verfolgt hatte, der Lily meinetwegen verfolgte, jetzt das. Ich sagte zu Tolja: »Glauben Sie wirklich, daß er Ustinov umgebracht hat?«

»Ja. Aber es war eine Nebenhandlung«, sagte er. »Außer daß es Sie ins Spiel gebracht hat.«

»Und auch Lily.«

»Was?«

»Nichts«, sagte ich.

Swerdloff warf Geld auf den Tisch und sagte: »Gehen wir los.«

»Wo ist er? Wo ist er?« Ich hatte die Hände auf Swerdloffs Nacken, aber er schüttelte mich ab wie ein Stier eine Fliege. »Wo zum Teufel ist er?«

»Wartet darauf, daß ich ihm das Geld besorge. In Brighton Beach, wartet aufs Kassieren.«

»Ich komme mit.«

»Sie tun das, wir kriegen das Zeug nicht.«

Schweigend gingen wir den Broadway hinunter. Er verheimlichte mir etwas.

»Wie kommt es, daß er Ihnen traut?« fragte ich Swerdloff noch einmal. Er hielt an einem Flohmarkt, der noch offen hatte und von einem kleinen Lichtmast beleuchtet wurde.

»Er will das Zeug verkaufen. Ich habe ihm Geld für seinen Vater versprochen. Ich habe es gemacht, daß er mir vertraut. Er ist einer, der glaubt, dieser Lew. Die Sorte gibt nie auf. Er will glauben. Er hat niemand sonst. Also glaubt er mir.«

»Woher wissen Sie, daß er das Zeug liefert?«

»Er braucht das Geld.« Wir schlenderten zwischen den Nachtschwärmern umher, die um Mitternacht auf den Flohmärkten am Broadway einkauften, und Tolja nahm an einem Stand eine bemalte Matrjoschka und hielt sie sich belustigt vors Gesicht. Neben nachgemachten Rolex, nachgemachten Vuitton-Taschen und Jimi Hendrix-Hemden waren russische Puppen auf den Flohmärkten jetzt der Renner. Ich sah mir die Nachtschwärmer an, die träge herumstanden und rauchten. Er konnte hier sein, dieser Lew. Er konnte überall sein, wo ich war.

Der Dreckskerl traute Tolja Swerdloff aus demselben Grund, wie auch ich ihm allmählich traute; ich hatte keine Wahl. Tolja kannte sich aus. Er feilschte, schmeichelte, holte sich an den Ständen, was er haben wollte, sein riesiges Gesicht ein unförmiger Mond aus Hefeteig.

An einem Stand gab es ein paar alte Blue Note-Alben, aber die Platten selbst waren zerkratzt. Tolja zog den Ledermantel fester um sich und setzte sich eine Kappe aus Nigeria auf. Der Händler schwatzte mit ihm, lächelte, ging mit dem Preis herunter. Tolja ging so geschickt vor, daß er, wie mir klar wurde, in den alten Zeiten durchaus einer von Ustinovs Männern hätte sein können.

»Wissen Sie noch, wie Sie zum erstenmal *1984* gelesen haben?« fragte Tolja träge. »Für mich war es das Größte in meinem Leben, außer als ich zum erstenmal die Beatles hörte oder mein erster Fick. Penguin Ausgabe. Weiß und orange. Ein Kerl in meiner Klasse gibt es mir. Ich stehe im stinkenden Schulklo, ich weiß, es ist eine Provokation, man konnte ins Gefängnis kommen, wenn man Orwell las. Dieser Junge, er hieß Patrice wegen Lumumba, zieht es aus dem Hosengürtel. ›Willst es mal versuchen, Tol?‹ Päng! Wie eine Kanone. Wie schmutzige Bilder. Ich habe es gelesen. Am nächsten Tag wußte ich, daß alles Beschiß war.«

»Ich hatte es schon immer gewußt. Ich habe dem Lenin im Schulbuch eine Perücke gemalt. Ich habe Voice of America auf Kurzwelle gehört.«

»*Willis Conver's Jazz Hour?*« Tolja lächelte nostalgisch.

»Ja. Es macht Spaß, mit Ihnen von den schlechten alten Tagen zu schwärmen, aber sagen Sie mir doch mal, warum Sie ihn sich nicht geschnappt haben, diesen Lew, den Sie sich da zusammengeträumt haben?«

»Wie denn? Weil er mir nur einen Teil von seinem Zeug gezeigt hat. Weil wir diesen Koffer haben müssen, und ich brauche das Geld, ihn zu bekommen. Weil«, sagte Tolja und inspizierte dabei eine gebrauchte Nikon, »weil ich nur ein russischer Tourist bin, und wer wird mir glauben?« Er legte die Kamera wieder hin, bezahlte den Hut und ging zur Straße. Eine eiskalte Brise wehte.

»Und was ist dieser Red Mercury?«

Swerdloff hielt unter einer Straßenlampe an. »Das Schlimmste, was je gemacht worden ist. Schlimmer als Plutonium. Tödlicher. Stärker. Ein paar Gramm, und man kann eine Atombombe bauen, die so groß ist, daß sie eine Stadt in die Luft jagt.«

»Das können Sie einem Mann erzählen, der keine Krempe am Hut hat.«

»Sie glauben, das ist russischer Quatsch, Sie denken, das ist Science Fiction? Sie denken, ich bin sturer bekloppter Russki? Sie denken, wenn es nicht bumm macht, bringt es Sie nicht um, Sie denken, es kann nicht aus ganz gewöhnlicher Scheiße, ganz genau, gemacht werden, und was ist mit der Bombe in Oklahoma City? Sie denken, wenn es kleine Gangster wie Lew mit einem Koffer sind, dann ist es ein Witz. Was? Sie glauben erst, wenn es ein großer Gefechtskopf ist, alles Stahl, kostet Tausende. Okay. Bumm!« Er schrie so laut, daß sich die halbe Straße umdrehte. »Bumm!« Er packte mich am Arm. »Sind Sie schon zu lange weg und glauben nicht mehr, daß es Leute gibt, die das machen? Sie leben mit dem Kopf im Sand, Mr. Amerikanischer Polizist.«

Genau das erzählte mir Sonny Lippert auch immer.

»Das ist nur der Anfang. Wenn er es jetzt schafft, wird

mehr kommen, viel mehr. Meinen Sie, das kann nicht passieren? Glauben Sie, ein Wissenschaftler, dessen Kinder in irgendeinem Höllenloch im Kaukasus hungern, wird keine Plutoniumabfälle für ein paar Dollars verkaufen, sie zu füttern? Kommen Sie nach Moskau, und ich werde Sie überzeugen.«

»Nie im Leben, verdammt noch mal«, sagte ich. Es war beinahe kalt, aber mir war heiß vor Panik.

»Machen Sie's, wie Sie wollen. Aber passen Sie gut auf, ja? Er folgt Ihnen. Er ist gefährlich.«

»Mein Gott. Was noch?«

»Er ist krank. Sehr krank. Es ist ihm egal, wen er verletzt. Er ist unberechenbar, und er stirbt.«

»Wieviel Geld will er?«

»Nur zehntausend. Wollen Sie, daß ich mich drum kümmere? Besorgen Sie mir das Geld, und ich kümmere mich drum.«

»Ich werde drüber nachdenken.«

»Denken Sie schnell.«

»Oder?«

»Schnappen Sie ihn und töten Sie ihn«, sagte Tolja Swerdloff.

Am nächsten Morgen war es nach zehn Uhr, als ich die Beine über die Bettkante schwenkte. Ich ging zum Fenster und schob es auf, und ein Schwall kühler Luft traf mich. Auf der anderen Straßenseite in der Werkstatt saßen zwei asiatische Frauen am Fenster und nähten Brautschleier. Die Junge lächelte mir zu und winkte. Sie konnte mir ohne weiteres ins Fenster sehen. An dieser Stelle mußte Lew nachts gesessen und mich beobachtet haben.

Er kannte meine Adresse. Er hatte meinen Computer. Er kannte meinen Namen, mein Gesicht und meine Freunde. Er hatte mich mit Olga, mit Genia gesehen. Lily. Von der anderen Straßenseite hatte er mich nachts durchs Fenster beobachtet; mein Leben war seine Fernsehshow.

Und er war krank. Er hatte Tolja erzählt, daß er krank war, und er hatte mich geschnitten, und ich war mit seinem Blut in Berührung gekommen. Ich griff zum Telefon, aber wen konnte ich schon anrufen? Ich war jetzt ein Privatmann, Sonny Lippert hatte mich ausgebootet, sogar Roy Pettus war nicht scharf auf meine Anrufe. Bei Danny Guilfoyle nahm niemand ab. Wahrscheinlich war er mit seinem Boot unterwegs. Wenn ich Danny nur erreichen könnte, dachte ich. Ich legte Miles Davis' »Kind of Blue« auf und überlegte, ob ich etwas essen sollte. Statt dessen nahm ich ein Bier aus dem Eisschrank und setzte mich auf einen Küchenhocker.

»Mann, so kannst du nicht weitermachen«, sagte Ricky. Ich hatte vergessen, daß er zum Frühstück kommen wollte. Er nahm mir das Bier aus der Hand und stellte die Stereoanlage ab. »So früh könnte diese Musik dich umbringen.«

»Meine kleine Geisha«, sagte ich. Gott sei gedankt für Ricky.

»Konkubine.«

»Was?«

»Die Japsen haben Geishas. Wir haben Konkubinen. Stellst du meine sexuelle Orientierung in Frage, du androgyner Drecksack? Gib mir die Eier da.«

Die Taes hatten vor, ihr Restaurant für ein paar Wochen zu schließen. Sie wollten nach Hongkong reisen, um ihre neuen Verwandten zu besuchen, und ich hätte gern gebettelt: »Fahrt nicht.« Ich erzählte Ricky einen Teil von dem, was Swerdloff mir erzählt hatte. Er war skeptisch. Ich glaube, Ricky war ein wenig eifersüchtig auf Tolja.

»Du willst mir erzählen, daß dieser Atomkrempel nach Manhattan, in die Bronx und nach Staten Island kommt?« Ricky schnupperte am Olivenöl und verzog das Gesicht. »Das ist nicht kaltgepreßt.« Er warf die Flasche in den Müll und öffnete eine neue. »Hast du vor, eine Dummheit zu machen, Artie?«

»Ich weiß nicht, Rick. Was soll ich davon halten?« Ich langte zur Stereoanlage und stellte Stan Getz an.

»Tu's nicht. Oder laß mich mitkommen. Ich mag schön sein, aber ich bin zäh.« Er warf die Zigarette in die Spüle, so daß sie zischte und ausging.

Er war zäh. Seine Onkel hatten ihn in Kampfsport unterrichtet, als er ein kleines Kind war, und er konnte durch den Raum fliegen und einen so in die Eier treten, daß man nur noch sterben wollte. Ich hatte ihn einmal in Aktion gesehen, als irgendein Scheißkerl Dawn angemacht hatte und er durchgedreht war.

»Ich habe Urlaub«, log ich. »Fahr mit der Familie nach Hongkong, Rick. Laß dir das Essen schmecken.«

Ricky schrieb eine Telefonnummer auf einen Zettel. »Hinterlaß mir da eine Nachricht, wenn was schief läuft.« Es war eine New Yorker Nummer.

»Wo ist da?«

»Wen interessiert das?«

»Weiß Dorothy, wo du hingehst?«

»Ich hab jemand kennengelernt, okay? Vielleicht ist es besser, wenn Daddy nichts erfährt. Okay?«

»Okay.«

Er goß Olivenöl in eine Pfanne und briet die Eier und legte sie auf einen Teller. »Iß«, sagte er.

»Danke.«

»Er ist Schwimmer. Ein Profi.« Ricky sah mich an, verschmitzt, glücklich.

»So«, sagte ich und versuchte, cool zu sein. »Er kommt zu diesen Schwulenspielen her.«

Ricky tat das mit einem Lachen ab. »Denkst du, ich will meinen Urlaub damit verplempern, daß ich einem Haufen Tunten beim Volleyball zugucke? Ich will den Kerl bloß fikken, Artie«, sagte er, und zum ersten Mal sah ich ihn als Erwachsenen, als eigenständigen Menschen. Ricky bekannte sich als Schwuler, er hatte sich befreit.

»Wie heißt er?«

Ricky wechselte das Thema. »Ich habe mit meinem Cousin gesprochen.«

»Was?«

»Ich habe dir doch gesagt, daß irgendwas an Swerdloff mich von Anfang an irritiert hat. Ich habe mit meinem Cousin Don in Shanghai gesprochen.«

»Du hast einen Cousin in Shanghai, der Don heißt?«

»Ja, Don Ho II. Es ist sein Bühnenname. Er besitzt sechs Nachtclubs. Auf Hawaii getrimmt. Hör mal, er erinnert sich an Swerdloff. Sie waren vor Jahren bei der kommunistischen Rocktournee gute Kumpel. Swerdloff sendete von Rußland nach Shanghai. Vor Tiananmen, als der Rock noch scharf und gut war. Er sprach chinesisch, alle möglichen Dialekte, und er konnte den offiziellen Spatzenhirnen in beiden Ländern was vormachen, weil die Russen beschissen chinesisch sprechen, und wir nada von Musik verstanden. Er war, verzeih mir den Ausdruck, ein Künstler. Rat mal, wie er sich im Radio nannte.«

»Sag mir, wie er sich im Radio nannte«, sagte ich, um Ricky bei Laune zu halten, während ich die Eier aß, und weil Stan Getz mich aufheiterte.

»Red Mercury«, sagte Ricky triumphierend. »Und du brauchtest nicht mal deinen Glückskeks zu öffnen.«

»Glaubst du wirklich an diesen Quatsch? An diesen Red Mercury?«

»Es ist real, Süßer. Red Mercury ist das Zeug, das die Sowjets in ihre Atomwaffen getan haben, um sie kleiner und schärfer zu machen. Wirklich selten. Tödlich. Flüchtig.«

»Weißt du, warum all diese Thriller vom Kalten Krieg so gut angekommen sind? Weil du dir keine Scheiße ausdenken kannst, die so verrückt ist wie das, was die Russen glauben.«

»Glaub mir«, sagte er. »Ich habe Physik studiert, weißt du noch? Es ist Realität. Artie?«

»Ja?«

»Wenn dein Polacke Ustinov aus Versehen umgebracht hat, hinter wem war er dann eigentlich her?«

Als ob die Dinge noch nicht schlimm genug waren. Ich rief den Doktor an, der sagte, der Test sei bis jetzt nicht zurück. Montag, versprach er mir. Auch Lily Hanes nahm meine Anrufe nicht mehr ab. Ich suchte sie in ihrem Haus an der 10th Street, und José, der Portier, sagte, sie sei nicht zu Hause. Aber von dem anderen Abend her erinnerte er sich an mich, und das und 50 Dollar überzeugten ihn soweit, daß er durchblikken ließ, Lily könnte zu ihrem Fitness-Studio ein paar Blocks östlich gegangen sein; er hatte sie mit ihrer Sporttasche gesehen.

In einem verspiegelten Saal boxten ein paar Dutzend weiße Frauen in hautengen Klamotten in die Luft, zu einer Litanei von Anweisungen; der Kerl, der die Befehle gab, hatte kaum mehr Muskeln als ich, und ich fragte mich, was an ihm dran war. Lily sah mich; sie brach aus ihrer Reihe aus und rannte durch den Saal.

»Ich hätte dich nicht für eine Fitness-Tante gehalten«, sagte ich. Ihr rotes Haar war mit einem gelben Schal nach hinten gebunden, und von ihrer hohen Stirn tropfte Schweiß. Im Gegensatz zu den anderen Frauen trug sie schlabberige Shorts und war nicht geschminkt. Unter ihren Augen lagen violette Ringe, und sie sah so alt aus, wie sie war. So gefiel sie mir noch besser; sie wirkte verletzlich.

Sie schob mich in die Ecke, wo eine Plastikkanne mit grünem Saft auf einem Tisch stand.

»Es war ein Fehler«, sagte Lily erschöpft. »Ich wollte dich nicht einfach nur so aufreißen.«

»Es war nicht einfach nur so«, sagte ich und stellte mich zwischen sie und den Saal, die Gruppe, die Spiegel, den Trainer. Ich nahm ihr die Sicht auf all das, dann schaute ich über meine Schulter.

»Wer ist der Kerl?«

»Das ist Kickbox.«

»Heißt er so?«

»Nein, er heißt Jamie. Er unterrichtet Kickboxen. Ist absolut angesagt«, sagte sie, aber dabei grinste sie, endlich. »Ich hasse Fitnesstraining. Jemand im Büro hat mir den Kurs bezahlt, eine Art Geschenk. Ein Trostpreis wegen Teddys Wut. Er will mich rausschmeißen, weil sich jetzt alle für mich interessieren. Ich versuche, mit Rauchen aufzuhören, ohne mich in eine Speckschwarte zu verwandeln.«

Mir war klar, daß ich ihr das mit dem Blut sagen mußte, aber ich hatte Schiß, und statt dessen sagte ich: »Bleib bei mir.«

»Es war eine Nacht. Fertig. Eine Nacht. Ich weiß nicht, wer oder was du bist, und ich will es nicht wissen. Die einzigen Cops, die ich kenne, sind Mel Gibson und Morse, und von Politik hab ich die Faxen dicke. Ich will von dem ganzen elenden Alptraum nichts mehr wissen«, sagte sie. »Ich habe mich nach den fehlenden Seiten aus Ustinovs Buch umgehört. Ich habe Phil gefragt.«

»Ich bin nicht Mel Gibson, und du brauchst mir keine Abfindung zu zahlen, verstehst du.«

»Ich glaube, die Seiten sind in Phils Banksafe. Ich weiß nicht, was er herausgenommen hat, aber da war etwas. Ich gehe eine Zeitlang weg.«

»Wohin?«

»Weg. Einfach weg. Okay?«

»Hat dich noch mal jemand belästigt?« fragte ich.

»Ich bin nicht sicher. Noch ein paar Anrufe. Ein Auto, das ich immer wieder vor meinem Haus sehe. Ich weiß nicht.«

»Ich bring dich von hier weg. Geh mit mir weg.«

»Du bist es, von dem ich weg will.« Sie wischte sich den Schweiß aus den Augen.

Im Hintergrund bewunderte Mr. Kickbox sich im Spiegel.

»Das verstehst du nicht, oder? Du steckst mittendrin. Ich bin kein Angsthase, aber der Scheißkerl weiß, wo ich wohne, und ich will nicht wie dieses Mädchen in Brighton Beach aufwachen, und meine Finger sind in einem Glas.« Mit einer Geste der Verzweiflung streckte sie die Hände aus und setzte sich abrupt auf einen Stuhl. Ich hockte mich neben sie, und sie legte mir die Hand auf den Arm, als suche sie Halt. »Ich habe Angst, Artie. Die Leute denken, es gibt immer eine Lösung für ein Rätsel, wie in Büchern. Wenn man die Teile zusammensetzt, bekommt man ein Bild. Aber die Dinge passieren einfach. Manchmal geht es so weiter, und die Leute sterben weiter, und es gibt überhaupt keinen Grund.«

Lily Hanes war ein wirklich kluges Köpfchen; das war es, was mir am besten an ihr gefiel, das und ihre lautstarke gute Laune und ihre Neugier und ihre Selbstbeherrschung und daß sie nicht falsch war. Also gut, ihre Beine auch.

»Du hast gesagt, es ist eine großartige Story. Ich könnte dir helfen, an sie ranzukommen«, bettelte ich.

»Keine Tricks. Das letzte Mal, als ich wirklich hinter einer Geschichte her war, landete ich in einem Ostberliner Gefängnis. Das war nicht so toll.«

»Weiß Frye von uns?«

»Wahrscheinlich«, sagte sie.

»Ist es wegen Frye? Gehst du mit ihm weg?«

»Eigentlich nicht«, sagte sie und zog sich von dem Stuhl hoch und sah zu den Körpern hinüber, die sich vor den Spiegeln bewegten.

»Kann ich dich etwas fragen?« sagte ich.

»Klar.«

»Er ist verheiratet, oder?«

»Du hast das abgecheckt?«

»Ich habe mich umgehört. Was siehst du in ihm?«

»Er hat mich immer zum Lachen gebracht. Er hat mich mit Leuten bekannt gemacht. Er kennt jeden. Er liest alles. Wie eine australische Freundin von mir mal vermutete, meinte ich, ich könnte ihn als Wonderbra verwenden; ich dachte, er würde mich größer machen. Es hat nicht funktioniert.«

»Das ist noch nicht alles.«

»Nein, er schüchtert mich ein bißchen ein.«

»Wie?«

»Er weiß, wie er einen manipulieren kann. Jedes Mal, wenn ich mich von ihm löse, findet er einen Grund, warum er mich braucht. Hör mal, ich muß gehen. Es tut mir leid. Es tut mir wirklich leid.«

Ich roch den Schweiß und das Parfüm. Ich griff nach ihrer Hand. »Lily? Wieso ist eine so tolle Frau wie du nicht verheiratet?«

Sie lachte. »Das ist eine altmodische Frage.« Lily küßte mich auf die Wange. »Ich weiß nicht, Artie. Ich weiß es wirklich nicht. Wir sehen uns.«

Ich fuhr nach Hause.

Auf dem Fußweg vor meinem Haus sah Genias kleine Tochter sich an einem Marktstand eine Puppe mit rosa Haar an. Ich sprach sie auf Russisch an, und sie schob mir einen Zettel in die Hand. Als ich ihr die Puppe kaufen wollte, lief sie weg.

Auf dem Zettel lud Genia mich für Sonntag nach Brighton Beach zu Tee und Essen ein. Da der alte Mann, ihr Vater, mich nicht ausstehen konnte, nahm ich an, daß die Einladung eine Art Köder war. Ich nahm an, daß Paps auf der Uferpromenade getratscht hatte, und ich wette, er hatte verbreitet, daß ich leicht zu haben war. Ich fragte mich, wer dahintersteckte.

4

Mr. Cohen, ich bin Elem Zeitsew«, sagte eine Stimme auf Englisch.

Vor dem Haus meiner Cousine lehnte ein schlanker eleganter gutaussehender Mann von etwa 40 Jahren an einem flotten BMW-Cabrio. Er trug ein blaues Denimhemd von GAP, ausgebleichte Jeans, Turnschuhe, keine Socken. Er war extrem höflich, und die Hand, die er mir zur Begrüßung hinstreckte, war perfekt manikürt.

»Ihre Cousine sagte mir, daß Sie daran interessiert sein könnten, für unser Unternehmen zu arbeiten«, sagte er. Er kam ganz schön schnell zur Sache.

»Sie fordern mich zum Tanz auf?« sagte ich, und er lächelte nur und hielt mir die Wagentür auf. Ich glitt auf den weichen Ledersitz, dann stieg er ein.

»Wenn Sie gern tanzen«, sagte er.

Zeitsew fuhr mit mir bis zum Ende der Brigthon Beach Avenue, am Altersheim Menorah vorbei; an der Holocaust Memorial Mall bog er in die Emmons Avenue ab.

Wo Sheepshead Bay anfing, waren die Reklametafeln in Italienisch. Lundy's, dessen Fresken so liebevoll restauriert worden waren wie in einer Kirche in Florenz, kündigte seine Wiedereröffnung als das größte Restaurant der Erde an. Auf dem Kanal gegenüber boten Fischerboote Schollenangeln für den halben Tag an; die Schollen zogen zu den Laichplätzen, verkündeten die Schilder. Hinter den Vorortvillen, die auf die Kanäle gingen, wuchsen in den Gärten Satellitenschüsseln wie Ohren.

Zeitsew bog in eine kiesbestreute Einfahrt ein und stellte den Motor ab. Drei Männer in Anzügen standen im Garten. »Freunde von uns«, sagte er und blieb im Wagen sitzen.

»An was für eine Arbeit haben Sie gedacht?«

»Wir haben eine Organisation. Eine legale. Es gibt immer Bestechungen. Ich nehme an, Sie wissen von Agron und den Maschinenpistolen und Iwankow und diesem ganzen Unsinn, den man lesen konnte.«

Ich nickte. »Ich hab davon gelesen.«

Er überprüfte sein Aussehen im Spiegel. Er hatte schönes Haar.

»Manche von uns haben das Wesen der amerikanischen Demokratie schon lange verstanden. Sie ist das, was wir wollen. Meine Eltern haben mich Jack genannt, weil sie fanden, ich sehe aus wie JFK. Finden Sie das auch?«

»Auf jeden Fall, Jack. Sie haben das gleiche Haar«, sagte ich.

»Die meisten unserer Leute haben noch nie selbständig gehandelt. Sie haben Angst. Um etwas zu bekommen, mußte man sich auf etwas einlassen. Die Polizei, den Staat austricksen hieß, daß man ein anständiger Kerl, ein Dissident war. Für die meisten dieser Leute ist das Gesetz ein Synonym für Unterdrückung. Wir versuchen, sie zu unterstützen. Wir bieten ihnen unsere Hilfe an, Gerechtigkeit.«

Ich hielt den Mund. Anders als die Gangster in ihren Seidenanzügen im Batumi und der Drecksack im Arena Café war Elem Zeitsew kein Primitivling. Zeitsew hatte den *Paten* gesehen.

»Überall gibt es Antisemitismus, sogar in Amerika. Wir haben Erfolg, und weil wir hier in Amerika sind, kann der Staat uns nicht als Juden verfolgen. Also sagen sie, wir wären Gangster.« Er lachte. »Finden Sie, daß ich wie ein Gangster aussehe?«

»Kommt drauf an, mit wem Sie sich vergleichen.«

Zeitsew ließ das Handschuhfach aufschnappen. »Schweizer Pralinen. Teuscher«, sagte er und stellte die Schachtel neben sich auf den Sitz. Er nahm Socken aus dem Handschuhfach und eine Krawatte aus der Tasche und zog beides an. Im Spiegel richtete er die Krawatte wie ein eitler kleiner Junge vor einem Besuch bei der Verwandtschaft. Wie er das machte, hatte viel Charme. »Mein Onkel meint, daß nette Jungen eine Krawatte tragen, um ihren Respekt zu zeigen. Ich mag 46 Jahre alt sein, ich mag Jura an der Universität Columbia studiert haben, aber für diese Familie bleibe ich ein Junge.«

»Wenn Sie wollen, können wir ins Geschäft kommen, Jack«, sagte ich.

Aber einer der Anzüge hatte Zeitsew ein Zeichen gegeben, und schon stieg er aus dem Auto, schweigend; er schien sich auf das Treffen vorzubereiten. Später verstand ich, daß die Vorbereitungen nicht dem Respekt für den Onkel gegolten hatten, sondern seiner Ablösung.

»Ja, natürlich«, sagte er. »Aber erst mal lernen Sie meine Familie kennen.«

Die gute Stube war dunkel, die eichengetäfelten Wände waren mit goldgerahmten Spiegeln behängt. Auf dem Kaminsims standen Familienfotos in schweren silbernen Rahmen.

Der alte Mann saß in einem Lehnstuhl vor dem Feuer. Zeitsew, mein Zeitsew, der jüngere, fummelte an seiner Krawatte herum und stolperte über die knöchelhoch liegenden Orientteppiche. Das leise Plaudern von einem Dutzend Leute verstummte; alle drehten sich um und sahen zu.

Elem Zeitsew beugte sich über den alten Mann und gab ihm einen schmatzenden Kuß auf den Mund, genauso wie Breschnjew immer andere alte Genossen, zum Beispiel Ceaucescu, zu küssen pflegte. Es sah dermaßen nach einer Filmszene aus, daß ich mich beherrschen mußte, um nicht loszulachen.

Zeitsew richtete sich wieder auf und streckte die Hand nach einer reizlosen Frau mit stumpfem Haar aus, die ein rehbraunes Wildlederkleid und eigroße Perlen trug. Ein Ring mit einem gelben Diamanten war nach innen gedreht, als würde sie das Geschenk verachten. Zeitsew schob sie auf mich zu, und sie preßte ihre dünnen Lippen zusammen, um ein Lächeln herauszuquetschen.

»Mr. Cohen, das ist meine Frau, Jekaterina Alexandrowna«, sagte er. »Sprich englisch, Katja«, sagte er sanft.

Sie sprach unsicher englisch; ich antwortete auf Russisch, wir machten öde Konversation über das Wetter. Sie stammte aus der Nomenklatura; Zeitsew hatte sie wahrscheinlich wegen der Beziehungen geheiratet. Ich fragte mich, warum sie diesen Proleten geheiratet hatte; vielleicht aus Liebe.

»Meine Frau züchtet Hunde«, sagte Zeitsew, und sie lächelte dünn und zeigte mir ein Zimmer mit einem halben Dutzend kleiner Hunde, langhaarige Wuschel, die herumlagen und winselten. »Sie hat ihre eigenen Zwinger. Vielleicht würden Sie es gern mal sehen«, sagte er.

»Selbstverständlich«, sagte ich.

Zeitsew machte die Runde. Die anderen Frauen, seine Cousinen, waren aufgedonnert, mit Alligator-Stöckeln und ausladendem Bulgari-Schmuck mit bunten Steinen. Ich sah die Blondine mit der eindrucksvollen Haltung, die mir schon im Batumi aufgefallen war.

Am interessantesten war der alte Mann. Pawel Zeitsew. Er starrte in einen kleinen Fernseher auf dem Tisch neben ihm; in den Händen hielt er eine rote Katze, die er zu erwürgen schien. Mit einem Satz entwand sich das Tier seinem Griff, aber der alte Mann schlurfte hinter ihm her und brachte es zurück mit der gelangweilten Entschlossenheit eines opportunistischen Folterknechts.

Zeitsew war das Gehirn von Brighton Beach. Als junger Mann war er im Gulag gewesen, wie man sich erzählte, hatte er dem Schwarzen Reich des Verbrechens angehört, was seine Tätowierungen auch bewiesen. Das Gesetz konnte ihm nichts anhaben, er war eine Stütze der Gesellschaft, er war ein Dichter. Er las Gedichte im Radio; die Russen waren beeindruckt.

Nun leierte er die übliche Litanei herunter: Korruption in Amerika; bestechliche Cops; die Notwendigkeit von Disziplin. »Wir sind nicht aus dem Westen«, sagte er; er nahm einen Eishockeypuck vom Couchtisch und ließ ihn wie einen Rosenkranz durch die Finger gleiten. »Wir haben eure Anzüge anprobiert, aber sie passen uns nicht. Eine andere Kassette«, befahl er dem jüngeren Zeitsew, der ein neues Video einlegte und zu mir sagte: »Meinem Onkel gehören mehrere Eishokkeyspieler.«

»Teams, meinen Sie«, sagte ich. Keine Antwort.

Er schwieg etwa zehn Minuten, während ich so dasaß, dann fragte ich ihn nach seinen Gedichten. Mit dem verschlagenen Grinsen eines Porno-Liebhabers führte er mich zu einem altmodischen Glasschrank.

Er streichelte seine Bücher und zeigte mir Erstausgaben von Robert Frost, Walt Whitman, Emily Dickinson. Ich hatte eine Art Test bestanden.

Anschließend wurden die Kinder hereingebracht, und es gab Lunch im Eßzimmer, wobei ich zwischen dem Onkel und der Blondine saß. Noch nie im Leben hatte ich soviel Kaviar, so große Eier gesehen, und danach und nach dem Borschtsch und den Piroggen hievten ein paar Babuschkas ein halbes Rind auf den Tisch. Es wurde wenig gesprochen. Je mehr diese Leute tranken, desto schweigsamer wurden sie. Es gab ein paar belanglose Toasts, und der alte Mann setzte sich wieder vor seinen Fernseher. Ich nahm Elem Zeitsew beiseite.

»Können wir reden, Jack?«

»Natürlich.« Er nahm mich mit zur Veranda an der Rückseite des Hauses.

»Geschäfte, Jack«, sagte ich beiläufig und nahm eine Zigarette aus dem Päckchen in meiner Tasche. Er zündete sie mir mit einem Plastikfeuerzeug an, das einen Dollar gekostet hatte. Zeitsew wußte, daß das goldene Feuerzeug des Angebers nicht zu seiner Rolle paßte.

»Sie gefallen meinem Onkel«, sagte er. »Er sagt, Sie sind ein Mann mit Kultur. Welche Geschäfte interessieren Sie?«

»Ich könnte mir radioaktives Material vorstellen«, sagte ich. »Plutonium, Uran, Red Mercury. Industriebedarf, natürlich.« Ich bluffte, so gut ich konnte. »Experimentalmedizin. Um den Kranken zu helfen.«

Er lachte. »Wir fassen das Zeug nicht an«, sagte er leichthin.

»Sie enttäuschen mich.«

»Ab und zu kommen zu uns diese Cowboys. Leute, die Proben bringen. Normalerweise Schrotthändler. Mit Zertifikaten. Oder ohne. Die armen Schweine tun mir leid. Hochqualifizierte Physiker, die fünfzig Dollar im Monat verdienen. Sie müssen ihre Familien in Rußland ernähren, aber das ist nichts für uns. Es ist illegal. Kleinkram für Kleinterroristen mit Kleingeld.« Er war ein einnehmender Kerl.

»Wäre es interessanter für Sie, wenn es eine große Sache wäre? Wirklich groß?«

Er nickte kaum wahrnehmbar.

»Irgendwelche Angebote in letzter Zeit, Jack? Ich wäre dankbar für Hilfe. Für einen Gefallen.« Ich fand, ich klang wie ein drittklassiger Schauspieler, der in einem drittklassigen Film einen Cop spielt. Aber es schien zu klappen, wenigstens lächelte Zeitsew.

»Ich sag Ihnen Bescheid. Ich freue mich, daß Sie sich der Gemeinschaft angeschlossen haben«, fügte er hinzu, und ohne Ironie, soweit ich das erkennen konnte.

Elem Zeitsew bot mir an, mich nach Hause zu fahren, aber ich sagte, ich wolle die U-Bahn nehmen. »Ein Mann des Volkes?« sagte er.

»Klar«, sagte ich. »Ich mag das Volk.«

»Bleiben wir in Kontakt?« Er war liebenswürdig und ruhig.

»Klar«, sagte ich. »Ich stehe auf Kontakte.«

Die Tür an der Rückseite des Hauses ging auf, und der alte Mann trat heraus; er führte einen der langhaarigen Hunde an der Leine. Ein dünner Mann im Anzug stützte ihn, und als er sich umdrehte, sah ich, daß es der Buchhalter mit der Brille war.

Ich ging spazieren. Ich brauchte frische Luft. Der surrealistische Nachmittag hatte mich den Aids-Test eine Zeitlang vergessen lassen. Und außerdem, was konnte ich schon anderes tun als warten?

Vermutlich wußte Elem Zeitsew über Lew Bescheid. Tolja hatte recht: Er brachte die Proben zu Zeitsew; die Dinge wurden heiß, sozusagen, Zeitsew hängte ihn ab. Auf dem Weg nach Brighton Beach rief ich Genia an; das kleine Mädchen sagte, sie sei beim Friseur, und ich fand sie im Charming Lady Beauty Salon. Ich blieb kurz an der Tür stehen. Ich konnte Genia unter ihrer stählernen Haube sehen, und trotz ihres zerschlagenen Gesichts tat es ihr gut, mit den anderen Frauen in ihrer Muttersprache zu schwatzen. Die Wässerchen und Shampoos gaben einen schweren durchdringenden Geruch von sich, der sich mit den aufgeregten Stimmen vermischte.

»Amerikaner produzieren Scheiße«, sagte eine. »Kauf den Sony, sag ich dir.« Ihre Freundin antwortete mit einem Seufzer. Genia sah hoch und erblickte mich.

Ich setzte mich auf den Stuhl neben sie.

»Ich habe Zeitsew kennengelernt«, sagte ich. »Alle beide.«

Sie gab mir ein Zeichen, leise zu sein. »Ich weiß. Ich weiß, natürlich.«

»Meinst du, ich soll mit ihnen Geschäfte machen?«

Genia zog sich unter ihre Trockenhaube zurück, auf dem Schoß ein russisches Schönheitsjournal.

»Was ist mit dem Mädchen?«

»Mr. Zeitsew hat angeboten, ihre Musikstunden zu bezahlen.«

Genia und die anderen Frauen sahen auf, als die Tür sich öffnete, wobei die Glocke »Mitternacht in Moskau« spielte. Ein uniformierter Cop nahm die Mütze ab und versuchte zu lächeln. Niemand lächelte zurück. Hier in der Gegend war ein Cop immer eine schlechte Nachricht.

»Erzähl mir von dem Mann, dem du ein Zimmer vermietet hast. Ein Pole?«

Sie schüttelte den Kopf.

»Bitte.«

»Ich erinnere mich nicht.«

»Er hat dich verprügelt.«

»Das stimmt nicht«, flüsterte sie. »Ich erinnere mich nicht.«

»Sollen wir draußen einen Kaffee trinken? Etwas für das Kind kaufen?« sagte ich zu Genia, aber sie schüttelte den Kopf.

Draußen war die Straße verstopft. Am Arbat Café hielt ich an und trank ein Bier; zwei Männer mit Pferdeschwänzen und Calvin T-Shirts saßen mit ihren Tussis beim Essen; die Frauen lachten hysterisch. Es ging nur um Geld. Ich lehnte mich an die Mauer und atmete eine Weile die seidige blaue Herbstluft, um den Ekel und die Panik zu vertreiben, die sich bei mir breitmachten.

Ich sah ihn.

Ich erkannte ihn von hinten, die Kopfhaltung, die Kieferform. Ich hatte ihn ein dutzendmal auf dem Video gesehen, ich kannte ihn von Toljas Beschreibung, von dem beschissenen Foto, das ich überallhin mitschleppte. Ich kannte ihn. Es war Lew.

Eher beiläufig war ich hergekommen, um ihn zu suchen, und hier war er, suchte vielleicht mich; schlenderte im Strom der Käufer die Brighton Beach Avenue herunter. Einen Augenblick war er zwischen zwei ausladenden alten Frauen eingezwängt, die ihn zwischen sich durch die Menge trugen wie zu seiner Hochzeit.

Auch diesmal hatte ich keine Waffe bei mir; Zeitsew hätte mich sonst nicht in das Haus seines Onkels gelassen, aber ich setzte mich in Bewegung. Dann rannte ich.

Leute schrien. Eine alte Frau, die breitbeinig auf einem Campingstuhl saß, fiel um, als ich mich vorbeidrängte. Ich kümmerte mich nicht darum, verfolgte nur den Mann die Uferpromenade hinauf, auf den Strand. Ich sog die Luft vom Meer ein und rannte hinter ihm her, stolperte über Seetang und Bierdosen und benutzte Nadeln. Hier fixten die Idioten, wenn sie sonst nirgendwohin konnten.

Er atmete schwer. Ich konnte ihn atmen hören, als er im Zickzack zwischen den Streben der Uferpromenade entlanglief, die nach Coney Island führt.

Etwas funkelte. Ein Messer lag in seiner Hand, er hob die Hand und richtete das Messer auf mich, und im hellen Herbstsonnenlicht sah ich ihm zum erstenmal direkt ins Gesicht: Lew Iwanow, wenn er wirklich so hieß, hatte einmal gut ausgesehen. Ich konnte sein Alter nicht schätzen, aber seine Wangen waren so eingefallen wie bei einem alten Mann, und die blasse slawische Haut war mit Wunden und Blutergüssen übersät. Ein Rest seines strähnigen blonden Haares fiel ihm in die Stirn, und die Augen, die im Sonnenschein beinahe glitzerten, hatten nichts Menschliches an sich.

»Ich kauf Ihr Zeug. Ich will die Proben«, rief ich ihm auf Russisch zu. »Ich hab Geld. Ich hab es«, sagte ich. »Lew«, rief ich ihn. »Lew Iwanow.«

Mir kam es so vor, als würde er zögern, aber vielleicht hörte er mich nicht oder traute mir nicht, und in einem Bogen schleuderte er das Messer gegen mich, und es glänzte im Licht, das durch die faulenden Planken fiel. Ich hob die Hände vors Gesicht und duckte mich, und als ich aufsah, war Lew in den dunklen Nischen unter der Promenade verschwunden.

Ich rannte. Aber es war sinnlos, und ich war außer Atem. Vielleicht hätte ich schneller rennen sollen, jedenfalls war er weg. Ich nahm die U-Bahn nach Park Slope, wo Tolja angeblich bei einem Freund wohnte, der in der Plattenproduktion arbeitete. An einem der schmucken Brownstone-Häuser läutete ich, und ein Mann mit Rastafrisur und einem Denim-Overall kam auf die Treppe heraus. Ich sagte, daß ich zu Swerdloff wollte. Er sagte, er sei Schallplattenproduzent, das sei sein Haus, meine Informationen seien alle korrekt, bis auf eins: Seit seinem letzten Trip nach Moskau vor zehn Jahren hatte er von Tolja Swerdloff nichts mehr gesehen oder gehört.

5

Keine Nachricht von Tolja, als ich meinen Anrufbeantworter anrief. Scheißkerl. Absolut nichts. Was sollte das Spiel?

»Paß auf«, schrie ich einem Kind auf einem Skateboard zu, das mich beinahe umgefahren hätte, als ich an einer Ecke stand und telefonierte, auf dem Hörer klebte Kaugummi.

»Verpiß dich«, rief das Kind. Es war vielleicht zehn Jahre alt.

Tolja war verschwunden. Ich nahm an, daß die Taes schon auf dem Weg zum Flughafen waren, aber ich probierte es trotzdem. Ricky war am Apparat. »Wir fahren erst später«, sagte er. »Ma hat unten eine Nachricht für dich bekommen«, fügte er zögernd hinzu.

»Spuck's aus.«

»Deine Freundin Maxine hat angerufen. Sie hätte Neuigkeiten von einem Freund, einem Doktor, sagt dir das was? Sie sagt, wenn du willst, kannst du dich mit ihr treffen.«

»Wo?«

»Am Pier an der 23. Street ist eine Rollschuhbahn. Sie ist mit den Kindern da. Soll ich kommen, Artie?« Aber ich hatte schon eingehängt und war auf dem Weg zur U-Bahn.

Ich bemühte mich um ironische Gelassenheit, versuchte dabei aber Tauschgeschäfte wie ein Kind: Wenn ich gesund bin, will ich in Zukunft immer brav sein. Aber ich konnte nur an den Scheißkerl denken. Lews Gesicht stand vor meinen Augen wie Sonnenflecken. Ich konnte ihn nicht wegzwinkern. Das verfallene slawische Gesicht in den Sonnenstrahlen zwischen den Spalten in der Uferpromenade, der Blick eines kranken Mannes, dem alles egal war, der irgend etwas Schreckliches tun würde, und sei es nur, um der Welt einen reinzuwürgen. Die Augen oder das, was ich davon gesehen hatte, waren so leer wie Schädelhöhlen.

Sein Anblick hatte mich instinktiv davon überzeugt, daß er Tolja die Wahrheit gesagt hatte. Er hatte solches Zeug. Irgendwo bewahrte er es auf, diesen Red Mercury, und ich mußte ihn bekommen. Aber mit mir, dem Judencop, würde er nicht direkt verhandeln. Und Tolja war abgetaucht. Swerdloff hatte mich angelogen. Trauen Sie Tolja Swerdloff nicht, hatte Gavin Crowe mir im Chelsea Hotel gesagt. Trauen Sie ihm nicht.

Die U-Bahn ächzte und hielt an, und mit einem elenden Gefühl stieg ich aus. Wie Würmer unter der Haut. Ich wollte nicht sterben. Ich wollte nicht krank sein. Ich ging von der Station zum Pier hinüber. Ich versuchte, so zu tun, als gäbe es einen Gott, der sich um Artie Cohen kümmerte, und als könnte ich ihm Wohlverhalten versprechen, wenn es dafür gute Nachrichten gab.

Maxine stand am Rand der Bahn und schaute zu, wie ihre Kinder auf Inline-Skates herumstolperten. Sie trug Shorts und ein angeschmuddeltes blaues Hemd. Sie sah nicht besonders aus, ihr Gesicht war angespannt und nervös, und sie nukkelte an einer Flasche Snapple wie an einem Schnuller. Sie gab mir keinen Kuß. Sie sah mich nur an und sagte: »Du mußt aufhören, Artie. Hörst du mich? Du mußt mit dieser Scheiße aufhören.«

»Nun mal halblang«, sagte ich ruhig.

Sie war abwesend. Etwas beunruhigte sie. Sie schritt kleine Kreise am Rand der Rollschuhbahn ab, während im Hintergrund Leute auf Inline-Skates liefen, fielen, lachten, riefen. Maxine sah sich um. Etwas war nicht in Ordnung, und sie sagte mir nicht, was es war. Ich dachte, sie hätte das Testergebnis, und sie wollte es mir nicht sagen und mich auch nicht berühren.

»Hast du es? Sag es mir.« Ich ergriff sie am Handgelenk, und sie machte sich los.

»Ja«, sagte sie. »Ja, ich hab es.«

Das war es also. Ich zitterte und drehte mich weg, damit sie mich nicht sehen konnte. Ich dachte, ich müßte vielleicht kotzen.

»Du hast kein Aids, Artie. Der Test war negativ«, sagte sie.

Vor Erleichterung hätte ich weinen mögen. Ich nahm sie in die Arme und versuchte, sie auf die Wange zu küssen, aber das wollte sie nicht. Wieder machte sie sich los.

»Hey, freu dich mit mir. Okay?«

»Klar, Artie.« Sie wirkte zerstreut. Ich folgte ihrem Blick, aber Maxie sah sich nur einen von diesen Transvestiten an, die unter dem West Side Highway wohnen. Er trug Fahrradshorts und eine Gürteltasche; sein schönes Gesicht war geschminkt wie das einer Frau, und goldene Locken rieselten ihm über den Rücken. Er bremste, dann nahm er mit eleganten Bewegungen einen Joghurt aus der Tasche und fing an zu essen.

»Wow«, sagte ich. »Schau dir das bloß an.« Ich bemühte mich, Maxie zum Reden zu bringen, sie aufzuheitern, aber sie war beinahe panisch.

»Die Kinder sehen gut aus«, sagte ich und beobachtete die Zwillinge, die ein paar Meter weiter hemmungslos kicherten, als sie übereinander fielen. Manchmal wünsche ich mir, ich wäre noch einmal sieben Jahre alt. »Kannst du mir sagen, worum es eigentlich geht, wenn es nicht der Test ist?«

»Es geht darum, daß du wie ein Bekloppter in der ganzen Stadt rumrennst, und ich kriege den Dreck ab«, sagte sie, und das kotzte mich irgendwie an. »Die Leute wissen, daß wir befreundet sind. Sie wissen, daß ich dir helfe.«

»Ich hab ein paarmal für dich gelogen, Maxie. Weißt du noch? Weißt du noch, wie du Scheiße gebaut hast und ich mich für dich eingesetzt habe?«

»Du kannst so was von ekelhaft sein, wenn du es darauf anlegst, Artie. Ich war schwanger. Es ging mir beschissen. Deshalb hab ich Scheiße gebaut. Okay, ich schulde dir was. Aber du verlangst zuviel, Artie, wirklich. Du glaubst, du kannst deine beschissene Charme-Nummer abziehen, und ich erzähle dir alles, was du wissen willst, was? Hör mal, ich erzähl dir jetzt mal ein paar Sachen, okay, und dann hörst du gefälligst auf damit. Ich will, daß du mich in Ruhe läßt und Profis rausfinden läßt, wer Ustinov und das Mädchen am Strand gekillt hat. Sie haben die Kanone, hörst du. Haben die Waffe untersucht, mit der man Ustinov umgebracht hat.«

»Ich höre.« Ich dachte an Sonny bei dem Spiel im Garden. Also sagte er die Wahrheit. »Was noch?«

Sie zuckte die Achseln. Ich nahm an, daß sie von Lew nichts wußte. Wieviel wußte sie überhaupt? Sie schaute wieder auf die Bahn, auf das Gewirr von Leibern, und einen Moment spürte ich Zorn auf all diese unbekümmerten Leute, die sich sinnlos amüsierten.

»Maxie. Hey. Es tut mir leid. Ich bin dir dankbar, daß du das Testergebnis hast. Ich hab mir in die Hosen gemacht vor Angst. Okay. Das wär's also. Ich laß dich in Ruhe.«

»Gut«, sagte sie.

»Was für ein paar Sachen?«

»Was?«

»Du hast gesagt, du wolltest mir ein paar Sachen sagen.«

»Das Messer, mit dem dich der Kerl geschnitten hat, weißt du noch?«

Ich berührte mein Gesicht. »Hier. Hier hat er mich geschnitten. Hat verdammt weh getan.«

»Ich hab dich schon bedauert, Herzchen, oder?« sagte sie. »Das Messer war heiß.«

»Heiß.«

»Radioaktiv. Heiß.«

»Woher weißt du das?«

»Roy Pettus wollte, daß ich es prüfe. Mit einem Geigerzähler. Wir haben es geprüft. Der Zähler schlug aus. Es war heiß.«

»Verstehe.«

»Sagt dir das was?« Von Lew und den Koffern wußte sie nichts.

»Vielleicht. Soll ich es dir sagen?«

»Nein. Ich will es nicht wissen. Ich will dir nichts schulden. Ich will nichts wissen, was ich nicht wissen muß. Ich bin nicht wie du. Du solltest eine Familie gründen, Artie. Auf den Boden kommen.«

»Warum bist du so sauer?« Ich fragte, weil Maxine normalerweise ein wirklich sanftes Mädchen ist, eine Freundin, und jetzt war sie plötzlich gereizt und wütend, als würde sie sich wegen etwas schämen und wollte es vertuschen. Eins von ihren Kindern, Annie, kam zu ihr gerannt und wollte Geld für eine Cola.

»Hi, Artie«, sagte sie und lächelte mich an.

»Für dich ist das Mr. Cohen«, sagte Maxine und gab ihrer Tochter etwas Kleingeld.

»Was war die andere Sache, die du mir erzählen wolltest?«

»Die Plastikdose. Mit den Fingern des Mädchens. Die war auch heiß. Wie das Messer.« Sie schaute sich um.

»Wartest du auf jemand, Max?«

Sie sah sich wieder um, aber da war nur ein junges Paar; der Mann auf Skates hatte ein Baby im Tragesack. »Nein. Roy Pettus hat mir die Dose geschickt. Mit den Fingerspitzen. Auch hier Ausschläge«, sagte sie noch einmal. »Ich wäre nie darauf gekommen, aber Roy hat diesen Tick, weißt du ja.«

»Max, kennst du dich mit Radioaktivität aus?«

»Nein. Ab und zu kommt ein Anruf von der Nuklearmedizin im Krankenhaus, meistens, wenn der Monitor aus Versehen anzeigt. Wir kriegen einen Anruf und sollen was überprüfen, aber es ist immer Wäsche, Gummihandschuhe, dieser Kleinscheiß. Für die richtigen Sachen haben sie Spezialisten. Radioaktivität steht in Brooklyn nicht gerade auf Platz eins.«

»Könnt ihr eine Leiche auf Radioaktivität überprüfen?« Ich dachte an Olga.

»Das müßte gehen. Ich weiß nicht genau.«

Sie sah auf die Uhr, winkte den Kindern. Sie liefen auf Maxie zu, dann hängten sie sich an sie und bettelten um eine weitere halbe Stunde. Sie sagte, sie sollten ihre Rollschuhe ausziehen.

»Warum so eilig?«

»Ich muß nach Haus.«

»Ich würde den Mädchen gern eine Pizza oder so spendieren.«

Sie zappelte wie eine Marionette, und ich fragte mich, wer die Fäden zog oder ob sie mich einfach nicht mehr riechen konnte.

»Art«, sagte jemand hinter mir. Es war Sonny Lippert. Er trug keine Rollschuhe.

»Scheiße, Maxine. Du hast mich reingelegt. Du hast ihm gesagt, daß ich herkomme.«

Sie war rot im Gesicht. »Ich mußte es, Artie«, sagte sie. »Ich mußte. Ich kann nicht mehr für dich lügen. Du wirst noch mal auf die Nase fallen.« Sie sah elend aus.

»Du kannst jetzt gehen«, entließ Sonny Maxine. »Ich mach hier weiter«, sagte er, als sie meine Schulter berührte und weglief, um ihre Kinder einzusammeln.

»Ach ja und danke, Schätzchen«, rief Sonny noch, aber Maxine war schon außer Hörweite.

»Du hörst wohl schlecht, was? Ich muß zu diesem beschissenen Pier latschen, um dir zu sagen, daß du mit dem Scheiß aufhören sollst«, sagte Sonny, als wir am Kiosk einen Kaffee tranken.

»Ich versteh nicht, was du meinst, Sonny.«

»Ich hör da so Sachen, du tauchst in Brighton Beach auf, du hängst mit den Leuten von Zeitsew rum – arbeitest du jetzt für die, Artie? Bist du irgendwo noch immer Russe? Haben sie dich gekauft? Das machen sie, ja? Oder sie kaufen jemand, der dir wichtig ist, wenn es jemand gibt, du verstehst mich doch, oder? Geh weg. Geh auf die Insel. Geh zu Danny. Oder –« Er ließ den Satz in seiner Kaffeetasse ausklingen.

»Ja? Oder?«

»Sag mir, was du weißt.«

»Warum zum Kuckuck sollte ich das?«

»Ich zieh dich aus dem Verkehr.«

»Frag Roy Pettus.«

»Klar, und vielleicht sollte ich noch Saddam Hussein anrufen.«

»Sag mir, was du weißt, und ich sag dir, was ich habe«, sagte ich.

Sonny schaute mich an mit dem, was er für ein Lächeln hielt. »So funktioniert das nicht. Aber überhaupt nicht. Wir wissen viel. Wir haben, was wir brauchen. Ich habe gute Leute in Brooklyn. Ich kriege den Scheißkerl mit dir oder ohne dich, und ich kriege auch den Drahtzieher.«

Was ihm wirklich angst machte, war die Möglichkeit, daß ich den Fall knacken und die Lorbeeren ernten könnte. Ein unerträglicher Gedanke für ihn. Aber Sonny erschreckte mich, er konnte mir das Leben ganz schön schwer machen. Wo war Tolja? Wo steckte er bloß?

»Kann ich jetzt gehen?« sagte ich.

»Natürlich«, sagte er. »Wohin?«

»In Urlaub, wie du gesagt hast.«

»Ich werde das überprüfen«, sagte er. »Und, Artie –«

»Ja?«

»Paß auf, mit wem du ins Bett gehst. Es könnte dich krank machen.«

Ich nahm ein Taxi nach Hause und sah gerade noch, wie Ricky aus der Parklücke fuhr, seine Eltern in dem hoch beladenen Auto, und vom Bürgersteig winkte ich ihnen zum Abschied und fühlte mich ganz schön allein. Es war ein Gefühl, als ob außer mir niemand im Haus wäre. Von überall kam Lärm. Ich schaute über die Straße zu dem Fenster, wo der Drecksack mich beobachtet hatte, oder vielleicht hatte er es sich nur ausgedacht. Jedenfalls würde ich in der nächsten Zeit nicht an Aids sterben. Sonny wußte das, und das meinte er mit dem Spruch, ich sollte aufpassen, mit wem ich ins Bett gehe.

Ich holte mir ein paar Bier und ging hoch aufs Dach und sinnierte darüber, was Ricky vor der Abfahrt gesagt hatte. Wir hatten über diesen Atomscheiß und diesen komischen Red Mercury gesprochen, und er hatte gesagt: »Wenn ich du wäre, würde ich einen Russen fragen.«

6

An der Tür des nachgemachten Fachwerkhauses in einer properen Vorortsiedlung stand Andy Feder auf dem Namensschild. Ich überlegte, ob ich mich geirrt hatte. Aber das Taxi war schon fort.

Mein verfluchtes Auto war wieder mal in der Werkstatt. Selbst schuld, wenn ich mit einem Oldtimer herumfuhr. Ich hatte diesen Mustang einmal geliebt. Man sollte niemals etwas besitzen, das frißt, während man schläft, sagte Ricky; dieses Auto fraß mein Geld. Ich wollte einen großen roten Cadillac mit nagelneuen Ledersitzen.

Ich sah mir das Haus an. Dieses Chaos machte mich langsam fertig. Es war einfach zuviel, zu viele Fäden: Ustinov, Lew, Zeitsew. Jetzt war ich auf Long Island. Wie ein Penner, der in einem Mülleimer wühlt, hoffte ich auf irgendwelche Fetzen. Da war etwas, aber wo?

»Artijom? Bist du das?«

Das Fliegengitter flog auf, als sei ich erwartet worden, als habe jemand mich beobachtet.

»Bist du es wirklich, Artijom?«

»Du heißt jetzt Feder?«

Das einzige, was von dem mageren Dussel aus meiner Schulzeit noch übrig war, waren die feuchten braunen Hundeaugen. Andrej Melorowitsch Federow. Er trug ausgeleierte Shorts, die Taschen waren von geheimnisvollen Sachen ausgebeult. »Kannst du dir nicht ein Vorbild an Andrej nehmen?« sagte mein Vater oft, wenn die Lehrer ihm mitteilten, daß ich Rock'n'Roll-Platten in die Schule geschmuggelt hatte. Damals erwartete Papa noch, daß alles gut werden würde, der arme Teufel.

»Jetzt bin ich Andy Melvin Feder. Manchmal Mel. Du hattest immer schon den amerikanischen Namen Art. Ich bin

Andy Feder geworden. Klingt jüdisch, wie? In der Gegend klingt man besser jüdisch, sozusagen.« Er schielte auf die Einfahrt. »Du hast kein Auto?«

»In der Werkstatt. Ich bin mit dem Zug gekommen.«

Wir klopften uns ausgiebig auf den Rücken, wie das Männer tun, die meinen, daß es von ihnen erwartet wird, aber mein Gott noch mal, ich freute mich wirklich, ihn zu sehen. Wir hatten uns ein paarmal getroffen, als er nach Amerika kam, ich fühlte mich nicht wohl dabei, dann ging er in den Westen. Ich ließ den Kontakt einschlafen. Deshalb hatte ich ihn nicht angerufen. Ich dachte, daß er mich vielleicht nicht sehen wollte.

Ich folgte ihm ins Haus. Seine Eltern waren beide tot, sagte Federow; ich erinnerte mich nur noch an den Vater, einen kleingewachsenen Stalinisten, dessen Vater in der Revolution mitgekämpft und seinen einzigen Sohn Melor genannt hatte. Marx Engels Lenin Organisation Revolution. In meiner Generation nannten die Leute ihre Kinder Gagarin oder Fidel; ich wußte nicht, was für Namen jetzt angesagt waren, Tiffany wahrscheinlich, und es war mir auch egal. Aber Ricky hatte gesagt, frag einen Russen. Hier war ein echter russischer Physiker, auf Long Island, USA.

»Ich war traurig, daß du nicht zu meiner Hochzeit gekommen bist oder meine Anrufe beantwortet hast«, sagte er, und mir war klar, daß meine Buße aus Moskau-Gequatsche über amerikanische Autos und die russische Seele bestehen würde. Er nahm mich mit in seine mit Elektrogeräten vollgestopfte Vorortküche.

»Guck mal, ein elektrischer Bagelschneider!« Federow goß Kaffee in Becher und öffnete den Kühlschrank. »Magst du was?«

»Ich hab schon gegessen.«

»Muß jetzt 15 Jahre her sein. Ich hab dich nicht mehr gesehen, seit ich in Amerika angekommen bin«, sagte er klagend.

»Sind das alles deine, Andrej?« Ein Schnappschuß mit fünf Kindern klebte am Kühlschrank.

»Alles meine, ja. Die große Blonde ist die Frau, haha«, fügte er hinzu.

»Russin?«

»Ja, natürlich. Aber erstklassig. Wie wär's mit Kuchen?« Er deckte den Tisch, und ich setzte mich gegenüber von ihm hin. Er ging noch mal an den Eisschrank und holte einen Mokkakuchen heraus.

»Laß uns erst reden«, sagte ich. »Erzähl mir was über Atombomben.«

»Atombomben?« Feder lachte schallend. »Was für Atomwaffen?«

»Mußt du mir sagen. 25 000 Gefechtsköpfe in jedem früheren Sowjet-Scheißloch von der Ukraine bis Kasachstan. Kim Il Sung Jr. Fallout. Sag mir, was Sache ist. Klär mich auf.«

Nachdenklich trank er seinen Kaffee und aß ein paar pastellfarbene Minzbonbons aus einer Kristallschale. »Gib mir ein paar Anhaltspunkte, sonst halte ich dir eine Vorlesung in Physik für Anfänger, willst du das?«

»Nein.«

»Also geht Andy davon aus, daß du dich für das Ausströmen von radioaktivem Material interessierst – radioaktives Zeug, Atomkram, wie man es auch nennen mag – aus der früheren Sowjetunion, stimmt's? Wer sind die Finanziers? Wer sind die Schmuggler? Kuriere. Lumpensammler.«

»Lumpensammler?«

»Arme Schweine, die unbedeutende Mengen sammeln und verkaufen. Untere Ebene. Also interessiert es dich vielleicht, warum auf dem Weltmarkt plötzlich Plutonium auftaucht. Angereichertes Uran. Leute mit Verkaufsmustern?«

»Woher weißt du das?«

»Information gibt es immer. Manchmal läuft es so: je mehr Information, desto weniger Wissen. Du glaubst, ich bin dumm, weil ich Russe bin? Das war schon immer dein Problem, Artijom.« Jetzt war er feindselig; er kannte mich von damals.

Feder sagte: »Der FBI eröffnet in Moskau ein Büro. Wo? Zack bumm, mitten auf dem Botschaftsgelände. Nette Aufgabe für einen Selbstmordkandidaten aus Indiana. Jeder weiß vom Handel mit radioaktivem Material. Der Krempel kommt aus Städten in den sowjetischen Sperrgebieten. Arzamas, Tomsk. Taucht in Europa auf. Verkauft wird es an Terroristen. Iran, vielleicht. Vielleicht Libyen. Hast du das Zeug vielleicht in Brighton Beach gefunden?« Zum erstenmal zeigte er Interesse.

»Vielleicht.«

»Bitte. Bitte!« Er öffnete eine Schublade, griff nach einem Messer, knallte die Schublade zu. Er schnitt ein Stück von dem Kuchen ab, der auf dem Tisch stand. »Warum sonst solltest du nach fünfzehn Jahren herkommen und nach radioaktivem Stoff fragen? In der Schule hast du die naturwissenschaftlichen Fächer gehaßt. Das einzige, was dich interessiert hat, war Jazz. Rock'n Roll. Wenn du was von dem Zeug in New York findest, ist das 'n großes Ding.«

Andrej sprach in einem russisch-englischen Kauderwelsch mit mir. Sein Englisch war schludrig, als könne er nicht in der Gegenwart bleiben. Vielleicht war dieser komische Einwandererslang eine Tarnung. Aber was konnte er in diesem Vorortparadies schon verbergen?

»Andrej, Andy, Melvin, was auch immer, klär mich auf.«

Die Venen an seiner Nase traten hervor, dann beruhigte er sich wieder. »Das alles wissen wir schon seit Jahren. Niemand hat uns je zugehört.«

»Könntest du mir dein Labor zeigen?«

»Heute hab ich frei«, sagte er vorsichtig.

»Was arbeitest du?«

»Umweltgeschichten. Lagerung von Atommüll. Verglasung. Willst du was über feinkörnige Verglasung hören?« Er wurde sarkastisch.

»Seit wann bist du hier?«

»Seit zehn Jahren. Vorher Los Alamos. Dann Brookhaven. Jetzt hier.«

»Tatsächlich?«

»Warum nicht? Ich bin sauber. Mein Daddy war Dissident«, sagte er; er erfand seine Vergangenheit neu. »Ich bin US-Bürger. Ich war sogar US-Soldat. Captain Feder. Bist du auch amerikanischer Staatsbürger?«

»Ja doch. Staatsbürger Cohen. Ich bin Cop. Ich war Cop.«

»Wahrscheinlich stehen wir Sowjetjungs auf Institutionen, was? Was war los? Haben sie dich rausgeschmissen? Wegen Frauen? Du warst immer hinter den Mädchen her«, sagte er und aß sein Stück Kuchen auf.

»Entlassen. Ehrenhaft«, sagte ich. Federow war ein falscher Fuffziger, aber ich brauchte das, was in seinem Kopf war, also nudelte ich die Platte von den alten Zeiten ab, während er an seinem Kuchen würgte.

»Sag mal«, sagte er. »Wer hat Gennadij Ustinov umgebracht?«

»Weiß ich nicht.«

»Aber kaum ist er tot, da taucht radioaktives Material in der Stadt auf?«

»Vielleicht hat er es verkauft.«

Federow durchschaute mich. Er schniefte verächtlich. »Du weißt doch, daß Ustinov ganz reizend war. Außer daß er beim KGB war, war er ein Drecksack.«

»Komm«, sagte er plötzlich. »Gehen wir raus.«

Wir fuhren mit Andrejs riesigem Chevy das kurze Stück zum Labor. In einem kleinen Park setzten wir uns auf eine Bank. Ich rauchte. Hügelabwärts entließ ein gelber Bus Arbeiter auf einen grünen Campus, auf dem einige Laborgebäude standen. Ein Junge mit Basketballstiefeln mähte den Rasen mit einer panzergroßen Maschine; das Gras roch süß.

Federow wühlte in seinen Taschen und holte ein paar Schokoriegel heraus. Er bot mir ein Baby Ruth an. Die Snickers aß er in einem Stück, wie eine Schlange, die ein Kaninchen verschlingt. Er war wesentlich nervöser, als er zugab. War Captain Feder noch beim Militär? Verpflichtet, über jedes Treffen zu berichten?

»Also gut, man kriegt Material für Waffen auf verschiedene Art. Von verbrauchten Brennstäben in Atomkraftwerken. Von Spezialeinrichtungen, die waffenfähiges Plutonium nur für Bomben herstellen. Jahrelang haben wir geglaubt, daß man besonders waffenfähiges Material braucht, um Bomben zu bauen. Falsch. Die Briten haben uns Amerikanern minderwertiges Zeug verkauft, und wir haben trotzdem eine schöne Bombe daraus gebaut. Man braucht auch nicht viel. Für Terrorismus braucht man nicht mal ne Bombe. Man muß nur Terror machen. Du willst, daß ich dir ein Bild male?«

»Mal mir eins.«

Er nahm das wörtlich. Er zog ein zerknittertes Stück Papier aus der Tasche, einen Kuli aus der Hemdtasche und zeichnete, während er weitersprach.

»Okay. Plutoniumbombe, braucht man nur paar Pfund, aber präzise Arbeit. Uran, braucht man vielleicht fünfzig Pfund, aber eine simple Bombe funktioniert. Okay. So. Ich mache meine Bombe. Ich lege sie in einen Mietwagen. Ich bring ihn zur Garage im World Trade Center, dann renn ich weg wie der Teufel. Bumm. Die Explosion zerstört einen ganzen Turm. Tötet jeden drin. Außerdem mindestens hunderttausend extra wegen Druckwelle und Strahlung. Vielleicht mehr, hängt von Vergiftung, Wetterbedingungen, Belüftung, Fluchtwegen ab. Manhattan wird von dem Fallout überschwemmt.

Führt zu Übelkeit, Erbrechen, Durchfall, Haarausfall, Blutergüssen, grauem Star, kurzfristig. Langfristig? Krebs, Leukämie, hängt davon ab, wie lange man dem ausgesetzt ist. Das Trauma der Verstrahlung kann dieselben Symptome auslösen. Enorme Chancen für Infektionen.«

Ein Zittern durchlief mich. »Wie Aids?«

»Wie Aids«, sagte er.

Bingo! dachte ich: Strahlenkrankheit sieht genau wie Aids aus. Lew hatte kein Aids. Er ging an dem zugrunde, was er in seinem Koffer hatte!

»Grauenhafte Verbrennungen, so schlimm, daß du Haut abziehen mußt. Genug? Nicht mal ein Terrorist mag den Gedanken.« Federow erhob die Stimme, so sehr begeisterte ihn das Thema.

»Woraus? Aus Plutonium?«

»Plutonium, wenn man es verbrennt und es in die Luft gerät. Plutonium, wenn man es einatmet. Strontium 90 verdrängt das Kalzium, und ruck zuck, Knochenkrebs. Cäsium, ein netter kleiner Killer, wenn es nicht gesichert ist. Massenhaft Sachen.«

»Und ohne Bombe?«

»Schon mit den Proben kann man was anfangen. Gift in Entlüftungen, Wasserversorgung.«

Ich steckte mir eine Zigarette an und lehnte mich zurück und schloß kurz die Augen; die Sonne war warm. »Was weißt du über Red Mercury?«

»Warum?« Federows Haltung änderte sich. Sein schwammiger Körper straffte sich vor Intensität. Er stand auf und ging den Hügel hinunter. »Gehen wir ein Stück. Vielleicht zeig ich dir mein Labor«, sagte er. »So, Red Mercury? Hast du welchen?« Er ging schnell. Warum die Eile, zum Teufel?

»Schon möglich.«

»Du weißt wohl nicht, was du da hast. Du weißt nicht, daß Red Mercury als toxisches Pulver durch Bestrahlung flüssig gemacht wird und dann mit seltenen Isotopen verbunden wird, so daß man Red Mercury 20 20 erhält. So kann man die hydrodynamischen Fließeigenschaften von schwerem Wasser ausnutzen und einen atomaren Zünder bauen. Vielleicht streut es Neutronen.«

»Im Klartext, bitte.«

»Im Klartext: Es ist hochgiftig, hochradioaktiv. In flüssiger

Form kann man Bomben daraus machen, man kann einen Anstrich herstellen, der Flugzeuge unsichtbar macht – Tarnkappentechnologie. Im Klartext, es ist absolut tödlich, tödlicher als Plutonium. Schwerer. Ich hab noch nie gehört, daß es auf dem internationalen Markt ist. Nie. Es wird von allen Geheimsachen am besten bewacht.«

Er griff in seine schlabberige Shorts und zog zwei Tennisbälle heraus, mit denen er zerstreut jonglierte. »Ich sag's dir im Klartext. Zwei Tennisbälle Red Mercury in einer Atombombe, so groß wie, sagen wir mal, eine Salatschüssel, und tschüs, Long Island.«

Er wußte, wovon er sprach. Ich war jetzt ganz sicher, daß Andy Feder beim Militär war. Er hatte sich stetig auf einen Drahtzaun zu bewegt, der einige der Laborgebäude umgab; die Sicherheitsmaßnahmen waren unauffällig, aber ich konnte sie erkennen.

»Was noch?«

Jetzt wich er aus. »Ich weiß nicht«, sagte er, aber er wußte mehr. Viel mehr. Als Kind hatte Federow miserabel Schach gespielt. In seinem Gesicht konnte man alles lesen. »Fährst du noch manchmal nach Hause, Artie?« fragte er.

»Mein Zuhause ist New York«, antwortete ich steif.

»Du änderst dich nie.« Federow legte mir die Hand auf die Schulter. »Komm schon, Artie. Schau dir die Labors an. Wir können mit wirklichen Chipköpfen sprechen, richtigen Computerfreaks, können dir vielleicht helfen.«

»Ich glaub, ich geh jetzt lieber«, sagte ich. »Du hast mir wirklich weitergeholfen.«

»Hast du den Red Mercury?« Federow schob sich auf das Labor zu, während ich mich zurückzog. Er packte mich am Ärmel. »Bitte, Artijom, ich muß es haben. Seit Jahren will ich das sehen. Seit Jahren. Bitte!«

Die alte Paranoia stieg in mir auf. Ich wartete nicht ab, um herauszufinden, warum er mich im Labor haben wollte. Wir Sowjetjungs lieben Institutionen, hatte er gesagt. Er liebte sie, meinte er damit, und ich fragte mich, für wen Andy Feder heute arbeitete.

»Sei vorsichtig«, rief er mir auf Russisch nach, als ich losrannte, um den Zug zu erwischen. »Es wird dich umbringen.«

7

Der ist verschmort. Glatt verschmort. Ich würde sagen, er ist so heiß, daß man ihn nur anknipsen muß, und er leuchtet im Dunkeln.« Der Mediziner stellte den Geigerzähler aus, zog den Leichensack zu und streifte die grünen Gummihandschuhe so lässig ab, als hätte er gerade den Abwasch beendet. Er sah auf die verpackte Leiche herunter, die auf dem Bahnsteig der Penn Station lag. »Ich weiß nicht, was er hatte, aber es ist schwer radioaktiv«, sagte er. »Bringen Sie ihn jetzt weg«, fügte er hinzu, und eine Gruppe Männer in Raumanzügen schaffte den Sack fort. Ein zweites Team machte sich daran, die Plattform abzuspritzen; ich dachte an die Züge in die Vernichtungslager.

»Als ich in den Bahnhof gekommen war, hatte ich den toten Mann nicht gleich gesehen. Ich war sauer; der Zug aus Long Island war bei Jamaica eine halbe Stunde stehengeblieben. Nach meinem Besuch bei Federow war ich nervös und dachte schon fast, daß es jemand auf mich abgesehen hatte, aber es war nur ein toter Hund, den irgendein Depp auf die Gleise geworfen hatte. Bis wir ankamen, war es Rush hour.

Die Penn Station ist so gebaut, daß ich nichts sehen konnte, im ersten Moment jedenfalls nicht, weder die zusätzlichen Cops noch die hektischen Sicherheitsleute. Zu den Zügen muß man von der Halle auf getrennten Treppen gehen. Wenn man von einem Bahnsteig zu einem anderen will, muß man normalerweise rauf und wieder runter gehen. Ich kenne Penn Station ganz gut; ich hatte da mal einen Fall.

Na jedenfalls, bis ich von dem Bahnsteig, wo mein Zug ankam, nach oben gegangen war, war alles schwarz vor Menschen. Die Leute drängten sich durch die Menge wie Schwimmer durch einen feindseligen Fischschwarm. Dauernd bekam ich Ellbogen in die Rippen. Eine Frau mit Stöckeln rammte mir ihren Absatz in den Fuß.

»Passen Sie doch auf«, rief ich.

»Leck mich am Arsch«, schrie sie zurück.

Im Bahnhof herrschte Dauerchaos, er wurde ununterbrochen renoviert, Kabel hingen herunter wie giftige Schlingpflanzen. Ich schnappte nach Luft. Ich fühlte das Gewicht und die Hitze der Körper. Der Lärm war gnadenlos, dieses leichte durchdringende Geräusch, das man manchmal direkt vor einer Panik hören kann. Vielleicht bildete ich es mir auch nur ein.

Bei einem Dunkin' Donuts blieb ich stehen, um mir eine Cola zu kaufen. Zu viele Cops waren unterwegs. Ganz nahe am Donut-Stand sah ich einen unbeschreiblich fetten Bahnpolizisten. Brenner stand auf seinem Namensschild.

»Was ist hier los?« sagte ich, und Brenner versuchte, freundlich zu mir zu sein und quatschte mir die Ohren voll, aber seine Blicke schweiften zu den Donuts, die im Fett brutzelten. Ich holte ihm ein halbes Dutzend. Er sprach. Er deutete auf den Eingang zu einem Bahnsteig ungefähr hundert Meter weit entfernt.

»Da ist was los«, murmelte er. Seine Lippen verschwanden unter rosa Zucker.

Am Eingang zu dem Bahnsteig sah ich einen Cop, den ich flüchtig kannte. »Ich weiß nicht, was ist. Sie haben uns nur gesagt, daß niemand rein darf. Es war ein Scheißjob, den Bahnsteig leerzukriegen. Vielleicht haben sie da unten irgendeinen geschnappt.«

Gott weiß, warum mich das interessierte. Vielleicht wollte ich nicht nach Hause. Vielleicht wußte ich es schon. Ich brachte den Cop dazu, daß er mich durchließ. Ich ging die Treppen runter. Über mir brauste der Lärm vom Bahnhof wie eine Brandung in Quadrophonie und ebbte dann langsam ab. Und dann hörte ich den Mediziner sagen: »Der ist verschmort.«

Der Bahnsteig war fast leer. Ich blinzelte in das trübe Licht. Ein paar hundert Meter weiter waren Leute von der Bombenabteilung in dunkelblauen Jacken; andere von der Abteilung für gefährliche Stoffe in Schutzanzügen, manche auch mit Gasmasken. Die Fernsehbilder von der Katastrophe in der japanischen U-Bahn stiegen in mir auf, Menschen, die in der U-Bahnstation an dem Nervengas Sarin wie die Fliegen starben.

Der Anblick von Roy Pettus überraschte mich kaum.

»Armes Schwein.« Roy hatte eine Gasmaske in der Hand; er starrte auf den toten Mann auf dem Boden. Einer von der Gefahrstoffabteilung, der Chef vermutlich, nahm Roy beiseite. Er ließ mich mithören.

»Ich wäre bestimmt nicht drauf gekommen, Roy, wenn Sie nicht diesen Spleen hätten. Diesmal hatten Sie recht. Es hat was mit Radioaktivität zu tun.«

»Gott im Himmel«, sagte Roy, und mir war es, als würde er sich bekreuzigen.

»Dieses Päckchen, das wir bei dem Toten gefunden haben. Der Meßwert ist ganz schön hoch. Ich kann es nicht genau sagen, bis das Labor anruft, aber wenn man mich fragt, würde ich sagen, er wurde von etwas sehr Heißem verbrannt, das sehr schnell wirkt. Etwas wie Cäsium. Ich will das hier evakuieren. Schnell. Behalten Sie Ihre Maske auf.«

»Warten Sie auf den Anruf«, sagte Roy.

»Wir können nicht warten.«

»Wo ist der Junge, der ihn gefunden hat?«

Pettus winkte einem Schwarzen zu, der so jung war, daß ihm auf der Oberlippe noch Flaum stand. Er trug eine Strickmütze mit einem roten Bommel.

»Sie wohnen in Ebene Drei?« fragte Pettus höflich.

»Ja«, sagte er. »In der Drei.«

Die Gänge waren die letzte Station für einen wirren Stamm von Obdachlosen, Nomaden, die aus Parks, Hauseingängen, sogar aus öffentlichen Toiletten verjagt worden waren. Ein

Freund von der Bahnpolizei hatte mich mal mit runtergenommen. Es war eine Art sozialer Wohnungsbau à la Orwell; die Ebenen hatten sogar Nummern.

»Sie kannten ihn?« Pettus zeigte auf den Mann am Boden.

»Er kam regelmäßig. Er kam und hat die Waschmaschine benutzt. Wir mochten ihn. Wir haben immer das Rätsel für ihn aufgehoben.«

Bettler, Obdachloser, dachte ich.

»Das Rätsel?«

»Er machte gern das Kreuzworträtsel aus der *Times*. Er wußte ne Menge.«

»Wie hieß er?«

»Weiß ich nicht. Hat er nicht gesagt. Er hat gern getrunken und das Rätsel gelöst. Manchmal hat er in die Schließfächer oben geschaut, wollte gucken, ob da was Interessantes war, hat er gesagt. Manchmal hat er was Interessantes gefunden. Als er halbtot hier angestolpert kam, hab ich gedacht, es ist das Herz. Deswegen habe ich einem Zugführer Bescheid gesagt.«

»War sonst noch jemand hier?«

»Es war mitten am Tag. Fast jeder ist draußen auf der Straße, arbeiten, verstehen Sie?«

Pettus nickte. »Sind jetzt alle draußen?« sagte er zu dem Gefahrstoff-Chef.

»Was ist mit ihm?« Der Chef deutete auf mich.

Pettus gab mir eine Maske und sagte: »Setzen sie die auf. Was machen Sie überhaupt hier?«

»Bin zufällig vorbeigekommen. Wer ist der Junge?«

»Er wohnt in der Drei. Er sagt einem Zugführer auf dem Bahnsteig, daß ein alter Mann tot ist. Er erzählt was von einem Päckchen. Ein cleverer Cop geht hin und hat den Eindruck, daß da was faul ist. Sie evakuieren den Bahnsteig. Gott weiß wie, riegeln ihn ab, rufen das Bombenkommando. Den Rest haben Sie gehört.«

Der Chef sprach in ein Handy. »Das Labor, Roy. Der Scheiß ist radioaktiv, was auch immer es sein mag. Wirklich radioaktiv, wie ich's mir gedacht habe. Ich will, daß hier alles dekontaminiert wird. Daß alles abgeriegelt wird. Daß alles und jeder mit dem Geigerzähler überprüft wird. Ich will wissen, wie weit die Kontamination geht. Dann die Entlüftungsanlagen. Wenn das Zeug in die Luft kommt, haben wir ein Problem.«

»Schlimmstenfalls?«

»Eine Menge kranke Leute. Mehrere Tote. Panik. Hören Sie, Roy? Hier wird alles dekontaminiert.«

»Was alles?«

»Wenn es nach mir ginge, die ganze beschissene Station und sämtliche Züge. Wenn es ein Päckchen gibt, gibt es noch eins. Es gibt immer ein zweites Päckchen.«

Roy sagte: »Geben Sie uns noch eine halbe Stunde. Wenn sich das rumspricht, ist die Panik schlimmer als die Sache selbst. Wenn Sie zehntausend Leute in Quarantäne stecken, gibt es eine Megapanik. Davon bin ich fest überzeugt.«

Der Chef sah den Bahnsteig entlang. Mehrere Männer in Raumanzügen arbeiteten mit Geigerzählern und Schläuchen.

»Was bleibt mir anderes übrig?«

Lew war hier gewesen. Natürlich war er hier gewesen. War er mir gefolgt, als ich nach Long Island fuhr?

»Ich will es sehen«, sagte ich zu Pettus.

»Was sehen?«

»Wo sie es gefunden haben.«

»Nein.«

Ich zog Roy ein Stück von den anderen weg. »Ich muß es sehen. Ich muß es wissen. Es geht hier um mich.«

Er ging zurück; er flüsterte mit dem Chef und kam wieder. »Gehen wir«, sagte er, und einer von der Gefahrstoff gab uns Schutzanzüge, die sich beim Anziehen wie verkrumpeltes Toilettenpapier anfühlten, und Gummihandschuhe. Die Gesichtsmasken rochen nach Kampfer, die Gasmasken, die darüber kamen, nach Gummi. Das Atmen war mühsam.

Der schwarze Junge sagte: »Ich möchte auch mitkommen. Ich weiß, wo der alte Mann sein Zeug versteckt hat.«

»Nein«, sagte Pettus.

»Er war mein Freund«, sagte der Junge einfach.

Pettus sah mich an, und ein Beamter gab dem Jungen einen Schutzanzug. Einen Moment standen wir zusammen auf dem Bahnsteig. Dann bekam Roy Pettus von jemandem ein Walkie Talkie. »Gehen wir.«

Ein Beamter von der Gefahrstoff griff sich einen Geigerzähler.

»Zehn Minuten«, sagte der Chef. »Nicht länger. Ist das klar?«

Durch eine rostige Eisentür kamen wir in einen Tunnel unter den Gleisen. Pettus ging voraus. Ich roch Rost, Abwasser; ich hörte die verworrenen Geräusche der unterirdischen Stadt und über uns Züge in jede Richtung.

»Vorsicht, Detective.« Pettus' Stimme hallte in dem Tunnel zu mir zurück; mir wurde bewußt, daß er mich mit dem offiziellen Titel ansprach, weil er ein schüchterner und förmlicher Mann war und nicht wußte, wie er mich sonst anreden sollte.

Das Geräusch unserer Füße auf den Metallstufen dröhnte durch die modrige Dunkelheit. Wir stiegen an mehreren unterirdischen Lagerräumen vorbei, dann gelangten wir in eins der Höhlenzimmer. Licht kam von ein paar Glühbirnen, die an einer Metallverstrebung hingen. Aus Dampfleitungen zischte feuchtwarme Luft; eine Waschmaschine war an ein Rohr angeschlossen, und darüber war eine Wäscheleine gespannt, an der Jeans, T-Shirts, Unterhosen und ein Paar Strümpfe ordentlich aufgehängt waren. Eine Ratte huschte über ein Bett aus Pappkartons. Die Obdachlosen hatten sich häuslich eingerichtet, und sogar durch die Maske drang ein intensiver, feuchter Mief wie in einem Roman von Dickens. Der Geigerzähler tickte.

»Hier haben sie ihn gefunden«, sagte Pettus knapp.

Wir durchsuchten die Höhle, so gut es ging. »Nichts«, sagte Pettus. »Verdammt noch mal. Überhaupt nichts. Ich muß sie doch den Bahnhof evakuieren lassen.«

»Warten Sie einen Moment.« Der Junge kniete auf dem Boden. Er kroch unter eins der improvisierten Betten. Unter der Matratze war eine flache Schachtel geschickt versteckt. Er öffnete sie. Ein paar Zettel lagen drin. Er gab sie Pettus, der die verknitterten Papiere durchsah und mir ein einzelnes Blatt gab. »Verstehen Sie das Zeug?«

Ich nickte. »Ja, ich verstehe es.«

»Was gefunden?« fragte der Chef, als wir auf den Bahnsteig zurückkamen.

Roy gab ihm den Zettel aus der Schachtel, die der Junge gefunden hatte. Sie flüsterten miteinander.

»Also gut, ich verlaß mich auf Sie, Roy. Ich schließe nur diese Löcher, den Bahnsteig, aber Sie stehen dafür grade. Sie sagen Ihren Leuten, daß sie den Mund halten sollen. Keine Medien. Nichts.« Er sah mich an. Der Junge mit der Mütze stand unschlüssig herum; er hatte sein Zuhause verloren.

»Kommen Sie mit mir«, sagte Roy Pettus zu ihm. »Jemand wird sich jetzt um Sie kümmern.«

»War ich gut?« fragte er, und wieder sah ich, wie jung er war, nicht mal zwanzig, dieser dünne schwarze Junge mit dem leichten Flaum auf der Lippe, der in einem Loch unter der Erde lebte.

»Ja«, sagte Roy Pettus. »Sie waren prima. Danke.«

Wir kamen durch einen Tunnel zur Straße. Auf der Straße, wo wir alle blinzelten wie Fledermäuse, scheuchte der Chef uns in einen wartenden Transporter. Wir zogen die Schutzanzüge aus. Der Chef sagte: »Jeder wird kontrolliert, okay? Ich rufe Sie an.«

»Lassen Sie mich den Zettel noch mal sehen«, sagte ich zu Pettus.

»Behalten Sie die Handschuhe an«, sagte er und gab mir das Papier.

Ich mußte mich vergewissern. Der Erpresserbrief war auf

Russisch geschrieben. Das Päckchen in dem Schließfach war eine Warnung, stand da. Es gab noch mehr davon. Er wollte verkaufen, wollte Geld. Es war von Lew, aber das hatte ich gleich gewußt.

»Zehn Riesen«, sagte ich. »Alles was er will, sind zehn Riesen in einem Schließfach auf dem Bahnhof. Er sagt, er wird Ihnen das Zeug geben. Geben Sie ihm um Himmels willen das Geld, Roy. Wir werden ihn nie finden. Er wird abtauchen. Er wird die Proben verstecken. Niemand in Brighton Beach wird reden. Besorgen Sie mir das Geld, und lassen Sie mich das machen.«

Pettus sagte: »Das werden wir nicht tun. Wenn wir ihm das Geld geben, hört es nie auf. Es geht immer so weiter.« Er verheimlichte etwas vor mir.

»Warum waren Sie heute auf dem Bahnhof?« fragte Pettus, und ich erzählte es ihm.

»Sie sind auch mit dem Zug nach Long Island gefahren?«

»Ja.«

»Wer wußte, daß Sie hinfuhren?«

Ich dachte an Ricky. »Niemand. Glauben Sie, daß mir jemand gefolgt ist?«

»Wäre das möglich?«

»Ja klar. Alles ist möglich. Wieso nicht?«

»Warum sind Sie mit dem Zug gefahren?«

»Mein Auto ist schon wieder hin.«

»Geben Sie mir eine Zigarette«, sagte Pettus.

»Ich dachte, Sie haben aufgehört«, sagte ich. Ich gab ihm eine, er steckte sie an und zog den Rauch ein wie Manna. »Wollen Sie mir was sagen?«

»Okay. Das Päckchen, das wir bei dem alten Mann gefunden haben.«

»Ja?« Ich zog die Gummihandschuhe aus.

»Ihr Name stand drauf, Detective«, sagte Pettus.

»Was meinen Sie damit?«

»Das Päckchen war an Sie adressiert.«

8

Da der Alte ein an mich adressiertes Päckchen bekommen hatte, fand ich, daß ich ihm etwas schuldete und ging zu seiner Beerdigung. Von der Penn Station aus war ich nach Hause gefahren und hatte mich immer wieder unter die Dusche gestellt, vielleicht eine Stunde lang; ich fühlte mich, als wäre mein Körper elektrisch geladen. Ich hatte Angst. Noch einen Monat zuvor hatte ich nie einen Gedanken an Atomkraft verschwendet. Jetzt gab es überall Verbindungen, wohin ich auch kam – der tote Penner, Federow. Mir blieb nur eins, nämlich weitermachen. Ich brachte meine ganze Kleidung in die Reinigung.

Ich machte mir ein Sandwich mit italienischem Schinken, den ich hinten im Kühlschrank fand, kochte Kaffee, legte eine CD von Gerry Mulligan auf, »Round Midnight«, mit Monk, um mir in Erinnerung zu rufen, daß es da draußen noch ein Leben gab, und schnappte mir das Telefon; ich arbeitete mich durch alte Kontakte, bis ich bekam, was ich wollte. So fand ich heraus, daß sie den Penner aus der Penn Station wahrscheinlich in den nächsten zwei bis drei Tagen auf einem staatlichen Friedhof beerdigen würden.

Häftlinge aus den Gefängnissen der Stadt arbeiteten auf den staatlichen Friedhöfen, und ich ließ mich von einem um ein paar Zigaretten anschnorren. Er stützte sich auf seine Schaufel, genoß die Zigarette und den frischen Herbsttag. »Das ist schon der zweite, den wir in'n letzten paar Monaten beerdigt haben. Den anderen wollten sie husch husch in die Erde knallen. Sonst dauert es mit diesen Typen, sie machen Autopsien. Also was is los?«

Ich antwortete nicht. Ich setzte mich in Dorothy Taes Kombi, den ich mir geliehen hatte, weil ich was gegen die Bahn hatte, und ich verstieß gegen sämtliche Tempolimits auf dem FDR, bis ich Brooklyn und das Büro von Roy Pettus erreichte.

»Würden Sie mir wohl mal sagen, was eigentlich los ist?« sagte ich zu Roy Pettus, nachdem ich in sein Büro gepoltert war und mir den Weg an Eddie und Pettus' Sekretärin vorbei geschimpft hatte.

Vier FBI-Agenten, die mit ihm im Büro saßen – sie hatten die Anzugjacken ordentlich über die Stuhllehnen gehängt, ihre Muskeln zeichneten sich durch den Stoff ihrer Hosen ab –, sahen von ihrem Papierkram auf. Sie hatten Bürstenschnitte und die Gesichter des Mittleren Westens. Stumpfsinnig und angewidert starrten sie mich an. New York, war in ihren Gesichtern zu lesen. Rote Socke, liberaler schwuler Jude, dachten sie.

»Kann ich Ihnen behilflich sein?« sagte der älteste Agent, dessen Gesicht eher an einen Kürbis als an eine Kartoffel erinnerte. Ich ignorierte ihn.

»Also?«

»Setzen Sie sich«, sagte Pettus. »Setzen Sie sich.«

»Ich will mich nicht setzen. Ich will nur von Ihnen wissen, wie viele es noch waren. Ich war da, hab zugeguckt, wie sie den Kerl von der Penn Station auf der öffentlichen Müllkippe begraben haben, jemand hat mir gesagt, es waren noch mehr.«

»Was zum Teufel hatten Sie da zu suchen?«

»Ich fand, jemand sollte hingehen, okay? Mauern Sie nicht, Roy.«

»Sie sind in die Sache verwickelt.«

»Aber Sie haben mir nichts davon gesagt.«

»Das stimmt.«

»Warum nicht?«

Im Hintergrund bewegten sich die Agenten mit ihren käsigen Gesichtern unbehaglich und versuchten so zu tun, als ob sie nicht zuhörten.

»Sie müssen es mir sagen«, sagte ich. »Sie müssen mir sagen, ob diese Scheiße schon mal früher in New York aufgetaucht ist.«

»Nein, muß ich nicht. Und ich weiß es auch nicht. Ich weiß es nicht genau. Das versuche ich Ihnen klarzumachen: Ich weiß es nicht, Detective. Es sind alles nur Gerüchte. Vermutungen. Eine Gerüchteküche. Außer bei Ihnen natürlich, Sie rennen herum und stecken Ihre Nase in Sachen, die Sie dann nicht auf die Reihe bringen. Hör mal, Pat«, sagte er zu einem der Männer, »vielleicht sollten wir Sonny Lippert anrufen. Erzähl ihm, wen wir hier haben.«

In seinem Ärger verzog Roy sein Gesicht wie ein wütendes altes Baby, das schrecklich litt, aber nicht weinen konnte. »Wollen Sie es wissen? Hier«, sagte er, ergriff ein Bündel Papier und wedelte mir damit vor dem Gesicht herum. Er warf es mir hin. »Wollen Sie sich damit abgeben? Soll ich Ihnen von all den Bekloppten in New York erzählen, die scharf auf Atomwaffen sind? Die durchgeknallten Trittbrettfahrer, die nur darauf warten, daß sie aufspringen können? Soll ich Ihnen erzählen, daß wir Tag und Nacht Panik hätten, wenn die Leute wüßten, daß es hier Atomwaffen gibt? Wollen Sie wissen, warum ich alles tue, damit so was wie in der Penn Station vertuscht wird?

Was ist mit dem Verrückten, der erzählt, daß er im Penta Hotel Plutonium verkauft? Weiter im Norden übernehmen militante Black Muslims Aufträge für ihre Kumpels in Chicago, und die sitzen vielleicht an den Kanälen, in denen so ein Zeug aus Sierra Leone via Mexiko kommt«, sagte er, und mir fiel ein, was Lew zu Tolja gesagt hatte. »Ich hab mit Israelis zu tun, die mir sagen, wir haben euch gewarnt, und dann gehen sie hin und verkaufen Kerntechnologie nach Südafrika. Nie wird was bewiesen. Glauben Sie, es ist schwer, die Sachen über die Grenzen zu bringen? Sind Sie schon mal zwischen Juarez und El Pais über die Grenze gefahren? Ein weißer Mann in einem hübschen Mietwagen von Hertz. Kein Problem, Guten Tag, Amigo, Willkommen in den USA.«

Ich stand auf und ging hin und her; ich wartete, ob Sonny auftauchte.

»Setzen Sie sich, Detective, ich bin noch nicht fertig«, sagte Roy. »Der kleinste Hinweis auf Atomterrorismus, und schon schickt die Regierung Spitzenleute von der Nuklearen Einsatztruppe, und die sind gut. Klar sind sie das, aber was soll's. Also ziehen sie einen Scheißterroristen aus dem Verkehr. Es gibt massenhaft andere. Und eines Tages müssen sie das Zeug nicht mal mehr importieren. Irgendwann brechen sie in eins von unseren beschissenen Lagern ein. Wußten Sie, daß dieses Land mit Atommüll vollgestopft ist?

Die Regierung lügt einfach, wie gewöhnlich. Sie heuern Privatfirmen für die Atomindustrie an, und die stellen PR-Leute ein, und die lügen. Nein, Entschuldigung. Manchmal müssen sie nicht mal lügen. Sie glauben den ganzen Quatsch selber.«

Noch nie hatte ich Roy Pettus so zornig erlebt. Wenn er an diesen Atomkram dachte, fielen ihm die Bombenlager in Oklahoma ein oder das Giftgasattentat in der U-Bahn in Tokio oder der Anschlag auf die Pariser Metro oder Penn Station. Er sah Leute, die in einem Tunnel oder auf einer Brücke oder in einem Hochhaus starben wie die Fliegen, und er sah sich selbst, Roy Pettus, der das nicht aufhalten konnte.

»Und dann geht's denen am Arsch vorbei. Radioaktives Material ist unberechenbar, flüchtig, auf die Statistiken ist kein Verlaß, wissen Sie, warum? Ich sag's Ihnen. Weil die Informationen schon zu lange geheimgehalten werden. Weil die Bevölkerung sich dagegen gewehrt hat, wurde es weggeschafft. Wissen Sie, was die meiner Familie angetan haben? Fünf Generationen haben im Krieg gekämpft, und dann stellt uns die Regierung in Chugwater, Wyoming, eine Rakete in den Hinterhof. Hat nicht gefragt, kommt einfach und stellt sie auf, verstehen Sie? Wie wäre es, wenn Sie zur Abwechslung mal ehrlich wären?«

»Warum haben Sie mir das nicht früher erzählt?«

»Es ging Sie nichts an. Es ging niemanden was an.«

»Wie viele Fälle gab es wie diesen Penner?«

»Wir wissen es nicht genau. Wir wissen nicht genau, was sich abspielt. Gerüchte kann ich mir nicht leisten.« Pettus sah mit harten Augen auf mich herunter.

»Was war in dem Päckchen, an dem der Penner gestorben ist?«

»Wahrscheinlich was, was Cäsium heißt.«

»Macht man Bomben draus?«

»Es wird hauptsächlich in der Medizin benutzt. Cäsium 137, da kann eine kleine Menge viel anstellen. Ein Doktor in Südamerika hat bei einem Gerät für die Teletherapie den falschen Verschluß aufgemacht, und nach einer Woche war er tot. Wichtig ist nicht, was das Zeug genau ist; wenn es sich um Radioaktivität dreht, wollen die Leute im Grund nichts davon wissen, außer wenn es einen Unfall gibt. Hier steckt man den Kopf in den Sand, verstehen Sie? Das ist es, womit ich mich herumschlage. Jetzt sind Sie dran.«

Ich erzählte Roy das, was er wissen sollte; ein Agent rief ihm zu: »Lippert ist am Telefon und will dich sprechen.«

»Sagen Sie ihm, daß ich im Urlaub bin. Bitte«, sagte ich. »Lassen Sie mich gehen, ohne daß Sonny mich sieht, okay? Ich bitte Sie darum, Roy. Wissen Sie noch, letzte Woche, am Fluß? Sie haben von Red Mercury gesprochen.«

Roy nickte. Ich ging zum Fenster, und Roy stellte sich neben mich, und wir starrten hinaus.

»Ich habe gehört, daß einer was zu verkaufen hat«, sagte ich.

Pettus sagte seinen Leuten, sie sollten in die Pause gehen, und als sie weg waren, berichtete ich ihm alles, was ich sonst noch über Lew wußte.

»Was wollen sie von mir, Detective?«

»Helfen Sie mir, Anatolij Swerdloff zu finden. Ich habe Ihnen von ihm erzählt. Er ist Russe, wahrscheinlich mit einem gültigen Visum. Mit einer falschen Adresse in Park Slope. Schnappen Sie ihn, aber unauffällig«, sagte ich.

Roy sagte: »Ich ruf Sie an.«

9

Ich träumte gerade, im Flugzeug nach Moskau zu sitzen und nicht landen zu können, als das Telefon klingelte. Ich suchte nach dem Lichtschalter und warf dabei ein Glas Wasser um. Es zerschlug auf dem Boden. Ich sah auf die Uhr; es war sechs Uhr früh.

»Artie? Hillel. Seit fast zwei Wochen versuche ich, dich zu erreichen. Was ist los? Willst du nichts mehr von mir wissen?«

Ich wußte, daß Hillel Abramsky angerufen hatte. »Tut mir leid. Ich hab bis zum Hals in Arbeit gesteckt. Wirklich.«

»Ich hab da diesen Kunden und dachte, das interessiert dich. Okay? Komm in der Mittagszeit. Freitag schließen wir früh.«

»Hilly, ich hab ne Menge am Hals.« Noch eine Sackgasse, und ich würde vermutlich durchdrehen.

»Komm«, sagte er.

Hillel Abramsky ist meine beste Quelle im Diamantenviertel und noch dazu ein netter Kerl. Ich hörte ihn singen, schon bevor ich die Tür zu einem Hinterzimmer im zweiten Stock eines schäbigen Gebäudes in der 47th Street öffnete. Es war Mittagszeit, und die Arbeitstische waren fast alle leer. Nur Hillel saß auf seiner Bank, sein Gesicht halb verdeckt von einer Schweißbrille, deren Gläser so dick waren wie bei einer Cola-Flasche; in seiner Hand lag ein walnußgroßer Diamant. Er hielt ihn nachdenklich ins Licht. Dabei sang er.

Abramsky sah mich, schob die Brille auf den Kopf hoch, schüttelte mir die Hand und stellte mich einem Mann mit hocheleganten Lederschuhen vor. Tomas Saroyan. Aus der *Teddy Flowers Show.* Der fehlende Gast.

»Ein Prachtstück«, sagte Hillel; er betrachtete den Diamanten und sang weiter sein ekstatisches diddle diddle diddle. Saroyan versuchte, sich zu beherrschen, aber ich konnte sehen, daß er irritiert war. Er wurde nicht davon reich, daß er wartete, während Juden Volkslieder sangen und ihre Kunst bewunderten.

»Wie lange noch?«

»Ich weiß nicht. Vielleicht eine Stunde. Einen Tag. Eine Woche. Das Ding kostet viele Dollars. Wollen Sie, daß ich einfach so drauflos schleife, vielleicht die Hälfte verliere? Ist Ihr Stein, Mister.«

»Es sind schon fast zwei Wochen.«

»Hören Sie, Mister, gehen Sie essen. Okay? Dann fühlen Sie sich besser.«

»Ich warte.«

»Ich lade Sie ein«, sagte ich, während die anderen Schleifer allmählich vom Essen zurückkamen. Ich mag Hillel sehr; seine Frau schickt mir phantastische gehackte Leber; er hat wunderbare Klezmer-Platten, und obwohl er die Leute durchschaut, ist er immer heiter; bei Hillel Abramsky wirkt Religion besser als Prozac.

»In einer Stunde bringe ich ihn zurück«, sagte ich. »Wie geht's der Familie?«

»Bestens. Nächste Woche kommt das Baby. Vielleicht rechtzeitig vor den Ferien. Kommst du zur Beschneidungsfeier?«

»Woher weißt du, daß es ein Junge wird?«

Hillel zuckte mit den Achseln. »Ich weiß es eben.«

»Wer sind Sie?« sagte Saroyan mißtrauisch.

»Gehen Sie mit ihm. Gehen Sie«, sagte Hillel Abramsky wie eine Hausfrau, die irgendwelches Ungeziefer loswerden will.

Draußen auf der Straße ließen noch mehr bärtige Männer Diamanten im Wert von Millionen zusammen mit dem Kleingeld zum Telefonieren in den Hosentaschen klimpern. Mit Hillels Hilfe hatte ich Gangster aufgespürt, die sich bei den Chassiden versteckt hatten. Wenn ein russischer Verbrecher bereit war, sein Brusthaar-Toupet und seine Goldketten gegen einen schwarzen Hut und Schläfenlocken zu tauschen, glaubten diese Unschuldsengel, es sei immerhin ein Anfang, wenn der Glauben nach außen zur Schau getragen wurde. In Crown Heights kann man leichter untertauchen als in Miami Beach.

Das stand im Widerspruch zu Hillels Ethik. Von jeher wurden die Geschäfte in der 47th Street auf Vertrauensbasis abgewickelt; mit einem Händedruck, einem Flüstern hatten sein Vater, sein Großvater Edelsteine im Wert von Millionen gekauft und verkauft. Deshalb half Hillel mir. Als Tomas Saroyan mit einem walnußgroßen Diamanten bei ihm erschien, nahm Hillel an, das könnte was für mich sein.

»Sie sind ein Cop«, sagte Saroyan mißmutig.

»Stimmt. Und ich will darüber reden, warum Gennadij Ustinov bei einer Talkshow umgebracht wurde, an der Sie zufällig teilgenommen haben. Vielleicht auch noch über andere Sachen.«

Saroyans lederne Halbschuhe mußten 500 Dollar gekostet haben. Schlange wahrscheinlich.

»Schöne Schuhe«, sagte ich. An dem Karren an der Ecke kaufte ich Hot Dogs und gab ihm einen. Er hielt ihn mit spitzen Fingern, als wäre er Besseres gewohnt.

»Ich hab's sehr eilig. Ich bin nicht nach New York City gekommen, um über Schuhe zu reden. Seit Wochen bereitet dieser Mann sich darauf vor, diesen Diamanten zu schleifen.«

»Immer mit der Ruhe«, sagte ich. »Ihre Diamanten interessieren mich im Moment sowieso nicht. Es ist mir egal, ob Sie hier als Schleimscheißer mit teuren Schuhen auftreten. Ich will nur wissen, was Sie an dem Abend bei der Teddy Flowers' Show gesehen haben und was Sie, wenn überhaupt, über Gennadij Ustinov wissen. Erklären Sie es mir Schritt für Schritt. Wie sind Sie zu der Show gekommen?«

Saroyan probierte seinen Hot Dog. »Ein Freund in Moskau. Engländer, Gavin Crowe. Er sagte, ich könnte wichtige Leute kennenlernen. Gut fürs Geschäft.«

»Was für eine Art von Geschäften machen Sie?«

»Import Export.«

»Was für welche?«

»Ich helfe den Leuten finden, was sie brauchen.«

»Sie meinen, Sie stellen den Kunden ein Sortiment zusammen«, sagte ich und kaufte ein Eiscreme Soda. »Sie kaufen für Zeitsew ein?«

»Bitte?«

»Schon gut.« Er verstand. »Machen Sie weiter«, sagte ich.

»Ich habe der Polizei schon alles erzählt, was ich wußte.«

»Erzählen Sie mir alles, was Sie wissen. Erzählen Sie mir auch, was Sie der Polizei aus Versehen nicht erzählt haben.«

Saroyan schätzte mich ab. Er stand gut im Futter, sah eigentlich gut aus, etwa fünfunddreißig Jahre alt, aber er hatte eine niedrige Stirn mit fettigen Lockenbüscheln; er sah aus wie ein Affe.

»Für mich ist es wichtig, internationale Beziehungen aufzubauen.« Mit einem Mal triefte er vor Diplomatie. »Sie sagten, Sie heißen Cohen?«

Ich nickte.

»Als Jude werden Sie mich verstehen. Ich heiße Saroyan. Ich bin Armenier. Ich hasse die Sowjetunion, die mein Volk vernichtet hat.«

»Ich dachte, das waren die Türken.«

»Ustinov war KGB. Jemand killt ihn aus Rache.« Er starrte mich an. »Was kann ich für Sie tun?«

Er nahm an, daß die Cops in Amerika wie jeder Cop, den er zu Hause kennengelernt hatte, korrupt oder bestechlich waren. Ich ließ ihn in dem Glauben.

»Was haben Sie zu bieten?«

Er schwieg.

»Ich sag Ihnen was. Vertrauen Sie mir, von Armenier zu Jude. Zeigen Sie mir, wo Sie die Ware bunkern.«

Er war nervös, wie einer, der sehr hoch gepokert hat.

»Sie wollen doch nicht, daß Ihr Visum abläuft, bevor mein Freund Hillel mit Ihrem Diamanten fertig ist.«

»Kennen Sie das Helmsley Palace Hotel?«

Eine halbe Stunde später kam Tomas Saroyan aus dem Hotel getrabt. »Sie geben mir Ihr Wort?« sagte er. »Sie geben mir Ihr Wort, daß es unter uns bleibt, wenn ich Ihnen das Zeug zeige?«

»Natürlich gebe ich Ihnen mein Wort. Sie haben Zeitsew angerufen, oder? Hat Zeitsew Ihnen nicht gesagt, daß ich sein Freund bin?«

Saroyan stieg in den Kombi, den er mit einer gewissen Verachtung musterte.

Wir fuhren schweigend. Saroyan griff in die Tasche seines Versace-Blazers und nahm ein Notizbuch von Gucci und einen Kugelschreiber von Mont Blanc heraus. Er ließ den Kuli klicken. Klick klick klick. Klick klick klick.

»Wären Sie so nett? Ja?«

»Parkway Ring«, sagte Saroyan.

»Ich weiß, wie man nach Brooklyn kommt.«

Ich verfuhr mich. In dem Gewirr von Straßen und Umgehungen zwischen Brighton Beach und dem Flughafen landete ich in einem Naturschutzgebiet in der Nähe von Jamaica Bay. Eine Art Krähe oder Rabe stieß vor dem Wagen herunter, und ich überfuhr den Vogel beinahe. Saroyan lächelte süffisant und dirigierte mich zu einer Werkstatt an einer belebten Straße. Ein paar Männer saßen davor und beschäftigten sich mit einem Eimer Kentucky Fried. Einer winkte Saroyan zu. Wir fuhren nach hinten zu einem zweiten Schuppen. Ein halbtoter Köter fungierte als Wachhund.

Ich gab dem Hund ein Stück Schokoriegel, das ich in der Tasche fand; er sah mich dankbar an. »Ich hoffe, das läuft. Ich bin nicht hergekommen, um mir irgendwelche runtergekommenen Klitschen anzugucken.«

»Keine Sorge«, sagte Saroyan. Er war nervös. Er wollte mir

seine Ware als Tauschgeschäft zeigen, damit ich mich nicht zu sehr für seine anderen Betrügereien interessierte, und ich wollte ihn mir kaufen, falls er etwas über den Handel mit den Proben wußte. Aber vielleicht dachte er, daß ich für ein paar Rolex zu bekommen war.

Saroyan schloß die Tür auf. Er knipste das Licht an. Ich sah mich um: Verdammt noch mal, das war wirklich Aladins Wunderhöhle. Saroyan kaufte auf Bestellung ein, und er kaufte gut ein. Er lieferte Designerlabels, Gold, Diamanten, Rolex, Cartier, Patek.

Der Raum war fensterlos; eine potente Klimaanlage summte. An den Wänden waren Kisten säuberlich aufgestapelt, Gegenstände in gesteppte Umzugsdecken eingepackt. Ein großer Tresor von Chubb stand an einer Seite.

»Zeigen Sie mal«, sagte ich. Saroyan schaute über seine Schulter und fing an, die Decken wegzuziehen.

Unter den Decken verbargen sich drei Steinway-Flügel aus poliertem Ebenholz. Perserteppiche waren ordentlich zusammengerollt. Dutzende hochwertiger Stereoanlagen und Fernsehgeräte, Aiwa, Sony, Mitsubishi, stapelweise Macintosh Power Books, Computer und Programme von IBM, Gameboys und Nintendos. Regale mit Porzellan, Glas, Silber, Spielwaren, Dutzenden von CD-Spielern und CDs. An der Wand stand ein ganzer Container mit Fahrrädern von Specialized. Er zog noch mehr Decken ab und zeigte mir Gestelle mit Pelzmänteln in Plastiküberzügen, Kleider waren da, Anzüge. Armani, Chanel, Versace. Und Taschen von Gucci und Vuitton. In einem Regal lagen Stapel von kleineren Artikeln: Calvin-T-Shirts, Hanes-Strumpfhosen. Er öffnete den Tresor; ich ging hinter ihm hinein, und er zeigte mir Kästchen mit Goldschmuck, antike Porzellanfiguren, ungefaßte Edelsteine, Rubine, Smaragde, Diamanten.

»Autos?«

»Woanders. Wollen Sie welche sehen?«

»Ich glaube Ihnen. Alles auf Bestellung?«

»Sicher. Wir sind sozusagen der russische Einkaufskanal. Wir haben eine Menge solcher Lager. L. A., New Orleans, Bestellung in Moskau oder Petersburg, Mercedes, schwarz, rot, silbern, neu, Oldtimer, Rolls Royce, Lexus, kaufen in New York, verschicken über Wladiwostok, Odessa, das Baltikum. Es kommt so gut wie neu an. Es ist neu, voll beladen, Sonderausstattung, wenn man will. Antiquitäten genauso. Ich habe einen Kunden, der schenkt seinem Jungen zum Geburtstag einen MG von 1947.«

»Sie haben das Zeug die ganze Zeit hier?«

»Wir schlagen es schnell um«, sagte er.

»Die Bullen sind nicht dumm.«

»Nein«, sagte Saroyan. »Aber Cops kaufen auch gern ein.«

»Das war sehr informativ«, sagte ich.

»Möchten Sie ein bißchen einkaufen?« Er war eine schmierige Ratte; ich stellte ihn mir in einer gestreiften Unterhose mit einer Nelke im Knopfloch vor.

»Vielleicht später mal.« Ich sah mich um. »Was ist das?« Ich zeigte auf eine kleine Kiste an der Tür.

»Ersatzteile. Wollen Sie sie sehen?« Er schob sie zu mir hin.

Ich sagte nein. Ich hatte den Namen schon erkannt. Manchmal liegt die Antwort in einem unauffälligen kleinen Karton. Und ich überlegte mir, wieso Saroyan Ersatzteile für seine Luxuswagen von einer Klitsche wie Cosmos Autoteile bezog.

Saroyan war wirklich wütend, als ich ihn an der U-Bahn absetzte und er auf der Treppe direkt in einen Klumpen Kaugummi trat, der an seinen topmodischen Schuhen klebenblieb. Dann rief ich Hillel Abramsky an und berichtete ihm von Saroyan; Hillel sagte, daß es ihm gar nicht paßte, Saroyan den Diamanten schon in den nächsten Wochen zurückzugeben, wo doch Neujahr vor der Tür stand und auch das Baby kam. Dann fuhr ich nach Brighton Beach.

Cosmos Autoteile fungierte nur als Aushängeschild. Die Firma gehörte Johnny Farone, einem dünnen verbindlichen

Italiener; er trug eine Brille mit Halbgläsern, ein kurzärmeliges Nylonhemd und eine Clubkrawatte; die Tür immer offenhalten war sein Motto, sagte er.

Der Laden war klein und verstaubt. Im Licht wurden die Spinnweben an den Fenstern sichtbar. Es hatte sich endlich abgekühlt, die Sonne schien, das Meer war blau und seidig; der ganze Tag war von ergreifender Schönheit, jeden Tag von neuem.

Überall lagerten Autoteile in Schachteln. Farone verkaufte auch Klimaanlagen und altmodische Ventilatoren, die auf der Fensterbank zusammen mit Auftragsbüchern und Quittungen und Pappschachteln verstaubten. Es gab Drahtbürsten, Ventile, Kurbeln, Pumpen. Unter einem frommen Kalender und einem Kruzifix aus Plastik lehnte ein Reifen an der Wand. Ein Junge von der Sechs-Zwei hatte Farone für mich überprüft; er sagte, daß der okay war. Er war einer der wenigen Nichtrussen in Brighton Beach und war auf die Polizeiwache angewiesen: Sie war wichtig für sein Wohlergehen und manchmal auch nur, damit er sich ein bißchen unterhalten konnte.

Farone bot mir Espresso an, und wir saßen herum und quatschten. Irgendwann fragte ich ihn, wie die Geschäfte gingen.

Er zuckte mit den Achseln. Die Geschäfte gingen gut. Er konnte im Moment eine Menge exportieren, Ersatzteile, Klimaanlagen, alles mögliche. »Vielleicht interessiert Sie das?« Johnny Farone gehörte zu den Leuten, die einem gern einen Gefallen tun, damit sie gut dastehen. Er langte in seinen Schreibtisch und zog einen Aktendeckel heraus, aus dem er eine schmierige Fotokopie nahm. Es war ein offizieller Brief in russischer Sprache. Er ging zur Toilette, und ich hörte ihn pissen, während ich mir die Kopie ansah. Er kam zurück.

»Können Sie es lesen?« Wahrscheinlich nahm er an, daß jeder hier in der Gegend einigermaßen russisch lesen konnte.

Ich nickte und lehnte mich beim Lesen an den Türpfosten.

Über mir rumpelte die Hochbahn; das Kruzifix aus beigem Plastik erzitterte. Das Papier war glitschig und zerknittert. Farone faltete ruhig die Hände auf dem Schreibtisch. Es war eine Quittung über Red Mercury.

»Was das für ein Zeug ist? Wer weiß? Ich habe Kunden, die wollen etwas, und ich finde es für sie. Ich habe Leute, die wollen etwas verkaufen, und ich finde Kunden für sie. Verstehen Sie? Der Kerl kommt rein, krank, Mann. Richtig krank. Ich denke bei mir: Der ist sicher krank, oder? Aids. Hat Aids. Das Haar fällt ihm aus. Die Zähne auch. Offene Stellen am Mund. Kann kaum sitzenbleiben, rennt dauernd aufs Klo. Offene Wunden. Er will mir dies Zeug verkaufen. Wollen Sie das Video sehen?«

»Sie haben das aufgenommen?«

»Klar, immer. Gut bei Überfällen. Mein Junge hat's installiert, warum nicht. Hier bei mir kann man Schecks einlösen. Wenn einer die Versicherungskarte gefälscht hat, hilft mir das Video.«

Er legte die Kassette ein; es war Lew.

»Haben Sie das Zeug gekauft?«

»Klar, ja. Ich hab's gekauft.« Farone lachte. »Klar. Klar. Klar. Ich hab Geschäfte mit ein paar Russkis gemacht, die das Zeug kaufen wollten. Ich bin Makler, verstehen Sie. Ich mache Geschäfte mit den Leuten. Ich bin der Vermittler. Ich weiß nicht mal, was das ist. Ich frage rum. Ich höre irgendwo, daß Saddam Hussein was gekauft hat, eine Million Dollar für ein paar Pfund. Ich frage weiter rum. Ich höre, daß da ein paar Jungs im Mittleren Westen sind, die was mit Polymeren und Schmiermitteln und Raumfahrttechnologie zu tun haben, und die wollen das unbedingt. Sie wollen eine Probe. Ich hab ja vorher noch nie was davon gehört. Der Kerl bietet mir diesen Red Mercury auf gut Glück an, ich frage rum. Ich denke, warum nicht?«

»Haben Sie das Zeug schon mal gesehen?«

»Ne. Gehört nicht zu meinem Job.«

»Ich habe gehört, daß Sie eine Probe haben«, sagte ich. »Soll ich mir einen Durchsuchungsbefehl beschaffen?«

»Sind Sie ein Cop?«

Ich nickte.

»Hey, ich bin kooperativ, jeder weiß, daß Johnny Farone mit der Polizei hier gut steht.«

»Wo ist die Probe?«

»Es gibt keine Probe, ehrlich«, sagte er und bekreuzigte sich. »Wenn Sie hier alles durchsuchen wollen, tun Sie es nur, bitte, nur zu.«

Ich las den schmierigen Zettel immer wieder. Red Mercury.

»Geben Sie mir das Video«, sagte ich.

Er sagte »klar« und steckte es in einen braunen Umschlag und gab es mir. Aus dem Chaos auf dem Schreibtisch zog er ein weiteres Papier.

»Sehen Sie, Mann, wofür ich die Probe will? Hier, da können Sie es genau sehen. Hier.« Er gab mir das Papier; es war in gutem Zustand und auf Englisch. Es war eine Bestellung einer Gesellschaft in Los Angeles.

»Was will ich mit Proben, wo wir das Geschäft schon am selben Tag machen, an dem ich die Bestellung kriege, eine für achtzig Pfund von dem Zeug«, sagte Farone. Sogar Gauner sagen manchmal die Wahrheit, und Johnny Farone erzählte mir wenigstens, was er wußte.

Ein paar Minuten, nachdem ich gegangen war, gab es eine Explosion auf dem unbebauten Gelände ein paar Meter von Farones Laden entfernt; seine Fenster wurden auf die Straße geschleudert, und eine Wohnung im obersten Stock brannte aus; aber niemand war zu Hause. In derselben Nacht brannte in Brighton Beach auf der Höhe von Coney Island ein Dach ab; eine siebenköpfige Familie kam ums Leben. Die Cops führten das Feuer auf ein defektes Heizgerät zurück. Der einzige Reporter, der den unauffälligen kleinen Dekontaminationstrupp mitten in der Nacht bemerkte, arbeitete für eine russischsprachige Zeitung, und wen zum Teufel interessierte das? Ich habe nie herausgefunden, ob es irgendwas zu bedeuten hatte. Aber wie Lily Hanes festgestellt hatte, passieren Dinge manchmal einfach. Sie hatte recht. Mehr als zwei Wochen waren vergangen, seit Gennadij gestorben war, und ich wußte immer noch nicht, warum.

10

Nachdem ich Farone verlassen hatte, ging ich am Wochenende, allein in meiner Wohnung, nacheinander all meine Kontakte durch, meine Notizen, meine Dossiers. Das jüdische Neujahr begann Anfang der Woche, und die Stadt machte dicht. Ich verfolgte meine Schritte zurück. Ich durchquerte die Stadt, fuhr wieder nach Brooklyn. Kein Tolja. Kein gar nichts. Roy Pettus, der beschissen gelaunt war und meinen Anruf erst gar nicht annehmen wollte, sagte, daß er auch nichts Neues hatte, aber ich war nicht sicher, wieviel er mir erzählte. Ich versuchte es bei Maxine, aber ihr Mann sagte, sie sei mit den Kindern zu ihrer Mutter gefahren, und mir war klar, daß er log. Seit dem Jahr vor unserer Abreise aus Moskau hatte ich mich nicht mehr so elend gefühlt. In meiner Magengrube klumpte sich etwas, das ich einfach nicht verdauen konnte.

Ich drehte mich im Kreis und landete immer wieder in Brighton Beach. Ich wurde immer weiter hineingezogen. Suchte ich die Ratte oder Tolja oder wen oder was? Ich wußte es nicht.

Erst ging ich in die Bars, dann in die Cafés und Clubs. Im Batumi erkannte ich in der Menge neue Gesichter, und einer der Kellner sprach mich mit Namen an. Jemand spendierte mir einen Drink; ein Mädchen forderte mich zum Tanzen auf. Sie sprachen mich auf Russisch an, als würde ich jetzt zu ihnen gehören, ich war einer der ihren geworden.

Im Rasputin, einem schicken neuen Café an der Uferpromenade, aßen Frauen im Nerz französisches Essen. Zufällig traf ich da Elem Zeitsew, oder vielleicht traf er mich. Er machte mich mit ein paar Anwälten von der Wall Street bekannt, die er eingeladen hatte, und dann nahm er mich mit in ein Hinterzimmer. Er sagte nicht, daß er wußte, was ich in der letzten Zeit getrieben hatte; vielleicht wußte er es auch nicht.

Er trank seinen Martini pur mit einer Zitronenscheibe und fragte mich liebenswürdig, ob wir jetzt übers Geschäftliche reden könnten. »Haben Sie das, was mich interessiert? Worüber wir im Haus Ihres Onkels gesprochen haben? Kann ich jetzt auf Sie zählen?« fragte ich.

»Ja«, sagte er, »ich glaube, das haben wir«, und mir war völlig unklar, ob er bluffte oder ob er wirklich an Plutonium, an Red Mercury herankam. »Heißt das, daß Sie mitmachen, Artie – darf ich Sie Artie nennen? Heißt das, daß Sie bei uns einsteigen wollen?«

»Klar«, sagte ich und ließ mir mich ein paar Drinks spendieren und mich der blonden Marina, der Cousine seiner Frau, vorstellen. Marina war nett. Sie tanzte mit mir. Wir tranken zusammen. Sie erzählte mir, daß sie Billy Joel mochte, und sang mir etwas vor.

Später betrank ich mich mit Absolut. Mir ging der Arsch auf Grundeis. Jetzt war ich einer von denen. Als ich spät in der Nacht aus der Tür stolperte, rief Zeitsew mir nach: »Ein gutes Neues Jahr, Artie Cohen.«

Wenn ich bei diesen Verbrechern »in« war, wie sollte ich dann wieder herauskommen? Wer würde mir helfen? Wem konnte ich trauen?

11

»Mir kannst du trauen.«

In Dan Guilfoyles Hinterhof in Sag Harbor war vom Lärm der Straße nichts mehr zu hören; Nebel lag über dem Motorboot, das an dem kleinen Steg am Rand seines Grundstücks lag. Er legte mir seine Pranke auf den Arm. »Tut mir leid, daß ich nicht erreichbar war, Art, mein Lieber. Die Fische haben so gut angebissen.«

Dan ging auf die Siebzig zu und war pensioniert, aber er war in Topform. Bei ihm und Dinah konnte ich mich entspannen, vielleicht mal wieder eine Nacht ruhig schlafen. Nach ein paar durchzechten Nächten in Brighton Beach blieb mir nur die Wahl, die Stadt zu verlassen oder durchzudrehen. Vielleicht konnte Danny mir helfen.

»Sonny Lippert hat angerufen und nach dir gefragt. Ich habe ihm erzählt, daß du mit dieser Brünetten aus Amagansett zusammengezogen bist.«

»Danke, Danny.«

Er war mein erster Chef gewesen, er war ein ausgezeichneter Polizist, kannte sich auf der Straße ebenso aus wie mit der Behörde, war unbestechlich. Wir saßen bei ihm im Hof. Dan goß mir Weißwein von einem Weingut in North Folk ein, an dem er beteiligt war.

»Ich habe an dich gedacht.« Er verlagerte sein Gewicht.

»Ja?«

»Naja, Ustinov wird umgelegt, und ich denke an dich. Willst du mit mir darüber sprechen? Erzähl mir aber nichts von dem politischen Kram. Mich interessiert der Mord, ja? Von Anfang an. Zum Beispiel, wie hast du von dem Mord an Ustinov erfahren?«

Ein oder zwei Stunden, vielleicht auch länger, saß ich in seinem Hof in Sag Harbor und erzählte ihm alles, das ganze

Chaos, von dem Abend an, als Gennadij im Fernsehen erschossen wurde, und was alles danach kam. Er hörte ruhig zu und trank langsam seinen Wein.

»Ich gehe nicht nach Moskau zurück, Danny. Das mach ich nicht, verstehst du. Auf keinen Fall.«

»Nur ruhig, mein Junge.« Dan stand auf und streckte sich. »Du sagst, es war Zufall, die Logik sagt, es war Mord, der Augenschein sagt nada. Nix. Ich muß sagen, diese Atomgeschichte überzeugt mich nicht.

Gehen wir noch mal zurück. Wenn der Mörder auf jemand anderes gezielt hat, dann auf wen? Wen? Wen außer Ustinov? Zalenko? Ich habe ihn im Fernsehen gesehen, ich glaube mit Rush. Der Kerl ist verrückt. Ich bin ein verrückter alter Knochen, aber der Kerl ist wirklich verrückt. Könnte es Zalenko sein? Die Stripperin? Am Ende haben sie sie umgelegt, vielleicht war sie auch bei der Talkshow gemeint? Aber warum in der Öffentlichkeit? Entschuldige, Artie, ich muß mal schiffen. Das Alter«, brummelte er.

Durch das Fenster des alten Hauses sah ich Dinah, Dans Frau. Mit über 60 Jahren sah sie noch immer blendend aus: kaffeebraune Haut, schwarzes Haar, das allmählich stahlgrau wurde. Sie war einmal Nachtclub-Sängerin gewesen. Sie kam aus dem Haus, stellte eine Platte mit gegrillten Garnelen auf den Tisch, sagte zu Dan: »Paß auf, daß der Junge mal ein bißchen Ruhe bekommt«, stieg in ihren silbernen Mercedes und fuhr weg, ihre Schwester in Nineveh Beach besuchen.

»Woher weißt du von dem Atomkram?« fragte Dan, als er wieder herauskam.

»Ich habe mich mit diesem Agenten angefreundet, Roy Pettus. Mal von ihm gehört?«

»Du hast eine Menge Freunde, Artie.« Er lächelte, fügte aber hinzu: »Mal so, mal so.«

»Du meinst, ich bin eine Hure.«

»Jetzt übertreib mal nicht.«

»Du hast es mir beigebracht, Dan. Du hast immer gesagt, in New York City ist es wichtig, wen man kennt.«

»Laß mich mit ein paar Kumpels von der Einreiseabteilung sprechen. Das System da ist inzwischen am Arsch, aber ich hab noch ein paar Connections. Ich muß noch mal drüber nachdenken«, sagte Dan. »Willst du dir die Beine vertreten, bevor wir reingehen?«

Wir gingen in die Stadt und die Main Street hinunter zum Jachthafen. Dan liebte diese Gegend, wo schon sein Vater zur Welt gekommen war. Sein Großvater auch. Als er nach seiner Arbeit beim Zoll und bei der Einreisekontrolle pensioniert wurde, zog er wieder hierher und übernahm das Haus. Wir kamen am Paradise Grill vorbei, wo Dan meistens mit ein paar Kumpels frühstückte, und mir fiel ein, wie sein ältester Sohn unsicher herumgestanden und nicht recht gewußt hatte, ob er sich diesen ledernen alten Männern, meist pensionierte Cops, anschließen durfte.

»Setz dich hin, Junge, genau da, wo dein Vater als Bräutigam saß, und vor ihm sein Vater«, hatte er einmal zu Danny Jr. gesagt; diese Zusammengehörigkeit machte mich eifersüchtig.

Es war Herbst, und die Nacht brach schneller herein, aber es war noch mild, und Nebel wehte herein und eilte über den gelben Mond, der sich dick und reglos wie feuchte Seide im Wasser spiegelte. In New York war ich zu Hause und war es immer gewesen. Ich kannte mich aus wie in einem Dorf. Hier draußen, auf der anderen Seite der Brücke, in Amerika, war ich nur ein Besucher. Dan gehörte dazu. Er sollte nicht merken, wie einsam ich mich plötzlich fühlte, also machte ich idiotische Konversation und kaufte ein Eishörnchen.

»Ich liebe es, wenn die Mädchen noch ohne Mantel unterwegs sind«, sagte ich dämlich.

Danny ließ sich nicht täuschen. »Mich brauchst du nicht zu becircen, Artie.«

Die großen Boote waren erleuchtet. Von einer großen

schnittigen Jacht am Ende des Hafens hörte man leise Musik und gedämpftes Gelächter und das Klingeln der Eiswürfel in den Gläsern. Kinder, die auf dem Pier Eis aßen, blieben stehen und bestaunten die Jacht. Eine Blondine im Sarong schaute vom Deck herunter und winkte; ihre Fingernägel glänzten golden in den Lichtern der Nacht.

Ich wäre gern auf das große Boot gestiegen und davongefahren.

»Wem gehört es?« fragte ich.

»Weiß ich nicht«, sagte Dan. »Gehen wir eine Runde schlafen.«

Dan ging bei sich zu Hause schlafen, und ich saß im Garten und las einen Roman von Tony Hillerman. Es war faszinierend – Indianer, Zähne von Toten, Wüste, Schamanen – nicht gerade vertrautes Terrain für einen dickärschigen Judenjungen aus der Stadt wie mich, außer vielleicht in der Art, wie die Clans miteinander verbunden waren. Vielleicht sollte ich mich einem Stamm anschließen. Die Navajos könnten mich nehmen. Sie hatten auch was gegen den Tod. Der mit dem Cohen tanzt, dachte ich. Der mit der Atombombe tanzt.

Ich aß von den Garnelen, trank den Wein aus und beobachtete den Mond, der sich durch die Bäume schleppte. In einem abgestorbenen Baum im Nachbarhof hockten Nachtvögel und zwitscherten. Grillen zirpten. Der Nebel zog sich bis zu meinen Füßen hoch. Ich fühlte, daß jemand mich vom Wasser her beobachtete, oder vielleicht nickte ich ein und träumte es nur. Eine Stunde später wachte ich auf und dachte immer noch an das große Boot im Jachthafen; es ging mir nicht aus dem Sinn.

Am Morgen schlief Dinah noch, und Dan und ich fuhren mit seiner babyblauen Corvette zum Schwimmen an die Küste. Es war Dan, der mich für Oldtimer begeistert hatte.

»Du bist zu alt für so einen Schrotthaufen«, sagte ich.

»Leck mich«, sagte Dan liebevoll, dann hielt er bei Candy Kitchen zum Frühstück an. Er begrüßte ein paar Freunde.

Farmer saßen an der Theke, rührten Sahnemilch in den Kaffee, aßen Spiegeleier. Der Sommer war vorbei, aber es waren immer noch Vertreter da, die über Geschäfte sprachen, und ein paar Weiberhelden aus dem Ort, die Pfannkuchen aßen und mit ihren Eroberungen angaben.

Ein paar Frauen mit harten Gesichtern und gut gebauten Körpern in Spandex-Radlerhosen kamen herein; ihre Kinder waren so seidig wie die Frauen hart; sie waren aus dem Stoff, den gutes amerikanisches Geld innerhalb einer Generation aus dem Genpool angeln konnte. Die kleinen Mädchen trugen Reithosen und nippten an ihrer Milch mit dem gleichen lebensmüden Elan wie Bette Davis, wenn sie Gin trank. Hinter der Theke servierten Mädchen mit frischen Gesichtern und runden Wangen das Frühstück und fragten sich, ob sie je von Long Island wegkommen würden. Klassen in Amerika, dachte ich. Supertitten allerdings.

Als ich mich umschaute, bemerkte ich den alten Mann hinten an einem Tisch. Mit der Rückseite seines Kaffeelöffels schnippte er Zuckertütchen über den Tisch, um einen kleinen Jungen zu unterhalten, der neben ihm saß. Sein Teint glich feinem braunem Leder, und er trug ein schwarzes Leinenhemd, weiße Shorts, Turnschuhe ohne Socken und eine goldene Uhr an einem abgeschabten Lederband. Sein Gesicht war dem Kind zugewandt; das sorgfältig frisierte Haar war weiß.

Der kleine Junge war hübsch und aufgeweckt, und er lächelte, als die Päckchen über den Tisch hüpften wie Flöhe. Der Mann schnitt sein Ei in Stückchen und versuchte, den kleinen Jungen damit zu füttern, dann aß er es selbst. Ich verrenkte mir fast den Hals, um noch mehr zu sehen. Ich weiß nicht, ob er mich wahrnahm; seine ganze Aufmerksamkeit galt dem Kind. »Iß, mein Schatz«, schien er zu dem Jungen zu sagen. »Sieh doch mal, wie lecker das ist«, fügte er mit unendlicher Geduld hinzu und aß das Ei dann selbst.

Mir wurde klar, warum die Jacht mich interessiert hatte; es war sein Boot. Sein Boot.

»Was ist los?« Das war Dan, der noch seine Eier aß, aber ich hatte die Rechnung schon genommen und war mit einem Zwanziger in der Hand halb aus unserer Ecke heraus.

»Gehen wir.«

So schnell wie möglich trat ich auf die Straße und wartete dort auf Dan, der mit einer Tüte Muffins für Dinah herauskam.

»Wer war das?« fragte Dan.

»Chaim Brodsky«, sagte ich.

Das interessierte Dan. »Du kennst Chaim Brodsky?«

12

Chaim Brodsky lebte zurückgezogen in einem Wäldchen von Schmetterlingsbäumen nahe beim Georgica Pond in East Hampton. Wie ein Teppich zog sich der Rasen von seinem Haus bis zu den Dünen.

Das Haupthaus mit seinen Veranden und Säulen war von Minard Lavafer im 19. Jahrhundert erbaut worden. Das Gartenhaus, in dem wir uns trafen, war neu. An einer Wand hing ein Matisse, ein riesiges überwältigendes Ding, das man von außen und innen betrachten konnte; am Tag glitzerten die Farben wild, in der Nacht wirkten sie gedämpft und geheimnisvoll. Überall hörte man das Meer gegen den Strand schlagen.

Früher oder später mußte ich einfach bei Brodsky landen. In dem Moment, als ich ihn beim Frühstück sah, war mir klar, daß ich zu ihm gehen mußte. Bei Danny wurde eine Nachricht abgegeben. Ob ich zum Schwimmen kommen wollte?

Hatte er mich bemerkt? War es Zufall? Es spielte keine Rolle. Er wußte, daß ich in der Gegend war, und seine Einladungen lehnte man nicht ab. Mir war nicht klar, warum ich zögerte, vielleicht, weil er Teil meiner Vergangenheit war.

Brodsky und ich sind gewissermaßen weitläufig verwandt. Die jüngere Schwester meiner Großmutter mütterlicherseits war mit ihrem ersten Mann nach Amerika gegangen und hatte dann später Brodsky geheiratet. Sie starb einige Jahre später kinderlos, und Brodsky heiratete wieder, aber wenn wir uns, selten genug, trafen, ließ er mich nie vergessen, daß wir zur selben Familie gehören.

»Geh mit mir schwimmen, Artijom«, sagte Brodsky, als ich ankam und wir uns geküßt und ich mich umgezogen hatte. »Geh mit mir schwimmen.« Er zog seinen Bademantel aus. Sein Monogramm war drauf gestickt: CB. CB waren Brodskys

Initialen. CBM war Brodskys Medienkonzern. Jetzt endlich fiel der Groschen: CB waren die Initialen in Ustinovs Kalender am Tag seines Todes.

Chaim Brodsky war fünfundsiebzig, aber er war ein langgliedriger kräftiger Mann, der in der Sommerhitze mit zwanghafter Regelmäßigkeit in eiskaltem Wasser schwamm. Den ganzen Nachmittag schwamm er seine Runden. Er deutete auf den Pool, und ich kletterte nach ihm hinein.

Er drückte einen Knopf an einer blauen Pool-Uhr von Fabergé, die die Runden zählte, und schwamm los. Die Zahlen auf der Uhr bestanden aus winzigen Juwelen in der Form von Goldfischen, das Ding war für eine Tochter des letzten Zaren gebaut worden – die es nie benutzt hatte –, als Schwimmen im Edwardianischen Petersburg groß in Mode war.

Chaim Brodsky schwamm schweigend. Ich schwamm neben ihm. Er warf mir einen Blick zu, und hinter der Schwimmbrille wirkten seine Augen genauso blaß und kalt wie die von Gennadij; in dieser Hinsicht sahen sie sich ähnlich. Nach ein paar Runden hielt er am flachen Ende des Pools an, stellte sich hin, und wir sprachen miteinander.

»Wie geht es deiner Tante?« sagte er, als hätten wir uns nach kurzer Trennung gerade bei einer Einladung zum Tee getroffen. Er meinte Birdie.

»Birdie geht es gut«, sagte ich.

»Und deine Mutter?«

»Sie lebt in ihrer eigenen Welt.«

»Ja, davon habe ich gehört. Das tut mir leid. Deine Mutter war eine schöne Frau.« Etwas in seiner Stimme irritierte mich; es hörte sich an, als ob er meine Mutter nackt gesehen hätte.

»In Moskau kannte ich damals jeden. Ich kannte natürlich auch alle Ausländer. Ich brachte Bücher hin. Filme. Erinnerst du dich?«

Ich erinnerte mich. »Ich war noch ein Kind.«

Die Sonne schien. Kein Laut war zu hören, nur das Rascheln der Schmetterlingsbäume und die leise Brandung jenseits des grünen Strandgrases und der blassen Dünen.

»Ich hasse es, das hier auch nur für einen Tag zu verlassen«, sagte Brodsky bekümmert.

»Verlassen?«

»Moskau. Nächste Woche muß ich nach Moskau.«

Er seufzte, und wir schwammen weiter. Seit Stalins Tod machte er Geschäfte mit den Russen. In Kasachstan war sein Vater damals, nach der Revolution, einer der wenigen erfolgreichen Juden gewesen, und als sie nach Amerika gingen, waren sie von Odessa erster Klasse gereist.

Brodsky wuchs als reicher Junge am Riverside Drive auf. Nach dem Studium in Harvard übernahm er die Firma seines Vaters. Er hatte Exklusivverträge überall in der Sowjetunion; er kannte jeden, der auf einer der beiden Seiten eine Rolle spielte: Breschnjew, Gromyko, Andropow, später Gorbi. Er kannte Harriman, und Armand Hammer war sein bester Freund. Ich erinnerte mich, daß ich Brodsky auf Fotos von Nixons Beerdigung gesehen hatte. Nach Nixons Abgang führte kein Weg mehr an Brodsky vorbei, wenngleich er sich zurückhielt; die meisten Angebote von Firmenbossen und Regierungschefs lehnte er ab.

Brodsky war der einzige Mensch in Amerika, der wirklich wußte, wie der Laden in Rußland lief: die Beziehungen zwischen der Nomenklatura und den neuen Politikern, den Moskauer Mafias und den ethnischen Clans, den Atomgangstern und den Kapitalisten, dem KGB und der CIA. Er wußte über die Schweizer Bankkonten Bescheid, über die Goldvorräte, das Öl. Ihm war das eigentümliche Netzwerk ausländischen Geldes in Moskau mit seiner heimlichen Macht und seinem intellektuellen Einfluß vertraut. Er kannte sich mit Weizen und Rindfleisch und Diamanten aus, und man munkelte, er besitze Datschen in Nikolina Gora bei Moskau und am Schwarzen Meer; als ich klein war, zirkulierten ständig Gerüchte über Chaim Arnoldowitsch Brodsky.

Eine Zeitlang wohnte er am Ufer der Moskwa mit Blick auf den Gorki Park; Birdie hatte mich einmal mitgenommen, damit ich ihm die Hand gab und seine Chagalls anschauen konnte. Brodsky war der bestaussehende Mann, den ich je gesehen hatte; sein dunkelblauer Kaschmirmantel war lässig über einen Stuhl geworfen, und ich – ich war etwa neun oder zehn – hatte mich daran geschmiegt: Nie zuvor hatte ich etwas so Weiches gefühlt. Ich malte mir aus, daß Brodsky und Birdie sich früher einmal geliebt hatten, vor einer Million Jahren ungefähr, aber das war vielleicht nur die Phantasie eines Jungen.

Brodsky war mit russischem Öl zu Geld gekommen; noch mehr verdiente er mit Bodenschätzen und später mit Elektronik und Satelliten. Ich weiß nicht, wieviel das alles wert war, aber sicher Milliarden. Dann verkaufte er alles und zog sich nach East Hampton zurück.

»Schwimm«, befahl Brodsky mir freundlich, als ich hinter ihm zurückblieb. Ich schwamm. In der Ferne hörte ich einen Rasenmäher, ein Kontrapunkt zu seiner weichen Stimme. Er sprach noch immer das volle, ein wenig aristokratische New Yorker Englisch seiner Kindheit; seine Stimme klang verbindlich und jung.

Gerüchten zufolge hatte Brodsky sich zurückgezogen, um seine Sammlung von Erstausgaben zu erweitern, um Nabokovs Briefe herauszugeben, weil sie Freunde gewesen waren, und um seine Memoiren zu schreiben. Vor allem wolle er leben, sagte er den Reportern. Er glaube an das Leben, sagte er, wenn er den jüdischen Toast ausbrachte: »*Le Chaim*«. Es war alles so überwältigend. Mir war klar, daß ich ihn nur deshalb nicht früher aufgesucht hatte, weil ich dann nicht mehr hätte weggehen wollen. Nach Brodskys Welt kam einem die reale Welt so schmuddelig vor.

Ich konnte kaum mithalten, wie er durch das Wasser glitt. Er drehte sich um und schwamm auf dem Rücken, wobei er den Kopf immer über Wasser hielt; die scharfen Augen sahen zum Himmel hinauf, waren aber so wachsam, als verfügte er über ein Blickfeld von 360°. Er hatte nicht ein Gramm Fett auf dem Leib. Ich atmete tief ein und ruderte kräftig. Dann zog er sich auf den Beckenrand hoch und setzte sich hin.

»Ich wollte, du würdest mich häufiger besuchen«, sagte er fast wehmütig. »Erzähl mir, wie es dir ergangen ist.«

Also fragte ich ihn so beiläufig wie möglich, ob er eine Substanz namens Red Mercury kenne. Nachdenklich bewegte er die Füße im Wasser.

»Red Mercury ist eines der letzten großen Geheimnisse der Sowjets. Nur wenige wissen davon. Es war eine Substanz aus Schwermetallen und – aber uns interessiert hier nicht die Wissenschaft, und ich fürchte, daß ich darin auch nicht sehr gut bin. Vor vielen Jahren, als die Bombenproduktion daniederlag, herrschte eine paranoide Angst vor dem Westen. Einige Wissenschaftler glaubten, daß Stalin sie belohnen und sie bei den Säuberungsaktionen verschonen würde, wenn sie etwas Außergewöhnliches erfänden, die armen Trottel. Und das taten sie. Sie erfanden eine Substanz, die so potent war, daß schon eine kleine Menge ungeheuren Schaden anrichten konnte. Ein paar Gramm konnten eine Atomexplosion hervorrufen. Das kritische Potential war völlig anders als bei den anderen Stoffen. Es gibt Hinweise bis ins Jahr 1950.

Es wurde nur ein paarmal getestet, im Polarkreis. Der Fallout war hochgiftig, die Mutationen entsetzlich – und sie wurden natürlich vertuscht. Stalin fragte die Wissenschaftler, ob sie, wenigstens theoretisch, eine weitere ebenso mächtige Substand herstellen könnten, so wie Iwan der Schreckliche seine Architekten nach dem Bau der St. Basilikuskirche fragte. Sie sagten ja, weil sie sich bei ihm einschmeicheln wollten. Er ließ sie als Staatsfeinde hinrichten.«

Ich sagte nichts.

»Mit Red Mercury gerät der Atomschmuggel außer Kontrolle. Ich kenne mich da ein wenig aus. Ich mache mir Sorgen. Wußtest du, daß viele radioaktive Isotope kaum eine Signatur haben, keine Fingerabdrücke? Die Russen führen ihre Bücher nicht ordentlich, deshalb weiß niemand, was fehlt.«

Er wollte schwimmen, und wir schwammen, und als er aufhörte, sprach er weiter, über Atommüll, Waffen, ausströmende Radioaktivität und geheime Städte in Rußland. Meine Sicht der Dinge erstreckte sich bis Brighton Beach; Brodsky sah die Dinge global.

»Die Russen werden nie aufgeben. Wenn Gefechtsköpfe verschrottet werden, wird noch mehr Plutonium freigesetzt, es ist flüchtig, instabil. Das stört sie nicht. Plutonium ist für sie ein Nationalheiligtum. Sie glauben, daß wir Gerüchte über Atomgangster in die Welt setzen, um die Russen als unberechenbare Dunkelmänner hinzustellen. Um sie zur Aufgabe ihres ganzen Programms zu zwingen.«

Brodsky lehnte sich an die Wand des Pools und schob die Schwimmbrille nach oben auf den Kopf. »Die Lage wird sich verschlimmern. Es wird Überfälle geben, Entführungen, unbeabsichtigte Explosionen. Die Bandbreite terroristischer Aktivitäten wird sich ändern.« Genau das hatte auch Roy Pettus gesagt.

»Was meinst du, Artijom, wer Gennadij Michailowitsch getötet hat? Ich meine, wer dahinter steckt?« fragte er plötzlich.

»Ich weiß es nicht.«

»Mir ist bewußt, daß es entsetzlich für dich war. Für mich auch. Wir waren gute alte Freunde. Ich hatte ihn sehr gern.« Dieser Mann war absolut integer, dachte ich; die Korruption, die ihm begegnet war, hatte ihn nicht beschmutzen können. Vielleicht hielt das viele Geld ihn sauber.

»Ich freue mich, daß wir uns wiedergesehen haben. Ich habe dich vermißt«, sagte er, und ich war geschmeichelt; ich war ihm nicht mehr als ein Dutzend Male im Leben begegnet.

»Ich hoffe, daß du morgen abend zum Essen kommst«, fügte er hinzu; es war ein Befehl.

Chaim Brodsky kletterte aus dem Pool; er ließ es zu, daß ich ihm half. Auf den blauen Kacheln der Terrasse sah ich ein Paar Füße, die aussahen wie fleischfarbene Fische. Brodsky winkte einem Diener, der einen Frotteebademantel für ihn bereithielt, dann deutete er auf den Körper, der zu den fischigen Füßen gehörte und sagte: »Artijom, ich möchte dich mit meinem Freund Phillip Frye bekanntmachen.«

Lily war auch auf der Party; sie war mit Phillip Frye gekommen.

Der Himmel über Brodskys Anwesen war von einer schokoladigen Üppigkeit, und die Sterne waren so verschwenderisch hingestreut wie oft in Herbstnächten auf Long Island. Ich nahm Dinah Guilfoyle mit, weil ich nicht allein hin wollte; ich ahnte wohl schon, daß Lily mit Frye kommen würde, und Dinah konnte noch immer einen spektakulären Auftritt hinlegen; sie trug ein altes Kleid aus Silberlamé von Fortuny, das über ihren Körper zu perlen schien.

Frye schüttelte mir die Hand, von Mann zu Mann. Er war ein großer gutaussehender Mann mit einem auffallend englischen Gesicht, das mich an diese Prediger wie Wilberforce in meinen Geschichtsbüchern erinnerte, immer im Kampf gegen die Sklaverei oder bei der Arbeit als Schafhirten. Frye sollte Brodskys Memoiren verlegen. Seine Sprechweise war gepflegt, und er erzählte gute Witze. Lily lachte darüber; sein Arm lag um ihre Schultern. Ich war eifersüchtig und fühlte mich einsam.

Brodskys Anwesen wurde von Laternen und Fackeln und Leuchtstäben erhellt, die nach Zitrone dufteten. Die Glühwürmchen über den Schmetterlingsbäumen schienen auf die Landeerlaubnis zu warten, und im Haus spielte ein berühmter Pianist Songs von Gershwin und russische Volkslieder.

Leute vom Film waren da, eine Gruppe russischer Tänzer, Schriftsteller. Es hätte mich nicht gewundert, Sonny Lippert zu sehen, aber vielleicht hatte er keine Einladung ergattert. Am anderen Ende des Rasens sah ich Teddy Flowers vor einer ungarischen Milliardärin kriechen, und ein berühmter Dichter saß allein da und aß Lachs. Ich bezwang meine Angst mit Wodka.

Mit Paulette, seiner attraktiven französischen Frau, wanderte Brodsky zufrieden zwischen seinen Gästen umher; Essen und Getränke wurden von schönen jungen Leuten in Schwarz serviert, deren Lächeln mühelos zu kommen schien.

Ich trank unentwegt. Dinah gab mir zum Abschied einen Kuß und sagte, sie habe ein Taxi bestellt, weil sie nach Hause zu Dan wollte. Ich trank weiter. Es gab wunderbare Sachen: Spitzenweine; aromatischen Wodka von einer privaten Brennerei, die Brodsky gehörte. Es gab Kaviar von seiner eigenen Fischfangflotte im Kaspischen Meer. Ustinov hätte dort sein sollen, die Party fand zu seinen Ehren, für sein Buch, statt. Aber er war tot.

Ich schlenderte zum Rasen hinüber, wo die Leute sich zwischen den alten Eichen und den Schmetterlingsbäumen auf die Dünen zu treiben ließen. Auf einem alten Korbstuhl saß Lily Hanes; sie war allein. Wie ich schon bemerkt hatte, hatte sie sich das Haar kurzschneiden lassen, so kurz wie bei einem Jungen, und sie sah großartig aus, aber sie war so ruhig. Ich hatte die laute rechthaberische Frau gemocht; ein Stück von ihr war nicht mehr da.

»Hi.«

»Hi«, sagte sie.

»Darf ich mich setzen?«

Zu meinem Erstaunen sagte sie »klar«, und ich setzte mich.

»Zigarette?«

»Ich habe irgendwie aufgehört«, sagte sie.

»Tolle Party«, sagte ich. Ziemlich banal. Ich begehrte sie so. Sie streckte die Beine aus, endlos lange golden gebräunte Beine.

»Es hat mich überrascht, Teddy Flowers hier zu sehen.«

Lily sagte: »Braucht dich nicht zu überraschen. Chaim Brodsky besitzt Teddy Flowers. Und Phil. Und mich vermutlich auch. Auf eine ganz reizende Art natürlich. Im Vergleich zu den meisten neuen Medienzaren ist er sehr angenehm. Er liest, und er hat wenigstens Geschmack. Sie sind alle hier.«

»Wer alle?«

»Seine Stars. Die Schriftsteller. Die Arschlecker. Jeder, der irgendwas mit Russen zu tun hat. Sogar ein paar Russen.«

»Hast du die Seiten von Ustinovs Buch bekommen?«

»Ich habe Phil gefragt. Er wollte sie mir nicht geben. Er hat gesagt, daß da nichts war«, sagte sie, aber sie schaute weg.

»Kannst du sie bekommen?«

»Du mußt Phil fragen.«

»Du hängst immer noch an ihm, was?«

»Hör mal.« Sie drehte sich zu mir, zuckte mit den Achseln. Für ein Mädchen hatte sie breite Schultern.

»Ich höre.«

»Ich will mit dieser Geschichte wirklich nichts zu tun haben. Wenn man da reinrutscht, schadet man sich nur.«

»Ist das der Grund, warum du mich nicht sehen willst?«

»Wir haben im Fitness-Center darüber gesprochen. Es war ein Fehler. Du bist zu schade für Ex und Hopp, Artie. Such dir eine nette Frau. Lebe dein Leben.«

Meine Eier schmerzten vor Begierde. Was konnte ich schon verlieren? Ich wußte, daß es mit uns aus war. Ich legte ihr die Hand auf den Arm. Er war warm von der Sonne. Sie stand auf, dann beugte sie sich über mich und küßte mich. Als würde man in Honig ersaufen.

»Ich muß jetzt gehen«, sagte sie. »Phillip sucht mich bestimmt schon.«

Später nahm Brodsky mich beiseite, und wir setzten uns in sein Arbeitszimmer, und er bat mich, für ihn zu arbeiten. »Was soll ich tun?« fragte ich.

»Dies und das«, sagte er. Wie er es schon vorher beschrieben hatte. Ihm bei seinen Plänen helfen, bei den Memoiren. Ich konnte die Sprachen. Ich gehörte zur Familie.

»Ich bin nur ein Cop.«

»Du bist viel besser als das«, sagte er milde. »Ich brauche deine Hilfe, Artijom.« Bitte einen Mann um Hilfe, wenn du ihn zur Zusammenarbeit bringen willst, hatte mein Vater immer gesagt. »Ich will natürlich wissen, wer Gennadij Michailowitsch getötet hat«, sagte Brodsky. »Er war mein Freund. Soll ich eine Belohnung aussetzen?«

»Sagst du mir, warum dein Name in Gennadijs Kalender stand?«

Brodsky lächelte traurig. »Ja natürlich. Wir wollten uns an dem Tag in der Stadt treffen. Wie ich dir schon sagte, waren wir enge Freunde.«

»Darf ich über den Vorschlag noch mal nachdenken?«

»Natürlich«, sagte er und legte mir kurz den Arm um die Schultern. Die Geste paßte nicht zu ihm.

»Mach's gut, Artijom. Und laß dich wieder mehr blicken. Ich habe deiner Großmutter einst versprochen, dich im Auge zu behalten.«

Ich streckte ihm die Hand hin. Seine Augen wurden hart, und ich fragte mich, ob er erwartete, daß ich ihm die Hand küßte; statt dessen küßte er mich dreimal auf die Wange, wie es die Russen tun.

»Chaim Arnoldowitsch?« Ich sprach russisch. Das gefiel ihm.

»Ja?«

»Hast du ein Boot in Sag Harbor?«

»Ja.«

»Wie heißt es?«

»Es heißt *Merkur*, wie der Gott mit den geflügelten Füßen.« Er lächelte, das wohlwollende Lächeln eines vornehmen alten Mannes. »Nach dem römischen Gott mit den geflügelten Füßen. Der Gott der Kaufleute und der Diebe.«

Ich blieb noch. Durch die Fenster des Gartenhauses sah ich eine Gruppe, die sich um Teddy Flowers geschart hatte. Sie sahen sich die Spätnachrichten an. Auf dem Bildschirm Afrika, Menschen, die in dem biblisch braunen Staub starben, Gruben voll Leichen, Hunger. Cholera. In Stücke gehackt. An der Wand leuchtete der Matisse.

Die anderen Gäste am Georgica Pond draußen aßen und tranken und lachten. Ich entschied mich für das Lachen, solange ich es noch konnte, oder vielleicht wollte ich Lily etwas beweisen, und ich verfolgte ein sehr junges Mädchen mit nassem schwarzen Haar bis in das Gehölz der Schmetterlingsbäume, wo ich mich eine Zeitlang mit ihr vergnügte.

13

Ricky Tae war tot.

Als ich ihn in meiner Wohnung fand, lag er mit dem Gesicht nach unten auf dem Boden, ein Bein unter dem Körper verdreht. Ich konnte keinen Puls fühlen. Wie ein kaputtgeschlagenes Tier lag er da, und ich wußte, daß sie es eigentlich auf mich abgesehen hatten. Ein paar Schubladen waren ausgeleert, ein paar Bücher auf den Boden geworfen; wer auch immer ihn ermordet hatte, hatte sich kaum Mühe gegeben, es wie einen Einbruch aussehen zu lassen – die halbherzige Geste war fast ein Hohn.

Ich war von der Insel zurückgekommen, während Dan am Telefon saß und sich bei seinen Kumpels in der Einreisebehörde umhörte, ob sie etwas über Lew wußten. Auf der Schnellstraße stauten sich heißgelaufene Wagen, und bis ich den Tunnel hinter mir hatte, war ich fix und fertig. Bevor ich nach Hause ging, trank ich auf der anderen Straßenseite einen Eiskaffee. Ich saß eine Stunde, vielleicht auch länger, in dem Coffee Shop, betrachtete müßig mein Haus. Während ich so da saß und den kaum genießbaren Kaffee trank, brachten sie ihn um.

Mir fiel wieder ein, daß Ricky seine Pläne nur angedeutet hatte. Jemand, mit dem er sich treffen wollte – ein Schwimmer?

Er hatte einen Schlüssel zu meiner Wohnung. Wahrscheinlich hatten sie ihn erwischt, als er die Post brachte oder sich CDs leihen wollte, wie er das immer tat. Sie überraschten ihn. Überfielen ihn, zerschlugen ihn, brachten ihn um. In meiner Wohnung. Ich rief in Hongkong an. Ich bekam Dawn an den Apparat, es war mitten in der Nacht. Ich überließ Dawn die schreckliche Aufgabe, es ihren Eltern beizubringen.

Während ich auf den Krankenwagen wartete, fand ich die

Plastiktüte. Sie stank nach ranzigem Fett. Eine blutige Lammkeule war drin; Blut und Fett waren zu kalten weißen Klumpen geronnen. In früheren Zeiten kamen viele Killer aus der Metzgerinnung, und sie ließen eine Hammelkeule als Visitenkarte zurück; es war eine Art Verarschung. Ich wußte, wer es getan hatte.

Der Krankenwagen kam. Sie brachten Ricky auf einer Trage hinaus. Ich fuhr in der Ambulanz mit ihm zum St. Vincent's. Ich saß im selben Wartezimmer wie in der Nacht, als Gennadij starb.

Ein Arzt sagte mir, daß er nicht tot war. »Ein Wunder.«

Er war nicht tot. Er lag in tiefem Koma – er vegetierte noch, es war schlimmer als der Tod –, aber er war nicht tot. Sie steckten ihm Unmengen von Schläuchen in Mund und Arme. Sie schlossen ihn an Maschinen an, die in seinem Körper das Leben imitierten. Für sein Gehirn konnte man nichts tun, solange er nicht wieder zu sich kam. Bis das geschah, vegetierte er dahin.

So etwas kommt immer wieder vor. Leute sterben nicht. Statt dessen enden sie im Land der Dämmerung, wo man sie nicht erreichen kann. In Israel vegetiert meine Mutter im Alzheimer dahin und weiß nicht mehr, wer sie ist; Gennadij Ustinov fiel ins Koma, bevor ich ihm erzählen konnte, was ich ihm erzählen mußte. Und jetzt noch Ricky.

Seit ein paar Jahren schrieb Tante Birdie mir, wer alles von ihren Freunden in Moskau einen Schlaganfall erlitten hatte. Diese alten Leute – Secondhand-Obst nannte Birdie sie – lagen jetzt in denselben Pflegeheimen und Krankenhäusern, in die man sie einmal als Dissidenten eingesperrt hatte. Das Land der Untoten. Ich verstand, warum manche Leute die Ära Stalin der Breschnjew-Zeit vorzogen; wenigstens gab es eine Art brutaler Gewißheit.

Ich muß immer über diese Cops in den Romanen lachen, die sich mit markigen Sprüchen über Mord und Moral, Leben und Tod, verbreiten, und dann gehen sie hin und verprügeln jemanden, und anschließend geht es ihnen besser. Alles für'n Arsch. Alles. Alles ist für'n Arsch, außer wirklich zu leben.

Erst Gennadij, jetzt Ricky. Sie konnten nicht sprechen; man konnte sie nicht beerdigen. Wo war die Ratte? Wo war Lew? Wo war er? Wo war Tolja?

Ich ging nach Hause und wartete darauf, daß Dawn mich anrief und mir sagte, wann sie ankamen. Ich schaute mich um und fragte mich, ob das Schwein seinen radioaktiven Müll mitgebracht hatte, ob meine Wohnung verstrahlt war, ob mich das umbringen würde. Ich rief Roy Pettus zu Hause an, und er sagte, ich solle sofort die Wohnung verlassen und wegbleiben, bis er sie untersuchen lassen konnte, aber ich mußte auf Dawns Anruf warten.

»Ich habe uns einen Flug für morgen früh gebucht.« Mit monotoner Stimme gab Dawn mir die Einzelheiten durch.

Ich nahm eine Dusche und setzte mich in ein Badelaken gewickelt auf den Toilettenrand und rauchte einen Joint und dachte an Ricky. Ich konnte nicht aufhören zu weinen. Kann sein, daß ich auch um mich selbst weinte.

Am nächsten Abend holte ich die Taes am Kennedy Airport ab. Elegant, jugendlich waren sie fortgegangen. Alt kamen sie nach New York zurück. Zwei winzige verschrumpelte Figürchen, wie zerbrochenes Blechspielzeug, das man nicht mehr aufziehen kann, so schlurften sie auf mich zu, verloren in der Menge der sonnengebräunten Urlauber. Sie schlichen durch die Ankunftshalle und in meine Obhut; verloren standen sie mit hängenden Armen herum, während Dawn das Gepäck holte. Hilflos stützten sie einander, denn an meiner Stelle lag ihr Sohn im Krankenhaus. Als ich sie sah, erkannte ich, daß ich das tun mußte, wovor ich mich am meisten fürchtete: Ich würde nach Moskau fahren müssen.

»Ich habe es immer wieder durchgekaut«, sagte Danny, als er mich anrief. »Ich glaube wirklich, daß es so war, wie es aussah. Die Mafia hat Ustinov umgelegt. Sie hatten Glück, weil dieser Killer, dieser Polacke, was anderes auf dem Programm hatte und niemand sich mehr richtig dafür interessierte.«

Was für ein Programm?

14

Es waren vielleicht hundert Bilder von ihr. Hundert Bilder, hinter der Kommode, unter einem losen Bodenbrett, aufgerollt und sorgfältig in Papprollen verstaut. Alle Bilder zeigten Lily Hanes.

Kopfbilder. Ganzkörperbilder. Manchmal ein und dasselbe Foto, so stark vergrößert, daß jede Pore sichtbar wurde und Lilys Gesicht eine verzerrte, abstoßende Parodie war. Manche hatten Sprechblasen. Es gab Fotos von ihr in sexy Unterwäsche, im Pelzmantel, vor dem Eiffelturm, auf dem Roten Platz. Bilder von Lily als *Playboy*-Ausklappfoto, sogar mit der *Playboy*-Typographie. Diese Collagen waren hervorragend gemacht, sorgfältig retuschiert, liebevoll koloriert und einzeln in Papprollen oder Plastikhüllen verwahrt. Das Werk eines Profis.

»Ist das eine Freundin von dir?« Zum erstenmal zeigte Genia Interesse an mir, und sie hielt meine Hand, als sie die Fotos hervorzog, die sie in dem Untermieter-Zimmer gefunden hatte: Sie hatte es nicht mehr vermietet, und erst, als sie etwas in Ordnung bringen wollte, hatte sie die versteckten Bilder entdeckt. Voller Angst hatte sie mich angerufen.

Ich sagte: »Der letzte Mieter war krank, oder?«

Sie nickte.

Ich zeigte ihr das Foto. »Ist das der, der dich zusammengeschlagen hat?«

»Ja.«

Lew hatte auf Lily Hanes gezielt, als er Ustinov erschoß. Von irgendwoher kannte er sie. Hatte sie gekannt. Er hatte Lily töten wollen, hatte sie aber verfehlt.

Durch ein Versehen war Gennadij Ustinov ums Leben gekommen; er war ebenso zufällig von einer Kugel getroffen worden wie die Leute, die in New York jede Nacht von Jugendlichen zufällig umgenietet werden. Lew hatte Tolja die Wahrheit gesagt.

Ich erreichte Roy Pettus. Seine Leute holten die Fotos ab. Ich schlief in dieser Nacht in Genias Vorderzimmer, weil der alte Mann nicht da war und sie Angst hatte. Vor dem Morgengrauen klopfte jemand an die Tür. Es war einer von Pettus' Männern.

Der Agent sagte: »Bitte kommen Sie mit.« Er war jung und wirkte verängstigt.

Auf der Straße holte ich mir eine Kanone aus meinem Auto, dann stieg der Agent, dessen Namen ich nie erfuhr, in einen wartenden Lieferwagen. Ich stieg ebenfalls ein.

Die Sonne ging eben auf, und die Straßen waren leer. Es war Jom Kippur, und alle waren zu Hause und schliefen oder beteten oder ließen es sich gutgehen. An diesem Bußtag war es in Brooklyn kühl, ruhig und wunderbar. Die Meeresluft roch sauber, salzig. In Sheepshead Bay parkte der junge Agent vor einem gepflegten Haus in einer Seitenstraße. Die Fischerboote mit ihren wehenden Fahnen waren gerade eben sichtbar.

»KATJAS HUNDEZUCHT« stand auf dem Schild vor dem Haus. Ich erkannte den Namen: Zeitsews Frau, die Hundezüchterin mit dem unschönen Gesicht. Der Rasen war grün und kurzgeschoren. Rosa Geranien wuchsen in einem Blumenkasten. Auf Holz gemalte Bilder von Hunden und Katzen schmückten die Eingangstür. Roy Pettus erwartete mich.

Ein leises Stimmengewirr war zu hören, das Meeresrauschen in der Ferne, die flatternden Fahnen der Fischerboote, sonst nichts. Um das Haus herum arbeiteten schweigend einige von Pettus' Leuten. Sie trugen Strahlenschutzanzüge. Schweigend reichte Roy mir eine Schutzmaske. Ich setzte sie auf. Wir gingen über den Rasen; er war feucht vom Tau. Ich fühlte meinen Herzschlag im Hals. Mein Mund war trocken.

»Sie sollen das sehen. Sie sollen sich das anschauen. Hinein können Sie nicht«, sagte Pettus und deutete auf eine Leiter, die an einem Fenster lehnte.

»Sie waren drin.«

»Das ist was anderes.«

»Ich gehe rein.«

»Zwei Minuten. Zwei Minuten, Detective, mehr nicht. Les, gib ihm einen Anzug und geh mit ihm rein«, rief er einem der Männer in Schutzkleidung zu.

Die Szene in dem kleinen Haus war der Hölle entsprungen.

Alles, woran ich noch denken konnte, war eine Wochenschau über die Wirkung von Atomstrahlen auf Schweine, die ich einmal gesehen hatte. Schweine. Rosa Schweine.

Sie fiel mir ein. Die Wochenschau fiel mir ein. Siebenhundert rosa Schweine waren in silbriges Zeug, so ähnlich wie Alufolie, gewickelt und in briefkastenartigen Koben angekettet worden. Die Schweine konnten sich in den Koben nicht bewegen; sie füllten die Koben ganz aus, und sie wurden angekettet, die Koben wurden geschlossen und im Sand ein paar Meter vom Explosionspunkt in Nevada sich selbst überlassen.

Nachdem die Bombe gezündet worden war und der Pilz aufgestiegen war, quiekten die Schweine noch immer. Offensichtlich waren sie bei lebendigem Leib gegrillt worden, aber sie quiekten; das war alles, was man hörte: die tödliche Stille in der Sekunde nach der Bombe und das schrille unaufhörliche verzweifelte Quieken von siebenhundert Schweinen.

In den Zwingern hörte man dasselbe unheimliche Geräusch von hilflosen Tieren, die um ihr Leben winselten. Die Hunde in den Käfigen waren tot oder fast tot. Fell hing an den Gitterstäben, wo sie versucht hatten, sich ins Freie zu drängen. Zähne lagen auf dem Boden und Knochen. Hier und da lagen die verkohlten Überreste kleiner Tiere. Irgendwo schrie eine Katze, dann rannte sie in mein Blickfeld; das Fell hing ihr von der Wirbelsäule herunter. Man sah die Knochen wie auf einem Röntgenbild.

Pettus mußte mich wegziehen. Wir standen auf dem Pflaster, und er zog seine Schutzmaske mit einem Ruck ab.

»Was war es?«

»Wir vermuten, daß es eine sehr kleine Bombe war. Etwas Kunstdünger, ein paar Chemikalien. Eine selbstgebaute Bombe. Sie ist nicht losgegangen.«

»Was hat sie umgebracht?«

»Ich weiß nicht. Irgendwas, das in die Bombe eingebaut war. Etwas, das sie zu einer primitiven Atomwaffe gemacht hätte. Etwas, das sogar ohne Explosion so giftig ist, daß es das hier bewirken konnte. Es könnte alles Mögliche sein, aber ich tippe auf Cäsium. Lösliche Salze vielleicht. Wasser dazu und umrühren.«

»Wieso ist sie nicht explodiert?«

»Pech. Verbaselt. Glück. Glück«, knurrte er und schaute das Haus an.

Die erste von der Frühschicht lag im Krankenhaus, sagte Pettus. Als sie ankam und die Tür öffnete, konnte sie nicht fassen, was sie da sah. Sie schnappte nach Luft; das machte sie kränker. Der Nachtwächter lag schon in seinem eigenen Erbrochenen.

Es war eine Botschaft von der Ratte. Von Lew. Leckt mich am Arsch, hieß sie. Leckt mich am Arsch, an die Mafia, die ihn abgehängt und im Stich gelassen hatte. An die Behörden. An mich.

»Alles raus«, hörte ich Pettus vom Rasen her rufen. Ich zog den Schutzanzug aus.

»Wenigstens ist Ihre Wohnung okay, Detective. Einer von den Männern hat sie gründlich untersucht. Der Geigerzähler hat nicht einmal ausgeschlagen.«

Einer von Pettus' Männern hatte ein Handy, und ich schnappte es mir und rief Zeitsew an. Er wußte auch nicht mehr.

»Er hat sich gemeldet. Wir haben ihn rausgeworfen. Ich habe zu ihm gesagt: ›Was sollen wir mit Proben von diesem

Scheiß? Wir sind anständige Geschäftsleute.‹ Haben Sie gesehen, was er mit dem Geschäft meiner Frau gemacht hat? Haben Sie das gesehen?« Kalte Wut lag in seiner Stimme. Er hängte ein. Ich fühlte eine Hand auf der Schulter.

»Und wenn die Bombe losgegangen wäre?«

Pettus sagte: »Sie hätte den ganzen Block verstrahlt. Vielleicht mehr. Die Trittbrettfahrer hätten ein Freudenfest gefeiert.«

»Er ist in der Nähe, oder?«

»Ja«, sagte Pettus. »Ich kann ihn riechen.«

Als wir Lew am Strand fanden, blutete er stark; er versuchte, sich unter die Uferpromenade zu schleppen, als würde sie ihm Schutz bieten. Er bemühte sich, auf die Füße zu kommen, dann fiel er vornüber. Wie ein Ritual vollzog er diese Handlung wieder und wieder. Er bekam Sand in den Mund und versuchte, ihn herauszuwischen; er war voll Blut.

Blut bedeckte seine Jacke, sein kariertes Hemd, seine Hose, seine Hände. Büschel dünnes blondes Haar standen von seinem totenkopfähnlichen Schädel ab, und seine Wangen waren eingefallen wie bei einem alten Mann; er hatte keine Zähne mehr im Mund.

»Wo ist der Dreck?« fragte ich auf russisch. »Wo ist er?«

»Ich habe ihn«, hörte ich eine Stimme hinter mir, und ich drehte mich um, und da stand Tolja Swerdloff mit zwei Koffern in der Hand, wie ein Gepäckträger. Blut war auf seinem Ledermantel, den die frische Brise vom Meer aufblähte.

Pettus sagte: »Um Gottes willen, stellen Sie sie hin. Ist das Swerdloff?« fragte er mich.

»Wo zum Teufel haben Sie gesteckt?«

Swerdloff zeigte auf Lew. »Ich mußte die Koffer beschaffen.«

»Ich kenne Ihr call sign. Red Mercury. Was soll das heißen, verdammt noch mal?«

»Ich nannte mich den Atom-DJ. Das war mein Scherz. Vor langer Zeit.«

»Ein Scherz?«

»Ja, ein Scherz. So lebten wir damals, von Scherzen. Sie haben es anscheinend vergessen.«

Die Hände hinter sich in Handschellen, so stolperte Lew blindlings herum, er stolperte im Müll herum, der sich unter der Uferpromenade angesammelt hatte.

Dieser Mann hatte Gennadij Ustinov umgebracht. Olga Gross. Den alten Mann in der Penn Station. Er hatte Lily und mir aufgelauert. Seinetwegen lag Ricky im Koma im St. Vincent's. Seine Spur war eine Meile breit. Und doch sah er jammervoll aus und unfähig zu so viel Gewalt, aber was hatte ich denn erwartet? Daß er »Top of the world« sang wie Cagney in *Sprung in den Tod*?

Statt dessen stolperte Lew auf mich zu. Er versuchte, mich mit dem Kopf zu rammen. Er fiel flach aufs Gesicht.

Roy Pettus ergriff mich am Arm.

»Lassen Sie mich«, sagte ich.

»Ich will ihn haben. Ich will, daß er mit mir spricht. Ich will die ganze Geschichte wissen. Fragen Sie ihn.«

Ich fragte ihn auf Russisch, aber er grunzte nur und versuchte wegzukriechen. In ihm erkannte ich Jungen, mit denen ich zur Schule gegangen war, russische Jungen mit strähnigen blonden Haaren und hohen Wangenknochen, die in stinkenden Gemeinschaftswohnungen lebten; wir verachteten sie, weil ihre Eltern Bauern waren. Ihre Großmütter besaßen Ikonen und rezitierten stumm die alte Liturgie: Schlag den Juden. Schlag den Juden.

Ich sah Lew an. Seine Leute waren Antisemiten und Säufer; sie waren treue Parteigenossen; sie waren Leonid Zalenkos ergebene Anhänger.

»Was ist mit Lily? Was ist mit Lily Hanes?« Ich fragte ihn auf Russisch, aber er grunzte nur – wie die Schweine in der Wochenschau.

Lew versuchte aufzustehen. Mach schon, dachte ich. Steh auf. Verfolg mich. Ich will dich umbringen. Ich will dich haben.

Ich holte die Pistole heraus.

»Du Schwein, du hast meinen Freund umgebracht«, schrie ich.

»Er hat versucht, Ricky zu ermorden«, sagte ich zu den anderen. »Verstehen Sie?«

Lew schüttelte den Kopf. »Nein. Nein.«

Tolja hielt die Koffer fest. »Wann wurde Ricky angegriffen?«

Ich sagte es ihm.

Tolja sagte: »Er sagt die Wahrheit«, aber ich wollte es nicht hören.

»Tun Sie das nicht, Detective«, sagte Pettus, und ich hörte, wie die Sirenen näher kamen.

Mit einem solchen Ausdruck von Haß, wie ich ihn zuvor bei keinem Menschen gesehen hatte, mit seinem Mund, der ein Wimmern hervorbrachte wie eine sterbende Katze oder wie die Schweine, die an ihre Koben gekettet waren, stürzte Lew sich auf Tolja und die Koffer. Er versuchte, dagegenzutreten, sie aufzutreten und uns allen den Hauch des Todes zu schicken.

Ich weiß wirklich nicht, ob ich ihn, das verwundete Tier, aus Mitleid erschoß oder aus Haß. Er fiel vornüber, kroch einen Augenblick durch den Sand, dann lag er still, während sich unter ihm alles rot färbte.

Tolja sagte: »Er hat die Wahrheit gesagt, jedenfalls was Ihren Freund betrifft.«

»Woher wissen Sie das?«

»Ich war mit ihm zusammen.«

Stimmte das? War das der Grund, warum Pettus' Leute in meiner Wohnung keine Spur von Radiokativität gefunden hatten? Wenn es stimmte, wer hatte Ricky dann zusammengeschlagen?

»Ist das auch ein Witz?« fragte ich.

»Kommen Sie mit nach Moskau«, sagte er. »Alles wird Ihnen wieder einfallen.«

TEIL DREI
Moskau

1

Am Flughafen Scheretmetjewo stand Tolja in seinem Ledermantel auf der anderen Seite der Absperrung und wartete auf mich. Er überragte die dichtgedrängte Menge vor ihm.

Während des Fluges hatte ich die meiste Zeit geschlafen. Als ich durch den Zoll ging, fühlte ich mich, wie wenn mir jemand eins über den Schädel gezogen hätte. Aus der Nähe und im grünlichen Licht der Ankunftshalle wirkte Tolja irgendwie älter, als ich ihn in Erinnerung hatte, älter als zehn Tage zuvor in Brighton Beach.

»Ich bin hier, um dich nach Hause zu bringen«, sagte er. Am liebsten wäre ich weggelaufen.

An jenem Morgen auf dem Land war es unnatürlich warm. Dreißig Meilen von Moskau knackte es in den Wäldern; das waren Russen, die Pilze sammelten, oder vielleicht war es meine Einbildung. Alles kam zurück mit diesen Geräuschen, dem steifen Rascheln der Blätter, dem begeisterten Geschrei über einen größeren Fund von Pilzen, den trauernden Stimmen der Alten, die die Tristesse der Jahreszeit beklagten. Bald würde ein Schluchzen hinzukommen. Ich wußte nicht, ob ich lachen oder weinen sollte.

Am Rande einer Schonung von schlanken blassen Birken stand an einer Flußbiegung eine Frau bis zu den Knien im Wasser; sie trug einen weißen Badeanzug; in Gedanken versunken rauchte sie eine Zigarette. Ihr dunkles Haar war sehr kurz geschnitten. Die Bäume filterten das Licht auf ihrer nackten gebräunten Haut zu einem Spitzenmuster. Einen Augenblick lang hörte ich nur die Geräusche aus den Wäldern und Radiomusik aus einem Café in der Nähe. Es war »American Pie«.

»Swet! Swet! Ich bin's, Tol!«

Tolja Swerdloffs Stimme dröhnte hinter mir; er rollte die Böschung hinunter wie ein Kind oder ein Hund. Das Mädchen im Fluß sah auf, lächelte, rannte auf ihn zu, warf sich in seine Arme und küßte ihn. Sie war ein großes, weiches Mädchen, aber er trug sie mühelos den Hügel hinauf und hielt sie mir entgegen, als wäre sie ein Geschenk. Er zog seine Jacke aus und legte sie um das Mädchen.

»Du bist verrückt, daß du zu dieser Jahreszeit schwimmen gehst.«

»Laß mich runter«, sagte sie auf Russisch und lachte.

»Entschuldige«, sagte er und stellte sie mit ihren bloßen Füßen auf einen Haufen Blätter. Bis über die Knöchel trug sie braune Socken aus Schlamm. Mir fiel wieder ein, wie der Sand am Strand in Nikolina Gora einen täuschte; er lag nur in einer dünnen Schicht auf dem Schlamm, so daß man braune Strümpfe bekam, wenn man darüberging. Ich hatte Sand in den Schuhen, als ich zusah, wie Lew in Brighton Beach starb. Als ich ihn umbrachte.

»Wie ich mich freue, daß du da bist.« Ihre Augen leuchteten vor Vergnügen.

»Ich habe sie erst gestern gesehen. Sie übertreibt«, sagte Tolja zu mir. »Das ist meine Cousine Swetlana Orlowa. Wir nennen sie manchmal Kitty.«

»Wegen *Anna Karenina*?« fragte ich dumm.

»Nein, wegen *Gunsmoke*.« Ihr Englisch war gut; offensichtlich dachte sie, ich sei Amerikaner.

»Als wir Kinder waren«, sagte Tolja, der ihre Hand hielt und damit spielte, »bekamen wir Western vom Schwarzmarkt. Die spielten wir hier auf dem Land nach. Ich war immer Jesse James. Swet war immer Miss Kitty.«

Während Tolja erzählte, fühlte ich die ganze Zeit, wie mein Herz raste. Er drehte sich zu mir um. »Und das ist mein Freund Artemij. Im Westen heißt er Artie.«

Swetlana sah mir direkt ins Gesicht. Sie streckte die Hand aus, und ich verliebte mich in sie.

2

»Nicht meine Wellenlänge, Schätzchen«, sagte Birdie, als sie mir die Tür öffnete und mir mit einem Taschentuch vor dem Gesicht herumwedelte. »Nicht wie dieser Arthur Hailey«, fügte sie mit einem melodramatischen kleinen Seufzer hinzu. »Oder dieser clevere Stephen King. So ein kluger Junge.«

Birdie Golden strich zweimal über die Seiten des Buches, dann stellte sie es an seinen Platz in dem verglasten Bücherschrank zurück, den sie vor mehr als sechzig Jahren nach Moskau mitbrachte. Ihre Romane waren ordentlich aufgereiht, und auf jedem einzelnen Vorsatzblatt stand ihr Name in der fließenden Schrägschrift, wie sie vor langer Zeit in den New Yorker Schulen unterrichtet wurde.

Tolja hatte mich bei meiner Tante abgesetzt; sie wohnte immer noch in derselben Wohnung in einem Moskauer Außenbezirk. Sie saß an ihrem Bridgetisch am Fenster, ein Bein unter sich wie ein Teenager. Sie erhob sich und küßte mich rasch, als hätte ich die Wohnung erst am Morgen verlassen und nicht ein Vierteljahrhundert zuvor.

»Birdie weiß ein gutes Buch zu schätzen«, sagte sie immer, und sie war dabei kein Snob, denn kaum jemand konnte besser erzählen als dieser Arthur Hailey, fand sie. Natürlich wußte sie, daß es Mist war, alles andere als Literatur, aber so gut erzählt.

»Gutes Seemannsgarn, stimmt's? Dir gefiel das Wort so gut, als ich dir Englisch beibrachte. Gutes Seemannsgarn, sagtest du, aber ist es auch spannend? Setz dich«, fügte sie hinzu. »Auf den bequemen Stuhl. Es ist doch nicht kalt hier? Es ist kalt? Stimmt das? Du bist groß geworden, Artijom.«

Sie ging in die Küche und machte sich mit einem Teekessel zu schaffen.

»Dein Englisch ist gut.« Sie war flink. »Ich habe es dir gut beigebracht. Stimmt's?«

Seit meinem fünften oder sechsten Lebensjahr hatte Birdie mir Englisch beigebracht, mit einem New Yorker Akzent. Sie ›ging mit mir in der Stadt spazieren‹, las mir aus *Meinen Straßen in New York* von Alfred Kazin und aus Gorkis *Journalen* vor. Später kamen Walt Whitman, Stephen Crane, Washington Irving hinzu. Wir verehrten Thomas Paine, und sie ließ mich Fenimore Cooper und Poe lesen, Henry James und Melville, Lincoln Steffens und O. Henry und Edith Wharton. Wir arbeiteten uns durch Dos Passos und Hart Crane, Clifford Odets und Irwin Shaw. Harlem besuchten wir mit James Baldwin und Long Island mit Fitzgerald. Welche Gegenleistungen diese Bücher Birdie kosteten, habe ich nie erfahren, aber dank ihr liebte ich New York, lange bevor ich es kennenlernte.

»Du ißt Kuchen.« Das war ein Befehl. Ich erkannte, daß sie noch nicht über Gennadij Ustinov sprechen konnte. Der Schmerz war noch zu groß; sie waren seit vielen Jahren befreundet gewesen. Wenn es zu viele Schwierigkeiten gab, hatte er ihr geholfen.

»Mit Vergnügen.«

Durch einen Vorhang sah ich die winzige Küche, sie war mit den Dingen vollgestopft, die ich ihr geschickt und die sie gehortet hatte: Keksdosen, Kaffeepäckchen, Stützstrümpfe, eine Salami, Schokolade, Aspirin, Käse, alles in einem kunterbunten Durcheinander in ein Regal gestopft. Während sie darauf wartete, daß das Wasser kochte, hielt sie eine Schachtel Luxusseife ans Licht, die ich im Duty Free Shop gekauft hatte. Sie schnupperte daran; sie untersuchte die Sage aus einer fast vergessenen Zeit; sie versuchte, die Bedeutung zu entziffern. Mit einem Tablett mit eingelegten Auberginen, Plätzchen, Brot, Butter und Tee kam sie aus der Küche.

Sie hatte sich nicht verändert, sah man von der eingefallenen Gestalt und der zerknitterten Haut ab, die wie ein Schonbezug um die Knochen hing. Sie war genauso rechthaberisch und klar wie eh und je. Ich stellte fest, daß sie mehr Koseworte benutzte als früher, aber vielleicht fühlte sie auch nur, daß das der einzige Reiz war, der einer alten Frau blieb. Birdie war nie sehr zärtlich gewesen, aber das Alter hatte sie ein wenig weicher gestimmt. Jetzt würzte sie ihre Sprache mit jiddischen Wendungen, als habe die Kindheit sie eingeholt.

»Setz dich. Dahin, auf den bequemen Stuhl am Fenster, Schätzchen«, sagte sie und deutete auf den Klappstuhl, der zu ihrem Bridgetisch, ihrem Erbe, gehörte. »Wir haben unsere Möbel mitgenommen. Wir wollten bleiben.«

Durch das sorgfältig mit Zeitungspapier ausgebesserte Fenster sah man die nackte Erde rund um Birdies Wohnblock. Wie verfaulte Zähne aus verrottetem Zahnfleisch ragten die Gebäude hoch. Genau unter ihrer Wohnung war ein staatlicher Laden, vor dem Rentner Schlange standen.

Birdie stellte sich neben mich und stützte sich schwer auf meinen Arm.

»Jeden Tag kommen sie. Jeden Tag stehen sie Schlange. Weißt du, was ich glaube? Sie warten aus Gewohnheit. Aus Gewohnheit. Und sie warten auf Reste, die sie billig bekommen. Weißt du was? Neulich bin ich zum erstenmal seit zwei Jahren in den Laden gegangen, und da gab es Sachen, die ich seit meiner Kindheit nicht mehr gesehen habe. Schweinebraten. Hähnchen mit Fleisch auf den Knochen. Die alten Frauen kommen her, um sich Sachen anzuschauen, die sie nie essen werden, bevor sie selbst von den Würmern gefressen werden. Eine alte Frau hat den Ladenbesitzer mit ihrer Handtasche gehauen. Weißt du, was passieren würde, wenn er das Zeug billiger verkaufen würde?«

»Sag's mir.«

»Willst du mich auf den Arm nehmen? Früher oder später würde er an einem Fleischerhaken in seinem Gefrierabteil hängen. Die Mafia kümmert sich um so was. Mafia. Schöne Mafia, stimmt's?«

Birdie setzte sich wieder auf ihren Stuhl und ich mich ihr gegenüber. »Darf ich rauchen?«

Sie wurde ärgerlich. »Nein«, sagte sie.

»Die Mafia! Was anderes hört man heute nicht mehr. Die muß für alles herhalten, hier, wo immer nur gejammert und geklagt wird, wo man immer nur auf andere zeigt, anderen die Schuld gibt. Keine Selbstbeherrschung. Kein Respekt«, schimpfte sie. »Birdie ist ganz schön angewidert, verstehst du? Die Mafia. Wenn einem sein Leben nicht paßt, sollte man es ändern und nicht der Mafia die Schuld geben.

Die richtige Mafia, ja, die habe ich gekannt«, sagte sie, und nun war sie wieder in ihrer Kindheit, als sie, ein kleines Mädchen in einem wunderschönen Haus in Flatbush, echte Gentlemen von der Mafia kennengelernt hatte, mit Alpaka-Mänteln und Homburgern. Sie hatten an den Hut getippt, wenn sie ihre Mutter grüßten, und sie hatten ihr Geschenke mitgebracht, Lollis, die wie Blumen und Tiere aussahen und den ganzen weiten Weg von Italien zurückgelegt hatten. Birdies Vater war ein Topanwalt gewesen, der Krethi und Plethi gekannt hatte, und so war sie Lucky Luciano und Bugsy Siegel begegnet, als diese ihre Besuche abgestattet hatten. Das war die richtige Mafia.

Birdie schwatzte, und ich lauschte und fragte mich, ob ihr überhaupt klar war, wie lange ich weggewesen war. Wenn sie sprach, hörte sich das an wie Tellerklappern; sie hatte sich mit einem Gebiß abfinden müssen, und es saß schlecht. Einst war Birdie so stolz auf ihre Zähne gewesen. »Weißt du, wie ich mir das Geld für die Reise nach Moskau verdient habe?« pflegte sie zu sagen. »Milch. Ich hatte herrliche Zähne. In New York City war ich Fotomodell für Milchreklame.«

Birdie saß da und trank Tee und erzählte. Die Zeiten waren schlecht«, sagte sie, aber wenn man sich keine neuen Schuhsohlen mehr leisten konnte, dann stellte man sich doch nicht auf die Straße und verkaufte sie, wenn man auch nur einen Funken Stolz übrig hatte. Man blieb eben zu Hause. Wenn man von einer Rente in Rubeln lebte, saß man zu Hause und sah sich die neuen Millionäre im Fernsehen an.

Sie, Birdie, hatte immer etwas beiseitegelegt, erzählte sie mir. Auch nach sechzig Jahren in Moskau war sie immer noch die Tochter von Abe Golden und nie völlig blank. Sie nahm ein Foto in einem bemalten Holzrahmen und hielt es in das trübe Licht. Ich sah Birdie Golden, zweiundzwanzig Jahre alt, in einem Sommerkleid und mit weißen Ledersandalen, wie sie auf dem Roten Platz stand. Birdie war mit zwei Kabinenkoffern von Vuitton angereist, um in der Revolution mitzukämpfen. Abe Goldens Tochter reiste Erster Klasse.

Birdie Golden würde wieder Erster Klasse reisen, sagte sie. Sie dachte oft in der dritten Person an sich, besonders wenn sie den nächsten Zug plante. Im Spiegel über dem verglasten Bücherschrank sah sie sich manchmal ganz unverhofft, und das irritierte sie, wie sie mir anvertraute. Jüngere Leute konnten nie verstehen, daß man sich nicht alt fühlte; man war immer noch derselbe Mensch, und als Birdie blieb man immer zweiundzwanzig, immer bereit, es mit der ganzen Welt aufzunehmen, häßlich, aber sexy. Der Spiegel zeigte nur eine alte Frau, dünnes Haar in einem unordentlichen Knoten, graue Augen mit grauem Star. »Schluß mit dem Selbstmitleid«, sagte sie mehr zu sich selbst.

»Hilf mir damit, bitte, Artie, mein Liebling.« Sie kniete neben dem Bücherschrank, in dem die Romane in Taschenbuchausgaben nach Birdies Vorliebe aufgestellt waren, die Arthur Haileys, die Ross McDonalds, die Robert B. Parkers – sie war verrückt nach diesem Detective Spenser mit seinen ganzen Kochrezepten und seiner hübschen Freundin –, und sie tastete an der Rückseite entlang, bis ihre Finger einen versteckten Riegel fanden. Sie drückte darauf, und ein Brett glitt zur Seite. Sie zog mehrere Notizbücher hervor, legte sie beiseite und nahm ein schmales Fotoalbum heraus. Birdie legte es auf die cremefarbene Lederplatte des berühmten Bridgetisches und klappte es auf.

»Darf ich rauchen?« fragte ich.

»Das hast du mich schon mal gefragt. Hältst du mich vielleicht für verkalkt? Nein, du darfst nicht. Es ist schlecht für dich. Für mich auch, stimmt's?«

Birdie blätterte in dem Album. Zwischen den Fotos lag Seidenpapier: meine Mutter als Zigeunerin verkleidet, mit einem strahlenden Lächeln; mein Vater, ein gutaussehender Mann Mitte Dreißig mit anderen gutaussehenden Männern, der eine mit einer verwegenen Baskenmütze, der andere mit einer Zigarre. Che Guevara, Fidel. Seine Freunde. Idole meiner Kindheit. Auf einem dritten Foto winkte er lachend in die Kamera; seinen Arm hatte er einem Genossen um die Schulter gelegt, der auch lachte; die beiden Jungen mit ihren feschen Badeanzügen standen am Ufer der Moskwa, so wie Tolja und ich am Morgen da gestanden hatten.

»Diplomatenstrand Nr. 3«, sagte sie. »Ich wußte, daß sie sich da mit ausländischen Mädchen trafen. Ich besorgte ihnen Kondome. Deine Großmutter war außer sich.«

Der andere Junge war Gennadij Ustinov.

Noch mehr Fotos: ich in Schuluniform, ich sah langweilig und belämmert aus. Ich in meinem Auto in New York; ein Foto, das ich ihr bald nach meiner Ankunft geschickt hatte. Meine Mutter bei ihrer Hochzeit in einem schicken Kostüm mit einem Hütchen; ein verwittertes offizielles Foto von Birdies Eltern, das sie Ende des vorigen Jahrhunderts in einem Fotoatelier in Leningrad hatten machen lassen, bevor sie nach Amerika aufgebrochen waren.

Da waren Fotos von jungen Komintern-Arbeitern auf Fahrrädern, bei Picknicks, auf dem Roten Platz, munter winkend, fröhlich lächelnd. Kecke Mädchen in Sommerkleidern lachten in die Kamera. Jungen posierten unbeschwert mit ihren Fahrrädern. Das waren Birdies Genossen.

»Alle tot«, sagte Birdie mit Nachdruck.

»Wie geht es Bela Nikolajowitsch?« Ich erkundigte mich nach dem letzten von Birdies Verehrern, einem vornehmen ungarischen Diplomaten, der in den 60ern für kurze Zeit zum Maoismus übergeschwenkt war, sich dann aber von allem zurückgezogen hatte, um in einem nach Katzen stinkenden Kloster außerhalb von Moskau Zenbuddhismus zu praktizieren.

»Tot. Alle tot. Seine beste Zeit war im Krieg, als seine Moral ihm vorschrieb, für den Geheimdienst zu arbeiten. Meine Augen haben einen Radius von 180 Grad, sagte Nicky immer. Aber er ist tot. Wie alle anderen. Oder gaga. Weißt du, was ich hasse, Artijom? Vertrottelte alte Leute. Dafür sind wir nicht hergekommen.«

Sie deutete auf das verklebte Fenster, auf die Abgeordneten im Fernsehen, die sich gegenseitig angeiferten. Auf der Tribüne torkelte ein Mann herum. »Ein Betrunkener. Lauter Betrunkene. Wir wollten Ordnung. Disziplin. Wir kamen, um zu bleiben.« Ich wußte, daß Birdie immer noch mit dem Herzen dabei war, eine wahre Gläubige.

Ich hörte die Geschichte nicht zum erstenmal, aber es war Birdies große Geschichte, und ich stellte mich darauf ein, sie noch einmal zu hören. Birdie wollte sich nicht zu den Verlieren zählen, obgleich der kleine Nebenschauplatz, auf dem sie agierte, zu den traurigsten in der Geschichte dieses verfluchten Landes gehörte. Birdie war eine von den Ausländern, die Ende der Zwanziger, Anfang der Dreißiger in die Sowjetunion kamen, weil sie sich in das große sozialistische Unterfangen verliebt hatten. Später waren da auch die Spione – die Philbys, die Blakes, die in Moskau endeten, aber das waren Professionelle gewesen, die ausgespielt hatten. »Wir kamen, um zu bleiben«, sagte sie immer.

Birdies Generation schloß sich der Revolution an und nahm ihre Bridgetische mit, ihre Singer-Nähmaschine, ihre Bücher. »Wir kamen, weil wir an die Sache glaubten«, sagte sie. Die Gleichheit der Menschen, die Würde der Arbeit, daran glaubten sie mit einem gewissen unschuldigen Eifer. Die meisten waren Intellektuelle aus der Stadt, die einen Traktor nicht von einem Panzer unterscheiden konnten; Birdie besuchte eine

Traktorfahrschule in Alexandrow, obwohl sie mit einer Tasche voll Dollars von ihrem Vater gekommen war, über Bremen. Eine Zeitlang nähte sie in einer von Rechtgläubigen aus dem Westen bevölkerten Kommune Arbeiterkleidung.

»In den frühen Dreißigern gab es keine Zyniker«, sagte Birdie und setzte zu ihrer Lieblingsgeschichte an, während ich noch mehr Kuchen aß und sie beifällig nickte. »Der einzige Zyniker war Stalin. Soll ich dir erzählen, wer wen umgebracht hat?«

»Du hast es mir schon erzählt«, sagte ich, und ich seufzte.

Birdie arbeitete als Tippse für die Komintern. Lenins Werkzeug für die Weltrevolution zog junge Leute wie Birdie an, die mit ihren guten amerikanischen Sandalen in einem Gebäude neben dem Bolschoi-Theater saßen und den Sturz des Kapitalismus vorbereiteten. Neu geworbene Mitglieder wie Birdie lasen ausländische Zeitungen, hörten den BBC Word Service. »Wir wußten, was los war.« Sie setzte die Brille ab, ihre Stimme war munter und klang unverkennbar nach New York City.

Für Birdie war Solidarität sexy, die klassenlose Gesellschaft voll Poesie. Freie Liebe lag in der Luft, und Musik. Es war eine sehr anziehende Kultur. Ich dachte an Lily Hanes und ihre Eltern, die Gläubigen.

»Ich kannte sie alle«, sagte Birdie und meinte die Führer ihrer Jugend. Welche Verbrechen sie auch begangen haben mochten, sie waren einmal gutaussehende Männer in aufregenden Zeiten gewesen. Birdie behauptete immer, sie sei auch mit Paul Robeson ausgegangen, was uns immer zum Lachen brachte. »Sie alle waren Dichter«, sagte sie.

»Der große Vorsitzende Mao war auch ein Dichter.«

»Eine Gosch wie deine Mutter.« Birdie zwinkerte mir zu, als hätte ich eine Art Prüfung bestanden.

Birdie hatte ihr Geld der Revolution gegeben und ihrem Mann Guram, einem sehr gut aussehenden georgischen Offizier der Roten Armee. Wegen Guram und wegen ihres Jungen und wegen der Sache hatte Birdie wie die anderen schon bald die sowjetische Staatsbürgerschaft angenommen. Als die Säuberungen begannen, waren diese hybriden Kreaturen Stalins krankhafter Fremdenfeindlichkeit doppelt ausgeliefert. Für ihre eigenen Botschaften waren sie jetzt Ausländer. Niemanden interessierte ihr Schicksal.

Im Jahr 1937 wurde Birdies Mann, durch Heirat der Onkel meiner Mutter, zum »Staatsfeind« abgestempelt. Er verbrachte achtzehn Jahre in den Arbeitslagern. Als Frau eines »Staatsfeindes« wurde Birdie 1939 ebenfalls verhaftet. Stefan, ihr Kind, wurde in ein Waisenhaus für »Kinder von Staatsfeinden« abgeschoben.

Aus Angst sprach Stefan kein Englisch mehr. Wer englisch sprach, mußte ein Spion sein. Mit neunzehn Jahren ertrank er. Mein Vater sprach von Selbstmord. Meine Mutter sprach von Mord. Guram starb daran.

»Er hatte ein gebrochenes Herz«, sagte Birdie, als handelte es sich um eine Krankheit wie Krebs. »Alle meine Bekannten verschwanden aus meinem Gesichtskreis. Sie sprachen kein Englisch mehr, weil es einen umbringen konnte. Sie vergaßen, wer sie waren. Sie flüsterten nur noch.«

Nicht so Birdie. Birdie blieb Birdie. Sie wurde aus dem Lager entlassen. Sie verkroch sich in einer Wohnung in Moskau. Der Krieg kam und ging. Stalin starb. Joe McCarthy starb. Birdie sah zwischen den beiden keinen Unterschied.

Birdies Rebellion bestand darin, daß sie den Kindern, die es lernen wollten, Englisch beibrachte; sie erfüllte uns mit echter Begeisterung für die Sprache, für Amerika, für New York. Wir waren reif dafür. Wir waren noch klein, als wir sahen, wie Erwachsene um John F. Kennedy, den schönen jungen toten Präsidenten, weinten. Amerika war das Land der Freien und der Mutigen und von Elvis. Das wußte jeder.

In dieser Wohnung, in der ich so viel Zeit verbracht hatte, fiel mir das jetzt alles wieder ein; ich konnte Birdies Geschichten wie eine Liturgie herbeten. Es war ein Stück von mir.

Birdie ergriff meine Hand. Ihre war trocken wie Schlangenhaut. »Woran ich heute noch glaube, fragst du dich, oder? Du meinst, ich bin eines dieser bemitleidenswerten Wesen, die erst den ganzen Scheiß glauben und dann nichts mehr? Erinnerst du dich an diese Frau, diese Doreen, die Engländerin mit der schönen Haut? Den Krieg verbrachte sie in einem Zimmer ohne Fenster und Spiegel. Sie verschlief ein paar Jahre. Birdie schläft nicht. Birdie braucht kein Mitleid.« Sie sprach mit sanfter Stimme. »Birdie weint nicht um Stalin und um Gorbatschow, der das Russisch der Bauern gesprochen hat oder um Jelzin oder um sich selbst. Stalin hat die sowjetischen Ideen ermordet. Wir haben uns nicht um das Warum gekümmert. Wir wollten handeln oder sterben. Jetzt sinniere ich. Birdie Golden wird noch als vernünftige Frau sterben. Willst du mehr hören? Gefallen dir meine Geschichten? Bald bin ich tot und meine Geschichten mit mir.«

»Gibt es Geschichten über Gennadij Michailowitsch? Du hast mir nie von Onkel Gennadij erzählt.«

»Du meinst, du willst wissen, ob er deinen Vater verraten hat.«

Birdie zeigte mir ein Foto von meinem Vater und Ustinov in ihren Armee-Uniformen.

»Arme Kerle, die zum Militär müssen, vor allem damals.« Ich dachte an meine eigene elende Zeit bei der israelischen Armee.

»Es gefiel ihnen, du Dummkopf«, schnauzte Birdie mich an. »Sie durften Soldaten spielen. Sie wollten Helden sein. Es waren die 50er, da galt das als patriotisch. Sie waren Offiziere, keine Rekruten. Es gefiel ihnen.«

Ich schnitt ein Gesicht.

»Wofür hältst du deinen Vater denn?« sagte Bridie.

Ich trank meinen Tee.

»Er war beim KGB. Er hat sich das ausgesucht. Er liebte das. Alle beide, verstehst du? Es lag ihnen im Blut. Du bist genau wie deine Mutter«, sagte Birdie. »Sie war so laut und so unrealistisch. Wußtest du, daß sie einmal eine gute Journalistin war? Aber sie schreckte vor dem zurück, was von einem verlangt wurde, sie konnte nicht höflich ablehnen und dabei so tun, als ob sie mitmachte. Sie hatte eine scharfe Zunge. Ich liebte sie dafür. Sie bescherte deinem Vater eine Menge Ärger, aber er liebte sie trotzdem. Wenigstens das.«

»Was?«

»Was? Hast du gedacht, er war ein Heiliger? Er war beim KGB. Gennadij auch. Sie hatten Dreck am Stecken«, sagte sie.

Ich fragte nicht nach, aber sie gab trotzdem nicht auf.

»Hat Gennadij deinen Vater verraten? Hat er berichtet, was deine Mutter sagte, ihre Witze, ihre Wut auf das System, ihre Versuche, die ausländischen Freunde zu informieren? Ich weiß nicht. Gennadij liebte sie natürlich.«

Wahrscheinlich hatte ich es immer gewußt.

»Er liebte sie vor deinem Vater, und Gennadij konnte die Frauen betören, erinnerst du dich? Mit seinem Charme konnte er alle einwickeln. Aber deine Mutter zog ihm deinen Vater vor.«

»Soso.«

»Sei doch nicht so kindisch. Er hätte deinen Vater nicht deshalb verraten. Wenn er es getan hat, dann deshalb, weil er an das System glaubte. Er sah sehr gut aus, wahrhaftig. Und an meinem Geburtstag hat er mich immer besucht, jedes Jahr.

Er hat dich geliebt, Artijom. Daß du ihn nicht sehen wolltest, hat ihn tief getroffen. Letzten Endes wußte er zuviel über all das.« Birdie machte eine Handbewegung – sie meinte Moskau, Rußland, das Leben. »Er wußte fast soviel wie Birdie.« Sie kam vom Thema ab. »Hast du dich in New York mit ihm getroffen?«

»Nein.«

»Hast du meine Karamelbonbons bekommen?«

»Ich habe alle aufgegessen.«

»Ich brauche deine Hilfe, Artijom.«

Noch nie in meinem Leben hatte ich Birdie jemanden um

Hilfe bitten hören. Das war sprichwörtlich. »Sollte Birdie jemals etwas brauchen, mußt du erraten, was es ist«, sagte meine Mutter einmal. »Sie würde nie fragen. Sie ist viel zu stolz.«

»Was brauchst du? Was kann ich für dich tun?«

»Bist du verheiratet, mein lieber Artijom?«

»Sei doch nicht so eine jüdische Mamme. Ich war verheiratet. Früher mal.«

»Früher mal? Mit achtzehn Jahren warst du mal ein paar Minuten verheiratet. Und was ist passiert? Du hast Mist gemacht, und sie hat dich verlassen. Vielleicht war der Hintern von dieser Eviva ein bißchen groß, aber für eine Israelin war sie nicht übel.« Sie starrte mich mit ihren vom Rheuma getrübten Augen an.

»Ich war schlecht.« Ich grinste. »Ich war sehr sehr jung.«

»Heirate, dann lebst du länger.«

»Sag mir, was du brauchst.«

»Sag mir, wer Gennadij Michailowitsch umgebracht hat.«

Ich berichtete ihr von Lew und der Mafia, und sie verzog das Gesicht.

»Doch nicht so einen Schwachsinn. Wer hat es geplant? Wer hat den Mörder geschickt?«

»Es war ein Versehen.«

»Sei nicht albern.« Auch sie konnte es nicht ertragen, daß sein Tod zufällig, bedeutungslos war.

»Ich bin jetzt müde.« Birdie schloß die Augen. »Aber du kannst rauchen, bevor du gehst.« Sie machte eine dramatische Pause. »So. Rat mal, wen ich gesehen habe?«

Auch sie war alt geworden. Sie wechselte das Thema, ohne es zu merken. Sie hielt meine Hände fest.

»Wen, mein Schatz?«

»Sag nicht ›mein Schatz‹ zu mir. Schau mich nicht so an. Ich will dir sagen, wen ich gesehen habe«, sagte sie spöttisch.

»Wen?«

»Chaim Brodsky«, sagte sie triumphierend. »Nach all diesen Jahren ruft Chaim plötzlich Birdie an. Wann war das? Vor ein paar Monaten. So. Er will zu Besuch kommen. Plaudern, sagt er. Über die alten Zeiten. Aber gewiß doch, so sicher, wie der Papst Jude ist. Ich spiele die Hochmütige: ›Entschuldiung, Chaim Arnoldowitsch, du bist ein berühmter Mann, also schulde ich dir Respekt, aber ich bin ein paar Jährchen älter, also wirst du zu Birdie kommen müssen. Ich gehe nicht mehr aus.‹ ›Ich schicke ein Auto‹, sagt Chaim. ›Du kommst ins Metropol und ißt mit mir zu Abend.‹ Ein Auto schickt er. Schönes Auto! Er sagt, es ist ein Mercedes Benz. Eher ein Leichenwagen, und dazu noch deutsch.«

»Darf ich dich etwas fragen, Tante Birdie?«

»Hab ich dir jemals etwas abgeschlagen? Hab ich dich jemals angelogen? Du hast mich alles gefragt. Ich hab dir alles gesagt. Was?«

»Hast du je mit Chaim Brodsky geschlafen?«

Sie schnitt eine Grimasse, dann brach sie in Lachen aus. »Na, ich hab dir beigebracht, wie man Fragen stellt, was? Einmal. Ein Wochenende.«

»Hast du ihn geliebt?«

Birdie fummelte an ihrem Fotoalbum herum und errötete.

»Was wollte er?«

»Meine Tagebücher.«

»Was für Tagebücher?«

»Tagebücher, Tagebücher. Ich habe Tagebücher. Birdie schrieb Tagebuch, dreißig oder auch vierzig Jahre. Woher weiß Chaim das? Klatsch. Gerüchte. Das Übliche. Jeder weiß, daß Birdie Sachen aufschreibt. Nur Chaim ist so schlau, daß er weiß, es ist etwas wert. Information. In diesem miesen Land ist das immer was wert. Chaim weiß das besser als jeder andere; er reist überall herum, kauft Zeug, Zeitungen, Fernsehen, diese Satelliten. Oh, er tritt nie unter seinem Namen auf; Mr. Chaim Brodsky ist pensioniert, ein Diplomat, dieser Rußland-Alleswisser. Aber ich weiß alles.« Sie nippte an ihrem Tee.

»Ich kenne Leute, ich schreibe Sachen auf. Ein paar Jahre lang konnte man nichts machen. Im Krieg. Bei den Säuberungen. Also bleibt Birdie zu Hause, hält den Mund und schreibt Sachen auf. Wer kümmert sich schon darum, was eine häßliche alte Frau tut, stimmt's?«

»Was für Sachen?«

»Willst du noch mehr Kuchen? Alles in Ordnung? Mach doch, iß das letzte kleine Stückchen noch auf.«

»Danke.« Ich aß das kleine Stückchen Kuchen.

Es war dunkel geworden, ohne daß ich es bemerkt hatte. Trübe gelbe Lichter flackerten in den Wohnblocks auf der anderen Seite des ungepflasterten Hofes auf. Ich zog für Birdie die selbstgenähten Vorhänge zu und knipste eine Lampe an. Im Lichtkegel sah ich, wie alt sie geworden war. Ich griff nach meiner Tasche.

»Ein Schnäpschen?«

»Warum nicht.«

Aus der Flasche, die ich aus dem Duty Free Shop mitgebracht hatte, goß ich etwas Scotch in die Teetassen.

»Was für Sachen? Alles Mögliche. Wen ich getroffen habe. Wen ich gesehen habe. Was ich wußte. Politik. Geld. Wer mit wem ins Bett geht. Andropows Socken. Wußtest du, daß er seidene Socken trug? Paul Robeson. Was für eine Stimme!«

»Hast du Brodsky die Notizbücher gegeben?«

»Denkst du, ich bin meschugge? Natürlich nicht. Ich würde Chaim Brodsky nicht einmal ein Pflaster geben, wenn er auf einer zwanzig Meter langen Rasierklinge in ein Becken voll Jod rutschen würde. Die Notizbücher sind für dich bestimmt. Du mußt mir versprechen, daß du dich darum kümmerst, wenn ich abtrete.« Sie lächelte wie eine alte Katze. »Wenn ich abtrete. Das ist bald, aber noch nicht jetzt.«

»Natürlich. Das verspreche ich. Tante Birdie?«

»Dieser Whisky ist sehr lecker, mein Junge. Was?«

»Hast du jemals von so was wie Red Mercury gehört?«

Birdie gickelte. »Oi, der Red Mercury. Plötzlich ist jeder

wild drauf. Das höre ich von Ausländern, von Leuten, die Bücher schreiben, die Filme machen. So viel wird davon geredet, so viel geschwatzt. Natürlich habe ich davon gehört. Es ist für Atomwaffen. Aber weißt du, was ich diesen Reportern erzählt habe?«

»Was?«

»Ich erzähle ihnen, daß ich Beziehungen habe. Ich kann was besorgen. Vielleicht. Sie haben mir sogar Geld angeboten.« Birdie schüttelte sich vor Lachen.

»Kannst du das?«

Aus der Wohnung nebenan waren wütende Laute zu hören. Ein Kind weinte. Eine Katze schrie. Birdie rieb sich müde die Stirn.

»Warum hast du die Notizbücher nicht an Chaim verkauft? Er stinkt vor Geld, Entschuldigung.«

»Es ist schon in Ordnung. Ich will Chaims Geld nicht. Meinst du, Chaim ist ein großer Mann? Okay. Aber er war mit schlechten Männern befreundet. Männern, die die Gewerkschaften kaputtgemacht haben. Die armen Leuten die Rente weggenommen haben. Die in Kambodscha Bomben auf unschuldige Kinder geworfen haben. In Vietnam. Er war mit Robert Maxwell und Margaret Thatcher befreundet, sogar mit Richard Nixon. Auch heute ist er mit schlechten Männern befreundet. Aber ich bin jetzt müde«, sagte sie, und ich sah, daß es sie deprimierte, über einen Mann zu sprechen, den sie einst geliebt und der ihre Lebensideale verraten hatte.

»Ich bin müde.«

»Soll ich dich mit zurück nach Amerika nehmen, Tante Birdie? Ich könnte es einrichten.«

»Was soll ich in Amerika?« sagte sie schroff. »Mein Platz ist hier. Ich bin nur müde.«

»Was brauchst du noch?«

»Ich brauche jetzt einfach Ruhe. Komm morgen wieder.«

»Kann ich jemanden mitbringen?«

»Ein Mädchen?«

»Ein Mädchen.«

»Hübsch?«

»Sehr.«

»Dann komm mit deinem Mädchen, Artijom. Komm am Mittwoch. Bis Mittwoch kann ich mir die Haare richten lassen.«

Als ich ihr einen Kuß gab, spürte ich ihre Knochen, dünn und spröde wie billige Eßstäbchen. Ich nahm meine Tasche.

»Wie schlecht sind diese Freunde von Brodsky?«

Sie sah mich an. »Schlecht genug, daß sie mich umbringen könnten.«

3

Von dem Moment an, als ich Birdie verließ, bis ich das Hotel erreichte, wo Tolja mir ein Zimmer günstig reserviert hatte, folgte mir jemand. Vielleicht Gespenster. Vielleicht ein Spuk. Ich saß benommen im Taxi, roch die Abgase der anderen Autos, von Moskau selbst, betrachtete den Hinterkopf des Fahrers. Er hatte langes Haar.

Hatte Birdie recht? War Chaim Brodsky ein schlechter Mensch? Hatte ich mich so geschmeichelt gefühlt, daß es meiner Aufmerksamkeit entgangen war? Er hatte mir nicht erzählt, daß er sie in Moskau getroffen hatte, na und?

Ich glaubte Birdie nicht. Sie war alt. Sie lebte in der Vergangenheit. Sie war zornig, weil ein Mann, den sie einst geliebt hatte, mit Richard Nixon befreundet war und weil ihre Welt untergegangen war.

Wer konnte ihr das übelnehmen?

Mir war dieses Moskau fremd; Birdie mußte sich bei lebendigem Leib begraben fühlen. Es gab Reklametafeln und Neonzeichen, Werbung für Cola und Mars, Versace, Chevrolet, *Playboy*, Sexclubs. Die Straßen waren umbenannt worden. Sie waren mit Autos verstopft. Ich sah Alfas, BMW, Jeeps, Buicks, Range Rovers. Ein Mercedes mit getönten Fenstern beschleunigte auf der falschen Spur, er benutzte die Lichthupe, Kieselsteine spritzten auf, Umweltverschmutzung, Korruption. Ich kaufte eine *Iswestija*; sie hatte einen Geschäftsteil. Am Zeitungskiosk waren Bettler.

Natürlich erinnerte ich mich noch gut an Moskau, aber woran ich mich am meisten erinnerte, das war die Leere im Vergleich zu New York: so wenige Autos und Geschäfte, keine Reklame. Das war jetzt anders. Mein Kopf fuhr herum. Ich glaubte, ein paar Moskauer Cops in einem blauweißen Chevy zu sehen.

Ich sagte dem Fahrer, er solle eine Weile herumfahren. Hinter dem Bahnhof Slawianskaja sah ich zwei Männer, die einen in Decken gewickelten Körper auf den Boden warfen. Sekunden später kamen ein paar Kids mit Taschenlampen, um den Müll zu durchsuchen, und über ihnen flogen kreischende Möwen. Vor dem Belorussischen Bahnhof verkauften Frauen in Birdies Alter ihre Habseligkeiten; reglos hielten sie Kleidungsstücke in den ausgestreckten Händen. Ich sah das, was schon andere Touristen gesehen hatten; auch ich war ein Tourist.

Das Taxi hielt an einer Ampel, und ein kleines Kind, ein Mädchen von etwa fünf Jahren, steckte den Kopf durch das Fenster und bettelte um etwas Kleingeld im Tausch gegen einen *Cosmopolitan*. Sie hatte ein Clownsgesicht. Für ein paar Münzen vollführte sie einen Freudentanz.

Arme Birdie.

Ich liebte Birdie, aber was wußte sie schon? Woher sollte sie etwas wissen? Jeder schätzte Brodsky. Jeder. Würde ich plötzlich verkünden, daß er Mörder bezahlt hätte, wäre die Klapsmühle zu gut für mich, für meine noch nie dagewesene Krankheit. Müde kam ich ins Hotel zurück, zu müde, um noch viel wahrzunehmen, außer, daß wie in einem Alptraum die Musik von *Die Stunde des Siegers* aus einem Berieselungssystem an der Decke kam, wie in einem schlechten Traum. Ich nahm eine Schlaftablette.

Als ich erwachte, war es Morgen. Swetlana saß am Fußende meines Bettes, lächelte mich an und sah zu, wie Joe Witte die Wettervorhersage las. Das mußte ein Traum sein. Nach Witte kamen Katie und Bryant im Rockefeller Center.

»Kennst du diese Leute?« fragte sie.

Ich nickte. Es war die *Today Show* aus New York auf Superchanel. Fünfundzwanzig Jahre nach meiner Abreise war ich wieder in Moskau und sah *The Today Show*.

»Wie bist du hereingekommen?« fragte ich dämlich, noch groggy von der Tablette.

»Ich habe das Zimmermädchen gefragt. Ich habe gesagt, daß ich deine Frau bin. Ich war sehr nett. Das Mädchen heißt Irina«, sagte sie.

»Du bist sehr nett«, sagte ich. Sie stand auf und zog ihre Jacke aus. Ohne Umstände zog sie ihren Pullover und ihre Jeans aus, und ich stand auf und nahm sie in die Arme, und wir gingen ins Bett. Es gab keinen Smalltalk, keine Witze, kein verklemmtes Theater, kein Vorspiel. Sie war vollkommen aufrichtig. Sie wollte mich.

Später zogen wir uns an und gingen runter und frühstückten. Im Speisesaal spielte eine schwarzgekleidete Frau Andrew Lloyd Webber auf dem Klavier, Unterhaltung für die Geschäftsleute. Als wir das Hotel verließen, ließ ich mir am Empfang einen Schlüssel für Swetlana geben.

Draußen stand ihr kleines gelbes Auto. Zitrone nannte Swetlana ihren giftgelben Trabant. »Ein Freund in Ostberlin hat ihn mir verkauft. Nach dem Fall der Mauer. Er hat ihn für 'n Appel und 'n Ei repariert.«

Trabis waren bei Moskaus Neureichen sehr beliebt, bei den Rockern und Künstlern, die Mercedes oder Rolls uncool fanden. Mein Vater hätte nicht gewußt, ob er lachen oder weinen sollte. Meine Mutter hätte es sehr lustig gefunden.

»Mein kleiner Rasenmäher mit Motor.« Swetlana streichelte ihr Auto. »Er geht dauernd kaputt, aber ich mag ihn.«

»Sehr schick.« Ich grinste wie sonst was. Sie sah so schön aus.

Sie wollte ein paar Lebensmittel kaufen, sagte sie, also gingen wir um das Hotel herum zu einem Supermarkt.

Ein älterer Mann stolperte die Stufen am Eingang hinauf. Er hatte das Gesicht, den Bart, den Hut eines alten Juden. Ein paar verpickelte Jugendliche verhöhnten ihn. Sie beschimpften ihn schreiend. »Scheißjude« brüllten sie. »Hau ab aus unserem Land.« Ein Junge schubste ihn um.

Lächelnd half Swetlana dem alten Mann auf, dann wandte sie sich den Jungen zu und schrie sie an. Es kam ganz natürlich, nicht als Show, und als sie damit fertig war, betrat sie den Laden und sah sich das abgepackte Obst an.

»Das war sehr nett«, sagte ich.

»Was war nett?« Sie inspizierte gefrorenen Fisch.

Ich versuchte herauszufinden, was mir da mit Swetlana geschah. Ein Vierteljahrhundert hatte ich mich davor gefürchtet, wieder nach Moskau zu kommen. Ich kam an, verliebte mich in diese Frau, die sich gerade lachend Etiketten von tiefgekühlten Fischgerichten anschaute. Ich schob ihr den Einkaufswagen, den sie nach und nach füllte, und wir unterhielten uns. Ich begehrte sie mehr, als ich jemals jemanden begehrt hatte, aber das Warten machte mir nichts aus. Es war alles so mühelos; sie war gelassen und leidenschaftlich zugleich; ich war erregt und dabei ruhig. Während sie sich mit verschiedenen Eiscremesorten befaßte, nahm ich sie in die Arme und küßte sie.

»Gehen wir in dein Zimmer«, sagte sie und ließ den mit Lebensmittel hoch beladenen Einkaufwagen einfach stehen.

Nachdem Swetlana gegangen war, packte ich endlich aus, und dann ging ich spazieren. Im Arbat spielten als Clowns verkleidete Musiker »Hava Nagila«. Sie spielten »Putting on the Ritz«. In einem Schaufenster spielten sechs Fernsehgeräte eine mexikanische Seifenoper, und die Leute drückten sich die Nasen platt, um *Auch die Reichen kennen Tränen* zu sehen.

Ich ging durch die Stadt zu dem alten Gebäude von Radio Moskau, wo Tolja arbeitete. Überall waren Kioske aus dem Boden geschossen. Es gab alles zu kaufen; ich kaufte tonnenweise Zeitungen. Ich las im Gehen. Schlagzeilen der Regenbogenpresse verkündeten, daß der Hunne Attila, Hitler und Jeffrey Dahmer von bösartigen Welraumwesen auf die Erde gebracht worden waren, um das göttliche russische Volk zu vergiften. Ich las, wie Tschetschenen den wahren Wert des Telefonabhörens und des Amateurfunks aus der Geschichte von Charles und Di gelernt hatten.

»Stell dir das mal vor«, sagte Tolja, als wir uns trafen und in der Cafeteria seines Gebäudes Kaffee tranken. »Stell dir vor, ich fahre für eine Story in den Kaukasus und treffe diese Bergbewohner. Echte tschetschenische Banditen, ja? In einer Hütte, mit diesen Mänteln aus Schaffellen. Ungefähr sechs von ihnen und sturzbesoffen. Sie geben die Flasche rum, und wir hocken uns um dieses Funkgerät. Sie lachen und hören zu. Wobei? Bei den Mitschnitten, wie Prinz Charles und Prinzessin Diana mit ihren Liebhabern reden. Prinz Charles erzählt seiner Geliebten, daß er ihr Tampax sein möchte. Der Tschetschenenboß fragt mich: ›Was ist das, Tampax?‹ Die Augen fallen ihnen aus dem Kopf. Sie denken, wie toll, daß man jedes Gespräch, jede Mitteilung abfangen kann. Sie sind fasziniert von den Möglichkeiten des Amateurfunks.«

Wir gingen durch die Haupthalle hinaus. An einer Wand zeigte ein vergilbtes Foto einen Mann mit Strickjacke und Brille, der etwas in ein uraltes Mikrophon las. Es war die erste Sendung von Radio Moskau, erklärte die Bildunterschrift; der Mann sagte die Worte: »Proletarier aller Länder, vereinigt euch.« Ich fand, daß er ein starkes Triumphgefühl ausstrahlte.

Ich war froh, Tolja zu sehen. Ich war auf ihn angewiesen. Zwar konnte ich mich zurechtfinden, obwohl Straßennamen und Namen von Metrostationen sich geändert hatten, aber ich hatte Angst.

»Alles in Ordnung?« Tolja sah mich aufmerksam an.

Aber sicher, bestens, dachte ich. Abgesehen von der Tatsache, daß ich zehn Tage zuvor am Strand von Brighton Beach einen tiefen Zug aus einem Killerkoffer genommen hatte und wegen der Verstrahlung tot umfallen oder aber eines Morgens meinen Schniedel auf dem Boden finden könnte. Wenigstens war Lew HIV-negativ gewesen, als sie seiner Leiche Blut entnommen hatten. Wenigstens das. Aber es war absolut unwirklich, wieder in Moskau zu sein.

Ich hatte mich auf den ersten Blick in eine Russin verliebt, aber wem konnte ich davon erzählen? Ricky, der arme Kerl, lag immer noch im Koma und hing nur noch mit den Fingernägeln an der Welt. Meine Tante Birdie hatte in den letzten 60 Jahren genauer Buch geführt als der KGB und war entweder so verrückt oder so schlau, daß ihr das den Tod bringen konnte. Bis jetzt konnte ich den Zusammenhang zwischen Ustinovs Tod, der atomaren Strahlung in New York, den toten Hunden, Olga, Lew, nicht finden. Wer hatte Ricky zusammengeschlagen, wenn nicht Lew? Der Augenschein sprach dafür, daß er es nicht gewesen war.

Außerdem war mir auch unklar, wie in Moskau alles ablief. Ich sah nur, daß Toljas Boß immer noch sieben Telefone mit runder Wählscheibe auf dem Schreibtisch stehen hatte und daß die Ampeln in Moskau nur sporadisch funktionierten, weil Ratten die Kabel durchnagten.

»Du siehst das wie ein Amerikaner«, sagte Tolja, als wir losgingen. »Mit Logik kommst du hier nicht weit.«

Ununterbrochen brodelte die Gerüchteküche in Moskau, Gerüchte von Paten und Gangsterbossen, Gerüchte und Halbwahrheiten. In Moskau tummelten sich zahlreiche junge Amerikaner, die Journalisten spielten und die Gerüchte weiterverbreiteten, sagte Tolja. Sie trafen sich im Trenmos zum Hamburger oder im Raddison Hotel zum Cappuccino oder vor dem Bolshoi wegen Ecstasy. Nebenbei dealten sie mit allem, was ging, Obstkonserven oder radioaktives Material. Die Gerüchte verbreiteten sie aus Jux und Tollerei; die Nullbock-Generation.

»Erzähl mir was über diesen Scheiß mit dem call sign Red Mercury.« Ich berichtete ihm von Rick und seinem Cousin in Shanghai.

»Don ist wirklich der Cousin von deinem Freund, im Ernst? Was für eine kleine Welt. Genosse Don war wirklich cool, bei dem Rockzirkus war es damals super. Ein starker Typ. Er hatte phantastische Raubpressungen von den Beatles.«

»Geht es auch ohne diese Gute-alte-Kommunisten-Rock-and-Roll-Nostalgie?«

»Naja, du stehst auf Jazz«, sagte er wegwerfend. »Na gut. Red Mercury, klar, ich hatte das aus zwei Gründen als call sign. Wie ich schon sagte, war ich der Atom-DJ. Die große Explosion. Die Behörden waren stinksauer. Die Leute wußten nichts von Red Mercury, also hab ich's ihnen erzählt. Ich war tödlich, aber kaum zu fassen. Das machte Spaß damals, verstehst du? Entweder machte es Spaß, oder man kam um. Ich, ich war der Jesus der Coolen.«

»Was für ein Arschloch du warst«, sagte ich bewundernd. »Können wir irgendwo was trinken, ein Bier vielleicht?«

»Ist es dringend?«

»Natürlich nicht.«

»Gut. Denn erst gehen wir wohin. Zur *Iswestija*. Einen Freund besuchen. Mein junger Freund Eduard ist sehr fiffel mit Red Mercury. Sagt man heute noch fiffel?«

»Mmm hmmm! Ich liebe diesen Geruch von Napalm am Abend. Ich liebe diesen Film.« Eduard Skolnik blickte auf das Poster von *Apocalypse Now* in seinem Büro bei der *Iswestija*. Skolnik war 25, ein erstklassiger Reporter; er trug eine kugelsichere Weste und eine nach hinten gedrehte Baseballmütze. Sein Büro war mit Filmplakaten und Bierflaschen geschmückt.

»Morgen«, sagte ich.

»Was?«

»Der Geruch von Napalm am Morgen.«

Eduard lächelte. Er griff in seinen Schreibtisch. »Was gefällig?« Er hielt ein mit weißem Pulver gefülltes Zellophanhütchen hoch und ließ es zwischen den Fingern baumeln. »Koks ist in Moskau absolut angesagt; wenn Gorbi die Sechziger war, dann sind das die Siebziger. Wollen Sie das Studio 54 sehen? Ich kann Sie hinbringen, wenn Sie wollen. Nur viel wilder. Mädchen. Jungen. Sklavenauktionen. Ein Club, wo amerikanische Mädchen sich für russische Gangster ausziehen. Alles, was Sie wollen.« Mit großer Gebärde schnupfte er und rieb sich das Zahnfleisch.

Eduard und Tolja unterhielten sich eine Weile, dann sagte Eduard beiläufig: »Jemand kauft eine Menge Zeitungen auf. Fernsehgesellschaften. Sogar die Tass. Die Tass, also wirklich. Die Tass berichtet, daß Armenier in Sibirien den Sohn eines angeblichen Dealers von Red Mercury entführt haben, und schon versucht jemand, die Tass zu kaufen. Ein tschechischer Reporter schreibt, daß er in Wladiwostock auf dem Schwarzmarkt Red Mercury gekauft hat, und schon versucht jemand, den Reporter zu kaufen. Ich zeig euch mal was.« Eduards englischer Slang war eine ganze Generation hipper als der von Tolja.

Er schob ein Video in einen Recorder, drückte auf die Fernbedienung, und Jimmy Swaggert erschien und sprach anscheinend perfekt russisch. Es war unheimlich, wie religiöses Karaoke.

»Pardon«, sagte Eduard und drückte auf den schnellen Vorlauf. Als er anhielt, erschien er selbst im Bild, in einem Zimmer mit einem Schreibtisch und einem dicken Mann daran. Nichts sonst war zu sehen außer einem Funkgerät und einem Metallkasten. »Ein Freund von mir hat das heimlich für mich aufgenommen. Schauen Sie sich das an.«

Der Mann öffnete die Box und nahm eine Stange aus Stahl heraus. Aus einer Schreibtischschublade holte er einen Hammer, kniete sich auf den Boden und fing an, auf die Stange zu hämmern. Er schlug drauf und äußerte unhörbaren Abscheu in Richtung auf die Kamera.

»Er bietet mir eine Probe an. Sagt, es ist Plutonium. Vielleicht stimmt das.«

Staub wirbelt auf. Der Mann lacht.

»›Keine Sorge‹, sagt er, fuhr Eduard fort. »Das ist nur Waschpulver, was da herumfliegt. Sie haben es der Radioaktivität als Gegenmittel zugesetzt. Der Kerl war früher Wissenschaftler. Jetzt verkauft er Atomschrott. Er verkauft Proben, in Waschpulver. Normalerweise an die sogenannten Waschmänner, die kleine Geldmengen an die großen Banken weitergeben. In Waschmittel verpackt.« Eduard kicherte und rieb sich noch etwas Koks ins Zahnfleisch.

»Das geht natürlich in zwei Richtungen. Wenn du Kokain schmuggeln willst, denkst du dir irgendwas über Uran aus. Wenn du Plutonium willst, erfindest du eine Geschichte über Dope. Ich kenne Leute, die kaufen Mohnfelder rund um Tschernobyl auf, die Blumen werden da so schön groß. Mit Opium kann man wirklich Geld machen. Strahlender Mohn.« Er lachte wieder. »Noch mehr davon?«

Ich nickte.

»Bier gefällig?«

Ich sagte ja, und Skolnik wühlte in seinem Schreibtisch herum und brachte Dosen mit Bud zum Vorschein.

»Sehen Sie. Es ist außer Kontrolle. Und das weiß jeder. Niemand weiß, wieviel es davon gibt. Aber wir sind anderen gern gefällig. Wenn irgendein Schwachkopf im US-Außenministerium sagt, daß alle Atomwaffen aus Kasachstan in Amerika gut aufgehoben sind, na, dann feiern wir das doch. Wir stehen auf Parties. Ich habe mal einen russischen General kennengelernt, der wollte einen ganzen Sprengkopf nach Libyen verschiffen. Was soll's? Das ist die Spitze des Eisberges, und wir sitzen hier auf der Titanic. Denken Sie, ich bin irgend so ein Verschwörungshansel? Und ob ich das bin. Die einzige Möglichkeit ist, das ganze Plutonium loszuwerden. Die Russen werden dazu nie bereit sein. Also heißt es, gesicherte gegenseitige Zerstörung. Verrückt. Es ist eine total verrückte Welt. *Mad Max. Dr. Strangelove.* Nukleare Lecks. Ausbreitung durch Terrorismus. Diesmal ist es das langsame Sterben. Wirklich langsam, Mann. Eine Million Fälle von Demenz. Eine Million Mutanten. Ich zeig Ihnen noch was.« Er legte ein zweites Video ein.

Verschneite Felder. Birkenwälder. Eine sowjetische Stadt, heruntergekommene Häuser wie das von Birdie, kurz vor dem Einsturz, gefrorener Schlamm, zerschlagene Statuen. Dann ein Stück sauberer Schnee, ein Tor, eine Fabrik, Dampfpfeifen.

»Was ist das?«

Eduard trank Bier und hielt das Bild an.

»Das ist einer von den Einsätzen bei Tomsk 7. Sehen Sie? Eine Anlage, die waffenfähige Atomenergie produziert. Dieselbe Anlage versorgt eine Stadt von einer halben Million Einwohner mit Wärme. Die Sowjets haben ihre zivile und militärische Wirtschaft auf eine Weise verflochten, daß sie nie mehr auseinandergefieselt werden kann. Niemals. Sie verstehen? Niemals. Sehen Sie diese Rohre? Sie laufen neunzehn Meilen durch unberührten Wald – das einzige Unberührte an dem Wald.« Ein Scherzkeks, dieser Skolnik, da war ein zweiter Tolja im Entstehen. »Im ganzen Land stehen Atomkraftwerke. Die Energie, die sie produzieren, versorgt auch Städte, Fabriken, Wohnungen, Schulen. Wollen Sie Aufnahmen von Kindern sehen, die in Semipalatinsk geboren sind? Ich hab da ein paar Horrorfilme.« Er griff nach ein paar Kassetten auf seinem Schreibtisch. »Soll ich Sie hinbringen? Wollen Sie eine Führung? Ich kann einen Plutoniumkauf arrangieren. Ich kann Sie durch Tschernobyl führen, einen halben Tag, einen ganzen Tag. Was meinen Sie dazu?«

»Ich will einen Drink«, sagte ich.

»Sicher?«

»Was, sind Sie meine Mutter oder was? Ja, sicher will ich einen. Kommen Sie mit?« fragte ich, aber Eduard telefonierte.

»Sei vorsichtig«, sagte Tolja. »Es könnte tödlich für dich enden.«

Eduard winkte munter ab. »Nein!« rief er aus. »Das wäre überhaupt nicht cool, Mann.«

»Gehen wir ins Metropol.« Tolja knöpfte seinen Mantel zu. »Vielleicht jemand Interessantes treffen. Vielleicht kommt Swetlana.«

»Gehst du nie nach Hause?«

Tolja zuckte mit den Achseln. »Meine Frau hat mich wegen eines Juden verlassen. Reicher Bursche. Clever. Wer könnte ihr das übelnehmen? Ich kann die Kinder so oft sehen, wie ich will. Wir sind gute Freunde.«

Zum erstenmal ließ er sich anmerken, daß er Probleme hatte. Ich wollte etwas sagen.

Tolja wandte sich ab. »Schon in Ordnung«, sagte er.

In der Metro waren wir zwischen Leibern eingezwängt; mir wurde übel vom Gestank nach Schweiß und Parfüm und Rußland. Tolja überragte mich. Plötzlich rief er: »Willst du mit meiner Cousine ins Bett gehen?«

»Geht dich das was an?«

»Das geht mich was an.«

»Verpiß dich.«

Ich fühlte, wie sich seine riesige Faust um meinen Oberarm schloß. »Hör mir zu, du amerikanisches Imperialistenschwein. Sie ist meine Cousine. Ich liebe sie. Du behandelst sie gut, oder ich reiß dir das Herz bei lebendigem Leib heraus.«

»Laß uns aussteigen.« Ich bekam kaum noch Luft.

»Wir müssen sowieso hier raus«, sagte Tolja, und wir drängten uns aus dem Waggon. Tolja klemmte mich an eine Mauer.

»Sie ist alles, was ich noch habe. Sie mag dich. Ich meine es ernst. Versprich's mir, beim Grab deiner Mutter.«

»Meine Mutter ist noch nicht tot.«

»Hör auf mit dem Scheiß. Ich will dein Wort.«

Das war so was von altmodisch, aber ich war begeistert, denn es bedeutete, daß Swetlana mich mochte.

Ich schaute zu Tolja hoch und sagte auf russisch: »Ich verspreche es.«

Wir gingen bis zum Ende der Gorkistraße, die in Twerskaja umgenannt worden war. Es ist verdammt verwirrend, wenn man feststellen muß, daß die Straßen aus der Kindheit plötzlich neue Namen haben. Außerdem waren Touristen da und

Bettler und Stripteaselokale, die nackte Tänzerinnen mit gespreizten Beinen zeigten. Die Klitoris war zu sehen. An der Ecke war das alte Intourist Hotel. Ich erinnerte mich, wie ich mich einmal hineingeschlichen hatte, um Espresso zu probieren. Ich erinnerte mich nicht mehr an den Jungen, der ich gewesen war, nur an den bitteren Geschmack des Kaffees. Vielleicht war es aber auch ein anderes Hotel gewesen; die Vergangenheit verlor sich im Nebel. Jetzt lungerten Männer mit schmalen italienischen Schuhen auf dem Fußweg herum und sprachen in ihre Handys. »Bizinessmänner«, sagte Tolja. »Der letzte große Beschiß auf Erden«, sinnierte er.

Die Soldaten vom Roten Platz waren einfach verschwunden. Die Abteilungen im Stechschritt vor Lenins Mausoleum waren weg. Ein paar Touristen wanderten hinein und heraus. Ein Team filmte eine Episode von *New York Cops – NYPD Blue*.

Der Rote Platz hatte mir immer Angst eingeflößt, besonders wenn wir am 1. Mai aufmarschierten oder uns an Lenins Grab der Revolution verpflichteten. Ich war jedesmal vorher krank; mein Vater zwang mich immer hinzugehen.

Das Grab selbst war gruselig. Die eingeschrumpfte Gestalt von Wladimir Iljitsch, die indirekte Beleuchtung, sein syphilitischer orangefarbener Schimmer, meine Horrorvorstellung, ich könnte da eingesperrt werden.

In dem Jahr, als wir dieselbe Klasse besuchten, hatte Andrej Federow bemerkt, daß Lenins Ohr abgefallen war. Er sagte es mit der lauten eingebildeten pflichtbewußten Stimme des schleimerischen Musterschülers. Das Mausoleum wurde geschlossen, und wir mußten drin bleiben, während Wächter, die mit ihren Kanonen fuchtelten, auf dem Boden herumkrochen und Lenins Ohr suchten.

Du bist ein Verräter, sagte ich mir, wenn meine Klasse das Grab besuchte. Hier ist dieser große Mann, der eine wunderbare herrliche Welt für Jungen wie dich geschaffen hat, und du denkst an sein Ohr und daran, ob sie ihm das Gedärm durch die Nase ziehen mußten, um ihn einzubalsamieren, wie die Ägypter es machten, als sie die Pharaonen mumifizierten.

Alles weg. Nur Touristen und eine steife Brise, die über das Kopfsteinpflaster fegte.

»Rußland erinnert mich immer an diesen Piloten von Air India, der einen Jumbojet flog, aber glaubte, daß die Welt auf dem Rücken einer Schildkröte ruht; in seinem Kopf hatte beides Platz«, sagte Tolja.

»Verschon mich mit Philosophie.« Ich beobachtete die Touristen, die neuen Russen mit Videokameras und Golduhren. Ein alter Mann in einer von Schmutz und Kriegsauszeichnungen steifen Anzugjacke hielt ein Bild von Stalin an einer Stange hoch. Ein Quartett von hochgewachsenen Mädchen in Miniröcken wackelte über den Platz zum GUM.

»Gab es hier schon immer so viele hübsche Mädchen?«

»Du hast nicht hingeschaut«, sagte Tolja. »Die Dinge ändern sich und ändern sich nicht. Ein Augenblick kann eine kleine Luftblase der Wirklichkeit sein«, sagte er.

Diese Leute sind mir fremd, dachte ich. Ricky fehlt mir.

Der Wind frischte auf. Der Herbst näherte sich. Dann der Winter. Diese Leute konnten alles ertragen, sie konnten alles überleben, sagte Tolja.

»Hier haben wir tausend Jahre Angst, deshalb glaubt kein Mensch an irgend etwas.«

Das Metropol glänzte vor Geld. Die Art nouveau-Fassade war restauriert worden, und die grünen und goldenen Kacheln leuchteten. Innen gab es Marmor und Glas und Messing, Topfpalmen und Sicherheitsleute, deren Jacken von Waffen ausgebeult waren. In meiner Kindheit gingen nur Ausländer ins Metropol oder Leute mit erstklassigen Beziehungen, und der Eingang war streng bewacht. Das war jetzt nicht viel anders, abgesehen von den Akteuren.

In der Bar trafen wir bei denen, die in der Hoffnung auf eine Story oder einen Deal oder etwas einträglichen Klatsch herumhingen, auch Gavin Crowe. Wenigstens zeitweise gehörte Crowe jedem, der ihm ein paar Whiskys im Metropol ausgab, wo er Hof hielt. Im Augenblick trank er mit einem New Yorker Gangster in einem Silberjackett. Der Mann bezeichnete sich als Gewerkschaftsfunktionär oder Privatdetektiv, ich weiß nicht mehr genau, was. Vielleicht beides. Ganz eindeutig gehörte er auch zur CIA, einer der alten neuen Jungs der Iran-Contra-Connection; er gab heftig an und glaubte offensichtlich den ganzen Schwachsinn, obwohl doch die Organisation einen Spion wie Aldrich Ames jahrelang hatte den Laden schmeißen lassen; die ganze Zeit hatte kein einziger CIA-Agent gemerkt, was jeder Grünschnabel von der New Yorker Kripo in fünf Minuten entdeckt hätte. Ich schaute dauernd zur Tür; Swetlana verspätete sich, wenn sie überhaupt noch kam.

Crowe kam zu uns. »Was gibt's Neues, Mann?« fragte er. Tolja stellte uns vor.

»Wir kennen uns schon«, sagte ich.

Crowe machte uns mit ein paar jungen Amerikanern bekannt, die ihn umlagerten wie den Heiligen Gral. »Schon lange hier?« fragte er auf russisch.

»Ein paar Tage«, sagte ich auf englisch.

Ein Kellner fragte mich auf englisch, was ich wünschte. Ich antwortete auf Englisch. Alle hielten mich für einen Ausländer, und ich ließ sie in dem Glauben. Wenn ich russisch sprach, hörte ich den merkwürdigen Tonfall von einem, der schon zu lange weg war; ich mußte mir Mühe geben, den Slang zu verstehen.

»Ich, ich bin schon eine Ewigkeit hier. Acht Jahre? Sechs? Was, Tol? Ich gehöre schon zur Szene, bin verkaffert. *Doswidanja*. Etcetera. Was auch immer. Hey, hast du gehört, daß die Faschisten wieder offizielle Pogrome wollen? Beschissene Antisemiten.«

»Aber was ist mit den Engländern?« fragte eine leise Stimme. »Ich habe oft gehört, daß die Leute Juden als arrogant bezeichnen. In Shepherds Bush, nicht in Smolensk.« Das war Swetlana, die hinter uns aufgetaucht war. Sie legte ihrem Cousin Tolja einen Arm um die Schultern und ergriff meine Hand. Ich berührte ihren Arm; er war rund und weich.

»Swetlana, mein Schatz«, schrie Crowe. »Trink Champagner.«

»Was wissen Sie über Atomwaffen?« fragte Tolja Crowe.

»Ich möchte ein Bier.« Swetlana schaute sich kurz um. Alle Männer an der Bar sahen sie an. Sie schien Funken zu sprühen.

»Ich weiß alles über Atomwaffen, Herzchen«, sagte Crowe. »Was brauchen Sie, oder ist das eine kleine Angelexpedition für unseren New Yorker Freund hier?«

»Wer handelt mit radioaktivem Material?« fragte Tolja.

Ich saß still da, sah Swetlana an, hörte Crowe zu.

»Na, schauen wir mal.« Er trank von seinem Whisky. »Die sogenannten Intellektuellen handeln mit allem, was sie finden können, wenn sie nicht gerade über das Verschwinden der staatlichen Unterstützung jammern. Natürlich sehen sie auf den schnöden Mammon herunter, aber auch ein Dichter muß essen. Sie sind Juden, ne, rassisch abweichend, verrückt nach dem Geldverdienen, sagen mir die meisten meiner russischen Freunde – deshalb würden sie alles verhökern. Vielleicht jemand, der seine ›Profitsteuer‹ nicht bekommen hat?

Die Azeris haben Drogen, aber auch Blumen, besonders lukrative Blumen. Auch die Filmindustrie. Ich habe sehr, sehr viele teure Freunde in der Filmindustrie. Die Georgier betreiben die Spielkasinos, die Dagestanen sind für Überfälle zuständig, das Militär führt Krieg an einem so grauenhaften Ort wie Grosny, weil die örtliche Mafia es versäumt hat, sie ins Geschäft zu nehmen, wer bleibt für den Atomkram dann noch übrig?«

»Also bitte, Gavin.« Tolja machte den Akzent nach und grinste mich dabei an. »Das kann ich alles im Internet lesen.«

»Die 64000 Dollar-Antwort heißt: jeder«, sagte Crowe. »Eine Unmenge Genossen hatte mit Atomwaffenhandel zu tun. Und dazu kommen noch die Einheimischen, die den ausländischen Schreiberlingen ihren selbsterfundenen Klatsch verkaufen und ihnen dabei einreden, daß Klatsch und Gerüchte in Rußland genauso zählen wie Fakten.

Dieser Atomkram ist unbezahlbar, Kleiner. So. Wollen Sie, daß ich Ihnen einen Gesprächspartner vermittle? Oder wollen Sie den Scheiß sogar kaufen?«

»Ich will kaufen. Ich will wissen, wer so was hat, wer es verkauft. Kleine Kriminelle interessieren mich nicht. Nur die richtigen Akteure.« Tolja bestellte ein Bier.

»Okay.« Crowe nickte. »Was noch? Ach, übrigens, wie geht es Ihrer zauberhaften Mama? Und ihrer wirklich phantastischen kleinen Datscha?«

Tolja verstand die Anspielung. »Gavin, besorgen Sie mir jemand, der Red Mercury verkauft. Und noch was, Gavin.«

»Ja, mein Mäuschen?«

»Wenn Sie es gefunden haben, warum kommen Sie nicht auf die Datscha? Wir feiern eine Party.«

Crowe nickte und ging zur Toilette.

»Er ist nicht dumm. Er hat Beziehungen«, sagte Tolja.

Crowe kam zurück. Ich mußte weg. Ich sagte, ich hätte zu tun. »Bis bald.«

Als ich gehen wollte, legte Gavin Crowe, der sich auf einem Barhocker niedergelassen und damit beinahe meine Größe erreicht hatte, mir plötzlich einen Arm um die Schultern. Mit widerlicher Kumpelei lehnte er sich an mich. Ich schüttelte ihn ab.

Swetlana wollte noch zu einem Abendkurs. Sie lernte Portugiesisch, weil sie schon immer nach Rio wollte. Ruhig sagte sie: »Artie, vielleicht kann ich dir weiterhelfen.« Wir waren noch in der Bar, und sie sprach leiser. »Ich war mal Journalistin«, sagte sie. »Ich kenne ein paar Leute.«

Ich bat sie, soviel wie möglich über Ustinov und vielleicht auch Brodsky herauszufinden. Sie nickte.

»Warum hast du damit aufgehört?«

»Ich war noch sehr jung, ich konnte diese ganzen Lügen nicht ertragen, die ich schrieb«, sagte sie und nahm meine Hand.

Gavin Crowe sah zu, wie wir gingen. »Bis bald, Detective«, schrie er auf Russisch, so laut, daß es jeder hörte.

4

»Guten Abend, Mr. Cohen«, sagte die Tatjana an der Rezeption meines Hotels und zog ein Bündel Faxe aus meinem Fach.

Ich war vor der letzten Nacht noch nie in einem Moskauer Hotel und kaum je in einem Restaurant gewesen. Das war etwas für Jubiläen oder Hochzeiten, außer wenn man zur Arbeiterklasse gehörte, dann ging man nur aus, um sich an den Samstagabenden vollaufen zu lassen.

Wenn die Tatjanas und Nataschas am Empfang dieses modernen verglasten Hotels ein paar Meilen vom Roten Platz Hochstaplerinnen waren, dann war auch ich es; mir kam es vor, als wäre mein Ich gefälscht. Ich fühlte mich wie 15 und unreif für mein Alter. Noch nie war ich in einem Hotel gewesen oder am Moskauer Flughafen angekommen; wir waren nicht mehr viel gereist, nachdem mein Vater zur Unperson geworden war. Ich hatte Moskau nur selten verlassen, abgesehen von ein paar Aufenthalten an der See und einer Zugreise nach Warschau, zu der Birdie mich mitgenommen hatte. Der tiefe Haß der Polen auf die Russen hatte mich geschockt. Als wir das Land verließen, fuhren wir mit dem Zug nach Rom. Ich schämte mich. Wir gingen wie arme Auswanderer. Nie mehr komme ich zurück, hatte ich mir geschworen. Ich hatte es meiner Mutter gesagt. Niemals. Meine Mutter lächelte, aber ich sah, wie erschöpft sie war.

»Kann ich Ihnen noch irgendwie behilflich sein, Mr. Cohen?« fragte das Mädchen. Ich nahm an, daß sie meine Post gelesen und die Mitteilungen weitergegeben hatte, vielleicht an den korpulenten schwitzenden kleinen Generalmanager, der von irgendwo heraussprang wie ein verrückter Schachtelteufel. Dem Namen nach mußte er Libanese sein. Überschwenglich begrüßte er mich mit klebriger Jovialität und lud mich zu einer VIP-Cocktailparty im Zwischengeschoß ein. Ich nahm meinen Schlüssel und stieg die Treppe hoch, und von der Lobby sahen der Generalmanager und das Mädchen mir nach.

In der Bar saßen gelangweilte Geschäftsleute grüppchenweise zusammen; sie aßen Erdnüsse und leckten sich das Salz von den Fingern. Die Band war nicht schlecht. Ein dicker Junge mit langen schwarzen Haaren spielte auf einer winzigen Mandoline und sang den »Worried Man Blues«. Ein Mädchen mit einer Fransenweste sägte einfach brillant auf ihrer Geige herum, stampfte mit den Füßen dazu und schrie hiho.

Mein Körper funktionierte auf der Basis von Bier, Zigaretten, Adrenalin und Testosteron. Erschöpft setzte ich mich auf ein kackfarbenes Kunstledersofa und bestellte bei der Kellnerin Whisky.

Eine Frau in einem Lederkostüm kam an den Tisch. »Darf ich?« fragte sie. Sie setzte sich neben mich, fummelte mit dem goldenen Kreuz an ihrer Halskette herum und nahm eine Illustrierte aus ihrer Tasche. Ich warf einen Blick darauf. Das Hochglanzheft hieß *Domovoi*. Sie überflog Artikel, in denen es darum ging, wie man Dienstboten behandelte (»Dienstboten mit einer besseren Erziehung als Sie selbst«), wo man handgefertigte Klaviere kaufen konnte, wie die neue Kollektion von Versace aussah. Das neue Rußland. Ich stopfte die Faxe in meine Tasche.

Die Frau schlug die Beine übreinander. Sie steckte sich eine Zigarette in den Mund und fischte aus der Handtasche ein goldenes Feuerzeug, das mindestens ein Pfund wiegen mußte.

»Cartier. Spezial.« Sie streckte es mir entgegen. »Ich warte auf meine Tochter. Ich mag es nicht, wenn sie sich an solchen Orten aufhält.« Blasiert deutete sie auf die ganze Bar. »So vulgär. Meine Tochter ist brillant. Sehr kultiviert. Wir wissen noch nicht, ob sie in England oder in der Schweiz die Schule besuchen soll.« Ihre Neugier siegte über ihre Eitelkeit; sie nahm ihre Brille aus der Tasche und starrte mich an.

»Sie kommen mir bekannt vor«, und ich nahm an, daß das eine Art Anmache sein sollte, bis die Tochter erschien.

Die war eine mürrische Vierzehnjährige; ihre Unterlippe hing so verdrießlich herunter, daß man einen Regenschirm daran hätte aufhängen können. Sie hatte das Gesicht ihrer Mutter, und in ihr erkannte ich ein Mädchen, mit dem ich vor 25 Jahren zur Schule gegangen war. Die Mutter war mit mir in der Klasse gewesen. Ich machte mich aus dem Staub, bevor ihr einfiel, wer ich war.

Zusammen mit der Erinnerung an Schnee auf den vergoldeten Zwiebeltürmen und an den Gestank von Desinfektionsmitteln und Kotze liegt irgendwo in meinem Hinterkopf die Erinnerung an eine Klassenkameradin, die für eine gute Betragensnote jeden verpetzt hätte. Kleine Nazis, mit blasser Haut, blonden Zöpfen, dem ordentlich geknoteten Halstuch der Jungen Pioniere: Sie und ihre Freundinnen flüsterten dem Lehrer Sachen über uns andere zu. Sie waren gehorsam. Ihre Eltern bastelten sich ein Leben aus Vergünstigungen und Nötigungen zusammen.

»Diese Leute sind mit der Moral im Hintern aufgewachsen«, sagte Tolja, als ich es ihm erzählte. »Wir nannten sie die Hinternkratie. Ich hatte einen Klassenkameraden, dessen Vater ein Günstling von Breschnjew war. Sein Vater putzte das Klo der Datscha, die am weitesten weg war.«

Im Fahrstuhl war eine Kamera auf meinen Kopf gerichtet. Das Hotel wurde streng bewacht; ein paar Tage zuvor war ein Geschäftsmann in seinem Bad im Rossija erschossen worden und hatte Stunden vor sich hingestunken, bis das Zimmermädchen die halb aufgeweichte Leiche in der Badewanne fand. Als ich in meinem Zimmer angekommen war, schnappte ich nach Luft. Paranoia machte sich breit, und ich fühlte mich wie ein Fisch auf dem Trockenen. Ich schloß die Tür ab, kontrollierte, ob etwas berührt worden war, zog den Scotch heraus, goß mir ein ordentliches Glas ein und streckte mich auf dem Bett aus. Waren russische Betten immer so kurz? Hatten die Zudecken immer Löcher in der Mitte? Ich hatte es vergessen.

Ich breitete die Faxe aus und las sie. Dan hatte etwas von seinen Freunden bei der Einwanderungsbehörde erfahren, und auch Roy Pettus.

Lew Iwanow, wie er sich nannte, war über den New Yorker Flughafen JFK eingereist und hatte dabei den falschen Namen und sein eigenes Foto benutzt. Pettus hatte eine Nachricht von einem Polizisten in München beigelegt. Die Deutschen hatten Lew ein paar Jahre zuvor verhaftet. Er war verdächtigt worden, Plutoniumproben mitgeschleppt zu haben, aber sie konnten es nicht beweisen und ließen ihn laufen. Niemand beachtet die Rechte von Verdächtigen derart pedantisch wie die verdammten Deutschen.

Die Deutschen hatten Roy auch ein Foto geschickt, das er mir gefaxt hatte. Es war unmöglich, in dem gesunden, gutaussehenden Mann mit dem kräftigen Haar den kranken Psychopathen zu erkennen, der am Strand von Brighton Beach gestorben war.

Sein voller Name war Iwan Borisowitsch Kowalski alias Lew Iwanow und wer weiß was noch alles. Er hatte polnische Vorfahren. Seine Mutter war tot, sein Vater lebte irgendwo in Moskau. Unser Junge war also ein Iwan.

Aus Gewohnheit schaltete ich den Fernseher an. Es gab deutsche, französische Kanäle, BBC, NBC. Auf CNN las ich die Namen von sieben Luxushotels in Malmö. Über dem Fernseher war ein Fenster; mein Zimmer ging auf einen Hof. Es regnete. Auf der anderen Seite machte ein Mädchen in einem Büro Überstunden; sie erblickte mich und winkte mir zu.

Ich wählte die Nummer von Roy Pettus und hörte, wie der Anruf von Satellit zu Satellit hüpfte. Vor meiner Abreise hatte ich ihm erzählt, Birdie sei krank; er glaubte mir nicht, wollte aber auf dem laufenden gehalten werden. Er versprach, mir zu helfen. Ich kam durch und bat ihn, Lily Hanes das alte Foto von Kowalski zu faxen. Das hatte er bereits getan. Ich legte auf und wählte die Privatnummer eines FBI-Mannes in

Moskau, den Pettus als guten Kumpel bezeichnet hatte; niemand nahm ab.

Auf meinem Bett lag ein Pullover, den Swetlana sich am Morgen geliehen hatte, und ich vergrub mein Gesicht darin und roch ihr Parfüm; es war üppig und vertraut. In meinem ganzen Leben hatte ich noch keinen Menschen so begehrt. Es war nicht so, daß Lily Hanes' Abfuhr mich verletzt hatte. Ich weiß nicht, was genau es war: Sex vielleicht, aber auch noch etwas anderes. Etwas ganz Instinktives. Wie in Büchern. In Opern. So wie Stan Getz »Time After Time« spielt.

»Wirst du mich einmal nach New York City einladen?« hatte sie mich am Morgen gefragt, als ob sie nur einen Zipfel hochzuheben bräuchte, um meine Gedanken zu lesen.

»Ja.«

»Gut«, hatte sie gesagt. »Ich möchte den Ort sehen, wo die Straßen mit Gold und Calvin-Unterhosen gepflastert sind«, hatte sie hinzugefügt und dabei gegrinst wie eine wollüstige Katze.

»Komm jetzt mit mir«, hatte ich gesagt, »für immer.«

»Das geht nicht«, sagte sie. Ich tat so, als ob ich das nicht gehört hätte.

Später gab es im Hotel einen Strahlenunfall. Eine Kernschmelze. Ich schwitzte vor Angst. Aus einem hallenden Lautsprecher kam eine Ankündigung, die mich aus einem unruhigen Schlaf riß. Die Stimme kommandierte alle Juden in den Hof. Hunderte von Menschen strömten in den Regen hinaus. Mitten im Hof befand sich ein riesiges beheiztes Schwimmbecken. Dampf stieg auf. Leute schwammen darin, wurden aber, wieder von einer Lautsprecherstimme, hinausbefohlen. Dann hob ein altmodischer Kran ein Pferd in den Pool. Als es mit demselben Kran und einem Flaschenzug hochgezogen wurde, waren ihm zwei Beine abgeschnitten worden. Zitternd erwachte ich.

Als Swetlana kam, fand sie, das sei ein sehr russischer

Traum. »Ich habe Hunger«, sagte sie, und wir studierten die Karte für den Zimmerservice wie Kinder und bestellten Essen, ein Sandwich für mich und Melone mit Schinken für sie, und Eis und Erdbeeren und eine Flasche Weißwein. Sie aß die Melone mit den Händen; der Saft lief an ihrem Kinn herunter.

»Weißt du, was das Beste am neuen Rußland ist?«

»Ich.«

»Obst. Soviel Obst.«

Swetlana saß also auf meinem Bett und aß Melone mit den Händen, als Lily Hanes anrief.

Roy Pettus hatte Lily gleich über die Aufnahmen von ihr informiert, die der Killer in dem Zimmer in Brooklyn zurückgelassen hatte. Roy hatte ihr jetzt alles mitgeteilt, was er wußte, auch das Münchner Foto von Iwan Kowalski mit dem gutaussehenden Gesicht. Und dann war es ihr wieder eingefallen.

Ich weiß nicht, ob sie sich schon vorher daran erinnerte, aber ich bezweifle es, und es war auch egal. Ihre Stimme klang angespannt, aber kühl. Sie berichtete mir von dem Iwan, den sie vor langer Zeit kennengelernt hatte.

Als sie Lew kennenlernte, war er ironischerweise noch ein Iwan. Er nannte sich Johnny, das sei sein westlicher Name, sagte er. Es war fast zehn Jahre her, daß sie ihm in Moskau begegnete.

»Und dann?« fragte ich.

Sie lernte ihn in der Zeit der Glasnost-Euphorie in der Bar des alten Hotels National kennen. Damals sah er gut aus. Lily sagte: »Für mich war es nur ein Fick.«

Die Leitung war gestört, dann konnte ich Lily wieder hören. »Er fing davon an, daß er nach Amerika kommen wollte. Green Cards. Ich zog mich zurück. Er insistierte nicht, aber ich wurde nervös. Eine Woche später reiste ich ab. Ich dachte nie mehr an ihn. Ich habe seither Unmengen Russen kennengelernt, und ich hätte nie im Leben den verrückten Killer mit dem hübschen Jungen in der Bar in Verbindung gebracht. Das ist die ganze Geschichte. Banal, was?«

»Das ist immer so.«

Ich kritzelte, während Lily sprach.

»Ich habe ihn bei der Show nicht erkannt. Ich habe ihn auf dem Video nicht erkannt. Ich habe es erst gemerkt, als ich das alte Foto sah und seinen richtigen Namen hörte. Mein Gott, dachte ich. Eine einzige Nacht. Hinter mir war er her. Hinter mir.«

»Ist mit dir alles okay, Lily?« Ich streichelte Swetlanas Knie. Es hatte eine besondere Rundung, da, wo das Knie in den Schenkel übergeht, ein langer, kräftiger Muskel wie bei einem Radfahrer. Ich wollte Swet fragen, ob sie gerne Rad fuhr.

»Es geht mir besser. Ich habe beschlossen, mich damit auseinanderzusetzen, statt davor wegzulaufen.« Lilys Stimme klang ruhig.

»Was hat er gemacht, wo hat er gearbeitet?«

»Wer?«

»Dein Iwan.«

»Ich glaube, bei einer Zeitschrift. Irgendwas mit Fotos, vielleicht. Ich habe ihn bei einem Empfang bei Nowosti kennengelernt. Hift dir das weiter?«

»Gut«, sagte ich. »Bestens. Danke.« Ich hörte ihr Zögern.

»Artie, ich versuche, was für dich zu bekommen. Wenn es geht, melde ich mich bei dir. Irgendwie melde ich mich bei dir«, sagte sie, um dann abrupt das Thema zu wechseln. »Wie geht's der großen Pirogge so? Was macht Moskau?« Lily wirkte befangen. Ich spürte, daß sie noch nicht auflegen wollte.

Swetlana las zufrieden und liebkoste dabei die weiche Innenseite meines Ellbogens.

»Interessant. Es ist warm, beinahe heiß.«

»Hier in New York ist es kalt.«

»Wie geht's deinem Freund?«

»Ich weiß nicht. Ich hab nichts gehört. Halt mich auf dem laufenden, ja?«

»Klar, Lily. Mach's gut.«

»Hör mal, wegen diesem Essen. Ich war nicht besonders nett zu dir. Vielleicht kann ich es gutmachen? Wenn du wieder hier bist, vielleicht?« fügte sie hinzu. »Diesmal bin ich es, die dich einlädt.«

Eine Pause entstand. Das Schweigen wurde unangenehm.

»Danke«, sagte ich. Wir wußten beide, daß es zu spät war.

Ich muß gestört sein, dachte ich. Moralisch gestört. Zehn Tage zuvor war ich halb in Lily Hanes verliebt, jetzt war ich nach einer Russin verrückt. Völlig aus dem Häuschen. Aber das hier war anders. Ich wollte diese Frau heiraten, wenn sie mich nahm. Ich würde in Moskau bleiben, wenn es sein mußte. Schon jetzt fühlte ich, wie Moskaus Gewicht an mir zerrte. Wenn sie mich ansah, war es, als ob sie ihre Beine für immer um mich schlang. Vielleicht war ich ein solches Weichei, daß ich in Wirklichkeit genau das wollte.

»Glaubst du an Synchronizität?« fragte ich Swetlana, als ich den Hörer auflegte.

»Wahrscheinlich.« Sie lächelte. »Das war deine Freundin?«

»Ich habe keine Freundin. Außer dir. Wenn du willst. Es gibt niemand sonst. Niemand.«

Vor Swetlana hatte ich noch nie ein russisches Mädchen geküßt. Sie schmeckte nach Melone.

5

Swetlana küßte mich noch einmal, dann öffnete sie die Tür ihres zitronengelben Autos und entließ mich in die fleckige verwundete Nacht. Schatten bewegten sich über den Hof eines schmutzigen Plattenbaus. Der Himmel sah aus wie verkohlt, ein rotes Glühen an den Rändern, sogar im Dunkeln.

»Ich warte auf dich«, sagte sie. »Ich warte hier, schau, da ist ein Telefon, falls es Ärger gibt.«

»Fahr nach Hause. Es gibt keinen Ärger. Fahr nach Hause. Ich nehme ein Taxi.« Ich legte meine Hand auf ihr seidiges Haar und küßte sie auf diese vollen Lippen. Ich küßte sie noch einmal.

»Heirate mich«, sagte ich, aber sie hörte mich nicht mehr, sie winkte und war verschwunden.

Ich fand das Lokal nur mit Mühe. Ein primitives Schild wies daraufhin, daß die oberen Etagen eine Art Studentenherberge waren. Ich hielt das Feuerzeug hoch und blinzelte, und im flackernden Licht der Flamme ging der Geist eines jungen Afrikaners schweigend vorüber. Er hatte ein ernstes Gesicht, die Lippen waren vor Konzentration geschürzt, er trug eine Nickelbrille. Ich rief, aber er war schon weg; ich fragte mich, ob er wirklich war. Echos waren zu hören, Metall schlug auf Beton.

Schließlich stolperte ich eine feuchte Treppe hinunter. Ein Mann namens Dubowski begrüßte mich und schüttelte mir die Hand wie ein Ringer, dann nahm er mir 50 Dollar ab und winkte mich zu einem Stuhl. *New York Times,* sagte ich. Er flüsterte einem jüngeren Mann im Schatten etwas zu. Ein paar andere Männer saßen mit übereinandergeschlagenen Beinen da und rauchten.

Ein Mädchen erschien auf einer improvisierten Bühne unter knallrosa Scheinwerfern; wackelnd zog sie sich aus und rieb sich zu unserer Erbauung ganz langsam die Brüste. Sie zog sich zu Tina Turner aus, dann setzte sie sich unvermittelt an den Rand der Bühne und wurde durch ein Mädchen abgelöst, das die Kleider zu Edith Piaf ablegte.

Wir waren fünf sogenannte Journalisten, ich und ein Schwede, zwei Dänen und Gavin Crowe. Jeder von uns hatte Dubowski 50 Dollar für diese Vorführung gezahlt, die er als Schule der Erotischen Kunst bezeichnete. Das Mädchen auf der Bühne war höchstens 20.

»Schön, daß Sie kommen konnten«, rief Crowe und klopfte auf den Platz neben sich. Ich war hier, weil Crowe Tolja erzählt hatte, er habe gehört, daß Dubowski durch eine der Mafias mit jemandem in der Atommafia in Verbindung stehe. »Vergiß nicht, Artijom, daß die Gerüchte in Moskau interessanter sind als die Tatsachen. Es gibt keine Tatsachen, alle Informationen sind verrottet, geh den Gerüchten nach«, hatte Tolja gesagt. Ich hatte es nicht vergessen.

Ein wunderschönes Mädchen stieg auf die Bühne und begann ihre Vorführung. Sie hatte herrliche große Brüste mit glatter Haut und großen harten rosa Nippeln.

»Wie heißt sie?« fragte Crowe Dubowski.

»Sag ihnen, wie du heißt«, rief er dem Mädchen zu.

»Madonna«, sagte sie.

»Titten echt?« griente Crowe.

»Meine Mädchen? Immer.« Dubowskis Stirn war feucht.

Madonna beendete ihre Nummer. Es gab noch ein paar Nummern, dann kreischte Crowe: »Die dicken Titten sollen noch mal kommen.«

»Das kostet extra«, sagte Dubowski.

»Die *New York Times* bezahlt«, antwortete Crowe.

Das Licht wurde dunkler. Jemand schaltete an dem Ghettoblaster herum, und jetzt kam klassische Musik und dann das Pfeifen eines Zuges. Madonna erschien; sie trug einen altmodischen Umhang und einen großen Hut und lange Handschuhe. Als sie am Ende der Nummer den String ausgezogen hatte und nackt war, kam sie von der Bühne herunter zu Crowe und peitschte ihn mit ihrem Haar. Das war noch einmal Olga Gross. Ich dachte an die arme Olga in ihrem Zimmer, an den schmuddeligen rosa BH, den billigen Wodka, ihre fingerlose Leiche in einem Müllsack am Strand von Brooklyn.

Crowe hatte eine Hand auf seinem Schwanz. Mit der anderen Hand warf er eine Zigarette auf den Boden, dann streckte er die Hand aus und drückte die feste Brust des Mädchens.

»Das ist genug«, sagte Dubowski. Das Mädchen verschwand, die Lichter gingen an. Dubowski nahm mich am Ellbogen und führte mich hinaus, eine Treppe hoch in ein Zimmer mit ein paar Brokatstühlen und einem Tisch mit Wodka und Knabberzeug auf einem Tablett.

»Trinken Sie etwas.« Dubowski hatte ein gemeines Gesicht mit Schweinsaugen. Sein feuchter Mund schloß sich nie ganz über den zerklüfteten Zähnen.

»Willkommen bei der Erotikakademie«, sagte er. Ich konnte seinen Geruch wahrnehmen. »Auch als Schule der Erotik und der Unterhaltungskünste bekannt. Hier machen wir Kunst. Striptease ohne Kunst wäre wie eine gynäkologische Untersuchung mit Musik.«

Ich steckte mir noch eine Zigarette an. Nahm einen Block und einen Bleistift heraus und befragte ihn zu seiner Schule.

Dubowski bekam seine Mädchen durch Anzeigen in Provinzblättern. Ein Vertrag verpflichtete die Mädchen, in dem Gebäude zu wohnen; unten waren Schlafräume. Irgendwie schaffte er es, daß sie unterschrieben und für die Ausbildung zahlten, aber er rückte nicht mit der Sprache heraus, und ich bekam nichts heraus, was ihm die Sache einbrachte. Die Mädchen zahlten lächerliche Gebühren.

Nehmen Sie zum Beispiel Madonna, sagte Dubowski. Früher war ihr Leben öde, eine Sackgasse, in einer Autofabrik in Rostow stanzte sie Metallteile aus. Jetzt »tanzte« sie in Moskau. »Wir kümmern uns um alles, was unsere Mädchen brauchen. Wir nehmen sie auf, wir geben ihnen Essen. Wir tun alles für sie, sogar für das Toilettenpapier sorgen wir. Im Austausch verzichten sie auf ihre Menschenrechte«, bemerkte er, »haha«. Seine Augen waren vor Verachtung zu Nadelköpfen geschrumpft.

»Es kommt mir auf einen schönen Körper und einen natürlichen Sinn für Kunst an.«

Die Mädchen durften nicht älter als 26 sein, das war ihr Verfallsdatum. Hier in der Schule bekamen sie Unterricht im Tanzen, in Haltung, Mode und dem, was Dubowski als »Biegsamkeit und östliche Künste« bezeichnete; ich nahm nicht an, daß er damit Kung Fu meinte. Ohne seine Erlaubnis durften die Mädchen das Haus nicht verlassen, nicht einmal telefonieren, sagte er. Er trank Wodka. »Ich verstehe was von Frauen. Wissen Sie, was ich war, bevor ich Geschäftsmann wurde?«

»Was?«

»Gynäkologe«, sagte er.

Dubowski sprach etwas englisch, gemischt mit einem groben Russisch. »Am Tag studieren die Mädchen. Am Abend Demonstrationen, für durchreisende Journalisten, auch Geschäftsleute – potentielle Arbeitgeber.«

»Was für Arbeit?«

Dubowski goß mir Wodka aus einer Flasche auf dem Tisch ein.

»Arbeit. Geschäftsreisen. Wir sind gut zu ihnen.«

Dubowskis Frau Vera erschien und nahm sich was zu trinken. Eine Platinblonde mit einem Lurexpullover und einer so schrillen Stimme, daß sie damit Cola-Flaschen hätte zerspringen lassen können. Vera war es, die zu dem Schluß gekommen war, daß der ärztliche Beruf zu korrupt für einen Mann von seiner Sensibilität war – das sagte sie tatsächlich –, und so war sie auf die Idee mit der Schule gekommen.

»Ich war Krankenschwester im Zirkus«, sagte Vera.

»Als die Sowjets gingen, sprang der Korken aus der Flasche«, hatte Swetlana mir erzählt. »Plopp«; sie steckte den Finger in den Mund und machte ein Geräusch wie ein Korken. »Moskau wurde die Stadt der Sünde. Sexshows. Schwulendiscos mal hier, mal da. Alle Arten von Nutten und alle verrückt darauf, einen Geschäftsmann kennenzulernen.«

Geschäftsleute waren die neuen Genossen, die neue Nomenklatura, die neuen Parteimitglieder. Das war in Moskau schon ein alter Hut, aber nicht für mich. Ich hatte davon gelesen, ich hatte zu Hause endlose, atemlose Fernsehreportagen darüber gesehen. Aber ich hatte ein prüdes, puritanisches Land hinter mir gelassen, das von der Idee besessen war, daß der Kapitalismus eine Ausgeburt des Teufels war, und wo Sex kaum je erwähnt wurde; für den Sozialismus war Geschäft genauso sündig wie für die Katholische Kirche. Und jetzt waren sie überall, Nutten, Geschäftsleute, und beim Frühstück im Hotel sah ich Weltbankangestellte mit ihren Yuppie-Schuhen. Gangster mit Kapital von den russischen Joint Ventures fuhren Rolls Royce, und Dubowski hatte seine Schule. Die neuen Bizinessmen wollten keinen Abend im Bolschoi, sie wollten dreckige Lust. Dubowski konnte sie beschaffen.

Aber wo war Dubowskis Profit? Das irritierte mich. »Eine Investition«, sagte Dubowski. »Die Mädchen unterschreiben, daß sie mir einen Prozentsatz von ihrem Gehalt abgeben, wenn sie mit der Arbeit anfangen.«

»Was für einen Prozentsatz?« Ich kritzelte ganz ernsthaft, wie ich es bei Reportern gesehen hatte. Im Raum nebenan kam irgend etwas Frommes von Sting aus der Stereoanlage. »Wo arbeiten die Mädchen?«

»Ein paar in Moskau, meistens schicken wir sie in andere Länder. Gute Jobs.«

Seine Frau nickte.

»Firmen, die in Südamerika oder im Nahen Osten im Showbusiness arbeiten.« Er erwärmte sich für das Thema.

»An arabischen Ländern bin ich natürlich nicht so interessiert. Diese Männer sind keine Gentlemen. Aber man muß die

Chance nutzen. Arbeit ist Arbeit, und natürlich unterstützt Dubowski die Frauen aus seinem Land in gewisser Weise«, sagte er. »Ich bringe Ordnung in das Chaos in Frauenköpfen.«

Wie dämlich von mir, daß ich das nicht gleich gemerkt hatte: Dubowski betrieb ein Bordell. Die Vorführung sollte die Männer anmachen; dann suchte man sich eine aus.

»Ich will mit Ihnen reden, von Mann zu Mann. Sie verstehen.« Ich zeigte ihm eine Rolle Banknoten. »Schicken Sie die Frau raus.«

Er sagte seiner Frau, sie sollte Land gewinnen.

»Wenn ich nun eines von den Mädchen mitnehmen will, um mit ihr, wie Sie sagen, Showbusiness zu machen?«

»Kein Problem, wenn der Preis stimmt.«

»Hatten Sie ein Mädchen, das Olga Gross hieß?«

»Vielleicht, vielleicht auch nicht. Wer weiß das noch? War sie gut? Ich nehme nur erstklassige russische Mädchen. Wollen Sie diese Olga Gross?«

»Sicher. Suchen Sie sie. Ich kann zahlen. Gibt es schon Mädchen, die mit Männern wie mir reisen?«

»Sicher, ich hab überall Mädchen, Italien, Rumänien, Kroatien. Globaler Markt. Russische Mädchen sind die besten.«

»USA?«

»Sicher. Brighton Beach, Los Angeles, warum nicht.«

»Ich will eine private Vorführung.«

»Welche?«

»Olga.«

»Probieren Sie eine andere.«

»Ihr bestes Mädchen. Jung. Sauber«, sagte ich. »Große Titten.«

»Wie lange?«

»Ein paar Stunden.«

»Für die *New York Times*«, sagte er, »200 Dollar.«

»Geben Sie mir die, die sich Madonna nennt.«

Ich gab ihm Geld. Ich zeigte ihm mehr davon. »Und finden Sie heraus, was mit Olga ist.«

Gavin Crowe kam hereingelatscht, er trank Scotch aus einer Plastikflasche und zog den Reißverschluß an seiner Hose hoch.

»Sie ist am Ende vom Flur«, sagte Dubowski.

Hier wurde nicht getanzt. Als ich zur Tür hereinkam, lag das Mädchen, das sich Madonna nannte, auf einem fleckigen Bettüberwurf, die Beine gespreizt, der Mund die Karikatur eines lasziven Lächeln. Der Ghettoblaster war leise gestellt. Ich drehte ihn auf; es war Billie Holiday, aber ich weiß nicht, ob das Mädchen irgendeine Ahnung von der Musik hatte; es war einfach Lärm.

Sie war viel jünger, als ich angenommen hatte, vielleicht 17. Sie streichelte sich. Ihr Körper war phänomenal. Ein Leckerbissen. Saftig. Aber sie war ein Kind. Außerdem war sie übel zugerichtet; ihr bleicher Körper war voller blauer Flecken, wie Druckstellen an einer Frucht.

»Zieh dich an.« Ich schnappte einen Bademantel von einem Stuhl und warf ihn ihr zu.

»Gefalle ich dir nicht?« Sie versuchte, mich zu streicheln. »Soll ich dir einen blasen?«

Ich warf ihr den Bademantel über und sagte: »Du kannst russisch mit mir sprechen. Zieh dich an. Ich will reden.«

Sie zog den Bademantel um sich und zog sich darunter an, wie ein Schulmädchen. Mit T-Shirt und Shorts sah sie aus wie ein Kind.

»Kanntest du ein Mädchen namens Olga Gross? Ihr Bühnenname war Anna.« Ich gab ihr Feuer und legte Geld auf den Tisch.

»Anna war eine gute Freundin von mir. Geht es ihr gut?«

»Hast du schon im Ausland gearbeitet?« fragte ich und legte einige Dollarnoten auf den Nachttisch. Sie schielte hinüber.

»Ja.«

»Wo?«

»Deutschland. Kroatien. Ukraine. Rumänien. Du sagst niemand, daß ich mit dir geredet habe?«

»Niemand.«

»Ich brauche Geld. Ich bin krank.«

»Was für eine Krankheit?«

»Erzähl mir von Olga.«

»Sie ist tot. Es tut mit leid.«

Das Mädchen biß sich auf die Unterlippe.

»Wo warst du sonst noch?«

»Ich kenne die Namen nicht, in Arabien.«

»Dubai? Kuwait?«

»Vielleicht.«

»Hilfst du mir?« Sie ergriff meine Hand, als hinge ihr Leben daran. Genau das hatte Olga im Batumi Club in Brooklyn zu Tolja gesagt. Ich nickte. Sie versuchte zu lächeln, aber ihre Lippen waren aufgesprungen, und sie hatte häßliche Male um den Mund. Ich hätte es schon früher sehen müssen.

»Hast du Proben mitgenommen?«

Sie nickte.

»Wußtest du es?«

»Nein.«

»Was hast du geglaubt, das es ist?«

»Wir dachten, wir gehen zum Arbeiten ins Ausland. Wir waren berufstätig. Tänzerinnen.«

»Ihr solltet etwas für Leute mitnehmen.«

»Ja. Manchmal.«

»Für wen?«

»Männer. In Städten an der Grenze. Kroatien. Deutschland. Wir nahmen mit, was sie wollten. Wir legten die Päckchen zwischen unser Make-up.«

Wie Olga, wie Lew hatte dieses Mädchen radioaktives Material über die Grenzen gebracht und war dann damit im Westen gestrandet, verloren zwischen Flüchtlingen, im Chaos.

»Hast du je herausgefunden, was du mitgenommen hast?«

»Am Ende.«

Ich flüsterte: »Plutonium.«
Sie nickte.
»Noch andere Sachen?«
»Ja.«
»Red Mercury?«
»Ja.«
»Woher wußtest du das?«
»An einem Abend waren wir – Olga und ich – in einer kleinen Stadt in Kroatien. Ein ekelhafter Ort, grauenhaftes Essen, besoffene Soldaten. Wir gingen in unser Zimmer. Olga riskierte gern was. Sehen wir uns das Zeug doch mal an, sagte Olga. Wir dachten, es wären vielleicht Drogen. Olga machte ein Päckchen auf. Da war was Rotes drin, es sah aus wie Nagellack. Wir wußten, daß das keine Drogen waren. Später hat's uns jemand gesagt.«
Ich zeigte ihr das Foto von Lew Kowalski.
»Er arbeitete als Begleiter für die Mädchen.«

Die Tür wurde aufgerissen, das Mädchen duckte sich an die Wand, Dubowski und seine Frau kamen ins Zimmer gerannt und prügelten auf das Mädchen ein. Dubowski hatte eine 9-Millimeter Pistole, eine Gluck. Er hielt sie an meinen Kopf, während die Frau das Mädchen verprügelte. Ich schaute nur zu. Sie zwangen mich zuzuschauen. Ich war nicht Clint Eastwood. Ich war nicht Harrison Ford. Ich war niemand, nur ein Schlemihl, der sein Leben in diesem Moment haßte. Ich half ihr nicht. Ich konnte es nicht in Ordnung bringen. Ich rettete sie nicht. Ich fühlte mich, als ob ich an einem Bungeeseil hing, bei dem das Gummi versagte. Ich stand nur da mit dem kalten Metall an meinem Kopf, und Billie Holiday sang, und das Mädchen schrie vor Schmerzen, und ich wußte, daß ich tot war, wenn ich mich bewegte, und sie auch. Ich glaube, das war es, was die braven Deutschen immer sagten.
»Wollen Sie dasselbe für Ihre Freundin?« Dubowski lachte. »Ich kann das arrangieren«, und ich betete zu Gott, daß er

bluffte, daß Swetlana schlau genug gewesen war, von dieser Müllkippe zu verschwinden. Wartete sie draußen? Wußten sie es?

Wieder schlug die Frau Madonna mit der offenen Hand, und etwas knackte. Das Mädchen fiel auf den Boden.

»Genug«, schrie Dubowski. »Genug!« Vermutlich brauchte er die Mädchen lebend. Sie waren sein Profit, Mädchen wie dieses, das in einer Ecke kauerte und mit der Hand versuchte, das Blut zu stoppen, das aus seinem Mund floß. Dubowskis Mädchen waren Atom-Mulis.

6

Swetlana wartete in ihrem Auto; mit den Füßen auf dem Armaturenbrett las sie einen Taschenbuchroman, als ich aus diesem Höllenloch hinaus auf die Straße stolperte. Sie hatte etwas Unerschrockenes an sich, auch beim Fahren. Sie nahm mich mit nach Hause, machte Eier, ließ ein Bad einlaufen. Während ich in dem warmen Wasser saß, telefonierte sie herum, um Madonna aus Dubowskis Haus zu holen. Als ich am Morgen von ihr wegging, war sie wieder dabei, sie schmeichelte, bettelte, lachte, forderte, bot im Gegenzug einen Gefallen an. »Sei vorsichtig«, rief sie und küßte mich zum Abschied.

Die Lobby im Novosti-Haus stank. Es war dieser Gestank nach überreifen Äpfeln, eine Mischung aus Desinfektionsmitteln und Kotze, den ich auch im St. Vincent's in der Nacht von Ustinovs Tod wahrgenommen hatte. Der Gestank des Morgens in Moskau.

In meiner Kindheit war das Novosti immer eine florierende Bienenwabe gewesen, wo Birdie eine Zeitlang als Sekretärin für eine englischsprachige Zeitschrift gearbeitet hatte. Ich hatte sie oft besucht, um die Mädchen in den Illustrierten anzuschauen und mein Englisch an Birdies Freunden zu üben, Ausländern in Moskau, die sich alle untereinander kannten.

Hier waren Dutzende von Zeitschriften produziert worden, die die sowjetische Propaganda verbreiteten, für den ausländischen Gebrauch aber mit einer Zuckerschicht verschönt wurden. Jetzt nahm der »Up and Down Club« einen Teil des Gebäudes ein; Tolja bezeichnete ihn als den schmutzigsten Sexclub in Moskau.

Fast eine Stunde wanderte ich durch Gänge, in denen Kafka sich wie zu Hause gefühlt hätte; ich schaute in verstaubte Zimmer mit vertrockneten Pflanzen auf den Fensterbänken.

Ich stolperte in Archive mit Fotos und Zeitschriften. Hier war die ganze Geschichte des PR-Unternehmens, das die Sowjetunion gewesen war. Ich fragte nach Iwan Kowalski; niemand wußte etwas. Ich fragte nach Lew Kowalski, weil ich dachte, daß seine Genossen ihn vielleicht so genannt hatten, und schaute nur in ahnungslose Gesichter.

An den Flurwänden hingen Schwarzweißaufnahmen aus *Soviet Life* aus den Sechzigern: ein Mann, der mit einem Bären auf dem Rücksitz Auto fuhr; Chruschtschow und JFK, die sich die Hände schüttelten. Ich fand, daß die alten Führer in ihrer Hochform an Tiere erinnerten: Breschnjew wirkte kräftig, wie ein Bär. Vielleicht nicht besonders menschlich, aber stark und lebendig.

»Hallo?«

Im letzten Zimmer am Ende eines Flures saßen zwei verlorene Kerle herum, beide mit Brillen und Strickjacken, und arbeiteten an irgendwelchen Papieren. Als ich eintrat, sprangen sie auf; sie freuten sich, Gesellschaft zu bekommen. Sie schüttelten mir die Hand auf diese steife verdrehte europäische Art und verbeugten sich dabei leicht. Ich hatte es vergessen. Ich sagte, daß ich Reporter der *New York Times* war und mich nur einmal umschauen wollte.

»Haben Sie von Kerl gehört, Nicolae Borescu?« fragte einer, Rudi, hoffnungsfroh.

»Von wem?« Ich bot ihnen Zigaretten an. Sie stürzten sich darauf. Ich haßte das.

»Rumänischer Medienmogul. Man sagt, er will unsere Zeitschriften kaufen und neues *Russian Life Magazine* machen.«

»Darauf würde ich nicht viel geben«, sagte ich. Rudis Englisch war schwach; sein Kollege sprach überhaupt keins. Sie taten mir leid. Ich stellte mich noch mal auf Russisch vor.

»Aber vielleicht kennen Sie Mr. Chaim Brodsky. Er plant ebenfalls, ein paar Zeitschriften zu kaufen, vielleicht das ganze Novosti.«

»Wissen Sie das sicher? Kann mir das jemand bestätigen?«

»Sicher. Sicher. Geh, Sascha.« Rudi schob seinen Kollegen zur Tür. »Geh. So«, sagte er und stand still. »Sagen Sie mir, Artemij Maximowitsch, wie es in New York City aussieht.« Er klang wehmütig; er sehnte sich nach Neuigkeiten; er benutzte meinen Vaternamen, als wäre ich ein respektgebietender Besucher.

Ich zeigte ihm Lews Bild. Er zögerte keinen Moment.

»Sicher. Natürlich. Iwan war unser Freund. Er verschwand. Wir dachten, er hätte gesoffen. Vielleicht Kokain. Vielleicht ist er krank, dachten wir. Was ist mit ihm passiert?«

»Ich weiß es nicht«, log ich. »Ich versuchte, Kontakt zu ihm aufzunehmen. Können Sie mir weiterhelfen?«

Rudi war willig und durch die Anwesenheit eines Besuchers wie aufgedreht. Er wischte über einen mit brüchigem Leder bezogenen Sessel und deutete darauf, wobei er erwartungsvoll an seiner Zigarette zog. »Warten Sie.«

Er verschwand hinter einem Schrank und kam mit einer großen Mappe zurück, die er an sich drückte.

»Iwan war Spezialist. Er war ein Genie, könnte man sagen. Iwan retuschierte Fotos. Er gestaltete sie neu. Iwan konnte Leute verschwinden lassen. Sehen Sie selbst.«

Rudi öffnete das Portfolio: Bilder des Präsidiums, das sich am 1. Mai um Lenins Grab versammelt hatte. Auf einem trug Andronow keinen Hut. Auf einem anderen hatte er seinen Hut auf dem Kopf. Für die damalige Zeit war es eine Meisterleistung – heute kann man alles am Computer ändern, ohne irgendwelche Spuren zu hinterlassen –, damals war es eine mühsame Sache, eine Kunst. Ich dachte an Lily. An die Bilder von ihr, die er hergestellt hatte.

»Die Originalaufnahme«, sagte Rudi und holte ein Buch mit einem berühmten Foto, auf dem Lenin eine Rede hielt und Trotzki auf das Podium stieg. Rudi wendete die Seite um. »Sehen Sie genau hin. Trotzki ist nicht mehr da, aber sie haben seinen Ellbogen vergessen. Sie haben Trotzkis Ellbogen dagelassen. Wir zogen Lew damit auf. ›Vergiß den Ellbogen nicht‹, sagten wir zu ihm. Iwan vergaß ihn nie.« Er sah mich an.

»Wissen Sie, warum die Sowjets gescheitert sind? Immer war da irgendein Heini wie ich oder Sascha, der die Originalbilder aufhob. Jemand, der dem Westen die Fakten liefern konnte. Da gab es immer so viele Möglichkeiten, etwas zu veröffentlichen. Dann kommt Gorbatschow und Glasnost, und kein Mensch fragte noch, ob der Hut auf dem Kopf ist oder nicht. Jeder kennt die Wahrheit, mehr oder weniger. Iwan hat seinen Job verloren.«

»War er sauer, dieser Iwan?«

»Nein. Er war ein netter Kerl. Er lernte eine Amerikanerin kennen. Er war verrückt nach ihr. Er sagte, er wollte sie heiraten und in Amerika leben. Er war besessen. Er wurde ein bißchen komisch, aber es waren ja auch komische Zeiten. Er zeigte uns ein Bild von ihr, aber sie anwortete nie auf seine Briefe. Dann verschwand er. Wollen Sie seine Telefonnummer?« Rudi öffnete ein Notizbuch, leckte an einem Bleistiftstummel und schrieb eine Telefonnummer aus dem Buch auf ein Stück Papier.

»Soll ich's mal versuchen?«

Ich nickte.

Rudi wählte, lauschte, hängte ein. Er telefonierte nochmals und sprach wieder.

»Lews Vater ist umgezogen. Er hat kein Telefon. Aber ich habe seine Adresse herausgefunden. Er würde sich bestimmt freuen, einen Freund seines Sohnes aus Amerika zu sehen.« Mit dem Ausdruck intensiven Vergnügens nahm er einen tiefen Zug aus seiner Zigarette.

»Danke.«

Sascha kam zurück; er wirkte erfreut. Er sprach so förmlich wie in einer Schulklasse. »Es freut mich, bestätigen zu können, daß ich recht hatte. Mr. Chaim Brodsky ist dabei, Nowosti Press zu kaufen.« Er lächelte, und wir rauchten alle noch eine Zigarette.

»Gute Zigarette. Aromatisch«, sagte Sascha.

Diese Jungen taten mir leid. Ich hätte einer von ihnen sein können.

»Woran arbeiten Sie jetzt?« fragte ich sie.

»Wir warten einfach nur. Vielleicht kauft uns jemand. Wir versuchen, das Archiv weiterzuführen. Schlechte Zeiten. Meinen Sie, daß alles wieder normal wird, Artemij Maximowitsch?«

»Ich weiß nicht.« So diskret wie möglich legte ich alle meine Zigaretten in Rudis Schublade. »Und ich heiße einfach Artie«, sagte ich und machte mich zu dem Vater des Mannes auf, den ich getötet hatte.

7

Der Mann stemmte seine Tür mit abgebrochenen Fingernägeln und einem Schraubenzieher auf.

»Ich habe den Türknopf für Brot verkauft«, sagte er, als er mich draußen stehen sah. »Ich bin Kowalski, Boris. Und Sie?«

»Mein Name ist Cohen«, sagte ich so steif, als hätte ich Russisch in der Schule gelernt. »Sind Sie der Vater von Iwan Borisowitsch Kowalski, der manchmal auch Lew genannt wird?«

»Ja, wir nennen ihn manchmal Lew. Mein Vater hieß auch so. Er hat mir das geschickt.« Er strich über seine braune Wolljacke wie über eine weiche Katze, und ich vermutete, daß er schon halb daneben war, wie man das bei Alten und Kranken vermutet, vor allem in Moskau. Dann nahm ich mich zusammen. Seine Augen richteten sich auf mich, und einen Augenblick lag echte Intelligenz darin.

»Ich würde mit Ihnen gern über Ihren Sohn sprechen.«

»Er ist tot.« Das war eine Feststellung.

»Ja.«

»Gut.«

Er trat zurück, um mich in einen übelriechenden Flur einzulassen. Kowalski hatte die Fenster mit alten Ausgaben der *Prawda* abgedeckt, und nur wenig Licht schimmerte durch die Lügen hindurch.

Wie Birdie lebte offensichtlich auch er allein.

Er humpelte an einer selbstgebastelten Krücke und einer primitiven Prothese. Als er mich in sein Zimmer führte, konnte ich seinen Schädel unter der Kopfhaut sehen, und ein Teil seines Kopfes war eingedellt, wie wenn ihm jemand eins mit dem Holzhammer übergezogen hätte. Er trug einen Kaschmirpullover, aber auf seinem schmutzigen Unterhemd waren Essensflecke.

»Gut«, sagte er noch einmal. »Dann ist er erlöst.«

Ich fand mich in einem mit Papieren vollgestopften Raum. Der Tisch war mit Papier, mit Zeitungsausschnitten, Berichten, Briefen bedeckt. Am Fenster, auf dem Boden, lagen Papierstapel. Ich hatte allmählich den Eindruck, daß alte Leute in Moskau in ihren erbärmlichen Zimmern eingesperrt waren und Haufen von Dokumenten horteten, als wäre das das einzige, was sie überhaupt noch mit ihren Erinnerungen verband. Über dem Fernseher hing eine Ikone.

»Bitte setzen Sie sich«, sagte er. »Ich koche Tee.«

Dieser Mann war sogar zu erschöpft, um noch zu hassen. Sein Gesicht war einmal für den Haß wie geschaffen gewesen: hager, eine markante Kieferpartie, blaßblondes Haar, gespannte Haut um den Mund herum, ein blasses polnisches Gesicht mit hellen harten Augen. Aber Krankheit hatte viel von seinem Körper und seinen ganzen Ehrgeiz verschlungen.

»Ich bin froh, daß er tot ist. Man hat ein Monster aus ihm gemacht. Kannten Sie ihn?«

»Er hat versucht, mich umzubringen«, sagte ich.

»Warum sind Sie dann gekommen?«

»Ich dachte, es würde Sie interessieren.«

»Sind Sie Polizist?«

»Ja, in Amerika. Ich muß wissen, wer Ihr Sohn war und was er tat.« Ich bot dem alten Mann ein Päckchen Zigaretten an. Widerstrebend nahm er sich eine, die ich ihm anzündete. Er rauchte mit drei Fingern. Die anderen zwei fehlten. Ich wollte sagen: Ich habe Ihren Sohn getötet. Ich war es.

Er goß Tee ein und legte vier Kekse auf eine Untertasse. Er saß auf einem mit zerlumptem Rosenstoff bezogenen Sessel und nahm sein Bein ab. Er legte es beiseite und massierte den Stumpf, über den er eine braune Socke gezogen hatte. Er wartete, bis ich meinen Tee getrunken und meinen Anteil an Plätzchen gegessen hatte, dann sagte er förmlich: »Ich bin Ihnen dankbar für die Nachricht. Was wollen Sie?«

»Wie kam Lew zu seinen Proben?«

»Bitte«, sagte er und deutete auf einen Plastikvorhang. »In der Küche.«

Hinter dem Vorhang stand ein Arbeitstisch. Darauf stand eine Gemüsewaage. Eine Reihe Edelstahlplatten in der Form von Hockeypucks waren an einer Seite ordentlich aufgestapelt. Metallbehälter und saubere Einmachgläser gab es. Auf einem gelben Teller lag ein Bündel verstaubter Roter Beete, an deren Blättern noch graue Erde hing.

In den Suppendosen aus Blei wurde Cäsium oder Plutonium transportiert, in den Hockeypucks Urankugeln, sagte er. Alles Proben.

»Und die Zertifikate?«

Er öffnete eine Schublade und nahm ein Bündel offizielle Dokumente heraus, die die Echtheit der Proben wissenschaftlich bestätigte.

»Gefälscht?«

»Ein paar. Manche sind echt«, sagte er. »Bekommt man leicht von Forschungsinstituten, ist nicht teuer.«

Die Proben, erklärte mir Kowalski, waren der springende Punkt, und er zeigte mir sein Werkzeug, zu dem auch ein gebogenes Kartoffelschälmesser gehörte.

»Sie haben aus meinem Sohn einen Muli gemacht«, sagte Kowalski. »Sie ließen ihn diesen Schrott transportieren.« Er spuckte das richtig aus. »Er wußte nicht, was er transportierte, am Anfang jedenfalls nicht.«

»Wer brachte ihn dazu?«

»Wer? Die Mafia. Der KGB. Bosse. Paten. Sie sagten, er begleitete Mädchen. Fuhr Lastwagen. Kommt es drauf an, was es war? Oder wer? Wer auch immer. Unsere Schuld ist das nicht. Es fängt bei den Amerikanern an. In Brooklyn.« Er zeigte mir eine Ansichtskarte von seinem Sohn.

»Wie hat er die Proben bekommen, die er nach Amerika brachte? Wer gab sie ihm?«

Völlig ausdruckslos antwortete Kowalski: »Ich.« Er verlagerte sein Gewicht und verzog dabei das Gesicht. »Ich habe es nicht für Geld getan, verstehen Sie. Ich bin kein geldgieriger Jude, der alles an sich raffen will. Verstehen Sie, Mr. Cohen?«

Beim Sprechen schob er Papier auf dem Tisch hin und her. »Ich habe es für meinen Sohn getan. Ich konnte ihm nichts geben, also gab ich ihm den Tod.«

Im Moment war Kowalski als Hausmeister an einem Atomzentrum außerhalb von Moskau beschäftigt. Er sprach ein steifes elaboriertes Russisch, und ich konnte ihm leicht folgen. Es war die formelle Sprache der Generation meiner Großeltern. Was er mir berichtete, war das folgende, soweit ich es verstand:

Zu alt für den Wehrdienst, war er, Kowalski, mit dem Pionierkorps nach Afghanistan geschickt worden, um den möglichen Einsatz nichtkonventioneller Waffen zu prüfen. Er war älter und langsamer als die anderen, er trat auf eine Landmine, verlor sein Bein, wurde nach Hause geschickt, aus der Armee entlassen. Er war bereits krank, weil er schon vorher in einer Anlage gearbeitet hatte, die Plutoniumkerne herstellte. Er arbeitete mit dem Kopf neben einer Dampfpfeife und mit den Händen in einem Handschuh-Schutzkasten, der nicht immer dicht war.

Weder Kowalski noch seine Frau, von der er inzwischen geschieden war, sagten in jenen Jahren etwas. Sie waren treue Parteimitglieder. Wenn der Staat sagte, daß Radioaktivität ungefährlich war, wie konnte dann er, Boris Kowalski, Höhergestellten den Gehorsam verweigern?

Dann kam Glasnost, und er begann zu lesen. Etwa zur selben Zeit wurde Lew gefeuert. Niemand brauchte noch bearbeitete Bilder. Lew geriet in schlechte Gesellschaft, Ausländer, Mafia.

Sie gaben Lew Aufträge. Eine Zeitlang fuhr er einen Lastwagen mit Obst nach Varna. Sie bezahlten ihn gut. Ihm wurde klar, daß das Geld nicht für das Obst gezahlt wurde, aber wofür dann? Drogen? Er begleitete Mädchen nach Kroatien, nach Deutschland. Tänzerinnen, sagte man ihm. Er wußte, daß die Mädchen Huren waren. Aber er bekam gutes Geld, die Arbeit war leicht, und Lew mochte die Mädchen. Ein paar Mädchen wurden krank, und Lew erzählte es seinem Vater.

»Da begriff ich, was sie transportierten«, sagte Kowalski.

Auf den Reisen freundete Lew sich mit einem Mann an, der wußte, wie man wirklich zu Geld kommt. Er bat seinen Vater um Hilfe. »Wir könnten mit der Arbeit aufhören und zusammen in einer schönen Datscha auf dem Land leben, sagte er. Ich war einverstanden. Jeder machte es so. Schließlich war es gewissermaßen unser Familienbetrieb.«

Minatom, die alte sowjetische Atombehörde, war ein Staat im Staat gewesen. Es beschäftigte auch jetzt noch unzählige Menschen. Jeder war pleite. Auf der untersten Ebene florierte der illegale Handel: Plutonium, Uran, Lithium, Cäsium, sogar Abfälle wie Urantrioxid konnte man überall loswerden. Boris Kowalski nahm einfach regelmäßig aus seinem Institut mit, was er brauchte.

»Wir waren alle wütend. Manche von uns hatten seit Monaten kein Gehalt bekommen. Seit Jahren. Also machten wir Geschäfte. Ich machte Geschäfte für Lew.« Er legte die Hände zusammen und ließ die Knöchel knacken.

»Wie?«

»Wie? Ich legte das Material, die Proben, in einen Henkelmann. In mein Mittagessen. Was macht das jetzt noch aus?«

Er legte sich die Hand aufs Gesicht. »Aber einmal habe ich das Falsche mitgenommen, oder jemand hat mich reingelegt. Ich nahm Cäsium, und Lew wurde davon sehr krank. Ich wußte es, weil ein Kollege etwas genommen hatte und sein ganzer Körper dem ausgesetzt war. Er war nach zwei Wochen tot. Aber ich hatte die Proben schon meinem Sohn gegeben.«

Wir saßen schweigend da. Mir fiel nichts ein, also aß ich den letzten Keks auf.

»Ich wollte, daß Lew aufhörte. Es war zu spät. Er war schon abhängig, von der Macht, von der Aussicht auf Geld. Vom

Tod. Er war ein Schmuggler. Ein Muli. Er war ein Atom-Muli, sagte er, und er würde arbeiten, bis er tot umfiel. Er wollte eine letzte Sache machen. Er wollte Plutonium nach Amerika bringen, der erste sein. Ich glaube, er hatte noch was anderes vor.«

»In welcher Richtung?«

»Ein Mädchen. Ein Mädchen, das ihn verraten hatte.«

Er schob Papiere weg und nahm ein Foto von einer zehn Jahre jüngeren Lili Hanes heraus, mit Ohrenschützern aus Fell, die weiß von ihrem roten Haar abstachen.

»Was noch?«

Kowalski zuckte mit den Achseln. »Kennen Sie die Wirkung von Strahlung? Soll ich Ihnen sagen, wie es für meinen Sohn war? Das Blut stirbt.«

»Ich weiß.«

Kowalski zündete sich eine stinkende indische Zigarette aus einem rosa Päckchen an. Draußen hatte es angefangen zu regnen, auch zu hageln. Die Körner schlugen gegen das Glas. Eine Polizeisirene jaulte durch die Moskauer Dämmerung. Ich wollte Kowalski erzählen, wie ich seinen Sohn erschossen hatte.

»Was meinen Sie, an wen er verkauft hat?«

»In Deutschland, in Bulgarien und so verkaufte er an Mittelsmänner. Bankiers. Italiener, die das Geld reinigen – nennt man das Geldreinigen?«

»Waschen.«

»Ja. Terroristen. Libyer vielleicht, Iran bestimmt. Wer weiß? Wen kümmert es? Heute kann man hier alles kaufen.«

»Alles?«

»Aber ja.«

»Plutonium?«

»Massenhaft.«

»Red Mercury?«

»Schwerer. Teurer.«

Der Regen schlug wie Blei gegen das Fenster.

»Lew war ein guter Sohn.« Er begann zu weinen. Ich dachte an die Leidenschaft seines Sohnes für Messer.

»Wer wollte das Zeug in Amerika?«

»Ich weiß es nicht.«

»Können Sie es herausbekommen?«

»Ich, ich bin ein Niemand. Ein Nichts. Vielleicht können die großen Bosse in den Instituten es Ihnen sagen.«

»In Ihrem Institut? Bringen Sie mich hin?«

»Das kostet etwas.«

»Wieviel?«

»Ein neues Bein.«

Als er den Stumpf rieb, dämmerte es mir. Boris Kowalski, der das System betrogen hatte, das ihn verraten und dabei seinen Sohn zerstört hatte, wollte zum Ausgleich ein besseres Bein.

8

Geben Sie mir ein paar Rubel«, sagte Kowalski zu mir, als wir spät am nächsten Abend am Instiut ankamen. Ich gab ihm einen Packen zerknüllter Banknoten.

Wir standen am Tor, eine Stunde außerhalb von Moskau. Eine alte Frau schnarchte in dem Wachhäuschen. Kowalski hämmerte auf das Eisengeländer, und sie öffnete die Augen. »Hallo?« Sie blickte auf. »Sie sind's.«

»Ich bin's.« Er gab ihr Geld. »Ich habe was bei der Arbeit vergessen. Sie verstehen.« Die alte Frau nickte und öffnete die Schranke und spuckte in die Nacht aus.

»Geben Sie ihr ein paar Zigaretten«, sagte Kowalski, und ich reichte eine Schachtel durchs Fenster. Mit einem unterwürfigen Grinsen hob die Frau ruckartig den Kopf. Gott, wie ich mich nach Hause sehnte. Ich griff nach Swetlanas Hand. Sie hatte uns mit ihren kleinen Auto hergefahren. Es wurde langsam kalt.

Das Gelände war verödet. Ein blasser Frost lag über dem schlammigen Hof. Eine Maschine, eine Art alter Traktor, tukkerte lethargisch vor sich hin und stieß eine Dampfsäule in die kalte Nacht. »Helium.« Kowalski schnaubte. »Wir verkaufen es, um schnell an Geld zu kommen. Warten Sie hier.«

Kowalski ließ uns im Auto zurück und ging auf ein schmutziges gelbes Steinhaus zu, dann winkte er uns, ihm zu folgen.

»Bleib im Auto«, sagte ich zu Swetlana. Sie schüttelte den Kopf. »Was ist, wenn Radioaktivität ausströmt oder so?«

»Hast du Angst, daß ich kranke Kinder kriegen könnte?«

»Ja.«

»Dann warte ich«, sagte sie, und ich wußte, daß sie mich heiraten würde.

Im Gebäude führte Kowalski mich in einen Raum, der wie ein Chemieraum in einer Schule aussah. Er war ziemlich heruntergekommen. An den Wänden hingen ausgefranste Karten von transuranischen Elementen, es gab veraltete Mikroskope, in einer Ecke einen Gasring mit einem Teekessel darauf, eine kreidebeschmierte Tafel, ein paar Schreibtische und Haufen von Papier. Kowalski setzte sich schwer hin, stützte sich auf seine Krücke, zündete sich eine von seinen indischen Zigaretten an. Schweigend betrachtete er die Fenster.

»Wir warten.«

»Worauf?«

Ich stand mit dem Rücken zur Tür, als sie sich plötzlich öffnete. Ich drehte mich um. Eine Frau mittleren Alters kam herein. Sie war in Schals gehüllt wie eine Tänzerin. Langsam legte sie die Tücher ab, dann setzte sich sich auf einen Schreibtisch.

Kowalski stellte sie mir als Walja Golitzin vor. Sie sei Wissenschaftlerin, sagte er. Hochrangig.

»Wieviel?« Sie sprach Kowalski an, der zu mir schaute.

Ich öffnete meine Brieftasche und zeigte ihr Geld.

»Nicht genug. Sie sprechen russisch?«

Ich nickte und zeigte ihr mehr Geld.

»Okay.« Sie stopfte die Scheine in ihre Jackentasche, sah sich in dem Raum um, hob eine Einkaufstasche auf und entnahm ihr ein großes Glas Nescafé, eine Flasche Wodka, ein Glas, eine Salami und einen kleinen Laib Brot. Sie baute alles auf dem Tisch auf, musterte ihr Werk und lächelte. »Wir haben eine halbe Stunde Zeit.« Ihre Finger fummelten am Schnaps herum.

Wie ein Schüler saß ich auf einem Stuhl ihr gegenüber. Sie hatte ein schmales, gutgeschnittenes Gesicht, eine römische Nase, dunkle Augen, die graziösen Arme einer Tänzerin. Sie schraubte den Deckel von dem Nescaféglas ab, hielt inne, um sich eine Zigarette anzuzünden, holte einen etwa 20 Zentimeter hohen Behälter hervor. Er war aus Blei. Sie zog Gummihandschuhe an, dann zog sie ein Glasgefäß mit einer klebrigen Masse heraus. Es war rosafarben. Es sah aus wie

Nagellack. Aber es war Red Mercury. Das war es, wofür ich den ganzen Weg zurückgelegt hatte, diese Flasche mit was drin? Mit dem Tod?

»Red Mercury«, sagte sie mit Nachdruck. »Das ist Red Mercury.«

»Kann man daraus eine Bombe machen?«

»Natürlich.«

»Wieviel braucht man dafür?« fragte ich.

Walja deutete auf das Wasserglas. »Halb soviel.«

»Wie funktioniert es?«

»Kennen Sie sich mit Naturwissenschaften aus?«

»Nein.«

»Okay. Red Mercury kommt in der Natur überhaupt nicht vor. Wie Plutonium wird es nur vom Menschen erzeugt. Es wird für den Zünder einer Atombombe benutzt. Wenn man den Plutoniumkern im Zentrum einer Atomwaffe damit umgibt, komprimiert er das Ganze. Man braucht dadurch weniger Plutonium. Viel weniger. Man kann so eine wesentlich kleinere Bombe bauen. Man kann es in Granatwerfern verwenden, sogar für einzelne Granaten. Atombomben zum individuellen Gebrauch. Noch mehr?«

»Ja.«

»Die erste Ladung Red Mercury wurde vor vielen Jahren in einer abgelegenen Gegend hergestellt. Er ist einzigartig. Manchmal wird er mit Strontium verbunden. Er ist hoch radioaktiv. Die seltenen radioaktiven Elemente verleihen ihm präzise Eigenschaften, die ihn von allen anderen radioaktiven Stoffen unterscheiden. Man kann ihn sehr leicht schmuggeln.«

»Wie wird er transportiert?«

»Es gibt ihn als Pulver. Als Flüssigkeit. Die Flüssigkeit kann mit bestimmten Isotopen angereichert werden, so daß Red Mercury 20 20 entsteht. Man braucht einen Teilchenbeschleuniger. Wir haben einen. Wir verleihen ihn jetzt stundenweise. Wie eine Hure.« Sie trank unentwegt und hatte angefangen, ihre Salami in Scheiben zu schneiden.

Sie setzte ihren Vortrag nach ein paar Minuten fort. Red Mercury 20 20 war der eigentliche Killer.

Ich hatte das von Andrej Federow gehört; ich wollte ganz sicher gehen: »Benutzen Sie ihn für Tarnkappentechnologie?«

»Als Anstrich, ja«, sagte sie. »Man könnte aber auch winzige Bomben damit bauen, leicht zu transportieren, leicht zu verstecken. Das war eines der großen sowjetischen Geheimnisse, Merkur und Antimonoxyd. Im Westen wußten nur wenige davon. Für Dupont wurde 1968 ein Bericht geschrieben, danach kam nichts mehr. Sogar Ihre Labors in Los Alamos vernachlässigten Red Mercury«, sagte sie, und mir fiel ein, daß Federow in Los Alamos gewesen war.

»20 Jahre später dann beantragt Dupont ein Patent. 20 Jahre Geheimforschung? Wer weiß?« Walja schaute nun häufiger aus dem Fenster und hielt sich ansonsten an die Salami. »Die Entwicklung war auf leistungsstarke Computer angewiesen. Wir haben hier keine leistungsstarken Computer.« Sie schniefte verächtlich angesichts des vergammelten Labors. »Wir haben hier nichts.«

Ich fragte, warum seine Existenz von den offiziellen Stellen abgestritten wurde.

»Korruption. Die moralische Krankheit der Geheimhaltung. Ein Wissenschaftler, der über seine Existenz genau Bescheid wußte, sagte, daß es ihn nicht geben konnte, weil er ›außerhalb der Natur‹ war, sogar noch, nachdem der KGB Jelzin gegenüber bestätigt hatte, daß er existiert. Wir leiden immer noch an zuviel Geheimhaltung.« Sie fischte ein verkrumpeltes Blatt Papier aus einer ihrer Taschen und warf es mir zu. »Lesen Sie das!«

Es war ein Brief von Dubna nach Jekarinenburg und betraf eine Lieferung von Red Mercury. Sie lachte bitter und zog noch mehr Papier hervor.

»Red Mercury ist wunderbar, weil man ihn so leicht transportieren kann.« Sie kramte in ihrer Handtasche. Triumphierend zeigte sie mir etwas, das wie ein gewöhnlicher Lippenstift aussah. Sie zog den Verschluß ab. »Wie gewöhnliches Plutonium ist Red Mercury sehr weich, sehr gut formbar und reagiert sehr auf Hitze. Unter den richtigen Bedingungen kann ich einen Lippenstift daraus machen. Wie den hier.« Sie hielt ihn mir vor die Nase und lachte, als ich zurückschrak, dann holte sie einen Spiegel aus der Tasche und malte sich den Mund an.

»Hol mir eine Waage«, befahl sie Kowalski.

Sie fuhr fort, die Salami mit wissenschaftlicher Präzision zu zerschneiden. Kowalski brachte eine rostige Waage. Sie legte Salamistücke darauf.

»Sehen Sie. Hundert Gramm. Mit soviel Red Mercury kann man eine schreckliche hübsche kleine Waffe herstellen.« Sie legte weitere Salamischeiben auf die rostige Waage, dann brach sie ein kleines Stück Brot ab und fügte es mit elegantem Schwung hinzu. Ein Viertelpfünder. Mein Gott, dachte ich. Sie redete über das Zeug wie über Schweinefleisch.

»Schmuggeln ist kein Problem.« Sie steckte sich die Salamischeiben in den Mund und spülte sie mit Wodka hinunter. »Red Mercury ist leicht zu handhaben, genau wie Plutonium. Kann nicht entdeckt werden. In einer Stahldose steckt man ihn in die Handtasche, geht durch den Grünen Ausgang, und schon ist man über die Grenze. Nichts zu verzollen!« Sie nahm verschiedene Dinge aus ihrer Tasche und warf sie auf den Tisch. »Abfälle, Proben kann man in einem Tennisball, einem Reagenzglas, einer Zigarettenschachtel, einem Marmeladenglas unterbringen.« Ihre Vorstellung machte ihr Spaß. »Wenn man keine Bombe bauen kann, dann eine Zeitbombe. Ich kenne eine Frau, die hat ihren Mann vergiftet, indem sie Urankapseln hinter der Toilette versteckte. Es dauerte ein paar Jahre, aber sie sagte: ›Na und?‹ Ich fragte: ›Hast du dich nicht mit vergiftet?‹ Sie sagte: ›Das war die Sache wert.‹«

Walja Golitzin trank ihren Wodka aus. Sie war betrunken. Kowalski saß mißmutig in einer Ecke und rieb seinen Stumpf. Er war ein gutes Parteimitglied gewesen und mißbilligte ihr

Gelächter, aber sie war seine Vorgesetzte, und er wartete darauf, daß sie fertig wurde.

Ein Nachtwächter klopfte an die Tür, dann öffnete er und steckte den Kopf herein. Walja grüßte ihn, nahm ein paar Scheine aus ihrem Portemonnaie und gab sie ihm. Er tippte an seine Mütze, sie bot ihm einen Schluck Wodka an, er akzeptierte, dann winkte er und trollte sich.

»Mit Red Mercury haben wir endlich die Technologie, um Bomben von der Größe dieser Salami herzustellen, die eine ganze Stadt zerstören kann.« In ihrem Suff wiederholte sie sich. Ich ließ sie schwafeln.

»Hat man ihn getestet?«

»Ein paarmal. Im Norden. Wir haben die Außenwelt getäuscht. Im Minatom, im Verteidigungsministerium, waren wir ganz abgeschottet. Wir wußten, daß wir Milliarden verdienen konnten, wenn wir unsere besondere Atomtechnologie exportierten. Gorbatschow wußte es. Er wollte damit seine Reformen finanzieren. Die Dokumente wurden beim Putschversuch vernichtet. Jelzin wußte es. Hier.« Sie warf mir mehr Papier zu. Es quoll aus ihrer Tasche.

»Wieviel kostet er?«

»250000 Dollar für ein Kilo, vielleicht auch mehr. Es gibt Geschichten über Korruption. Gerüchte. Niemand spricht mit den Wissenschaftlern. Niemand bezahlt uns.«

Ich sah das Kaffeglas an. »Wer waren die Käufer?«

»Amerika, Großbritannien, Frankreich, Deutschland, jedes Land, das mit Atomkraft oder Tarnkappentechnologie arbeitet. Israel, Südafrika, Irak. Saddam hat eine Million für ein Kilo Red Mercury gezahlt.«

»Wie wird es transportiert?«

»Im Diplomatengepäck. Der Flughafen Zürich ist ein zollfreies Gebiet. Mexiko hat offene Grenzen zu den USA.«

»Kann ich eine Probe kaufen? Zum Testen?«

Sie schüttelte den Kopf. »Zu gefährlich.«

»Warum sollte ich Ihnen irgend etwas davon glauben?«

Ein paar Arbeiter kamen zur Frühschicht, und Walja schloß ihr Kaffeeglas samt all ihrer Tricks und verstaute sie in ihrer Tasche. Sie grabschte ein letztes Stück Papier aus der Handtasche und ließ sie zuschnappen. Es war ein Transferbrief von einer amerikanischen Firma und bestätigte ihre Bereitschaft, Red Mercury im Wert von 290 000 Dollar pro Kilo in Kommission zu nehmen. Es stand noch irgendwelcher technischer Kram über seinen Einsatz in der Raumfahrt darin, über Elektrotechnologie, seine Verwendung für Polymere. Techniker-Lügen, dachte ich. Dann schaute ich mir die Unterschrift an. Der Brief war von jemandem an ein Postfach in Los Angeles mit Bezug auf Cosmos Autoteile in Brooklyn geschickt worden. Ich hatte den gleichen Brief bei Johnny Farone gesehen.

»Ob Sie mir glauben oder nicht, es ist wahr.« Walja wickelte sich in ihre Schals. »Bitte vergessen Sie unser Treffen.« Sie warf die Wodkaflasche in den Mülleimer, verneigte sich leicht und verschwand mit klappernden Absätzen durch die Tür, ich blieb zurück und glaubte an den Alptraum, für den mir doch jeder Beweis fehlte.

9

Am nächsten Morgen nahm Gavin Crowe mich in eine Wohnung oberhalb des Ismailowa Parks mit, zu einer Frau namens Tanja, um Red Mercury zu kaufen. Sie trug einen Bolero aus flaumiger rosa Angorawolle und kleine Schuhe mit Pfennigabsätzen, die auf dem Marmorboden klackediklackten, und sie streckte mir die Hand zum Kuß entgegen und auch eine Schachtel mit Türkischem Honig. Ich wußte, daß es riskant war, sich mit Crowe einzulassen, aber dank seiner Schmierigkeit hatte er die richtigen Kontakte. Ich nahm Eduard Skolnik mit. Sie kannten sich bereits. Eine kleine Welt.

»Gabin hat mir erzählt, daß Sie etwas Bestimmtes suchen? Sicher kann ich helfen«, sagte sie. »Natürlich. Kein Problem.«

Der süße, pudrige, pastellige Geruch des Türkischen Honigs erfüllte die ganze Wohnung, und die Zuckerkörnchen schienen im Sonnenlicht zu hängen. Eine richtige Bar zog sich durch die ganze Wohnung, und eine Mauer aus Ficus Benjamini stand vor einem Wandbild mit Minaretten und Bauchtänzerinnen. Aus einer Stereoanlage kam türkische Musik. Tanja, eine rundliche Frau mit hellen Augen und einem Leberfleck auf der Nase, hatte das Konfekt auf dem Schoß; ihre Füße ruhten auf einem rosa Seidenschemel. Sie lächelte und schlang die Arme um Crowe, der sich auf einem Haufen Seidenkissen wie ein Schoßhund an sie kuschelte. Tanja war sehr sympathisch. Sehr entspannt, sehr angenehm. Ein Dienstmädchen brachte ein Tablett mit Arrak und Kaffee, und sie goß für uns alle ein, dann reichte sie eine Schale mit Pistazien herum. In einer Ecke aß ein kleiner Mann Rettiche, seine halbautomatische Waffe lag auf dem Tisch. Er sah nicht zu uns herüber.

Crowe sprach kaum mit Skolnik, der sich damit vergnügte, Pistazienschalen in einen alten Spucknapf aus Messing zu werfen.

»Sie möchten also Red Mercury kaufen. Heutzutage ist er recht begehrt«, sagte Tanja. Es war alles so nüchtern; ich hätte genausogut Toilettenpapier kaufen können.

»Rein theoretisch. Aus rein journalistischem Interesse.«

»Selbstverständlich. Selbstverständlich. Wieviel hätten Sie denn gern?«

»Was könnten Sie noch besorgen? Falls ich es wollte. Wenn ich, rein theoretisch, noch etwas anderes wollte.«

»Alles«, sagte sie.

»Plutonium?«

»Klar.«

»Cäsium?«

»Selbstverständlich.

»Was noch?«

»Beryllium, Lithium, Uran, angereichertes Uran, Urantrioxid; Californium. Jede Verbindung. Was Sie wollen.«

»Ist es leicht?«

»Aber gewiß doch.«

»Waffen?«

»Nicht meine Branche, aber ich habe gute Freunde.«

»Wieviel kostet Red Mercury?«

Sie kicherte. »Für Sie zwo fünfzig das Kilo, oder wollen Sie nur eine Probe?«

»Eine Probe.«

Plötzlich lächelte Eduard Tanja jungenhaft an, als sei ihm das alles schon bekannt. »Mach uns einen guten Preis, Tanja-Schatz. Wir stehen auf der Seite der Guten.«

Sie zuckte mit den Achseln und aß Türkischen Honig. »Also gut, zehntausend für hundert Gramm. Weniger lohnt sich nicht.«

»Könnten Sie es schicken?«

»Selbstverständlich, überall hin. Genau wie mit Federal Express. Vielleicht sollten wir uns an Federal Express wenden. Oder an DHL.« Wieder kicherte sie verschmitzt.

»Wann kann ich es bekommen?«

»Wann immer Sie möchten.«

»Wir melden uns«, sagte Skolnik.

»Ich muß das Geld besorgen. Ich nehme an, Sie wollen Cash.«

»Selbstverständlich. Kommen Sie Montag«, sagte sie.

»Wir rufen Sie an«, sagte Skolnik.

»Kommen Sie Montag.« Ich wußte, daß wir kleine Fische waren und Tanja keine Zeit zu verschwenden hatte.

»Ich muß gehen. Swetlana erwartet mich.« Das war als Provokation gemeint. Einen Augenblick lang verzerrte sich Crowes Gesicht vor Haß.

Tanja streckte mir ihre mollige Hand entgegen. Skolnik küßte ihr die Hand. Sie schüttelte mir die Hand. »Ich mag Amerikaner.«

Crowe blieb da. Er konnte Skolnik nicht leiden und schaute kaum auf, als wir gingen.

»Woher bekommst du das Geld, um diesen Red Mercury zu kaufen?« fragte Swetlana, als ich mich im Gastronom Nr. 1 mit ihr traf.

»Jetzt gehört er Jelisajew, genau wie vorher«, sagte sie, deutete auf den Laden und küßte mich. Sie war mit Käse und Schokolade und Kaffe beladen, die sie Birdie abends mitbringen wollte. Ich folgte ihr aus dem Laden.

»Vielleicht kann ich es fälschen.«

»Mit diesen Leuten bitte nicht, Artijom.«

»Dann muß ich das Geld auftreiben. Irgendwie beschaffe ich es mir.«

»Soll ich es für dich besorgen?«

»Auf keinen Fall.«

»Möchtest du sehen, wo ich arbeite? Du hast mich nach Mr. Brodsky gefragt, nach Chaim Arnoldowitsch. Vielleicht kann ich dir etwas zeigen.« Sie verstaute ihre Einkäufe im Auto.

»Ja. Zeig es mir. Ich will es wissen.«

Sie trug weiße Jeans und ein einfaches weißes T-Shirt, um

die Schultern einen blauen Pullover. Ihr Haar hatte sie hinter die Ohren zurückgekämmt; es war wie schwarzes Gold und ihre braun-grünen Augen wie Katzenaugen. Ihre Haut war leicht gebräunt, und die Sommersprossen auf ihren Armen schimmerten golden im Sonnenleicht. Ihre Haut strömte einen intensiven Geruch aus, als sie an mir vorbei griff und die Tür schloß. Ich schnüffelte wie ein liebestoller Hund.

»Was ist das?«

»Was?«

»Das Parfum.«

»Joy. Von Tolja.« Sie reichte mir ein Päckchen, das in ein kleines rosa Baumwolltuch gewickelt war.

»Ein Geschenk.«

Es war eine dunkelrote Birne.

In dem luxuriösen alten Gebäude in einem Moskauer Außenbezirk, wo sie arbeitete, führte Swetlana mich an ordentlich aufgestapelten Dosen mit Filmrollen vorbei, Tausenden silberner Filmrollen, manche Filme sehr bekannt, manche geheim, manche vergessen. Alles war im Zerfall begriffen, sagte Swetlana, als wir durch die Alleen von Metalldosen gingen. »Film stirbt.«

Eine alte Frau eilte uns zwischen den Stapeln entgegen; ihre Filzschuhe glitten über das Parkett. Sie öffnete ihre Tasche und nahm Brote mit Kalbfleisch heraus, die sie Swetlana reichte. Swetlana gab mir eins. Wir setzten uns auf den Boden mit dem Rücken an die Rollen gelehnt und aßen. Das Sandwich schmeckte herrlich, weil ich es in Swetlanas Gesellschaft aß.

»Die alte Frau hat gesagt, daß sie Angst um ihren Job hat. Das Archiv wird verkauft.«

»Hat sich schon mal jemand das ganze Zeug angeschaut?«

»Das glaube ich nicht. Ich will dir etwas zeigen.« Sie stützte sich auf meine Schulter, stand auf und nahm einen großen grauen Aktendeckel aus einem Regal. »Das ist das Ausleihbuch. Du hast mich gebeten, ein paar Sachen zu checken, und ich habe mir die Akten, dieses Ausleihbuch, angeschaut. Manchmal ist es interessant zu wissen, wer sich welche Filme angesehen hat.«

»Was hast du gefunden? Du hast doch was gefunden, oder?«

Swetlana kauerte sich neben mich. »Sieh dir diese Einträge an.«

In den letzten Monaten hatte Birdie Golden das Archiv zweimal aufgesucht.

»Was wollte sie? Was hat sie sich angesehen?«

»Komm mit. Ich zeig es dir. Ich habe extra für dich eine kleine Zusammenstellung gemacht.«

In einem kleinen getäfelten Raum legte Swetlana einen Film in eine altmodische Schneidemaschine ein. Sie knipste das Licht aus, und wir setzten uns nebeneinander auf zwei Stühle und sahen uns die Ausschnitte an. Ich war groggy. Die Filmausschnitte schienen einem sehr langweiligen Dokumentarfilm für das sowjetische Fernsehen entnommen zu sein, über Industrie, Medien, Technologie. Dazu ein grauenhaft öder Kommentar im Kommunistenjargon abgefaßt. Ich gähnte.

Swetlana lachte. »Du bist sehr ungeduldig. Da, sieh mal.«

Die Ausschnitte, die Swetlana zusammengestellt hatte, enthielten eine Sache, die Birdie interessieren mußte: Aufnahmen von Chaim Brodsky. Brodsky, der ausländische Ehrengast. Brodsky, der Blumen entgegennimmt. Brodsky mit Andropow, Gorbatschow, Jelzin. Brodsky in Labors, bei der Besichtigung von Druckerpressen, beim Händeschütteln mit Arbeitern und Wissenschaftlern.

Ich stellte mir Birdie vor, wie sie allein in diesem muffigen Archiv im Dunkeln saß und ihn auf der Leinwand beobachtete. »Was hältst du davon?«

»Sag du es mir«, antwortete Swetlana.

»Sie hat ihn einmal geliebt. Ich wollte, ich könnte das für

den Spleen einer alten Frau halten. Ich wollte es. Sie hat sich vor ein paar Monaten mit ihm getroffen.«

»Vielleicht wollte sie sich ja darauf vorbereiten, verstehst du, ihm Respekt für seine Arbeit zeigen.«

»Respekt? Du kennst meine Tante Birdie nicht.«

»Gehen wir. Laß uns jetzt gleich zu Birdie gehen«, sagte ich. Wir saßen in Swetlanas winziger Wohnung, und sie machte sich fertig; seit einer Stunde saß ich im Badezimmer und schaute ihr zu. Ich fühlte mich verheiratet.

Ich zog mir die Jacke an, nahm eine alte .45er Automatik, die Tolja noch aus seiner Militärzeit hatte, lud das Magazin und legte es ein, dann steckte ich die Automatik in meine Manteltasche. Seit dem Besuch im Archiv war ich unruhig. Birdies Telefon war ständig besetzt, als ich versuchte, sie anzurufen.

Swetlana sah die Kanone. »So viele Kanonen. Wir sind richtige Amerikaner geworden«, sagte sie. »Diese Schuhe passen uns nicht besonders«, fügte sie hinzu und lächelte, um ihrer Bemerkung die Schärfe zu nehmen.

»Bin ich ein Amerikaner?«

»Oh ja«, sagte sie.

»Gehen wir. Hast du alles?«

Als wir bei Birdies Haus ankamen, war es schon fast dunkel. Ich konnte ihre Haustür gerade noch erkennen. Wir traten ein.

»Ich glaube, der Aufzug ist kaputt«, sagte sie.

»Dann nehmen wir die Treppe.«

Im Hauseingang funktionierte das Licht nicht. Ich hatte eine kleine Taschenlampe dabei, und wir folgten ihrem Schein die Stufen hinauf. Ich nahm Swetlana die Geschenke für Birdie ab; die Tasche war schwer.

Beim Hinaufgehen sah ich, daß die Wände mit Graffiti bedeckt waren; es stank penetrant nach Pisse.

Auf Birdies Etage hörte man die üblichen Geräusche, ein

Fernseher, Leute, die schrien, stritten, brüllende Babys, eine Klavierstunde. Ein Metronom machte tick tock tick tock. Wasser tropfte.

»Ich freue mich«, sagte Swetlana und strich sich das Haar glatt. »Sehe ich gut aus?«

»Wunderbar.« Ich küßte sie und klopfte an Birdies Tür. Keine Antwort. Ich rüttelte an der Klinke. Immer noch nichts zu hören.

»Birdie?« rief ich.

»Bleib hier«, sagte ich zu Swetlana, als ich die Kreditkarte in Birdies Tür steckte und hin und her bewegte; die Tür gab nach. Die Klinke fiel mir in die Hand. Im Dunkeln rannte jemand die Treppe hinunter. Meine Hände waren feucht. Ich umklammerte die .45er, das Blut dröhnte mir in den Ohren.

Ich drückte auf den Lichtschalter. Nichts passierte. Die Sicherung war kaputt. Ich leuchtete mit der Taschenlampe umher. Die Wohnung war völlig verwüstet, Geschirr aus dem Regal gerissen und in Scherben, die Glastüren des Bücherschranks zerschmettert, Scherben überall auf dem Boden, die Bücher herausgeworfen und systematisch auseinandergerissen, Papierschnee überall. Die Regale waren von der Wand gerissen, umgeworfen, zerschlagen. Ich wußte schon jetzt, daß die Tagebücher nicht mehr da waren.

Birdie lag zusammengekrümmt auf dem Bett. Ricky, dachte ich. Ricky, wie gehabt. Ich berührte ihren Hals, ihr Puls war fühlbar. Das Telefon war aus der Wand gerissen.

»Hol Hilfe. Hol einen Krankenwagen«, schrie ich.

Ich hörte, wie Swetlana im Flur an die Türen hämmerte, um Hilfe rufen, um Hilfe flehen. Niemand öffnete. Von allen Seiten hörte man schwache Geräusche, eine Flüstergalerie von verängstigten Menschen, die wie Ratten oder Mäuse hinter ihren verschlossenen Türen hockten und darauf warteten, daß die Störung, wie sie auch aussehen mochte, wieder aufhörte.

Wir wickelten Birdie in eine Decke und trugen sie die

Treppe hinunter; meine Beine taten weh. Der Trabant war zu klein, und ich rannte auf die Straße und fand ein Taxi; mit dem Kopf auf der Lehne schnarchte der Fahrer friedlich.

Ich packte ihn an der Schulter und hielt ihm zwei Zwanziger unter die Nase. Er half uns, Birdie hineinzuheben. »Wohin?« fragte er.

»Kennen Sie das Borodenko?« fragte Swetlana. Der Mann nickte.

Zu mir sagte sie: »Fahr mit Birdie. Wir treffen uns im Borodenko. Ich hab da einen Freund.«

Swetlana stieg in ihr Auto. Auf dem Rücksitz des Taxis hielt ich Birdie im Arm, und der Fahrer trat mächtig aufs Gaspedal. Er war ein anständiger Mann. Wenn man in diesem verhunzten Land je an die Vervollkommnung des Menschen glaubte, dann hatte man jemanden wie diesen Mann im Auge: kompakt, handfest, anständig, ruhig. Okaynik nannte Birdie solche Leute. Es gab nicht viele von ihnen; an jenem Abend hatten wir Glück.

Swetlana war als erste am Krankenhaus. Ihr gelbes Auto parkte vor dem Borodenko, einem grünen Gebäude mit Stuckverzierungen; Säure, Zeit und Baufälligkeit hatte den cremefarbenen Gips größtenteils zerstört, und es sah aus, als hätte der Verfall einen Kuchen trocken werden und zerspringen lassen. Vor der Revolution war es ein Pensionat für adlige junge Damen gewesen.

In der Lobby stand ich hilflos herum; ich hielt Birdie im Arm und wartete auf Swetlana. Keine einzige Glühbirne brannte, der Raum war halbdunkel. Patienten saßen in Reihen da, rauchten, tranken Tee, wenn sie eine Tasse ruhig halten konnten. Herrenlose Katzen und Hunde liefen über den mit verschüttetem Tee, Blut, Matsch überschwemmten Marmorboden.

»Komm.« Swetlana erschien mit einem jungen Arzt. »Das ist Viktor. Komm.«

Viktor nahm mir Birdie ab und eilte mit ihr davon. Wir

folgten ihm durch Korridore, in denen rostige Tragen wie nach einem Schiffbruch verstreut waren.

Viktor verschwand. Nach kurzer Zeit kam er wieder. »Sie ist aufgenommen worden. Wir warten in meinem Büro. Wir müssen warten. Sie hatte wahrscheinlich einen Schlaganfall.«

Das Büro entpuppte sich als Schreibtisch in einem großen Raum, in dem etwa ein Dutzend Ärzte an schäbigen Tischen arbeiteten. Es gab ein einziges Telefon. Herausgezogene Schubladen lagen überall auf dem Boden herum, einige mit verknülltem Papier vollgestopft, andere mit Papiertüten. Viktor rauchte und prüfte dabei ein Röntgenbild vor einem primitiven Lichtkasten. Er hatte einen hoffnungslosen Fall, sagte er. Er mußte sich entscheiden. Die medizinische Versorgung reichte nicht für alle. »Wenn Sie in einem brennenden Haus wären und Sie könnten nur eine Sache retten, würden Sie dann die Katze oder den Gauguin nehmen?« Er sagte das mit einem Ausdruck verzweifelter Ironie.

Ich konnte nicht mehr zu diesem russischen Gesprächsstil zurück. Immer wurde so geredet. Nach ein paar Flaschen Schnaps erzählte mir sogar dieser egomanische Lümmel, der fünf Sprachen beherrschte, der geborene Skeptiker, der herumgekommen war, sogar dieser verdammte Tolja erzählte mir, daß Schriftsteller in seinen Augen wichtiger waren als Ärzte.

»Sie scheinen das ja sehr komisch zu finden«, sagte ich; ich war böse auf Birdie und ließ es an diesem jungen Arzt aus.

»Was soll ich sonst machen?« Er grinste zerknirscht. »Wenn wir immer nur über die Probleme nachdenken würden, könnten wir die Hände in den Schoß legen und nur noch weinen. Ich zeige Ihnen unsere Arbeit.«

Er führte uns zu einem Krankenzimmer mit zwölf Betten. In allen lagen Kinder.

Das Mädchen da war fünfmal operiert worden, sagte Victor. Das da, aus Kasachstan, war sieben Jahre alt und hatte einen Tumor, halb so groß wie sein Kopf. Daneben lag ein Baby;

seine junge Mutter saß neben ihm, ein Paar winzige rote Schuhe lagen unter dem Bettchen. Viktor sagte mir, woran die Kinder litten: Eines erblindete, ein anderes hatte einen ein Pfund schweren Tumor. Die Krankenschwester flirtete mit Viktor, der ihr Lächeln erwiderte.

»Viktor kümmert sich um einige Kinder aus Tschernobyl«, sagte Swetlana.

Er sagte: »Wir tun, was wir können, aber die Regierung tut nichts. Nichts. Mißbildungen, Mutationen, Krankheiten. Die Kinder hat es am schlimmsten getroffen.«

Seit Jahren, seit Tschernobyl, bemühte er sich bei der Regierung um Hilfe. »Ich rede, ich argumentiere, es bringt nicht mehr als Gehirnjogging«, sagte er. Er schrieb an das Gesundheitsministerium; nichts passierte. Schließlich fuhren er und seine Kollegen direkt an den Unfallort, um die Situation zu untersuchen – wie viele Mißbildungen und Mutationen, wie viele Krankheiten.

»Wir haben keine gute Ernährung, keine anständigen sanitären Einrichtungen, nicht genug Verbandsmaterial, Spritzen oder Katheder. Krankenschwestern verkaufen die sauberen Nadeln an Drogenabhängige, damit sie das Essen für ihre eigenen Kinder bezahlen können. Einmal hat hier jemand verdreckte Nadeln verwendet. Vier Kinder, die mit einem Gehirntumor kamen, sind mit Aids nach Hause gegangen. Wir haben nicht genug für alle. Also entscheiden wir durch Unterlassung, wer sterben wird.« Während wir durch einen Flur gingen, sagte Viktor: »Im Vergleich zu Semipaltinsk haben wir hier das Paradies. Der Anblick von Babys mit zwei Köpfen ist unerträglich. Ich bin da weg, weil ich es nicht mehr ausgehalten habe.«

Als wir den schmierigen Flur entlanggingen, winkte eine Krankenschwester Viktor zornig zu. »Ich habe nichts. Nichts. Der Patient ist schließlich ein Mensch, kein Hund.«

Viktor zuckte mit den Achseln und untersuchte einen kleinen Jungen, der auf ihn zugetapst kam. Viktor klopfte ihm sanft auf den Kopf, und der Junge gab ihm brav einen Kuß.

Ich wurde ungeduldig.

»Ich sehe mal nach«, sagte er und kam bald darauf mit einem zornigen Gesichtsausdruck zurück. »Es tut mir leid. Ihre Tante ist sehr geschwächt. Anscheinend hat sie jemand mit einem stumpfen Gegenstand niedergeschlagen. Sie hat ein Blutgerinnsel. Vielleicht hat sie auch einen Schlaganfall erlitten. Wir müssen warten. Eine Operation würde sie vielleicht nicht überleben. Sie ist alt. Es ist möglich, daß sie wieder zu sich kommt, aber ich glaube, daß sie ihre Sprache verliert.«

»Ich will sie sehen.«

»Nein«, sagte Viktor. »Kommen Sie morgen wieder.«

Er begleitete uns zur Eingangstür und schob die Hände in die Taschen seines weißen Kittels, und Swetlana küßte ihn. Viktor schüttelte mir die Hand.

»Es gibt immer eine Chance. Immer. Vielleicht erholt Ihre Tante sich. Gott ist merkwürdig. Hier ist alles Zufall«, sagte Viktor, und wir blieben in der schmutzigen Halle zurück. Ein kleines Mädchen hatte sich an Swetlanas Hand geklammert. Viktor nahm ihr das Mädchen ab und hob es hoch. »In einem Zimmer sitzt ein phantastischer Chirurg, im nächsten sitzt ein phantastischer Scheißkerl. In Rußland fällt alles ins selbe Töpfchen: Diamanten, alte Schuhe, Kohlköpfe, Scheiße, Perlen. Manchmal ist es schwer, die Perlen zu finden.«

10

In einer Kooperative nördlich von Moskau, wo Gliedmaßen aus Kunststoff wie Töpfe und Pfannen an Gestellen hingen, versuchte ich, ein neues Bein für Kowalski zu bekommen. Zwei Frauen – Zwillinge – saßen an einem Tisch und bemalten die Prothesen in der Farbe, die die Haut von Hepatitiskranken hat. »Der Patient muß zum Anpassen herkommen«, sagte die eine, ohne von der Arbeit aufzuschauen, doch bevor das Bein angepaßt werden konnte, fand die Polizei Kowalski. Er hing am Stromkabel in seiner erbärmlichen Wohnung. Auf dem Totenschein stand Suizid, doch wen interessierte das überhaupt?

Es war wie in einem Alptraum, als fiele ich auf dem Weg zur Hölle die Treppe hinunter. Wohin ich auch kam, starben Leute. Jetzt war Birdie an der Reihe. Ich hatte das Krankenhaus zigmal angerufen; nichts Neues. Ich ging ins Krankenhaus und hielt ihre Hand. Ich sprach mit Birdie. Ihre Hand war trocken und kalt; sie konnte weder sprechen noch mich hören. Ich wußte nicht, woher ich das Geld bekommen sollte, um am Montag Red Mercury zu kaufen, aber ich brauchte ihn unbedingt. Ich war wie besessen davon, ich wollte es beweisen, wollte drankommen. Dabei wußte ich, daß es fast unmöglich war.

Ich rief bei Roy Pettus an. In New York war es noch mitten in der Nacht, und ich riß seine Frau aus dem Schlaf. Roy hatte plötzlich nach Wyoming fahren müssen, sein Vater war krank; in ein, zwei Tagen würde er zurück sein. Ob ich seine Telefonnummer wollte? Ob sie etwas ausrichten konnte?

»Komm übers Wochenende mit aufs Land«, sagte Tolja. »Du wirst dich besser fühlen. Du wirst ein paar Freunde von mir kennenlernen.« Er zuckte mit den Achseln. »Vielleicht auch ein paar Leute, die nicht so nett sind, aber dafür nützlich.«

Ich kam mit, weil ich nicht wußte, was ich sonst machen sollte.

»Komm mit mir nach Hause. Nach New York«, flüsterte ich Swetlana ins Ohr, als wir aus der Stadt hinausfuhren. Vor uns fuhr Tolja mit seiner großen Limousine, Marke Zil; der Wagen hatte verchromte Stoßstangen, rote Plüschpolster und hinten Seidenvorhänge. Tolja behauptete, das Auto habe Andropow gehört.

Es wurde schon dunkel, und ich schwieg; ich dachte an Birdie und meine Mutter und an das Jahr, als wir in einer Datscha auf dem Land gelebt hatten.

Meiner Mutter bedeutete materieller Wohlstand nichts, aber sie hatte sich nach einer Datscha gesehnt. Jeder, der etwas darstellte, besaß irgendeine Hütte auf dem Land. In der schlimmsten Zeit, vor unserer Ausreise, als mein Vater überhaupt keine Arbeit mehr hatte, war jemand, ein Dichter oder Musiker, so freundlich, uns sein Haus auf dem Land zur Verfügung zu stellen. Als meine Mutter also endlich ihre Datscha bekam, gehörte sie ihr nicht, sondern es war unser Exil.

Ich haßte das Landleben. Ich haßte es, daß irgendein Klumpen Erde mit Bedeutung befrachtet wurde wie bei Tolstoi. Stell zwei Birken nebeneinander, und schon drückt sich dort ein weinender Russe herum, so hieß es. Meine Mutter machte es besser, sie machte ein Spiel daraus. Früh am Morgen gingen wir zum Fluß hinunter und sahen den dicken Männern beim Schwimmen zu. Mit ihren weißen Gummibadekappen trieben sie stundenlang auf dem Rücken dahin, ihre Zigaretten zeigten senkrecht zum Himmel. Wir setzten uns am Ufer hinter ein paar Bäume und dachten uns Geschichten über sie aus, meistens ging es darin um hohe Parteifunktionäre, mächtige Wale, die jemanden umbringen lassen konnten.

»Es gibt Leute, die glauben, daß sich außer den Möbeln nichts geändert hat«, sagte Swetlana, die meine Gedanken las, und faßte mich an der Hand.

Eine Gänseherde marschierte über die Straße wie Roboter,

und sie trat auf die Bremse. Kurz vor dem kleinen Dorf blieb das Auto stehen und wollte nicht mehr anspringen. Tolja setzte zurück, wir stiegen in den Zil, um Hilfe zu holen.

»Wir sind da!« rief Tolja, und seine Mutter kam die Treppe heruntergelaufen. Es stellte sich heraus, daß Tolja eine ganze Reihe jüngerer Schwestern und Brüder hatte; in der Nähe wohnten Unmengen von reichen, gestylten, lächelnden Cousins und Cousinen. Alle sprachen sie englisch. Sie liefen mit ihren Tennisschlägern durchs Haus. Es war eher kühl für Tennis, aber das kümmerte sie nicht; sie waren groß, munter, selbstsicher.

Wie sich zeigte, war meine Generation größtenteils ausgewandert. Oder tot. Die »Highlifers«, die die Autos stahlen, gingen ins Ausland oder soffen sich in den Datschen ihrer Eltern zu Tode. »Hi«, »schönen Tag noch«, rief diese neue Generation einem zu.

Am Abend ging ich früh schlafen, allein. Swetlana saß noch mit Tolja und der Familie zusammen, doch ich war zu erschöpft. Ich wußte nicht, was ich eigentlich suchte. Ich war nach Moskau gekommen, um herauszufinden, wer Ricky Tae zusammengeschlagen hatte. Birdie konnte nicht mit mir sprechen. Es war mir völlig unmöglich, das Geld für den Red Mercury aufzutreiben, falls Tanja welchen hatte, und selbst wenn ich es schaffte, was konnte ich damit beweisen? Konnte ich die Verbindung zu Brighton Beach aufzeigen? Interessierte das irgend jemanden?

In den anderen Zimmern brannten die Lichter noch, und die Telefone erwachten schwatzend zum Leben; die Datschniks von Nikolina Gora tratschten nach dem Abendessen.

Um drei Uhr morgens hörte ich Tiere auf den Hügeln schreien. Ich stand auf und ging in den Garten. Es wurde kalt. Gab es hier Wölfe? Vielleicht waren es auch nur Dorfköter. Ich vermißte New York. Ich ging wieder ins Bett und schlief unruhig, und ich war froh, als die Hähne vor dem Morgengrauen mit ihrem endlosen Krähen anfingen. Bald kam der beruhigende Lärm der Betonmischer von der Straße dazu und der Geruch von Kaffee, und dann schlich Swetlana in mein Zimmer.

»Morgen lösen wir alle Probleme«, sagte sie lachend und stieg zu mir ins Bett.

11

In der Abenddämmerung saßen wir in Pullovern auf der Terrasse, aßen Würstchen und Kaviar, Brot, Käse, Butter, tranken Rotwein, ich und Tolja und Swetlana. »Es heißt, daß man Rußland nicht verstehen kann, wenn man das Landleben nicht versteht. All das hier, all diese Datschen hinter den Mauern oder Zäunen sind so geheimnisvoll wie Rußland«, sagte Swetlana.

»Quatsch«, sagte Tolja. »Ich bin Russe, und ich hasse das Landleben. Das Blöde am Landleben ist, daß man nirgends etwas einkaufen kann.« Er und Swetlana fingen an, Songs aus Musicals zu singen; wie sich herausstellte, war Tolja ein großer Fan von *South Pacific*. Er liebte die Rolle von Bloody Mary.

»In Peredelkino dürftest du nicht singen«, sagte Toljas Vater, der, in jeder Hand eine Flasche Wein, aus dem Haus kam. »In Peredelkino«, sagte er mit einem wegwerfenden Lachen, »würden sie über Heidegger reden.«

Wir saßen auf alten Gartenstühlen, und er schenkte uns Wein ein. Die Hände in die Hüften gestemmt, stand Lara Swerdloff auf den Terrassenstufen und amüsierte sich über ihren Mann. Toljas Vater, der ebenfalls Anatolij hieß, war ein bekannter Schauspieler.

»Ich bin so traurig«, rief er; der Bauch hing ihm über die Jeans. »Mein Fahrer hat heute Äpfel in seinem Garten gepflückt, und ich habe welche im Laden gekauft. Das ist nicht authentisch.« Er grinste. »Ehrlich gesagt, schmecken sie genauso gut. Trinkt etwas.«

Swetlana und Tolja sangen. Lara Swerdloff lachte. Anatolij Senior deklamierte.

»Das Haus hier habe ich gebaut, ich habe einen Nagel eingeschlagen, es gehört mir. Wißt ihr, wie lange ich auf eine

Datscha in Nikolina Gora gewartet habe? Wißt ihr das? Achtzehn Jahre habe ich gewartet, nicht wie diese neuen Russen mit ihrem Cottage und ihrem Marmorkamin, der neue Adel.« Er schnaubte. »Die sind wie Westler, wie im Westen, wo das Heim nichts bedeutet, wo man leicht eins bekommt, wenn man nur das nötige Kleingeld hat. Mein Haus ist meine Seele.«

Toljas Vater war extrovertiert; auf entwaffnende Art konnte er in einem Atemzug über seine Seele, das Haus und den schnöden Mammon sprechen. Die halbe Nachbarschaft schwamm in seinem beheizten Pool; bei Tag und bei Nacht hieß er sie willkommen und fragte sie: »Wieviel hat der Wein gekostet, den du mir mitgebracht hast?«

Katzen und Hunde streiften durch Swerdloffs verwilderten Garten. Lara lief ins Haus und kam wieder heraus; ihre Augen glänzten; sie freute sich darüber, so viele Leute zu bewirten. Die beiden Toljas, Vater und Sohn, bauten ein Lagerfeuer. In jede Ecke des Gartens stellten wir kleine Öfen, die warm glühten.

Unter den Bäumen war eine Holzplatte auf Böcken mit Speisen beladen: blaßrosa Zunge mit jungen Erbsen und Meerrettich; Pilaw mit Datteln, Aprikosen und Pinienkernen; Senffrüchte; eingelegte Tomaten; Räucherfisch; Wodka, Wein und Bier. Kaviar, schwarz, rot und golden. Wein und Bier. Die krosse Haut des Schweinebratens sah aus wie Karamel.

Swetlana, die jetzt einen weißen Pullover zu einer schwarzen Hose trug, legte sich einen roten Schal um die Schultern. Sie trug goldene Ohrringe. Ich hielt ihre Hand und sah sie an, und die Sonne ging unter, und Lara zündete noch mehr Kerzen an, und weitere Gäste trafen ein, und wir aßen. Aus dem Haus wehte Musik, die Tolja auflegte. Er spielte Jazzklassiker, die ich liebte: Oscar Peterson, Django Reinhardt, Stan Getz. Chet Baker spielte »My Funny Valentine«.

Eine Sirene kreischte durch die Wälder, ein Blaulicht blinkte: In einem Dienstwagen kamen noch mehr Leute.

»Die Anwesenheit von Ausländern bewies uns, wie bedeutend er war«, flüsterte Swetlana mir zu.

»Bin ich ein Ausländer?«

Mir gegenüber saß ein Ethik-Professor mit einem Harvard-Sweatshirt; er wurde uns als ein Mann vorgestellt, der einmal Wittgenstein an einem Bahnhof begegnet war. In München, glaube ich. Vielleicht war es auch Wien. Gavin Crowe tauchte mit einem Hut auf dem Kopf auf. Seine Frau war eine schlechtgelaunte schweigsame Russin; ihre Freundin war eine vertrocknete Deutsche mit einem Anflug von Schnurrbart. Sie war Anwältin und hoffte in Moskau auf ihre große Chance. Auch ein paar junge Amerikaner waren da, sie lagen einer verhärmten Blondine zu Füßen, die einmal eine berühmte Schauspielerin gewesen war. An ihren Namen konnte ich mich nicht erinnern, aber an ihre Filme. Sie und Anatolij Senior waren als Filmpaar zu Ruhm gelangt.

Die Schauspielerin stocherte in ihrem Obst herum, ihre kleinen Augen waren hart, gemein und schwarz wie Melonenkerne. Ihr Mann war Physiker; sie ließ ihn nicht aus den Augen, wechselte aber kaum je ein Wort mit ihm, außer um *Nje prawda* auszustoßen, wenn sie anderer Meinung war als er.

»Wissenschaftsminister von Gorbi, ein hohes Tier«, flüsterte Gavin Crowe mir zu. Daß ein Widerling wie Crowe Minister und andere Großkopfete kannte, zeigte mir, daß die russische Gesellschaft immer noch provinziell war: Die Privilegierten kannten sich alle untereinander.

Die oberflächliche Unterhaltung über Kunst – diese Leute waren besessen von der Malerei des 18. Jahrhunderts – wich einem angeregteren Gespräch über Geld und Waffen. Der Physiker war verbittert; er verließ das Land wegen einer besseren Arbeit, für die Forschung gab es hier kein Geld mehr, sagte er. Swerdloff Senior brachte ein Tablett mit gefüllten Schnapsgläsern. Ein gelber Mond stieg hinter den schlanken weißen Bäumen auf. Mondlicht überflutete den Garten, Kerzen flackerten in Marmeladegläsern im dichten Gras, die Blätter raschelten in der herbstlichen Brise, und Kinder plantschten im dampfenden Pool. Swetlana hatte andere Musik aufgelegt; Paul McCartney sang »Yesterday«. Swetlana sah mich an und lächelte.

»Warum lächelst du?«

»Vor Glück.«

Ich liebte sie. Und doch – als ich an diesem milden Herbstabend in diesem üppigen Garten auf dem Land saß, während Russen über ihre eigene Geschichte räsonierten, fühlte ich mich zornig, verwirrt, aus der Bahn geworfen. Zornig, weil Birdie im Sterben lag und Ricky, beide meinetwegen. Zornig, weil die Selbstzufriedenheit an diesem Tisch so dick war wie Lara Swerdloffs Kirschmarmelade. Und weil ich an diesem Ort einen Teil meiner Vergangenheit zurückhaben wollte, aber es war zu spät, es ging nicht mehr. Ich war Ausländer.

Swetlana rührte sich Marmelade in den Tee, wie meine Mutter es immer tat. Sie bemerkte, daß ich ihr zuschaute und kam zu mir. Sie setzte sich dicht neben mich und legte mir einen Arm um die Schultern. »Dieser Wissenschaftler, Furmin, erkennst du ihn? Aus dem Film im Archiv? Erinnerst du dich?«

Furmin ging mit mir zum Fluß. »Sie möchten mich etwas fragen? Fragen Sie nur. Es kümmert mich nicht mehr. Ich gehe. Ich gehe.« Er betrachtete die Birkenbäume und vergoß ein paar Tränen.

»Sie gehen?«

»Ich verlasse mein Land. Das hier.« Er zeigte auf die Wälder und den Fluß. »Alles ist zu spät gekommen. Wir verschleudern unsere Ressourcen. Niemand hat auf mich gehört. Ich habe gesagt, gebt das Plutonium nicht weg. Es kann die nächsten drei Generationen mit Energie versorgen, aber wir tun alles, was die Amerikaner uns sagen. Ohne Plutonium sind wir nichts. Ein Dritte-Welt-Land. Für uns gibt es nur einen guten Amerikaner.« Abrupt setzte er sich auf einen Baumstumpf.

»Wer ist der gute Amerikaner?«

»Chaim Brodksy.«

»Warum?«

»Er versteht, daß wir die Technologie für den Bau dieser neuen Generation von Kraftwerken haben. Billiger Strom für ein ganzes Jahrhundert. Brodsky versteht das. Wir müssen nur die Leute überzeugen. Warum sollen wir das Plutonium wegwerfen, nur weil die Amerikaner das wollen?«

Ich glaubte diesem verbitterten kleinen Mann. Er ging. Er war von allem befreit. Er hatte nichts zu verlieren.

»Was ist Red Mercury?« fragte ich. Durch die Bäume konnte ich Swetlana mit ihrem roten Schal sehen. Mit einem Tablett in der Hand ging sie durch den Garten, und das Licht von den Kerzen flackerte über ihr Gesicht. Ich sah, daß sie den Kindern im Pool zuschaute und lachte.

Furmin schüttelte den Kopf. Sein Gesicht verzog sich zu einer Grimasse. Er kauerte sich auf seinem Baumstumpf zusammen und zog Schuhe und Strümpfe aus. Er rieb sich die knorrigen Füße und roch an einem.

»Es ist nichts.«

»Nichts?«

»Nichts. Wollen Sie es genau wissen?«

»Ja.«

»Ich werde Ihnen sagen, was es ist. Es ist Angst in der Flasche. Es ist etwas, das die Wissenschaftler vor langer Zeit erfunden haben, als die Produktion stagnierte. Aus dem Westen kamen Nachrichten von einer neuen thermonuklearen Waffe. Wir bekamen Angst. Unsere Wissenschaftler meinten, der Westen würde zurückstecken, wenn sie etwas noch Stärkeres erfinden würden. Also erfanden sie in den Labors diese geheime Substanz. Das sowjetische Wunder, das Flugzeuge sprengte, Radar überwachte. Mit Red Mercury war alles möglich. Er war der Stein der Weisen.«

»Aber die Unterlagen? Die Berichte?«

»Alles gefälscht. Sie gaben der Substanz eine Formel. Sie legten eine falsche Spur, Berichte, offizielle Briefe, Verträge, Rechnungen, Zertifikate. Red Mercury hat nie existiert. Er war ein einziger Schwindel. Tödlich, aber flüchtig. Er wurde eine Art Legende. Eine Aura liegt darum wie um den Mord an John F. Kennedy – ein Schuß oder zwei oder mehr, das wird man nie wissen; es gibt nur Theorien. Mit Red Mercury ist es genau dasselbe, Leute schreiben Dissertationen darüber, sie drehen Dokumentarfilme, schreiben Romane, ja sogar Gedichte. Er ist zu einer Metapher geworden. Tödlich, aber flüchtig. Poesie.«

Ich dachte an Walja Golitzin und ihren präzisen, ausführlichen Bericht. Ich dachte an Chaim Brodskys Überzeugung, der Stoff sei tödlich. Ich dachte an meine eigene verbissene Suche nach Red Mercury, und ich wollte alles glauben, aber ich wußte, daß Furmin die Wahrheit sagte.

Ich folgte ihm bis zur Flußbiegung. »Ich setze mich hierher.« Er setzte sich wieder und hielt die Füße ins Wasser.

»Die Legende war fertig. Red Mercury. Ein ziemlich guter Name, finden Sie nicht? Und er wurde zur Realität. Das ist Rußland.« Furmin beobachtete mich. »Meinen Sie, ich will mein Land verlassen? Meinen Sie, ich will das?«

»Warum gehen Sie dann?«

»Meine Frau will Diamantohrringe.« Er stand auf und watete ein paar Meter am Ufer entlang.

»Woher wissen Sie das von dem Red Mercury?« fragte ich.

»Sie glauben mir nicht, nicht wahr? Wahrscheinlich waren Sie im Institut und haben mit Walja Golitzin gesprochen. Blöde Hure.«

Ich schwieg.

»Sie verkauft ihre Informationen an jeden. Sie war schon immer eine Hure«, sagte er giftig. »Red Mercury ist nichts. Nichts. Klatsch. Ein Gerücht vom Tod. Golitzin verkauft es für Geld.«

»Woher wissen Sie das?« Ich nahm eine Zigarette aus einem zerdrückten Päckchen in meiner Tasche.

»Geben Sie mir eine.«

Ich gab ihm eine Zigarette. Wir rauchten ein Weilchen, dann warf er sie in den Fluß. Er ging zu seinem Baumstumpf zurück und zog sich die Schuhe und Strümpfe wieder an.

»Ich war einmal mit ihr verheiratet«, sagte er. »Ich habe bei Frauen einen sehr schlechten Geschmack.«

»Bitte, es ist wichtig. Woher wissen Sie, daß Red Mercury eine Attrappe ist? Woher wissen Sie, daß die Erfindung dieser Leute eine Lüge ist? Woher?« Ich war verwirrt. Wie war es möglich, daß Chaim Brodsky die Wahrheit nicht kannte?

Furmin stützte sich auf meine Schulter und stand mühsam auf. Er lehnte sich mit seinem ganzen Gewicht an mich und sagte: »Ich war einer von ihnen.«

12

Wie ein Bär brach Tolja durch die Bäume zum Fluß.

»Ein Anruf für dich, Artijom«, schrie er. »Aus Amerika. Sie hat ihre Telefonnummer hinterlassen. Du sollst zurückrufen.« Er gab mir einen Zettel.

Wir ließen Furmin am Ufer stehen und gingen zum Haus zurück. Ich küßte Swetlana. Tolja ging zu seiner Mutter, um ihr mit einem Ofen zu helfen, der ausgegangen war.

Ich legte meine Arme um Swetlana und küßte sie, so fest ich konnte.

»Was ist los?« fragte sie instinktiv.

»Hol Tolja her.«

Wir drei standen auf der Terrasse. Am Tisch wurden die Toasts länger. Furmin kam zurück und flüsterte seiner Frau etwas zu, und sie stand sofort auf, und zusammen verließen sie den Garten. Der Mond schlich durch die weißen Bäume.

»Was ist los?« fragte Tolja.

»Ich weiß nicht. Es ist mir selbst nicht ganz klar. Irgend etwas stimmt nicht. Ich will, daß ihr heute nacht hier verschwindet. Nimm Swetlana mit zurück nach Moskau. Mach es jetzt. Geht an einen Ort, wo ihr sicher seid.«

»Sicher?« Er lächelte.

»So sicher wie möglich. Hast du dein Auto reparieren lassen?« fragte ich Swetlana.

»Ja. Im Dorf, in der Werkstatt.«

Schweigend begleitete ich sie zum Gartenzaun.

»Etwas ist hier faul. Ich weiß nicht, was es ist, aber da ist was. Ich will, daß ihr nach Moskau fahrt. Holt eure Sachen. Ich kann etwas arrangieren. Ich will, daß ihr beide nach New York kommt.«

»Ich kann nicht«, sagte Tolja.

»Warum? Wenn schlechte Zeiten kommen, bist du ein toter Mann. Nimm deine Kinder und komm. Du hast noch dein Visum.«

»Das hier ist mein Land«, sagte er.

Mit Swetlana war es anders. Sie glaubte an sehr wenig.

»Hast du je daran geglaubt? Jemals?«

»Keinen einzigen Tag in meinem ganzen Leben. Nicht mal, als ich noch ein kleines Mädchen war und dem Lenin in meinem Schulbuch einer Perücke verpaßt habe.« Das schockierte mich, denn bis jetzt hatte ich immer geglaubt, daß nur ich so etwas Ungeheuerliches getan hatte.

»Vielleicht schicke ich Swetlana mit dir in den Westen«, sagte Tolja.

»Was? Wie ein Paket?« Mit blitzenden Augen und geballten Fäusten stieß sie einen Schwall russischer Wörter aus. »Du hast keine Ahnung.« Dann küßte sie uns beide und sagte zu mir: »Aber ich komme. Ich schicke mich selbst.«

»Ich muß telefonieren. Ungestört.«

»Komm rein.«

Tolja ging mit mir in das Zimmer seines Vaters. Auf einem großen Schreibtisch lagen Drehbücher verstreut, Stapel von Zeitungen und Illustrierten, Bücher, Etiketten von exotischen Brandies, ein paar Telefone, ein Anrufbeantworter, ein Fax, zwei Tennisschläger und eine nasse Badehose.

»Hier, fühl dich wie zu Hause.« Er packte mich an der Schulter. »Alles kommt in Ordnung. Okay?«

»Okay. Paß auf Swetlana auf.« Ich griff nach dem Hörer.

»Mach dir keine Sorgen.« Er warf mir die Schlüssel vom Zil zu. »Ich muß noch ein paar Sachen erledigen. Wir holen Swets Auto und treffen uns dann in Moskau mit dir. In deinem Hotel.«

Tolja rannte die Stufen runter und in den Garten. Ich sah Gavin Crowe seinen Hut aufsetzen und verschwinden.

Ich wählte die Nummer auf dem Zettel. Die internationalen Leitungen waren alle belegt. Es würde eine Stunde dauern, vielleicht auch länger.

Durch das Fenster sah ich, wie Swetlana Lara zum Abschied küßte, dann nahm Tolja ihren kleinen Koffer, und ich sah sie fortgehen, auf die Flußbiegung zu, wo ich sie zum erstenmal gesehen hatte.

Ich rannte hinaus, hinter ihr her. Warte, wollte ich sagen, aber das Telefon klingelte, und ich lief ins Arbeitszimmer zurück. Falsch verbunden. Ich knallte den Hörer auf, und als ich wieder aus dem Fenster sah, war Swetlana verschwunden.

Ich rief im Krankenhaus an und erreichte Viktor. Birdie war tot.

Ich war erleichtert über ihren Tod. Birdie ohne Sprache wäre ein Gespenst gewesen.

Wenigstens hatte ich sie noch gesehen. Wenigstens hatten wir noch miteinander gesprochen. Später würde ich um sie trauern. Aber ihre Tagebücher waren fort, wenn es sie überhaupt je gegeben hatte.

Ich saß da und rauchte. Allmählich kamen die Leute ins Haus, um Tee zu trinken. Ein paar Minuten später klingelte das Telefon. Es war Lily Hanes.

»Ich habe versucht, dich zu erreichen. Wo bist du? Was ist das für eine Nummer?«

»Ich bin bei einer Freundin«, sagte sie. »Ich bin zum Telefonieren weggegangen.«

»Woher wußtest du, daß ich bei Tolja bin?«

»Das haben die mir im Hotel gesagt. Das Hotel wußte, wo du bist«, sagte sie, aber ich hatte dem Hotel nichts davon gesagt.

»Sprich. Du kannst sprechen. Es spielt keine Rolle. Hier ist nichts geheim«, sagte ich, und Lily sagte: »Ich habe die Seiten gesehen.«

»Wie das?«

»Bitte frag mich nicht danach, aber ich habe die Seiten aus Ustinovs Buch gesehen.«

»Sag mir, was drinsteht, Lily.«

Sie sagte es mir. Ich glaubte ihr nicht, aber sie jagte mir soviel Angst ein, daß ich hinter Swetlana herlaufen wollte.

»Mein Gott.«

»Paß auf dich auf, Artie«, flüsterte Lily. »Sei vorsichtig.«

»Ruf Roy Pettus an«, schrie ich, aber die Leitung war gestört, und ich wußte nicht, ob sie mich gehört hatte. Dann war die Verbindung unterbrochen.

Ich verließ das Haus, ohne daß es jemand bemerkte. Der Zil sprang nicht an. Der Motor stotterte, dann starb er ab, und ich rannte los.

Ich rannte, so schnell ich konnte, auf das Dorf und die Werkstatt zu, in die Swetlana den gelben Trabant gebracht hatte. Ich rannte den Pfad zwischen den Bäumen entlang. Der Mond hatte ein krankhaftes Gelb angenommen und glitt hinter die Wolken. Die Birken waren gespenstisch farblos.

Im Zentrum stand Crowe. Plötzlich wußte ich es. Immer wieder tauchte er auf. Crowe war in New York dabei gewesen, als Ustinov starb. Er kannte die Mädchen von Dubowski, er kannte Olga, Frye, Teddy Flowers. Crowes Vater war ein mieser Spion gewesen, ein Scheißkerl. Gavin Crowe liebte Swetlana oder haßte mich oder sie oder uns beide. Er würde mich weiter verfolgen. Crowe, der sagte, daß Gerüchte wichtiger waren als Tatsachen. Er wußte es. Er wußte, daß nur die Information zählte: Sie konnte Menschen verschwinden lassen. Sie konnte sie an Lügen glauben lassen. Sie konnte sie glauben lassen, daß Red Mercury die Welt vernichten würde. Sie konnte die Aufmerksamkeit der Leute auf die falsche Seite lenken. Menschen waren gestorben, und ich war blind gewesen. Onkel Gennadij. Olga. Birdie. Die Ratte. Ricky war so gut wie tot. Ich war kein Held. Ich war nur ein Ex-Cop, der angenehm leben wollte.

Ich geb's auf, dachte ich einen Moment, als ich gerade über eine Wurzel stolperte. Ein Tier heulte. Ich geb's einfach auf. Wenn sie an Ricky und Birdie herankamen, dann kamen sie auch an Swetlana heran.

Niemand begegnete mir auf dem Pfad zum Dorf, der Weg war glitschig von verschüttetem Benzin, und ich rutschte beim Laufen aus. Wieder heulten Wölfe in den Hügeln, aber vielleicht waren es auch nur Russen, die in der Nacht Äpfel oder die letzten Pilze pflückten. Blätter raschelten und erschreckten mich, aber es waren die Blätter unter meinen eigenen Füßen. Ich rannte immer schneller, an der kleinen, frisch renovierten Kirche vorbei; die Tür stand offen, eine Ikone glühte zwischen Altarkerzen, als ich vorbei rannte. Von weitem hörte ich die Explosion.

Ich kam zu spät. Der Feuerball stieg in die dunkle Nacht hinauf, rot, gelb die Bäume schwarz davor.

Ich kam zu spät.

Ich rannte weiter, und als ich da war, packte Tolja mich und zog mich an den Straßenrand und drückte mich auf den Boden, damit ich es nicht sah: Leichenteile hingen in den Bäumen.

Stunden später, ich glaube, es waren Stunden, vielleicht zur Zeit der Dämmerung, lag ich auf meinem Bett im Hotel, die Flasche mit dem Scotch auf der Brust, meine Hand um den Flaschenhals. Ich wußte nicht, wie ich nach Moskau zurückgekommen war.

»Ich komme mit dir«, hatte Tolja gesagt.

Er war der Explosion entkommen. Er war mit Swetlana von der Datscha zur Dorfwerkstatt gegangen. Der gelbe Trabant stand in der Garage, wo sie ihn gelassen hatte, daneben ein weißer Ford Bronco.

»Ich habe solchen Durst«, sagte sie zu Tolja, und er antwortete, er würde schnell in den Laden gehen und Zigaretten und eine Cola kaufen. Sie hatte Durst. Für eine Cola könnte sie sterben, sagte sie zu ihm.

»Hol mich am Laden ab«, rief er ihr noch zu. Als er ging, sah er, wie sie dem Mechaniker Geld für die Reparatur gab. Er sah, wie er ihr das Wechselgeld herausgab. Er sah, wie sie ihn anlächelte.

»Ich hol dir eine Cola«, hatte Tolja zu Swetlana gesagt. »Ich sagte, ich hol dir eine Cola, das war alles, was ich zu ihr sagte.«

Ich wollte nicht, daß Tolja mit mir nach Moskau kam. Ich sagte ihm, er solle dableiben und sich um Swetlana kümmern. Sie beerdigen.

Ich wollte mir Crowe selbst schnappen.

Gavin Crowe hatte mich verkauft; nur Crowe hatte die Connections. Er kannte den Namen meines Hotels. Nur Crowe wußte vorher, daß ich bei den Swerdloffs sein würde. Er war eine miese Ratte, ein Kretin. Vielleicht hatte er es für Geld getan oder weil er Swetlana liebte oder wegen des billigen Nervenkitzels. Er hatte mich in die Wohnung am Ismailowa Park mitgenommen, in Tanjas Wohnung, um mein Gesicht den Verbrechern zu zeigen, die eine Autobombe bauen konnten. Ich wußte es in dem Moment, als Furmin mir sagte, daß Red Mercury ein Schwindel war. Crowe hatte mich nicht hingebracht, um einen Kauf zu vermitteln; er hatte mich hingebracht, um ihnen mein Gesicht zu zeigen.

Ich sah meine Hand und merkte, daß ich das Tuch hielt, das Swetlana mir mit der Birne darin gegeben hatte. Meinetwegen war sie gestorben.

Langsam, sorgfältig packte ich meinen Koffer und stellte ihn an die Tür. Dann legte ich mich im Mantel auf das Bett, um nachzudenken. Ich trank Scotch und wartete darauf, daß Crowe mich zurückrief. Ich wußte, daß er zurückrufen würde, weil ich ihm auf den Anrufbeantworter gesprochen hatte, daß ich den Deal mit Tanja machen wollte, daß ich Red Mercury kaufen und ihn an dem Deal beteiligen wollte. Ob er sich wunderte, daß ich noch am Leben war? War die Bombe für mich gedacht gewesen? Für Swetlana? Für uns beide? Crowe hatte mich verkauft, aber für wen arbeitete Crowe?

Das Telefon läutete. Ich sah auf die Uhr.

Als ich die Stimme am anderen Ende hörte, wußte ich, daß es stimmte, was Lily Hanes mir am Telefon gesagt hatte.

13

»Es tut mir leid, daß ich dich überrascht habe, Artijom. Du warst überrascht? Vielleicht nicht. Aber danke für dein Kommen.« Ich fand Chaim Brodsky hinten in der Synagoge sitzend. Es war noch früh, aber einige ältere Männer warteten bereits unter dem Portal, und die Haupttüren waren geöffnet. Drinnen spielte das Licht die blaugoldene Decke gegen die darauf gemalten grünen Bäume aus. Es glitzerte auf den alten Holzbänken und den Kerzenhaltern. Im Vorraum grüßte mich ein alter Mann. »Schalom«, sagte er.

Ein paar Männer auf den vorderen Bänken beteten und unterhielten sich. Ich sah keine Leibwächter, aber die von Brodsky waren sicherlich diskret; einer der betenden Männer oder einer, der hinten stand. Mit einem dunkelblauen Mantel und einem grauen Hut saß Brodsky da, die Hände gefaltet, ein leichtes Lächeln um den Mund.

»Ich fürchte, daß ich wie jeder alte Mann angefangen habe, über meine Wurzeln nachzudenken. Mein Großvater hat hier gebetet, stelle ich mir gern vor. Von Zeit zu Zeit komme ich gerne her.«

»So ein Quatsch«, sagte ich ruhig. »Das ist ein Hohn. Und ein Klischee.«

Aber Brodsky wußte, daß ich ihn hier nicht töten würde, auch wenn er diesen Ort vermutlich wegen des dramatischen Effekts gewählte hatte.

»Was ist mit dir, Artijom?«

Es war Samstag morgen; nach und nach trafen die Männer ein, füllten die Bänke, verbeugten sich vor dem Thoraschrein, schüttelten Hände. Die vielen Männer verbreiteten Unruhe.

Oben kamen nacheinander einige Frauen herein und setzten sich; sie schauten herunter und schwatzten.

»Es tut mir leid wegen deiner Freundin. Ist es das, was du von mir erwartest?«

»Du hast sie umgebracht. Du hast Birdie umgebracht.«

»Ich habe recht gehabt, Artie, du bist klug. Und deshalb schätze ich dich. Birdies Zeit war gekommen; sie wurde lästig. Es ist kein Vergnügen, alt zu werden.«

Die singenden und schwatzenden Stimmen legten sich über unser Gespräch.

»Du bist ein Monster.«

»Oh nein, kein Monster. Hältst du mich für Dr. No? Oder Dr. Strangelove? Nein, Artie, ich habe keine giftige Katze, keinen Piranjapool, keine Mafia-Gang mit Maschinenpistolen. Tut mir leid, daß ich dich enttäuschen muß. Sogar das äußere Drum und Dran, die Jacht, ist für Politiker und für Gangster, die die Macht nur kennen, wie sie im Film gezeigt wird. In Wirklichkeit verabscheue ich Boote.«

»Wo ist Paulette?«

»Sie ruht sich aus.« Seine Stimme war weich. »Du magst sie?«

»Ja.«

»Ich auch.« Er sagte es ganz schlicht; für den Bruchteil einer Sekunde leuchteten die stahlkalten Augen wie ein Blitz im Sturm.

Ich war benommen von dem Scotch und ein paar Tabletten. Ich stellte fest, daß ich einige Sekunden mal nicht an Swetlana dachte; ich fühlte nichts, außer dem besessenen Drang, diesen Mann zu töten. Statt dessen saß ich da und hörte ihm zu.

»Was willst du?« fragte ich.

»Nur die Monster der Vernichtung unter Verschluß halten. In diesem Land gibt es 25 000 nukleare Gefechtsköpfe, und es herrscht Chaos. Wir müssen mit einer Militärjunta rechnen. Ein Land, das den Westen immer mehr ablehnt. Ich will helfen. Ich habe alle meine anderen Aktivitäten aufgegeben. Ich war müde. Müde, mit Gangstern in der Regierung und außerhalb Geschäfte zu machen. Alle aus meiner Generation sind tot. Alle, die mir etwas bedeutet haben, sind tot.«

»Genau das hat Birdie auch gesagt.«

»Tatsächlich? Ja, sie wußte natürlich, wovon sie sprach.«

»Du hast sie wegen ihrer Tagebücher umgebracht.«

»Hast du sie?«

Ich antwortete nicht. Auf der Suche nach Sitzplätzen drängte sich ein Mann mit seinen beiden Söhnen an uns vorbei.

»Ich hätte sie gern, bitte.«

»Hast du mich deshalb angerufen?«

»Zum Teil.«

»Du besitzt Milliardenwerte an Waffen, Satelliten, Fernsehgesellschaften, aber du kommst nicht an ein paar Tagebücher heran, die einer kleinen alten Frau gehört haben.« Ich lachte. »Woher wußtest du, wo ich bin?«

Brodsky strich seine Handschuhe glatt. Mir fiel ein, was Roy Pettus mir an dem Morgen erzählt hatte, als wir in Brooklyn frühstückten, nachdem Lew mir das Gesicht zerschnitten hatte. »Jemand hat Ihre Akte angefordert«, hatte Pettus gesagt.

»Es waren deine Leute. Oder nicht? Du hast dir meine Akte beschafft. Als du wußtest, daß Gennadij nach New York kommen wollte.«

»Ich wußte, daß er dich anrufen würde. Hast du diese Tagebücher? Soll ich noch mal sagen, daß es mir wegen des Mädchens leid tut?« Er lehnte sich näher zu mir herüber. »Sag mir, warum du gekommen bist, als ich dich heute früh angerufen habe? Sicher nicht, um mich zu töten.« Er lächelte liebenswürdig.

»War die Autobombe für mich gedacht?«

»Oh, darauf kommt es wirklich nicht an. Ein Ablenkungsmanöver. Mit dieser Seite der Sache habe ich absolut nichts zu tun.«

»Und Ustinov?«

»Das war ein Unfall. Es tut mir sehr leid.«

Der Mord an Ustinov war ein Unfall, der eine Kiste voll von unheimlichen Zaubertricks geöffnet hatte, und mitten drin saß Chaim Brodsky.

»Was tut dir leid – daß Ustinov starb oder daß es ein Unfall war?« fragte ich, aber Brodsky ging auf meine bittere Frage nicht ein. In dem Maße, wie sich der Tempel füllte, nahm der Lärm zu, der Lärm der Männer, die beteten, flüsterten, sich unablässig bewegten.

»Alles geht vorüber. Wie lange ist es her, seit Gennadij starb, sechs oder sieben Wochen? Denkst du noch oft an ihn? Hast du vorher oft an ihn gedacht? Wir waren einmal eng befreundet, aber letzten Endes war er ein Narr. Er war ein Gläubiger. Er glaubte an die Sache. Sein Tod kompliziert die Dinge. Leute fingen an, die falschen Fragen zu stellen. Leute wie dein Mr. Lippert. Vielleicht auch Miss Hanes.«

»Leute wie ich?«

»Du hättest nur zu mir kommen brauchen. Wir gehören zur selben Familie.«

»Die fehlenden Seiten in Ustinovs Buch hast du beseitigen lassen.«

Brodsky zuckte mit den Achseln. Er machte eine winzige Bewegung, wie ein Mann, der bei einer Auktion bietet, und ruhig erschienen zwei Männer neben uns. Sie standen an der Wand, zwei gutgekleidete Männer, und beobachteten Brodsky und mich.

»Gennadij hatte immer einen Sinn fürs Melodram. Er schrieb dummes Zeug über mich und das, was er als Atomterrorismus bezeichnete. Ich hielt es für besser, so etwas nicht zu veröffentlichen. Das war alles. Seine Ermordung war ein Fehler. Manches, was dann kam, war geplant, anderes Zufall. So ist es immer. So ist es immer.«

Lily Hanes hatte zu mir gesagt: »Manchmal geschehen die Dinge einfach.«

»Gennadij wußte also über dich und die Atomwaffen Bescheid, nicht wahr?«

»Ja.«

Ustinov wurde versehentlich umgebracht, wegen der Dinge, die er wußte, dachte ich. »Birdie wußte es?«

»In gewisser Weise, ja.«

»War die *Teddy Flowers Show* getürkt?«

»Das war nicht nötig. Phillip Frye wollte Gennadijs Buch ohnehin bekannt machen. Mr. Flowers ist außerordentlich gut formbar. Und Phillip Frye versteht sein Geschäft nun mal.«

»Und beide sind von dir abhängig. Ziemlich viel Mühe für ein paar Seiten in einem einzigen Buch.«

»Weitere Bücher hätten folgen können.«

»War es geplant, daß Flowers sich von Lily Hanes vertreten ließ?«

»Man braucht diesen Leuten nichts zu sagen.«

»Sie wissen, was die Firma von ihnen erwartet.«

»Es geschieht instinktiv.«

Die Synagoge war jetzt gesteckt voll. Brodsky warf einen Blick auf die vielen Männer, die ihrem Gott lautstark huldigten.

»Mir reicht es jetzt. Willst du mitkommen?« Er stand auf und knöpfte seinen Mantel zu. Automatisch hielt ich ihm die Tür auf.

»Danke«, sagte er erfreut und verließ die Synagoge. Ich folgte ihm. Aus der Tür heraus, zwischen den weißen Säulen hindurch, die Stufen hinunter auf die Straße.

Die Leibwächter folgten ein paar Schritte hinter uns. Am Bordstein wartete ein Mann mit Uniform und Mütze in einem grauen Volvo, aber Brodsky winkte ab. »Es ist ein schöner Tag. Gehen wir zu Fuß.«

Wir gingen zu Fuß. Der Volvo folgte uns im gleichen Tempo.

»Ich liebe mein Land«, sagte Brodsky. »Amerika ist einzigartig. Aber wir richten uns selbst zugrunde. Wir sind gierig. Wir wollen keine Steuern zahlen. Wir haben das Erziehungssystem zerstört. Unsere Kinder stecken Waffen ein wie Kaugummi, sie wachsen auf wie die Tiere. Sie kennen keine Moral. Und das haben wir ihnen angetan.«

Er seufzte fast unhörbar.

»Unsere Medien sind verdorben bis ins Mark. Sie verhökern alles, was die Menschen unterhält, und die helfen bei ihrer eigenen Ausbeutung noch mit. In nicht allzu langer Zeit wird es im Fernsehen öffentliche Hinrichtungen geben, für die Werbezeit verkauft wird. Wir haben das Land an die emsigen kleinen Scheißer der Rechten und der christlichen Allianz mit ihrem Gerede von Gesetz und Ordnung verraten. In Wirklichkeit sind sie verantwortlich für das Chaos und das Morden, diese sogenannten Lebensschützer, die Ärzte erschießen. Keiner wehrt sich gegen sie. Und absolut nichts wird gegen den Müll von Atomwaffen unternommen. Er wird uns umbringen.

Es gibt keine Disziplin. Vielleicht ist es schon zu spät. Vielleicht haben die Chinesen es richtig angefangen. Glücklicherweise betrifft mich das nicht mehr. Niemand hat uns mehr als zweihundert Jahre Demokratie versprochen, Artijom.« Er rückte seinen Hut zurecht. »Meinst du, ein paar Jahre Demokratie hätten hier irgend etwas verändert?« Er deutete auf die heruntergekommenen Moskauer Straßen um uns, auf denen sich jetzt Käufer, Touristen, Nutten, Bettler tummelten.

»Sag mir, Artie, was ist stärker? Angst? Liebe? Ich will dir sagen, wie wir unseren Planeten in eine Atommüllhalde verwandelt haben. In Rocky Flats in Colorado und Oak Ridge und Handford und Amarillo und Utah und Nevada. Wir. Die Russen. Was sollen wir damit anfangen? Alles auf die Sonne schießen? Es in Glas vergraben? Niemand weiß es, verstehst du. Niemand.

Dieses ganze Rußland ist eine einzige stinkende Atommüllhalde. Aber Plutonium ist nationales Eigentum. Sie glauben, daß wir es ihnen wegnehmen wollen, daß wir ihnen ihre Kraft nehmen wollen, im wörtlichen wie im übertragenen Sinn. Natürlich haben sie recht.

Die Russen lieben Elektrizität. Alle Macht dem Volke. Erinnerst du dich? Mit ihrem Plutonium besitzen sie hundert Jahre Macht, besitzen sie ein Mittel, um den Westen zu erpressen. Ohne Plutonium sind sie ein Dritte-Welt-Land mit ein paar Violinisten. Aber das weißt du ja. Das weißt du ja alles.«

Das Auto hielt mit uns Schritt. Wir gingen um den Roten Platz herum, und Brodsky drehte sich um, um die St. Basiliuskirche zu bewundern, auf deren goldenen Kuppeln die Sonne glänzte, dann gingen wir zum Fluß hinunter.

»Du kannst diese Dinge in den Zeitungen lesen. Es gibt keine Geheimnisse, nur Idioten können es nicht lesen.«

Meine Hände waren halb erfroren. Ich begann zu niesen. Brodsky gab mir sein Taschentuch. Er winkte den Fahrer, der uns mit dem Wagen gefolgt war. Wir stiegen ein.

Brodsky sprach weiter, mit leiser, aber harter Stimme.

»Ich möchte helfen. Durch meine Stiftung bezahle ich ihre Wissenschaftler. Hast du Furmin kennengelernt?«

Ich nickte.

»Er versteht etwas von der neuen Technologie.«

»Furmin gehört dir.«

Er lächelte. »Ja. Ja, man könnte sagen, daß er mir gehört.«

»Wieviel ist er wert?«

»Für mich sehr viel. Wir werden die Atomkraft nicht los, Artie. Die Weltwirtschaft hängt heute vom Plutonium ab, so wie sie einmal vom Öl abhing. Ganze Volkswirtschaften sind auf der Atomkraft errichtet, die Briten und die Franzosen, die Milliarden in Wiederaufbereitungsanlagen gesteckt haben. Die Japaner. Ihre Wirtschaft ist so verzweifelt darauf angewiesen, daß sie das Material auf dem Seeweg verschiffen. Auf dem Seeweg! Vierzehn Tonnen auf einem Schiff, das zwei Monate braucht. Denk nur an die *Exxon Valdez*. Stell dir vor, was passieren würde, wenn ein solches Schiff mit radioaktivem Müll auf Grund läuft. Glaubst du, daß die Japaner ihre nuklearen Ambitionen aufgeben werden? Sie haben kein Öl. Was ist mit Nordkorea? Oder China?«

Ich lachte. »Und du bringst alles wieder in Ordnung. Darum geht es hier doch.« Brodsky gefiel es nicht, daß ich ihn auslachte; das war das einzige, was ihn ein bißchen traf.

»Der einzige Ausweg ist eine neue Generation von Schnellen Brütern, die die Atomkraft in Form eines sicheren Kreislaufs nutzt«, sagte Brodsky.

Wieder lachte ich. »Sogar ich weiß, daß die Schnellen Brüter zur gleichen Zeit wie die Bee Gees vom Bildschirm verschwunden sind. In den 70ern haben wir es versucht, als man dachte, daß es nicht genug Uran gab. Die Sache funktionierte nicht, Chaim. Was bringt das also, verdammt noch mal? Es funktioniert einfach nicht.«

Brodsky antwortete ruhig. »Bei meinem ist das anders.«

»Bei deinem?«

Er legte mir die Hand auf den Arm und sagte: »Hör mir jetzt mal gut zu. Ich weiß alles über die Brüter, die wir bauen wollten. Wir brauchen einen, der Atomkraft in Form eines unabhängigen Kreislauf nutzt, der sich selbst versorgt, der nur für zivile Zwecke benutzt wird und keinen Müll produziert. Wir haben es versucht, aber wir haben aufgegeben, genau wie Gesundheitsfürsorge und Bildungswesen. Die Technologie war falsch.«

»Und nur deine ist richtig.«

»Nur meine, ja.«

Der Fluß hatte sogar im Sonnenschein die Farbe von Schlamm. Brodsky glaubte an sein Projekt, genauso wie die Sowjets an Red Mercury geglaubt hatten. Er ist verrückt, sagte ich mir. Ich werde ihn umbringen, dachte ich, aber ich glaubte es nicht. Er wußte es. Ich wußte es. Ich war wie gelähmt.

»Was glaubst du, was wir mit all dem Plutonium machen, wenn es nicht aufgearbeitet wird?«

Ich schwieg.

Brodsky sagte: »Wir werden einen Krieg brauchen.«

Der Wagen brachte uns zum Arbat, nach Spaso-Peskowskaja. Wir fuhren in den kleinen Hof; ein paar Kinder spielten Fangen. Eine kleine, aber baufällig Kirche war da. Über der Residenz des Botschafters flatterte fröhlich die amerikanische Fahne.

Bring ihn um, dachte ich. Bring ihn um, bevor er reingeht. Wozu? Aus Rache?

»Was machen wir hier?«

»Ich wohne hier. Paulette ist schon da, sie ruht sich aus.«

Das Auto fuhr um die elegante alte Villa herum, und wir gingen hinein.

»Das Spaso-Haus hat mir schon immer sehr gefallen.« Brodsky deutete auf das ganze gelbe und weiße Gebäude, als wären wir Touristen, die die hohen Decken, die Gärten dahinter bewundern. Nach einem Blick auf einige Bilder sagte er: »Ich wünschte nur, unsere Botschafter hätten einen besseren Kunstgeschmack. War es nicht Matlock, der avantgardistische Objekte mehr liebte als seine Frau? Ich glaube, es war Strauss, der scheußliche Landschaften in große Goldrahmen steckte. Ich frage mich, ob sie etwas von mir annehmen würden.«

Ich folgte Brodsky an der Garderobe vorbei und die Treppen hinauf, vorbei an einem kleinen Salon. Ein Dienstmädchen lag auf den Knien und polierte den wunderbaren Holzfußboden. In der nächsten Etage führte Brodsky mich zu einer kleinen Suite. Er zog seinen Mantel aus. Er trug eine bequeme Hose und einen Pullover. Er öffnete einen Schrank, nahm eine Flasche heraus und goß Sherry in reichverzierte kleine Gläser. Eins reichte er mir.

»Zieh deinen Mantel aus.«

Wir waren allein in dem stilvollen Wohnzimmer. Eine Uhr tickte. Ich behielt den Mantel an und setzte mich auf einen Stuhl. Die Türen waren geschlossen. Ich konnte ihn töten, aber wie würde ich aus dem Haus kommen?

Während er in seinem Pool den Sommer über seine Runden gedreht hatte, hatte er sich dieses ganze Chaos zusammengesponnen.

Im Grunde war er es gewesen, der Birdie, Ricky, Swetlana umgebracht hatte. Er hatte das Feuer nicht selbst entfacht, aber er hatte jemandem etwas ins Ohr geflüstert.

Red Mercury war ein Ablenkungsmanöver. Er wußte es!

»Und du dirigierst den ganzen Laden von einem Haus am Strand von East Hampton aus«, sagte ich.

»Wäre dir die Kommandobrücke von Raumschiff Enterprise lieber? Der Teufel steckt im Detail, wie du weißt«, sagte Brodsky.

Ich dachte an den schmutzigen Handel mit dem Tod, an den toten Penner in der U-Bahnstation, an Lews Vater, an die Stripperinnen, die Atom-Mulis waren, an Walja Golitzin mit ihrer Salami, an die sterbenden Hunde mit ihrem zerfetzten Fell. Stählerne Hockeypucks, mit radioaktivem Material gefüllt, würden neben russischen Puppen verkauft werden.

Die Tür öffnete sich. Leise trat Paulette ein und setzte sich auf einen Stuhl am Fenster; sie hörte zu, und Chaims Anwesenheit belebte sie, sie stand in seinem Bann. Sie trug ein gelbes Kleid, durch das das Licht schimmerte. Ein Mädchen kam mit einem Tablett mit einer Teekanne und Tassen und Sandwiches, und Brodsky winkte sie hinaus und goß den Tee selbst ein; er brachte Paulette eine Tasse und küßte sie auf den Kopf. Ich wußte nicht, ob ich ihm in den Kopf schießen konnte, wenn Paulette mit im Zimmer war.

Sanft berührte er Paulette an der Schulter, und als sie die Augen öffnete, erkannte ich, daß sie ausdruckslos waren.

»Alzheimer im Frühstadium«, sagte er mitleidig, doch ich fühlte nichts. Nichts.

»Beunruhigt dich sonst noch was?«

»Du kaufst einen Verlag in New York. Du hast die Show von Teddy Flowers gekauft. Boulevardblätter in London. Ein paar Zeitschriften an der Westküste. Radiosender im ganzen

Land. Du hast in Rußland wertlose Zeitungen und Fernsehgesellschaften gekauft. Bildarchive. Filmarchive.«

»Denk zurück an deinen Geschichtsunterricht. Information ist wichtiger als Rüstung. Fernsehen ist gefährlicher als eine Langstreckenrakete.«

»Wie hast du die Russen dazu gebracht, dir das zu geben?«

»Als Nixon starb, und es war ein Glück, daß er starb, weil ich seine dreckige Sprache keinen Abend länger ertragen hätte, wurde ich gleichsam der neue Nixon. Der Rußlandexperte. Ich konnte tun, was mir gefiel. Clinton war gefügig. Clinton hatte schließlich Dick Nixon ins Weiße Haus gelassen. Clinton erzählte Jelzin, ich sei ein Schutzwall gegen den Faschismus. Lieber Brodsky als Zalenko.«

Paulette war eingenickt. Sie bewegte sich leicht, dann schlief sie weiter. Irgendwo war eine Party im Gang.

Brodsky sprach weiter; meine Blicke irrten umher: wie ihn töten, wie aus dem Haus kommen.

»Die Menschen glauben nicht an die Gefahren der Radioaktivität, weil alle Regierungen auf der Welt sie in den letzten fünzig Jahren konsequent belogen haben. Fünfzig Jahre, Artijom, fünfzig Jahre, seit J. Robert Oppenheimer in der Wüste von New Mexico seine Bombe gezündet hat. Weißt du, daß ich ihm mehrmals begegnet bin? Oppie wußte Bescheid.

Aber wer denkt heute noch daran? Strahlung kann man nicht hören wie Schüsse oder fühlen wie Hunger oder riechen wie Giftgas. Der Kalte Krieg ist vorbei. Statt daß wir den Schutt wegräumen, erzählen uns PR-Leute, Strahlung sei so harmlos wie Golf.«

»Golf.«

»Ja. Ich kann den Menschen nur helfen, wenn sie Angst haben. Nur die Angst wird uns retten.«

»Aber die Gerüchte haben nicht gereicht.«

»Nicht ganz.«

»Du brauchst die Realität.«

»Ja.«

»Du hast es arrangiert, daß die Proben nach New York City kamen.«

»Nicht ich.«

»Die Mafia steht zu deiner Verfügung.«

»Sie brauchen neue Betrügereien. Benzin ist ein alter Hut. Die Regierung greift bei den Betrügereien mit der Krankenversicherung hart durch. Es funktioniert sehr gut.«

»Aber du gibst ihnen keine Aufträge. Sie tun es von allein, wie bei einer Firma. Niemand gibt ihnen einen Auftrag. Niemand sagt etwas.«

»Wie wir schon gesagt haben, geschieht es instinktiv.«

»Warum dann die Mulis? Die Ratten? Die Lews?«

»Die kleinen Fische sind wichtig. Die Atom-Mulis, die Schmuggler, die Abfallhändler, Geldwäscher und Huren, die Mafiosi mit ihren kleinen Marmeladengläsern und ihren großen Ideen. Meinst du, ein Rafsandschani, ein Saddam würde sich an einen Muli wenden, wenn er etwas will? Wenn sie direkt von Wissenschaftlern auf Nobelpreisniveau kaufen können, vor Ort in Rußland oder in einer der alten Republiken? Ganze Verwaltungsapparate, so groß wie General Motors, befassen sich ausschließlich mit dem Transfer von illegalem nuklearem Material. Deutsche Banker, italienische Richter, iranische Geschäftsleute. Nur ganz wenigen bedeutete die Ideologie etwas; das Geschäft mit dem Terror ist einfach ein Geschäft. Es ist nur ein Way of life.

Du siehst also, daß dieser Lew nötig war. Er kam wie gerufen. Zeitsew auch, er legte einen Köder aus.«

»Und ich habe ihn geschluckt«, sagte ich bitter, als mir klar wurde, daß Brodsky alles wußte. Er wußte alles, und seine Behauptung, über der häßlichen Gewalt, den Ratten und Gangstern zu stehen, war Teil des Mythos, den er fast selbst glaubte.

Ich dachte wieder an Lew und an seinen Vater.

Brodsky fuhr fort: »Auf die kleinen Leute sind wir besonders angewiesen. Ohne sie bricht das System zusammen.«

»Kanonenfutter.«

»Was für eine altmodische Vorstellung. Auch die kleinen Gangster halten die ganze Geschichte am Leben. Radioaktives Material, wie unbedeutend es auch sein mag, das nach Osteuropa oder, noch besser, nach New York City geschmuggelt wird, macht den Leuten angst. Ein paar Gramm in Brooklyn verbreiten mehr Entsetzen als mehrere hundert Tonnen Plutonium in Tomsk.«

»Und wenn es schiefgeht? Wenn es doch zu einer Atomexplosion im World Trade Center kommt?«

»Wo gehobelt wird, fallen Späne.«

»Du bist krank.«

»Die älteste aller ethischen Fragen. Wen würdest du retten, Artie? Deine Freundin oder Millionen Menschen? Welche Entscheidung ist moralisch richtig?«

»Der Zweck heiligt die Mittel.«

»Artie! Wie du gesagt hast, bitte keine Klischees.«

»Und der Red Mercury?«

»Wer weiß? Das war nützlich. Es klang so eindrucksvoll, findest du nicht? Tödlich, flüchtig. Ein toller Witz. So etwas bezeichnet man als Ablenkungsmanöver. Nicht weiter wichtig.« Er wandte sich seiner Frau zu. »Er ist nicht wichtig, oder, Paulette?«

Sie schlief noch, mit einem sanften Lächeln im Gesicht.

Red Mercury war ein Witz.

»Iwan Kowalski hat gesagt, daß nicht er Ricky Tae in meiner Wohnung überfallen hat. War er es? Jemand hat mich verfolgt und aus Versehen Ricky erwischt.«

»Er hat die Wahrheit gesagt. Du bist mir in die Quere gekommen. Es tut mir leid, daß es deinen Freund getroffen hat, Artie. Ich werde es wieder gutmachen.«

Ich stand auf.

Instinktiv legte Brodsky seiner Frau die Hand auf den Arm. Sie öffnete die Augen und streckte die Hand aus, um sein Gesicht zu berühren. Er wandte sich mir zu. »Kommt jetzt der Teil, wo du mich tötest?«

»Du kannst nicht gewinnen, verstehst du. Es ist alles leeres Geschwätz, daß du die Welt retten willst. Du machst deine Geschäfte nicht. Du bekommst deine Lizenzen nicht. Du kannst Atomkraft nicht besitzen.«

Ich sah, daß Brodsky wütend war. »Jemand wird sie besitzen.« Er bewegte sich nicht.

»Du kannst nie mehr zurück nach Hause, nach Amerika.«

»Sei nicht albern.« Er sah sich um, er zeigte auf die Residenz des Botschafters und das, wofür sie stand. »Ich bin zu Hause.«

Paulette Brodsky beobachtete uns. Plötzlich ging die Tür auf, und das Mädchen erschien mit einem Marineinfanteristen. In ihrem Dämmernebel hatte Paulette meinen Haß auf Brodsky gespürt und, um ihn zu schützen, auf einen Knopf gedrückt, der das Mädchen herbeigerufen hatte.

»Gibt es ein Problem, Sir?« fragte der Marineinfanterist höflich.

»Gibt es eins, Artie?« sagte Chaim Brodsky.

»Du glaubst doch nicht, daß du alle Informationen besitzen kannst, oder? Den Klatsch? Die Gerüchte? Die Nachrichten?« Ich hatte die Hand auf der Klinke.

»Nur genug davon«, sagte Brodsky.

»Wofür? Genug wofür?«

»Ich will die Angst besitzen.«

EPILOG

New York

Sonny Lippert erwartete mich, als das Flugzeug landete. Ich stellte mich an der Paßkontrolle an, ich wollte schnell zu Ricky. Früher hatte ich diese Kontrolle gefürchtet, jetzt empfand ich nur noch die Geringschätzung, die der normale Amerikaner dafür hat.

Aber der Kerl an der Paßkontrolle nahm sich Zeit, und wir tauschten unsere Ansichten über die Knicks aus. Er blätterte ein Buch durch, dann tippte er meinen Namen in den Computer ein.

»Geschäftlich oder privat?« fragte er.

»Was?«

»Ihre Reise. Geschäftlich oder privat?«

Warum dauerte es so lang? Was war los? Auf der anderen Seite, wo sich auf dem Gepäckband schon die ersten Koffer im Kreis drehten, sah ich ein paar Cops, die ich von der Paßkontrolle kannte, aber es waren immer welche da, wenn der Flieger aus Moskau landete.

Erst nachdem mein Paß gestempelt war und ich meinen Koffer vom Gepäckband gezogen hatte, sah ich zwei von ihnen auf mich zukommen.

»Du gottverdammtes Spatzenhirn«, sagte Sonny Lippert, als die beiden Cops mich auf dem Bürgersteig ablieferten, aber er schien zu lächeln, wenn man das, was seinen Mund verzerrte, als Lächeln bezeichnen konnte. »Ich stehe auf deiner Seite. Sagen Sie es ihm bitte, Roy.«

Roy Pettus wartete in einem Auto am Bordstein. »Roy, sagen Sie diesem schwachsinnigen Ex-Cop, daß wir auf derselben Seite stehen. Kapiert, Art? Wenn du mir schon nicht zuhören willst, dann wenigstens ihm.«

»Lassen Sie uns reden, Detective«, sagte Roy Pettus zu mir.

Der Wind pfiff um das Gebäude, Regen klatschte auf die Passanten, Taxis in einer Doppelreihe hupten.

Ich stieg hinten ins Auto, Sonny vorn.

»Wir haben das mit dem Mädchen gehört, und es tut mir leid, Art, es tut mir wirklich leid, aber denk bitte nicht an Rache, sei nicht dumm.« Sonny ließ den Motor an.

»Wir haben die beiden Zeitsews eingebuchtet. Ich nehme an, daß der Junior aussagt. Wenn er es tut, geht es richtig los. Wir verdanken es dir, daß wir ihn haben. Außerdem konnten wir es unterbinden, daß dieser Atomscheiß in die Stadt kommt, für den Moment jedenfalls. Wir haben es geschafft, daß Moskau sich endlich um die Atom-Mulis kümmert. Die anderen kriegen wir auch. Das erledigen wir zusammen. Sei kein Russe. Rache ist nicht cool, Mann«, sagte er.

Es war zuwenig. Zeitsew war zuwenig für das, was Brodsky angerichtet hatte: Birdie, Olga, Ricky, Lew. Und Swetlana.

»Du wußtest, daß ich in Moskau war.«

»Du hast nicht gerade ein Geheimnis daraus gemacht, Art. Wenn ich zwei und zwei zusammenzähle, komme ich auf vier, genau wie du. Ich rede mit Agent Roy Pettus. Schließlich läßt Agent Roy Pettus sich dazu herab, auch mit mir zu reden.« Lippert bog zum Expressway ab. Er fuhr wie eine alte Frau.

Roy hatte sich auf seinen Sitz gefläzt und schwieg. Alles, was man von ihm sah, war sein Kopf, als wäre er aus Granit am Mount Rushmore gemeißelt. Wie ein launisches Kind sah ich vom Rücksitz aus, wie sie Streit suchten.

»Du wußtest von Swetlana?« Ich konnte kaum ihren Namen aussprechen. »Woher wußtest du davon?«

»Wir haben es gehört. Es tut mir leid.«

»Wie hast du davon gehört?« Ich wußte es bereits.

»Swerdloff ist ein Freund von uns. Er ist auch dein gottverdammter Freund. Er ist in Ordnung.«

»Er hat mich bespitzelt.«

»Er hat dir den Arsch gerettet.«

»Du hast mich ausgetrickst, Sonny. Du hast mich an dem

Tag ausgetrickst, als du mir den Fall abgenommen hast. Du hast gesagt, du hättest mir einen Knochen hingeworfen. Du wußtest, daß ich nach Brooklyn fahren würde. Oder nicht?«

Sonny zuckte mit den Achseln. »Ich habe die Gelegenheit genutzt. Wenn du die Sache vermasselt hättest, wäre ich immer noch fein raus gewesen und hätte den Fall weiterverfolgen können. Offiziell warst du nicht mehr dabei. Wenn du Mist gebaut hättest, wäre ich aus dem Schneider gewesen. Ich hätte der Held sein können, der dich rettet.«

»Oder ich wäre tot.«

Regen verwischte die Windschutzscheibe. Sonny schaltete den Scheibenwischer ein und redete immer weiter. Roy Pettus saß schweigend da.

»Was ist mit Ricky?«

»Mit wem?«

»Du weißt, wen ich meine. Mein Freund Ricky Tae. Wer hat ihn zusammengeschlagen? Wer hat ihn fast tot geprügelt?«

»Das wissen wir nicht genau. Wir nehmen an, daß Zeitsew jemand auf dich angesetzt hat, und dein Kumpel hat die Prügel eingesteckt.«

»Nein, der war es nicht. Ich sage euch, wer es war.« Wir waren auf der Brücke, die Stadt im Regen verschwommen sichtbar, als ich ihnen von Chaim Brodsky berichtete. Ich sagte ihnen alles, und ich sah, daß sie mir nicht glaubten; ich tat ihnen leid.

Ich fuhr nach Hause. Meine Wohnung war sauber, und jemand, vielleicht Lois, hatte mir Blumen auf den Schreibtisch gestellt. Die Geranien auf der Feuertreppe waren verwelkt, gelb, tot. Ich ließ die Jalousie herunter und ging schlafen – für wie lange? Eine Woche? Ich stand auf, um zu essen, ging wieder schlafen, besuchte Ricky, dann schlief ich weiter, immer zwölf, vierzehn Stunden am Stück. Jede Nacht träumte ich von Swetlana; am Morgen war sie nicht mehr da.

Als ich endlich wieder auftauchte, war es Halloween; ich

stellte den Fernseher an, starrte auf die Nachrichten, während ich Kaffee trank und duschte. Chaim Brodsky erklärte, seine Pläne, einen Atomreaktor zu bauen, hätten sich wegen der Krankheit seiner Frau verzögert; er wolle mit ihr eine lange Seereise machen, nach Israel vielleicht, sagte er, um seine Wurzeln zu suchen. Gennadijs Buch stand auf der Bestsellerliste. Ein Fernsehsender übernahm die *Teddy Flowers Show.* Die Zahl der Morde in New York ging zurück. Der Markt boomte. In Moskau wurde ein junger Reporter getötet, als ein Koffer mit Dokumenten über die Atommafia direkt vor ihm explodierte; ich brauchte den Namen nicht zu hören, um zu wissen, daß es Eduard Skolnik war, armes Schwein. Es wurde kälter. Rupert Murdoch hatte die *Prawda* gekauft. Und Birdies Tagebücher kamen mit der Post, ordentlich verpackt und verschnürt, und sie erzählten mir das meiste von dem, was ich schon wußte, und noch viel mehr.

An dem Abend, als ich ins St. Vincent's ging, sah ich auf Rickys blasses Gesicht herunter und erkannte eine Andeutung von Leben. Die Ärzte kamen, sie leuchteten mit einer Taschenlampe in Rickys Augen; er reagierte. Ein Wunder, sagte eine Krankenschwester, eine Nonne. Ich glaube nicht an gottverdammte Wunder, aber hier war es wohl in Ordnung.

Vor Rickys Zimmer im St. Vincent's stand Hillel Abramsky mit ein paar Freunden; sie diskutierten mit einem Priester über den Talmud.

»Ich habe deinen Freund Ricky schon immer gemocht«, sagte Hillel. »Ich dachte, er könnte ein bißchen Extrahilfe brauchen. Wir haben gute Beziehungen zum St. Vincent's.«

»Du meinst, dein Gott läßt es zu, daß du für Leute wie Ricky betest?«

»Und warum nicht?« sagte Hillel. »Saroyan ist übrigens ein Betrüger.«

»Das weiß ich.«

»Du kannst ihn jederzeit einlochen.«

»Danke, Hilly. Vielen Dank. Das haben wir gerade gemacht. Wie hast du es geschafft, daß er dageblieben ist? Hast du ihn als Geisel genommen? Hast du ihn mit gefüllter Haut gefüttert? Wie?«

Abramsky griff in die Hosentasche und zog einen kleinen Beutel heraus. Darin lag in Seidenpapier gewickelt der walnußgroße Diamant. »Ich wußte genau, daß er ohne den niemals abreisen würde. Bekloppter Gierhals. Also habe ich ihn in der Hosentasche behalten. Ich habe ihm eine Nachricht geschickt, daß ich mich zum Beten zurückgezogen habe und nicht gestört werden dürfe.«

»Du hättest Irrenarzt werden können, Hil.«

»Danke.«

An jenem Halloween-Abend ging ich vom Krankenhaus aus zu Fuß durch das Village, durch die kühlen Herbststraßen, in denen sich Hexen und Teufel tummelten. Ich ging den ganzen Weg zur Broome Streeat, wo ich mich neben eine als Hillary Clinton verkleidete Tunte und ein paar Gespenster an die Bar setzte. Ich war nicht verkleidet.

Als ich mit meinem dritten Corona und einem kleinen Berg fritierter Zwiebelringe halb fertig war, kletterte jemand auf den Barhocker neben mir. Sie roch wunderbar.

»Darf ich dir einen ausgeben?« Es war Lily Hanes.

»Du hast mich verfolgt«, sagte ich.

»Jaa«, sagte sie. »Aber ich bin ungefährlich.«